표절

표절

차호일 소설집

도화

차례

후기

표절

내가 시市로부터 '독거노인 고독사 문제 해결을 위한 사회안전망 구축'에 관한 용역을 의뢰받아 몰두하고 있을 때였다. 그런데 아무래도 책상에서만 하는 것만으로는 한계가 있어 고독사 이후를 처리하는 특수청소용역업체 를 따라간 적이 있었다.

충주에 있는 한 아파트였는데 우리가 아파트 입구에 들어서자 이상한 냄 새가 났다. 처음 간 우리는 맡을 수 있었는데 거기에 살고 있는 사람들은 느 끼지 못하고 있는 것 같았다.

403호, 업체 대표가 미리 알고 있는 키 번호를 누르자 그가 쓴 듯한 '一切 唯心造'라는 붓글씨가 우리를 맞았다. 거실엔 아파트가 지어진 후 한번도 바꾸지 않은 것 같은 그대로의 벽지와 작은 장롱 2개가 있었고 그 위에 소 형 텔레비전 하나가 얹혀 있었다. 방 두 칸의 다른 쪽 문을 열자 일시에 훅 끼쳐오는 참을 수 없는 역한 냄새가 묻어 나왔다. 미리 지급받은 두꺼운 마 스크를 썼는데도 역부족이었다. 침대는 없고 작은 요가 두 겹으로 깔려 있 었는데 사체에서 흘러내린 것 같은 분비물 자국이 짙게 배어 있었다. 시각 이 괴로웠다. 업체 대표를 비롯 3명의 직원들은 거실에 모여 간단히 기도를 했다. 그리고 익숙하게 각자 일거리를 하나씩 맡아 흩어져 작업을 했다.

나는 그런 그들을 보며 우선 이 남자에게 남아있는 것이 무엇인가 싶어 낡은 장롱 하나를 열어 들어있는 것을 끄집어내었다. 에게게, 겨우 낡은 옷 가지 세 벌과 양말 몇 켤레, 그리고 봉투가 하나 있었다. 누가 보아도 고독사 증거처럼 보였다.

주인집 여자가 하는 말로 남자는 몇 년 동안 이 충주를 무대로 떠돌아다녔다고 했다. 가족이 없었으면서도 드나드는 사람이 있어 무얼 하는가 보았더니 이들에게 사주를 보아주기도 하고 때때로 부처님 법문을 설교하기도 해 스님인 줄로만 알았다고 했다. 방세를 꼬박꼬박 내기에 간섭없이 지냈는데 지난 두 달 집세가 밀려 와보았다가 사내가 죽어 있는 것을 보고 질겁을 해 경찰에 신고하게 되었다는 것이었다.

다행히 겨울이라 시신 썩는 냄새가 그나마 새어 나오지 않은 것이 다행이면 다행이었다. 나는 그의 마지막 흔적인 낡은 서류 봉투를 조심스럽게 열어보았다. 그 안에는 사진 몇 장과 조계종 승려증, 그리고 편지 같은 것이 들어있었다. 그러다가 나는 비교적 큰 사진 한 장을 발견했는데 그의 마지막을 대비해서 영정사진으로 남겨놓은 것 같았다. 유심히 살펴보다가 나는 갑자기 쇠망치로 얻어맞은 듯 비틀거렸다. 민머리에다 구릿빛 얼굴을 한 사진 속 주인공은 틀림없는 자칭 그 엉터리 '중놈'이었기 때문이었다.

아니, 그가 바로 이 방의 주인공이라니? 나는 다소 놀라며 한발 뒤로 물러났다가 다시 두 눈을 모으며 사진을 뚫어져라 쳐다보았다.

내가 그를 만난 것은 대학원을 갓 졸업하고 취직을 하지 못해 빌빌거리고 있을 때였다. 그때에 나는 자주 나지막한 인근 야산의 산속을 개 싸돌아다니듯 헤매면서 괴롭고 참담한 세월을 촛농 녹듯 삭이고 있었다. 직장을 가지지 못한 사내들이 으레 그렇듯이 나는 그 무렵 참으로 소심하고 주눅든 사내가 되어 해가 뜨는 것이 두려웠고 1년의 절반은 늘 밤만이 계속되는 세계가 있다면 거기에 가서 살고 싶다는 생각이 들 정도로 고통스러웠다. 게다가 나는 그때 노이로제마저 걸려 날마다 무너져 내리는 두통과 견비통에 시달려야 했다.

집안은 온통 나의 취직을 학수고대하고 있었지만 발령은 언제 날지 몰랐다. 나는 발령받을 때까지의 그 많은 시간을 메꿀 일을 찾아서 허덕였고 신경쇠약 증세는 왼쪽 등이 늘 불쾌할 정도로 괴롭혔다. 한낮의 슬레이트 지붕의 열기와 선풍기 하나 사다 놓지 못할 정도의 가난은 매일같이 할 일을 찾기 위해 책상 앞에 앉은 나를 향해서 몹시 무덥게도 내리꽂고 있었다. 너무도 괴로워서 애를 낳고 결혼하며 살아가는 평범한 일들이 나와는 상관없는 일인 것처럼 여겨지기도 했다. 그저 당장 머리만 아프지 않으면, 신경증적 증세인 왼쪽 등의 고통만 벗겨진다면, 고질적인 자학적인 생각에서 벗어날 수가 있다면 하는 생각이 하루종일 그치지 않았다. 무언가 의미 있는 일을 해야 한다고 생각하면서도 신경쇠약 증세는 날로 심해져 나는 이제 라디오조차 제대로 들을 수가 없었고 심지어 책상 앞에 앉는 것마저 고통을 느껴야 했다.

나는 보다 내 자신의 생산적인 일에서 내 신경증이 치유될 수 있다는 사실을 알았지만 일거리가 없는 시대였기 때문에 미지근한 병마의 고통을 어쩌지 못하고 껴안고 있었다. 그나마 내가 시간을 보내기 위해 했던 것은 인근 야산을 무장공비처럼 각개 침투하는 일이었다. 나는 산속의 울퉁불퉁한 바위와 늘 그대로 서 있는 푸른 소나무들을 바라보며 차라리 바위나 나무로 태어났으면 좋았겠다는 생각을 하고는 했다. 그러다가 불현듯 일주일간 감자 캐는 작업을 하고 돈이 조금 마련되면 어디론가 기차를 타고 훌훌 떠나

보리라는 생각이 들었다.

몇 번이나 기차를 갈아타며 마음 닿는 대로, 발길 닿는 대로 풍경을 좇다가 내린 곳은 충주였다. 물론 이곳에 내려야 하는 특별한 이유는 없었다. 축 처져 하릴없이 충주 시내 여기저기를 돌아다니다가 충주의 남문 시장까지 가게 되었는데 내가 그 민머리 사내를 만난 것은 바로 거기에서였다. 그는 시장 입구에서 작은 밥상 하나를 갖다 놓고 사주를 봐주고 있었다. 그를 본 순간 나는 깜짝 놀랐다. '왕과 나'의 율브리너가 앉아 있는 것 같았기 때문이었다. 구릿빛 건장한 몸매, 반들반들한 민머리에 부리부리한 눈은 한눈에 보아도 범상한 얼굴이 아니었다. 시장 바닥에서 사주나 보아주고 있을 그런 관상이 아니었다.

그가 하고 있는 일이 사주여서 나도 마침 배우고 있는 터라 그와 약간의 말을 텄다. 그런데 그가 알고 있는 사주란 것이 정말 기가 막히게 엉터리였다. 몇 번 그와 사주 이야길 나누자 그의 실력이 들통이 나기 시작했는데 그런 그의 실력을 조목조목 비웃자 그는 매우 화난 얼굴로 자신의 밥벌이가 없어질 것이 염려되었던지 나를 향해 '꺼져버려 이 새끼'하고 버럭 소리를 질렀다.

그 후 취직을 하고 수 년여가 지나 인근 대학 세미나에 참석했다가 또다시 여전히 충주 시내 시장의 한구석에서 작은 밥상을 앞에 두고 사주를 보아주고 있는 그와 만났다. 나는 옛날이 생각나서 웃음이 나왔다. 좀 사주 실력이 늘었는가 싶어 지켜보니 여전했다. 초보인 나보다도 못한 실력을 가지고 지나가는 사람을 유인하고 있는 것이었다. 모르는 척 옆에서 물끄러미 서서 그 꼴을 바라보는데 말 하나는 청산유수였다. 명식을 잡지도 않고 그냥 엉터리로 이것저것 주워대는데 넘어가지 않는 사람이 없었다. 주 대상은 여자였다. 여자들이 그의 구리빛 건장한 모습에 반해 돈을 서슴없이 갖다 바치고 있는 것이었다. 어느 정도 파장이 되어가자 내가 아는 체를 했다.

"아시겠어요?"

내가 그의 얼굴을 보고 빙그레 웃으며 말하자 그가 눈을 찡그리며 째려보는데 그 꼴이 '어떻게 여기 왔어?' 하는 것 같았다. 알고 있긴 하나 보군. 나는 옛날을 생각해 그가 나를 겁박할지도 모른다고 생각하고 약간 마음의 준비를 하며,

"시장에 구경 왔다가 우리 영감님 다시 보게 되네요. 이게 얼마 만이에요?"

하고 말했다.

그는 이번에도 정색을 하며 그 잘생긴 얼굴에 노기를 뿜었다. 예전에 내가 그의 허점을 콕콕 찔렀던 것을 아직도 기억하고 있는지 한참 동안 말없이 째려보았다. 그러나 나는 그의 매운 눈길에도 이번에는 물러남 없이 버티기로 했다. 그는 내가 그가 하는 일에 방해가 될까 보아 주위를 두리번거렸다. 자신의 실력이 탄로 날 것을 걱정하는 듯했다. 지난번엔 한 여자 보살과 함께 구입할 땅을 보러 가는 중에 잠깐 시장에 좌판을 벌였던 것이었다는데 (자신이 이런 사주나 보아줄 사람이 아니라는 듯) 지금 보니 아예 사주관상쟁이로 시장 바닥에 나앉은 것 같았다.

그런데 이상했다. 그는 나를 보자 화를 냈지만 나는 그렇게 화를 내는 그가 밉지 않았다. 그것도 먹고사는 한 방법이려니 하는 측은지심마저 드는 것이었다. 딴은 취직 못해 이곳저곳으로 떠돌고 있었던 때가 생각났기 때문이었다.

마침 손님이 없었기 때문에 그의 옆에 앉아서 몇 가지 물어보았다.

"그래 거처는 지금 어디로 정하고 있어요?"

"와? 썩 꺼져. 손님 떨어져. 이놈의 새끼."

지난번 같으면, '어이구 미안합니다' 하고 그가 험악하게 얼굴을 만들며

칠 듯이 바라보았기 때문에 줄행랑을 놓았을 것이었지만 지금은 그의 찡그린 얼굴도 다 이해한다는 뜻으로 그의 얼굴을 바라보아서 그런지 그런 그의 얼굴이 오히려 귀엽게 보였다. 그가 사기를 치는 것도 우습고 그의 사기에 속아 넘어가는 사람들도 우스웠다. 그나마 다행인 것은 사기당해보아야 고작 일이만 원도 안 된다는 것이 적이 안심되었다. 그 일이만 원이 한 사람을 구하고 있다는 것이 또한 우스웠다. 세상은 이렇게 속고 속이며 흘러가는 것이로구나.

"그래, 옛날 그 보살님과는 어떻게 되었어요? 왜 같이 땅을 보기로 한 보살 말이에요?"

그는 내 말에 대답 대신,

"꺼져버려. 대갈통 박살 나기 전에."

하고 말했다. 그는 나를 예전의 나로만 생각하여 아직도 나를 장사하는 데 방해자로만 여기는 것 같았다. 그때 마침 손님이 한 사람 찾아왔다. 그는 만 원짜리 한 장을 먼저 내놓고 자신의 사주를 불러주었다.

"올해 신수가 어떤지 알고 싶습니다."

"그래, 가만있어요."

그는 만세력을 끄집어내더니 그의 일주를 알아내고는 그럴듯한 말로 풀이하기 시작하였는데 내가 볼 때 반은 맞고 반은 엉터리였다. 세상에 일주 하나만을 가지고 사주를 보는 역술가가 어디 있다는 말인가? 그런데도 그 반은 거짓이 아닌 것이 드러나면서 그의 말은 통하고 있었다.

그는 시장통에서 하루 5, 6명 정도를 상대하고 그만큼의 벌이에 만족하는 것 같았다. 내가 그의 옆을 떠나지 않자 그도 이내 나를 거리끼지 않았다. 하긴 내가 옆에서 그가 하는 모양을 보고 일부러 맞장구를 쳐주었으니 이번에는 내가 싫지는 않았을 것이었다.

그날 오후 3시쯤 되었을 때 그는 돈을 헤어 보더니 만 원짜리가 몇 장 되자 그만 일을 접고 내 손을 이끌었다. 시장통과 떨어진 포장마차로 나를 데려가선 소주 한 병과 어묵 한 그릇을 시켰다. 그리고는 다소는 가소롭다는 듯이 물었다.

"뭐 하는 놈이야?"

"아직 직장이 없습니다."

나는 일부러 거짓말을 했다. 나는 이번에 고등학교에 있다가 대학으로 직장을 옮겼다.

"술 마셔."

그러면서 그는 자기도 한 잔 따르며 그까짓 소주 한 잔에 '카' 소리까지 내며 술맛 좋다는 듯 마셨다.

"그때 보살님과는 어떻게 되셨습니까? 땅은 잘 보셨습니까? 그때가 벌써 5년 전이었는데"

"엉, 잘 되었어. 그 보살 돈 좀 벌었어. 지금 청주에서 떵떵거리며 살고 있어."

"그 땅이 어느 쪽에 있는 것이었습니까?"

"청주 근처 오근장梧根場에 있어. 신도시 개발로 땅값이 엄청 뛰었어."

"그런데 영감님은 왜 아직도 이곳을 벗어나지 못하고 있습니까?"

"토사구팽兔死狗烹당했어."

그의 말로는 그 보살과는 천태종 소속의 한 개인 암자에서 만났다고 했다. 그것도 먼저 보살이 꼬리 쳤다고 했다. 그의 잘생긴 얼굴과 구리빛 근육질 몸매가 탐이 난 모양이었다. 그래서 몇 년간은 그 젊은 과부 보살에게 몸 보시도 하고 잔심부름도 하면서 지낼 수가 있었으나 그 젊은 보살은 시들해졌는지 또 새로운 사내를 찾자 그를 내쫓았다고 했다. 내쫓으면서 안됐던지 지금 그가 있는 충주의 18평 아파트를 얻어주더라는 것이었다. 그는 지금 그곳에 자기가 있다고 하였다.

그날 그렇게 그와 술 한잔을 하고 헤어졌는데 이튿날 점심 무렵 해서 나는 다시 시장통 그가 사주를 보고 있는 곳으로 갔다. 딴은 그에게서 대접받은 것을 돌려주어야 할 것 같았기 때문이었다.

"오늘 점심은 내가 살 테니까 갑시다. 영감님."

그는 내키지 않는 표정이었지만 마침 점심시간도 되었고 해서 나를 순순히 따라왔다. 아마 그는 내가 돈을 가지고 있지 못하고 대신 자기 돈으로 점심값을 내는 것은 아닌가 생각하고 저어했던 모양이었다. 근처에서 제일 좋은 식당으로 그를 안내했다. 그의 부실한 목구멍에 기름기라도 듬뿍 칠해주고 싶은 생각도 들었기 때문이었다. 근처에서 제일 큰 집으로 들어가자 그는 조금은 놀라는 표정이었다. 취직도 못한 녀석이 무슨 돈이 있어서 이런 곳을 다 들락거리나 하는 그의 다소 놀라는 표정이 재미있었다.

"자네 오늘 무리하는 것 아냐?"

"어휴, 영감님 염려 말아요. 이 정도 가지고 무얼 그래요. 둘이 먹어보았자 십만 원도 채 나오지 않을 텐데."

나는 웃으며 호기롭게 말했다. 이 정도는 문제없다는 우쭐함에 우월감마저 들었다. 그래도 그는 아직 내가 안심이 안 되는 모양이었다. 나는 그가 사주를 보아주며 받은 몇만 원의 돈을 쥐고 포장마차에 들러 어묵과 소주를 시키던 모습을 생각하며 속으로 쿡쿡 웃었다.

"이전엔 무엇하셨드랬어요?"

나는 고기를 그가 먹기에 알맞게 썰어 주며 물었다. 내가 그를 아는 것은 처음 충주 남문 시장에서 만났을 때부터 이후의 일일 뿐 그가 이전에 무엇을 했으며 가족과 결혼, 이런 것에 대해서는 아는 바가 없었다.

"그런 거 알아서 무얼 해? 괜히 입만 아프고 속만 상하지."

"그래도 이렇게 물으면 사람들은 잘 이야기해주던데 조금 과장해서 이야기해도 괜찮고 거짓말이어도 해보세요."

"속만 상해. 말하기 싫어."

그는 그러면서 자신에 대해 말하기를 피했다. 그러나 술이 한 잔 들어가자 술김 탓인지 말이 술술 나오는데 거의가 여자 이야기였다. 주로 과부들, 결혼 않고 살아가는 여자들, 이런 여자들과 살았던 이야기였다. 하긴 그의 강인한 인상의 민머리와 구릿빛 건장한 체격, 부리부리한 눈, 이런 것을 생각하면 임자 없는 그를 탐내지 않는 여자들은 없을 것 같았다. 그러다가 그는 잠깐 자신의 진짜 이야기를 비쳤는데 놀랍게도 그가 전직이 중놈이었다는 것이었다(스님이라고 하면 좋겠는데 본인이 굳이 중놈이라고 강조했다). 그것도 놀랍게도 자신의 은사가 성철 스님이라는 것이었다.

"정말 중이 맞고 성철 스님이 은사 스님이셨습니까?"

나는 그가 성철 스님이 자신의 은사라고 한 말을 듣고 재차 물었다.

"맞어. 그런데 맞지 않았어. 계율을 엄히 하는 그런 사람들과 나처럼 이렇게 자유분방한 사람들과는 애초에 만난 것이 잘못이었어. 마침내 절을 뛰쳐나왔지. 전국을 유랑했어. 내가 가진 거라고는 이 몸뚱이밖에 없는데 여자 만나 몸으로 보시하며 살았지. 그 바람에 이렇게 망가졌어."

내가 보기에는 건장한 훌륭한 몸이었다. 무얼 보고 망가졌다고 하는 것인지 몰랐다.

"내가 이젠 발기부전이야. 하도 여자들이 그것만 요구하니 나중엔 바로 서지가 않아. 몇 번 그러니까 걷어차더라구. 쓸모 없다구 생각한 모양이지. 참 독한 것들."

그는 그러면서 자기가 팽당한 것이 억울한지 침을 삼켰다.

"그럼 가족은 없습니까?"

"가족이 어디 있어? 이 세상 혼자 왔다가 혼자 가는 거지."

"제 말은 환속한 후 결혼하지 않으셨는가 해서요?"

"안 했어. 이상하게 결혼이 썩 와닿지가 않더라구."

"지금은?"

"지금도 후회 같은 것은 안 해. 내 인생 내가 선택한 것인데 뭐. 그래 자네 결혼했나?"

"아직 안 했습니다. 이제 결혼하려구요."

"그래 결혼해야지. 나는 별종이니까 안 했지만 사람은 특별한 경우가 아니면 결혼해야 해. 그래야 이 세상에 온 의미가 있다고 할 수 있지. 겪어보니 그렇더라구. 그런데 먹고 살 준비는 돼 있어?"

그는 내가 취직을 못하고 있는 것이 신경이 쓰이는 모양이었다.

"이래 봬도 돈 잘 벌어요. 고급공무원 월급 이상은 받는걸요. 취직만이 먹고사는 게 전부는 아니잖아요. 알고 보면 이 세상일이 얼마나 많은데요."

"맞어, 맞어. 알고 보면 내가 하는 중질도 생활 수단이야. 수행은 무슨 수행? 다 핑계지."

"자식은 없어도 그래도 엄마 아버지는 있는 거 아니겠어요?"

"없어. 내가 모르니께."

그랬다. 그는 천애고아라고 했다. 알고 보니 그는 절에 버려져 있었고 절에 있다 보니 어쩔 수 없이 성철 스님을 은사로 사미계와 비구계를 받게 되었다고 했다. 원래 그런 그릇이 아니었던 그는 절 생활이 먹고사는 것 이상은 아니었다고 했다.

"싫었어. 절 생활이 내게 맞지 않았어."

그는 자조하듯이 내뱉었다.

"가까이서 보는 성철 스님은 어땠어요?"

"나는 감히 가까이 가지 못했어. 전부 주위에 쟁쟁한 상좌들이 있어서 그들 틈에 끼일 자리가 없었지. 모두 수행이라는 면에서는 성철 스님을 닮아 그런지 한가닥 하는 사람들이었으니까. 나는 늘 겉돌기만 했어."

"아니 그것 말고 그래도 성철 스님을 뵈었을 거 아니에요?"

"한마디로 독한 사람이었지. 독하다 못해 잔인하기까지 했어. 인간적이 아니었어. 추상같았지. 나 같은 어중이떠중이는 아예 잡놈이라고 했으니까"

"그래, 원망스러우세요?"

"이 나이에 무슨 원망? 다만 저게 수행인 것일까 하는 의문은 남았지. 냉혹했어. 수행을 두고는 빈틈이 없었지. 자기가 그랬으니까 남도 그러기를 원했던 거지. 그런데 난 그러지 못했어. 처음부터 옹심이가 없는 팥죽이었으니까. 절 생활도 절 생활 잘 할 수 있는 놈이나 하는 거지 나 같은 것은 그릇이 못 돼."

"그럼 절 생활도 잘할 수 있는 사람이 따로 있다는 말이겠네요?"

"맞어, 그런 팔자가 있어. 사주 잘 알잖어. 사람은 사주대로 사는 거여. 지가 잘났다고 까불어도 지 사주 속에 놀거든. 오죽하면 이병철 씨 같은 사람도 사람은 사주만큼 일한다고 했을까?"

"그렇게 사주를 잘 보면서 왜 사람들에게 사주를 엉터리로 보세요?"

"엉터리? 내가? 무어가 엉터리인데 고수란 상대를 보아가며 사주를 봐주는 거야."

"그래도 저는 사람을 사주 속에 가두어 놓는다는 것이 반감이 생기는데요. 노력하면 사람은 얼마든지 성공할 수 있는 거잖아요."

"이봐, 자네가 사주 기술은 얼마나 배웠는지 모르지만 사주를 이해하는 것은 하수에 지나지 않는군. 그 노력도 사주에 있으니까 하는 거지 사주에 없는 녀석이 아무리 노력하면 뭐하겠어. 설사 노력을 한다 해도 그 노력은 집중이 아니라 마구 흔들리는 노력일 뿐이야. 인간의 그릇은 태어날 때부터 정해진 거야."

"그래도 저는 반감이 드는데요?"

"아직 자네가 젊어서 그럴 거야. 나이 들어봐. 사주대로 산다는 것을 깨달을 때가 있을 거야."

"그런데 아까 스님이 한 인간적이라는 말 말이에요. 인간적이니까 모두들 깨달음 근처까지는 가는데 깨닫지 못하고 좌절하는 것 아닐까요?"

"그러니까 인간적이지. 인간적이지 못한 사람들만이 이 세상에 있다고 해봐. 그런 세상은 얼마나 삭막할 것인지. 예를 들어 이 세상이 성철 스님 같은 사람만 있다고 생각해 봐. 그런 세상이 재미있을 리가 있겠어."

나는 그가 말한 그의 은사 스님이었던 성철 스님이 잔인한 사람이라는 말에 동의했다. 정말 그랬다. 성철 스님 같은 사람만이 이 세상에 있다고 생각해 봐라. 그 얼마나 삭막한 세상이 되겠는가. 그렇지만 그가 그 유명한 성철 스님의 제자였다는 말이 나를 놀라게 하였다.

그날은 그와 그렇게 헤어졌다. 그는 내가 그를 초대했던 것이 고마웠는지 '연신 고맙네. 고맙네' 하고 비굴할 정도로 고개를 숙였다. 처음 그의 뻣뻣한 것과는 전혀 다른 모습이었다.

그와 만나는 날이 많을수록 이상한 것은 그에게서 남모르는 내공을 심심찮게 느낄 수 있었다는 점이었다. 그가 자신을 깜냥이 안되는 시러배 잡승이라고 이야기했지만 그가 꽤 수행이 깊은 스님이라는 것에 대한 증명이 자꾸만 눈에 보였다. 그래서 겨우 사주 기법 정도를 알고 있는 실력 가지고 그가 하는 꼬락서니가 내가 보는 방식과 다르다고 하여 그를 비웃은 것에 참으로 부끄러움을 느끼고 있는 터이었다.

한 번은 우리가 불경과 성경에 대해 이야기하기 시작했다.

"예수가 한때 불교 신자였다는 것을 아는가?"

"네? 금시초문인데."

"아니야, 성경에는 예수가 13살에서 29살까지에 대한 기록이 전혀 없어. 그런데 성경을 제외한 당시의 불경 관련 기록들에는 예수가 불교 신자라는 사실을 남기고 있거든. 실제로 성경 속의 많은 구절이 불경 속에 있는 구절과 닮아있어. 성경은 불경의 표절이라고 볼 수도 있어. 역사적으로 가장 큰 표절이라고 할 수 있지. 너무 커서 표절이라고 느낄 수조차 없는. 물론 예수 쟁이들은 부정하겠지만 말이야."

성경이 불경의 표절이라고 하는 그의 생각이 좀 독특했다. 당시 신경숙 씨의 표절 문제가 사회 이슈화되어 표절 문제가 시끄러웠던 때라 나는 그 표절이라는 말을 그냥 흘려들을 수 없었다. 예수가 불교 신자였다는 것도 매우 흥미로운 말이었다. 그리고 그런 것을 상당한 근거를 가지고 증명할 수 있다고 한다니? 그는 실제 불경과 성경의 구절을 비교해가며 예수가 불교도였다는 것을 들려주어 나는 정말 성경이 불경의 표절인가 하는 생각도 들게 했다. 하긴 예수가 갑자기 어떻게 그 많은 사람들을 가르치고 교화할 수 있었겠는가? 그가 누군가에게서 배웠거나 또는 깊은 영적 지도자의 지도를 받지 않고는 갑자기 어느 날 갈릴리 지방에 나타나 사람들을 교화할 수 있는 것은 아닐 것이었다.

"하긴, 성경엔 믿을 수 없는 구석 많아요. 예수가 동정녀 마리아에게서 태어났다느니, 죽은 지 사흘 만에 다시 부활했다느니, 이 따위 것을 그대로 믿으라고만 하니 저항감이 없을 수 없어요. 자신의 신앙을 객관적으로 볼 줄도 알아야 하는데."

"글쎄, 한번 관심 있으면 성경과 불경을 비교하는 공부를 해봐. 연구 논문으로 좋은 주제일 거야. 나는 성경을 한번 보다가 깜짝 놀랐어. 불경과 너무 비슷해서 말이야."

"왜 스님이 하지 않고요?"

"나야 가방끈이 짧아. 한문을 배웠지만 익숙지 못해. 그런데 한글 불경이 있으니 한번 연구해볼 가치가 있지 않겠어?"

그의 말은 내 전공은 아니었지만, '비교'라는 말에서 어떤 방향을 제시해 주었다. 정말 성경과 불경을 비교 분석하는 일은 한번 해볼 만한 일 같았다.

"표절 이야기가 나왔으니까 하는 말인데 왜 스님은 성철 스님을 표절할 생각은 하지 않으셨습니까? 성경도 불경의 표절이라고 한다면 표절을 통해서 그렇게 훌륭한 작품이 나왔는데 스님도 성철 스님을 좀 표절해 보시지 그랬어요. 아니 성철 스님보다 더 훌륭한 스님이 되었을지도 모르잖아요?"

"아니야. 표절할 것을 표절해야지. 아예 그만한 그릇이 되지 못한다면 나 자신에 대한 도리가 아니라고 보아. 나는 내 자신만이 할 수 있는 것이 있다고 생각하거든. 되지도 않을 것을 표절해서 나 자신을 괴롭힐 필요가 없다고 생각해. 그리고 또 그럴 필요도 없고."

"결국 자신이 없었던 거였네요."

그는 내가 표절 문제를 역으로 제시하자 아무 말도 못하였다. 그러다가 무슨 생각 때문인지 이내 고개를 들면서 변명처럼 말했다.

"하늘의 계획에 그런 계획은 없었어. 나는 순리대로 살 뿐이야."

그는 자기 스스로를 깜냥이 안된다고 했지만 그는 내가 만난 그 어떤 스님보다도 크고 해박했다. 세상에 자기 자신을 스스로 깜냥이 안된다고 말하는 사람이 얼마나 되겠는가?

"절에서 스님들은 어떻게 지냅니까? 그 이야기 좀 해주시지요."

"어떻긴 어때? 일상 사람들과 똑같지. 똑같지 않을 수기 있겠어. 자기네들도 사람이고 먹고 자고 하는 일은 똑같은데 무어가 다르겠어. 치고받고 싸우는 일도 많아. 잘난 놈, 못난 놈, 이상한 놈, 난 놈, 든 놈, 얄팍한 수행 믿고 나섰다가 큰코다치는 놈. 거기도 사회다 보니 이판사판이 있고 그러다 보니 내리는 놈도 있고 받드는 놈도 있고, 이게 싫은 놈도 있고 적응 잘하는 놈도 있고, 벼라별 놈 다 있지. 그들이라고 특별한 놈 없어. 거기에 거기지. 또 수행한 것과 생활하는 것이 일치하지 않을 때가 많아. 아무리 수행을 많이 했다 하더라도 그런 사람들일수록 일상생활에는 익숙하지 못하거든. 사회생활을 할 줄 몰라. 수행을 많이 했으면 들을 줄도 알고 시킬 줄도 알아야하는데, 시킬 줄만 알지 들을 줄은 몰라. 그런데도 들을 줄 모르는 작자를 수행을 많이 했다고 떠받드는 것도 그 세계만의 특징이지."

그는 스님들의 생활을 명쾌하고 질박하게 설명해 냈다.

그로부터 한 일 년이 지났을까? 나는 또다시 그를 만나게 되었다. 내가 모종의 사건에 연루되어 정말 억울했지만 학교를 떠나지 않으면 안 되었을 때였다. 나는 내 사주를 들고 그를 찾아갔다. 내 사주가 어떤지? 물론 나는 일반적으로 말하는 내 사주 정도는 알고 있었다. 그렇지만 혹 내 사주에 내가 모르는 다른 해석이 있지 않을까 싶어 그를 찾은 것이었다. 내 사주를 보자 그는 대뜸,

"사주가 외로워. 클 생각 말고 대신 결혼할 생각부터 해."

하고 말했다.

"네?"

그것은 상식 밖의 말이었다. 여지껏 나는 내가 보는 내 사주나 또는 좀 유명하다는 소리를 듣는 사주쟁이를 찾아 다녀보거나 하면 좋은 사주라는 소리를 들었는데 참 이상했다.

"팔자대로 살아야 해. 팔자를 거스르면 안 돼."

"왜, 무얼 보고 그런 말씀을 하시는지 남들은 다 좋다고 하는 사주인데."

나는 반감을 갖고 다소는 같잖다는 투로 그를 바라보았다.

"이것 봐 무오戊午에 정유丁酉 곧 넓은 들판에 촛불 하나, 외롭잖아. 그리고 사방은 나를 공격하고, 아무리 자기가 똑똑하면 무얼 해. 그러니까 운이 없다는 소리를 듣지. 사람이 외로우면 안 돼. 그저 이 사주는 평범한 삶을 살아야 크게 될 사주야. 그런데 그 평범함이란 것이 얼마나 큰 것인지 사람들은 모르고 있거든. 그러니까 자네는 결혼해서 부인의 도움을 받아야 돼. 그래서 빨리 결혼하라는 거야."

그의 말을 듣는 순간 나는 한 방 먹은 것 같았다. 큰 평범이라니? 나는 아무 소리 못했다. 그가 내 사주를 보아주었다는 것에 감사해서 나는 그날 그에게 다시 점심을 대접했다.

그가 보는 사주는 좀 독특했다. 물상법物象法이라고 할까. 그렇다고 물상법도 아니었다. 여하간 좀 독특했다. 어느 정도 술기운이 올랐을 때 나는 지난번 만났을 때 그가 말한 불교 속의 예수에 대해 다시 물었다.

"예수가 불교 신자였다는 것을 어떻게 아셨어요?"

"책에 나와. 워낙 예수가 유명하다 보니 사람들이 그에 대해 연구하지 않았겠나? 그가 무슨 신이었겠나? 객관적으로 보면 그는 사람의 아들일 뿐이야. 그리고 그가 그 십자가의 길을 택한 것은 소크라테스가 독배를 마신 것처럼 그가 자신의 신념으로 선택한 길일 뿐이야. 그것 말고 거기에 무슨 의미가 있겠나? 후세의 많은 사람들이 거기에 대속代贖이니 뭐니 의미 부여한 것일 뿐이지."

"그런데 왜 이런 것에 관심을 가지게 되셨어요. 그냥 수행만 열심히 했더라면 큰스님이 되었을 것 같은데?"

"사주처럼 산다고 하시 않았어. 팔자대로 살 뿐이야."

"아니 천애 고아라면서 생년월일시도 모를 텐데 어떻게 사주는 알아요?"

"그거 없어도 돼. 어느 정도 경지에 오르면 자기 앞날이 보여. 모름지기 사주에 통달하려면 그 정도까지 올라가야 해."

"그런데 너무 초라하지 않아요? 그런 경지의 스님께서 이렇게 장바닥에 나앉아서 남의 사주나 봐주는 거."

"그것도 다 사주에 있어. 그래서 팔자에 순응하면서 사는 것뿐이야."

"너무 운명론에 빠져 있는 거 아니에요?"

"운명론? 아니 인간이 할 수 있는 것은 사주에 있어. 사주에 있으니까 노력도 하는 게지."

그는 완전 사주, 아니 운명론에 빠져 있었다. 그의 주장은 인간은 하늘의 계획에 의해 건설된다는 것이었다. 적절하게 세상이 이루어지게끔 하늘이 그렇게 계획을 했다는 거였다.

그로부터 다시 그의 소식을 들었던 것은 이태가 흐른 후였다. 그의 말대로 나는 외로움을 쫓기 위해 결혼을 했고 그랬더니 아닌 게 아니라 나도 모르는 사이에 문제가 쑥쑥 풀렸다. 내가 다시 대학에 자리를 잡고 그에게 전화를 했을 때 그가 다시 절에 들어갔다는 소식을 들었다. 해인사로 들어간 것이냐고 하니까 그게 아니라 절을 운영하는 한 보살의 남편이 되어 절을 운영하고 있다는 것이었다. 어쨌거나 잘되었다 싶었다. 그가 추위에 떨며 충주의 한 시장 구석에서 사주를 보아주지 않아도 되었기 때문이었다.

그런데 얼마 가지 않아 나는 또 그가 이번에는 교도소에 들어가 있다는 것을 알게 되었다. 그 이유가 걸작이었다. 그 절의 보살이 그가 절에 오는 신도와 눈이 맞아 모텔을 전전했다 하여 괘씸죄로 그를 고발해 교도소에 집어넣은 것이었다. 뭐 절 재산을 횡령했다고 했다나. 그와 함께 상대 간통녀는 그녀의 남편에 의해 발각되자 강간당했다고 지른 것이었다. 그런데 나는 그것이 어딘가 그에게는 헐거운 옷을 입은 것 같이 아귀가 맞는 것 같지 않았다. 여자가 들이대었겠지.

교도소를 찾아갔을 때 그는 내게 말했다.

"좀 억울하지만 이것도 다 내 팔자려니 하고 생각하니 그닥 원망이 쌓이진 않아. 오히려 여기 오니 별사람들을 많이 만나게 되고 그들을 보니 역시 사주대로 되는구나 하는 생각이 들어. 참 하늘의 계획은 빈틈이 없구나 하는 것을 새삼 느끼게 되거든."

"내가 여기 온 것은 그런 것을 들으려고 한 것이 아니지 않습니까? 어떻게 그런 죄를 저질렀는가 말입니다."

내가 그를 위해 변호를 해주려고 했을 때에도 그는 팔자타령을 하고 있었다.

"뻔하지 뭐. 여자들이 들키니까 내게 강간당했다고 지른 거지. 이해해. 내가 좀 고생하면 그들은 맘적으로 편해지겠지. 자기가 원한 것이 아니었다고 할 수 있으니까."

나는 더 이상 말을 하지 않았다. 귀책사유가 그가 아니라는 것을 알고 있었던 나는 어떻게든 그를 구해보려고 하였는데 그가 자신을 스스로 가두어 버리는 바람에 어쩔 수가 없었다. 결국 그는 징역 1년에 집행유예형을 선고받았다.

그리고 나서 그와의 특별한 일이 이어진 것은 없었다. 단지 연말이 되면 그에게 안부 엽서를 하나 보내주는 정도의 인연이 되고 말았다. 나는 대학 생활에 바빴고 그에게 특별히 관심을 가질 형편이 못되었기 때문이었다. 그러다가 시의 연구용역을 받아 고독사 문제를 연구하다가 그를 이런 모습으로 다시 만난 것이었다.

나는 그의 소지품 여기저기를 뒤지다가 벽에 달린 싱크대 벽장 안을 열어보았다. 그릇 몇 개와 또다시 두툼한 봉투 하나를 발견하였는데 쏟아보니 거기에는 그가 사주를 보아준 여러 사람으로부터 받았던 감사 편지와 내가 매년 하나씩 보내주었던 엽서가 들어있었다. 나는 그것을 도로 봉투에 집어넣고 다시 다른 쪽을 열었다. 낡은 밀짚모와 그의 은사인 성철 스님 사진의 작은 액자, 그리고 불경을 사사한 듯한 한지 한 무더기가 쌓여 있었다. 또 한쪽엔 누군지 알 수 없는 인자한 모습의 여인 사진이 하나 있었고 그가 평소 입고 다니던 두툼한 솜 두루마기가 잘 개어져 있었다. 그리고 책 몇 권. 나는 그 책들을 하나하나 살펴보았다. 르낭의 『예수의 생애』 같은 낡은 문고본과 성경, 불경, 사주 관련 책 몇 권이 초라하게 쌓여 있었다. 초라한 죽음이었다. 고독한 죽음이었다. '인생 참 별거 아니더라구' 하며 말하던 그의 잘생긴 얼굴이 또다시 떠올랐다.

"인생은 사주팔자대로 사는 거여. 내가 이렇게밖에 살 수 없는 것도 사주에 있는 거여. 나라고 발버둥치고 싶지 않았겠어? 그런데 하늘에선 자꾸만 내게 주어진 대로 살라고 말하는 거여."

"그걸 어떻게 아세요?"

"감으로 느껴."

"그래도 이렇게밖에 살지 못하면 한 번밖에 없는 인생 억울하지 않습니까. 그리고 노력으로 자신의 신분을 바꾼 분들도 많이 있지 않습니까?"

"그게 다 큰 틀에서 보면 그게 그거여. 커 보았자 얼마나 크고 작아 보았자 얼마나 작겠어. 그저 주어진 대로 살다 가는 거여. 외롭거나 슬프지 않아. 남들은 몰라도 나는 나 이대로가 좋아. 구애받지 않는 삶, 그게 좋아. 자유인이지, 자유인."

하는 그의 말이 떠올랐다. 그는 외롭지 않다고 했지만, 그러나 그의 죽음

이후의 모습을 바라보는 내 눈은 그가 그지없이 불쌍하고 측은했다. 무엇보다 그가 결혼을 생각 않고 있는 내게 내 사주가 외로운 사주여서 일찍 결혼하라고 한 말이 떠올랐다. 그의 말대로라면 사주를 알기 때문에 불운의 때를 피해 갈 수 있는 거라면 피하지 그는 왜 그러지 않은 것일까? 왜 남들 사주는 가르쳐주면서 정작 자신은 그렇지 못했던 것일까. 의문이 생겼다. 혹 그것도 사주 때문인 것일까?

나는 그의 죽음 이후의 모습과 처지를 보면서 착잡한 생각에 사로잡혔다. 그의 유품은 몇 개의 자루에 담겨 나왔다. 그리고 시신 썩는 냄새를 제거하기 위한 소독이 시작되었다. 모두가 마스크를 쓰고 있었지만 나는 이번에는 그 소독내가 몹시 역겨워 아파트 밖으로 피했다. 방 두 개짜리에 혼자 살아왔기에 유품은 별로 없어 점심을 조금 넘겨 방안은 말끔해졌다. 팀장을 비롯 2명은 유품 자루를 차에 싣고 떠났다. 망자는 한때 같이 살았던 보살이 와서 화장처리 했다고 하였다. 그 보살 얼굴을 좀 보고 싶었지만 청소 소독 처리하는 동안 한 번도 얼굴을 보이지 않았다.

내가 가려고 하자 또 다른 한 차에 사람이 타고 와서 그 아파트로 들어가고 있었다. 도배를 하는 사람들이었다. 그들도 단 몇 시간 만에 깨끗하게 그 방을 도배해 치울 것이다. 그리고 그 집은 또 새로운 사람이 들어와서 살게 될 것이다.

나는 그의 마지막 고독한 모습을 보면서 그가 성경은 불경을 표절한 것이라고 한 말을 떠올렸다. 그렇게 표절을 통해 성경 같은 훌륭한 작품도 만들어 낼 수 있는데 그도 그의 스승인 성철 스님을 조금 표절했더라면 훌륭한 큰 스님으로 남았을 것이 아닌가 하는 생각을 했다. 어차피 우리 모두는 어느 누군가의 인생 표절이 아닌가.

슬픔은 낙엽처럼
-'낙엽기' 속편

우리가 가는 길 양옆으로는 코스모스가 흐드러지게 피어 있었고 이따금 강이 나타났다가 지워지고는 했다. 까맣게 포장된 길은 뜨악했고 차창으로 비친 세상은 하나부터 열까지 가을이었다. 청초하고 순결하고 끝이 없는 푸른 하늘이 저 멀리에 떠 있었다.

사람들은 지쳤는지 여기저기서 쓰러져 자고 있었다. 모두 삶에 지친 듯 거친 표정이었지만 그래도 죽음을 배웅하러 간다는 생각에서인지 차 안은 깊게 가라앉아 있었다.

금강에다 남편의 유해를 뿌린다는 것은 순전 내 고집이었다. 부산에서 이곳 공주까지라니? 벌써 차는 3시간째 달리고 있었고 사람들은 피곤에 절어가고 있었다. 그들은 이 며칠 동안의 수고로 그냥 차에 실려 가고 있을 뿐이었다.

차에 타고 있는 사람도 그랬지만 영구차를 몰고 있는 기사도 꽤 피곤한지 더러 하품을 해대었다. 산 사이를 지나는지 보이던 강이 보이지 않았다. 기억이 났다. 이 길은 그 옛날 대전에서 공주로 오는 완행길이었다. 그 당시에는 보통 다 큰길로 직행버스가 다니고 이 길로는 인근지역을 둘러둘러 오는 완행이 있었다. 보통은 장기長岐를 통해오는 직행을 탔는데 어쩌다 한번 완행을 타고 이 길로 온 적이 있었다. 지금은 잘 닦고 다듬어져서 오히려 많은 버스들이 이 길을 다니고 있지만 그 옛날 포장되지 않은 이 길은 쉽게 버스가 다닐 수 있는 길이 아니었다.[1]

다시 강이 보였다. 밑을 내려다보았다. 햇빛에 반사되는 물길이 어릴 적 부르던 동요 가사를 생각나게 했다. 나는 저쪽 얼마쯤에 아마 청벽이 있을 거라고 생각했다. 기억이 선명했다. 남편과 이 청벽에서 막차를 놓치고 걸어오다가 첫 키스를 했던 곳이었다. 눈물이 핑 돌았다. 남편의 얼굴이 커다랗게 오버랩되어 오면서 내 뺨을 부볐다. 아, 남편이 이 지경이 되도록 몰랐다니…… 이제 나는 4궁四窮의 하나인 남편이 없는 여자가 된 것이었다. 난 내 품에 안고 있는 남편의 유골 항아리를 바라보았다. 그 큰 사람이 죽고 나니 이 조그만 항아리 하나 다 채우지 못하였다.

공주가 다가올수록 나는 점점 가슴이 차오르는 것을 느낄 수 있었다. 그와 함께 남편과의 추억이 줄줄이 꿰어 올랐다.

가을이 깊어지면서 남편은 틈만 나면 공산성에 와서 그림을 그렸다. 남편 곁에서 낙엽 지는 낙엽기의 공산성을 그리는 남편을 바라보는 것은 내 젊은 날의 즐거움이었다. 남편과 나는 한번씩 공산성에 올라 오솔길을 걸었다. 오솔길에는 낙엽이 채곡채곡 쌓여 있고 그곳을 걸으면 여기저기서 사각대는 소리가 났다. 그 소리를 따라 온몸이 눅신해지도록 밟노라면 오오, 청산이 아니어도 좋아라. 그 푹푹 빠질 때마다 소리 나는 낙엽 속을 걸으며 남편은 속삭였다.

"이 낙엽을 셀 수만 있다면 그 셀 수 있을 만큼 경희를 사랑해."

아, 왜 몰랐던가? 남편이 죽어가고 있다는 것을 왜 몰랐을까? 학교와 집

---

1 70년대의 공주.

으로 오가는 바쁜 생활은 핑계일지도 몰랐다. 나는 남편에 대해 더 신경을 썼어야 했다. 얼마 못가 떠오르는 고열, 신음, 통증을 호소하는 남편을 보고 나는 놀라 119를 불렀고 남편은 날개 꺾인 새처럼 응급대원들에 의해 실려 나갔다. 그리고 김 박사의 청천벽력 같은 소리,

"늦었어. 나는 김 선생이 아주 똑똑한 여잔 줄 알았더니 이제 보니 형편 없군. 남편이 이 지경이 되도록 뭘 했어?"

나는 김 박사의 핀잔과 함께 쏟아지는 눈물을 주체할 수 없었다.

남편이 말기암이라니? 아프면 어디 아프다는 신호가 있어야 하는데 남편은 감추려 했던 것이었을까? 전혀 자신이 불치의 병이라는 것을 내색하지 않았다.

이후의 남편은 너무 쉽게 무너지고 있었다. 내가 어떻게 해볼 도리도 없이. 남편은 자신의 주변을 정리해 갔다. 가입해 둔 생명보험, 그리고 적금 같은 것에 대해 신경을 썼고 아들인 철이의 미래를 위해서 또 나의 미래를 위해서 자신이 할 수 있는 것을 했다. 병원행을 완강히 거부했고 항암 치료도 거부했다.

남편은 죽음을 기다리고 있었다. 그리고 그 죽음 전에 자기가 할 일이 무엇인지 찾고 있었다. 김 박사는 남편에게 6개월이라는 사형선고를 내렸다. 물론 남편의 부탁으로 나만 모르는 상태였다. 아마 남편은 내가 그 사실을 알면 내가 먼저 죽을지도 모른다고 생각을 한 모양이었다. 그만큼 그는 나밖에 몰랐고 나와의 사랑이 사랑의 전부인 줄로만 알았다.

남편은 자기가 가지고 있는 그 유한한 시간을 어떻게 보낼 것인지 생각하는 모양이었다. 자기가 쓰러져 더 이상 아무것도 못 하기 전에 나를 데리고 백화점을 간다. 여행을 간다. 맛집을 찾아간다. 내가 좋아하는 것이 무엇인지 찾아 나를 데리고 다녔다. 남편은 또 우리가 처음 부산으로 와 영주동

산꼭대기에서 첫 신혼집을 차렸을 때 그 집을 보고 싶다며 나를 데리고 갔다. 그 집은 바로 남편과 내가 결혼을 하고 직장 때문에 서로 떨어져 지내다가 합가해 신접살림을 시작했던 곳이었다. 그곳을 찾아가서 아직 그 집이 남아있는 것을 보고는 남편은 감격해했다. 그곳이 헐리지 않고 아직 남아있었기 때문이었다. 남편은 우리가 월세에서 전세로 그리고 꿈에 그리던 우리 집을 갖기까지 고생했던 그곳을 찾았다. 그리고 그와 내가 근무했던 학교를 일일이 찾아다니며 눈에 담아 갖고 가려는 듯 추억을 되살렸다.

공주, 꿈의 도시, 남편은 공주를 생각하면 문득 온몸에 전율이 느껴진다고 했다. 그만큼 공주를 사랑했다. 공주 구석구석을 찾아다니며 공주에 대해 알기를 원했다. 우금치, 곰나루, 무령왕릉, 공산성, 갑사, 마곡사 남편은 역사에 기록되어 있는 곳을 찾아다니기를 좋아했다. 역사서 속에 등장하는 대통교大通橋를 나름대로 추측해서 이야기하기 시작했다. 실제로 가보니 대통교라고 여겨지는 곳에 주춧돌이 놓여있는 것이었다.

그러면 남편은 그곳을 꼼꼼히 기록하기도 하고 글로 남겨놓기도 했다. 남편은 글솜씨가 있는지 그것을 읽어보면 정말 깜짝 놀랄 때가 있었다. 남편이 왜 작가가 되지 않았는지 모를 정도였다.

남편은 말했다. 낙엽기의 공산성이 어떤지 알아, 낙엽기의 공산성은 저만치에서 군밤장수가 군밤을 팔고 저만치에서는 가난한 화가가 낙엽기를, 그리고 저만치에서는 일본인 관광객들이 옛날 그들의 향수를 그리워하며 사진을 찍어. 바람이 한번 불면 낙엽이 공산성 위로 떨어지는데 그 모습은 추풍낙엽이라는 표현이 있던가 바로 그거야. 그 아래 서게 되면 나는 할 말이 너무도 많지. 정말 할 말이 너무도 많지. 남편은 정말 할 말이 너무도 많은 사람처럼 감격에 차서 말하였다. 공주의 많은 곳 중에서 남편은 유난히 공산성을 사랑했다.

우리의 만남은 내가 3학년으로 올라갔을 때 남편이 복학하게 되고서부터였다. 공산성에서였다. 가을이었다. 남편은 낙엽기의 공산성을 그리고 있었다. 그러나 아무리 그려도 마음에 들지 않는지 여러 번 고쳐 그리고 있었다. 그것을 친구들과 같이 공산성에 놀러 갔다가 보았다. 그러다 어쩌다가 그와 눈길이 마주쳤다. 순간 나는 화들짝 놀랐다. 가슴이 마구 뛰는 것을 느꼈다. 아니 이럴 수가? 한 번의 눈길로 가슴이 뛸 수 있다니? 그런 것은 살아오면서 처음이었다. 그리고 그 잠깐 사이 그와 헤어질 수 없을 것 같은 운명이라는 느낌을 받았다. 남편도 나와 똑같이 그랬던 것 같았다. 이것을 천생연분이라고 하나? 그러나 집에 와서는 내가 너무 헤픈 것은 아닌가? 운명적인 만남이라는 것이 있는 것일까? 하며 너무도 이상했던 충격에 나는 그 밤 내내 그리고 그 몇 날 밤 잠을 이룰 수가 없었다.

남편은 그 후 내게 말했다.

"경희를 보는 순간 헤어질 수 없을 것 같은 절망을 느꼈어. 너는 내 사랑이고 내 태양이었어."

나는 이 말을 곡해했다. 나를 만난 것이 절망이라니? 그러나 그 절망이라는 표현이 더 이상의 사랑은 없다는 것이라는 것을 알았을 때 나 역시 그 말고는 모든 것이 절망이라는 것을 깨달았다.

남편은 그림을 그리기 위해 공산성을 자주 찾았다. 나를 모델로 삼기도 했고 내가 풍경의 하나가 되기도 하였다. 공산성의 모든 것이 그의 그림의 대상이었다. 공산성, 그림자 내린 금강, 겨울 쌍수정, 오솔길, 영은사, 공산성을 오르는 수십수백 개의 층계, 가없는 하늘, 남편은 공산성이라면 무엇이든지 그리려고 했다. 공산성에 애착이 가는 이유는 모르겠다고 했다. 그런데 외로울 때나 기쁠 때나 공산성에 찾아와 그림을 그리노라면 온갖 시름이 잊혀지고 외로움의 깊이만큼 마음을 달래준다고 남편은 은연중에 말했다.

남편과의 연애가 시작되면서 우리는 공주의 온 거리를 돌아다녔다. 그
와 함께 걷는 것이 싫지 않았다. 그는 여성적인 남성이었다. 그때 대학의 학
장 훈화 중에 남자는 남성적인 남성과 여성적인 남성이 있다고 하였다. 그
이론에 대입하면 그는 여성적인 남자였다. 박력이 없었고 남성다움이 없었
다. 그래서 좀 더 적극적일 때 적극적이지 못한 그를 보고 실망한 때도 적잖
이 있었다. 그러나 그런 중에도 불구하고 그는 좋은 점을 많이 가지고 있었
다. 이를테면 나에 대한 배려라든지 아니면 내가 불편할 수 있는 것을 없애
기 위해서 부지런히 노력하는 면은 참 고마운 점이었다.

공주에는 공산성 외에도 곰나루가 있었다. 곰나루에 얽힌 전설이 있었
다. 결혼을 하고 싶어 하는 암곰이 금강에서 고기를 잡다 표류하는 한 어부
를 구해 데려온다.[2] 곰은 어부가 도망치지 못하도록 감시를 한다. 그들 사이
에 새끼들이 태어난다. 어느 날 감시가 소홀한 틈을 타 어부는 도망친다. 곰
은 새끼들을 들어 보이며 돌아오라고 하지만 남자는 돌아오지 않는다. 상심
한 곰은 새끼들과 함께 그냥 물에 빠져 죽고 만다.

어차피 전설이 상상일 바에야 나는 그 남자가 국문학 첫 페이지를 장식
하고 있는 공무도하가公無渡河歌의 백수광부白首狂夫라고 여긴다. 내가 말하
자 남편은 웃었다.

"상상은 자유지만 지나친 비약이 아닐까?"

"그래도 상상일 바에야 그럴듯하잖아요."

"내가 말한 것은 상대를 잘못 골랐다는 거지. 백수광부는 세상이 싫어 물
로 뛰어든 것인데 어부는 오히려 인간 세상이 그리워 도망쳤다는 거야."

---

2 몇 가지 이형담이 있다. 대부분 나무꾼으로 나오나 약초꾼, 어부, 사공, 나그네
등으로 묘사하는 유래담도 있다. 여기서는 어부담을 채용했다.

"그렇지만 생각은 변하는 거에요. 사랑도 변하는 기에요. 상황에 따라서. 그 백수광부가 정신을 차렸을 때를 한번 생각해 보아요. 어차피 상상이 자유라면 떠내려가는 그 백수광부를 구해준 것이 곰인데 생명의 은인인 곰에게 어찌 함부로 할 수 있겠어요."

그러자 그가 놀라며 눈을 동그랗게 떴다.

"아니, 사랑이 변하는 거야. 상황에 따라서?"

그러면서 그는 나를 꽈악 움켜쥐었다.

"사랑해. 사랑은 상황에 따라서 변할 수 없는 거야. 사랑은, 사랑은 영원한 거야."

하고 속삭였다. 그리고 나를 와락 껴안았다. 그것은 그와의 첫 포옹이었다. 아쉽게도 우리의 첫 키스는 다음으로 미루어야 했다.

그랬다. 사랑은 변하는 것이 아니었다. 적어도 우리의 사랑은 그랬다. 그와 나는 사랑은 변하는 것이 아니라는데 서로가 생각을 맞추었다. 공주에는 또 우금치라는 동학농민운동상 지울 수 없는 패배의 전적지가 있기도 했다. 우금치 넘어 부여로 놀러 가기도 했다. 신도안이란 곳도 공주에서 멀지 않았다. 내가 신흥종교에 관심을 가지니까 그는 따라나선 것이었다. 주로 내가 시간과 장소를 정했고 그러면 그는 싫은 기색 없이 따라와 주었다.

우리의 첫 키스는 청벽(창벽)에서 있었다. 오월의 어느 날 우리는 청명한 날씨에 끌려 청벽으로 놀러 갔다. 지금과는 달리 교통도 불편하고 차도 그렇게 많이 있지 않은 시절 청벽까지 가는 버스는 하루에 고작 몇 번 있을 뿐이었다. 우리는 그중 한 차를 타고 청벽에 갔다. 이쪽은 모래밭이고 강 건너 저쪽은 바위 절벽이었다. 푸른빛이 난다고 청벽이라고 불렀다. 하류 쪽에는 말어구나루, 위쪽으로는 불티나루가 있었다. 절벽은 50여 미터쯤 되었고 서거정徐居正이 중국에는 적벽이 있다면 공주에는 청벽이 있다고 할 만큼 규모는 작았지만 그만큼 아름다운 금강의 절경이었다. 남편과 나는 버스를 타고 반포까지 가서 보리밭길을 따라 걸어 청벽까지 갔다. 미리 청벽에 대해 도서관에서 백과사전을 찾아보고 공주가 고향인 친구에게 묻기도 하며 남편에게 말해주기 위해 여러모로 조사해 갔다. 정작 청벽에 갔을 때는 너무 큰 기대를 갖고 와서 그런지 괜히 심술이 났다. 기대만큼 마음에 와 닿지 않았기 때문이었다. 그러나 남편은 내가 기대만큼 실망했던 것에 비해 너무 좋은 곳에 왔다고 뛸 듯이 기뻐했다. 그는 마치 고향에 온 것 같다고 했다. 자신이 어릴 적 자랐던 곳이 바로 지금처럼 앞에는 모래사장과 강이 있고 강 건너에는 문둥이 마을이 있는 곳이었다고 그랬다. 그래서 강을 보면 마치 고향에 온 것 같다고 그랬다. 외로움, 고독, 이상주의자, 고전주의자, 남편을 표현하면 이런 표현의 전형적인 사람이었다. 남편은 생각도 행동도 하나에서 열까지 이상주의적이었다. 자기가 생각한 대로 살아가는 현실과는 동떨어진 사람이었다.

청벽 모래밭을 둘이 손잡고 하염없이 걷다가 그만 하루에 몇 번밖에 없는 버스를 놓쳐버리고 말았다. 할 수 없이 우리는 달빛에 보리밭길을 걸으며 청벽을 빠져나오지 않으면 안 되었다. 보리밭길을 걸으며 우리는 누군가 먼저인지 모르게 입을 맞추었다. 그에게서는 언제나 그랬듯이 비누 냄새가 났다. 그 비누 냄새가 좋아 나는 그와 입술을 맞대며 한없이 달빛에 그림자를 만들며 서 있고 싶었다. 그가 말했다.

"사랑해. 죽음보다 더. 너를 꼭 행복하게 해 줄게."

남편은 나를 으스러지게 안아주었다. 하염없이 이대로 머무르고 싶었다. 시간이 멈추어지기를 원했다. 아, 머무를 수만 있다면, 되돌릴 수만 있다면……

청벽을 다녀온 후 우리의 사랑은 더욱 깊어졌다. 나는 남편이 그림에 더 몰두할 수 있도록 배려했고 그림을 그릴 때에는 그 옆에서 지켜보는 것만으로도 행복했다. 나는 그 외에는 남자란 없는 것이라고 생각했고 사실 또 그랬다. 그 외에는 다른 사람을 차마 친구라고조차도 생각지 않았다. 그와의 사랑이 너무도 깊었기 때문이었다. 젊은 남녀 사이에는 젊기에 갈등이 있다는 사실도 이해하지 못했다. 내 생활은 그를 만나기 이전과 만난 후로 구분된 만큼 그는 나의 전부였고 내 생활 속에 그가 없다는 것은 있을 수 없는 일이기도 했다.

졸업이 가까워 올수록 우리는 결혼을 생각하게 되었다. 그가 군대를 다녀왔기 때문에 학년은 같았지만 그가 나이가 많았다. 나는 그를 선배라고 불렀다. 같은 학년이었지만 그가 나보다 4년 먼저 입학했기 때문이었다.

"선배는 이제 졸업하면 어떻게 할 생각이세요?"

내가 졸업과 함께 먹고살아야 하는 현실을 생각해 묻자 그는 웃으면서 말했다.

"걱정 마. 굶기지 않을 테니까."

그의 말은 정말 거짓이 아닐 것이었다. 그는 나름 생각이 있을 것이다. 졸업과 함께 우리는 교사 발령이 예정되어 있었다. 나는 영어교사로 그는 미술교사로 그러면서도 나는 그가 졸업하면 나를 어떻게 할 것인가 한번 슬쩍 떠본 것이었다. 그도 나와의 결혼을 생각하고 있었구나. 고마웠다. 그리고 그에게서 결혼하고 싶다는 프러포즈도 받아보고 싶었다.

졸업과 함께 우리의 결혼은 신속히 이루어졌다. 나는 충청도 보령保寧의 한 여고로 발령받았다. 그는 조금 늦게 천안天安의 한 고등학교로 발령받았다. 그는 서울이 고향이었다. 그러나 어린 시절 경남으로 내려가 살았다고 했다. 경남은 전혀 그 또는 그의 식구들이 관련이 있는 곳이 아니었다. 일사후퇴 때 부모님이 경남에 일시적으로 머문 적이 있었다고 했다. 그의 말을 들어보면 그의 부모님은 일사 후퇴 때 서울로 피난 와서 충청도 공주, 부여, 그리고 전라도 해안 지방을 따라서 여수, 통영지방까지 피란을 갔다고 했다. 그러다가 휴전과 함께 부산, 대구, 수원을 거쳐 서울로 다시 올라왔다가 다시 먹고살기 위해 경남으로 갔다고 했다. 당시 경남 양산의 물금은 철광석으로 유명했다. 그곳 소장이 같은 이북 사람으로 이리저리 아름아름으로 왔다고 그랬다. 경상도에 살고 있는 그가 이 충청도 대학에 온 것은 좀 이상하다는 생각을 했지만 그의 이야기를 듣고 나는 그의 형편을 어느 정도 이해했다. 그가 고등학교를 졸업하고 가난 때문에 잠깐 취직한 곳이 공주에서 멀지 않은 곳이었기 때문이었다.

우리의 신혼 생활은 처음엔 내가 있는 보령에서 시작했다. 그는 천안에서 자취를 했고 토요일마다 보령으로 왔다. 대학을 졸업하자마자 1년도 되지 않아 결혼했기 때문에 모든 것이 서툴렀지만 주말마다 한 번씩 만나는 것은 가장 큰 기쁨이었다. 그는 한 주일을 내가 만나는 일요일을 기다리는 것으로 지낸다고 했다. 그만큼 내가 보고 싶다고 그랬다.

"일주일을 어떻게 버텨. 매일같이 보고 싶어도 또 보고 싶은데."

그것은 나 역시 마찬가지였다. 나도 그가 보고 싶어 일주일을 그를 기다리는 것으로 보냈다.

우리는 만나면 토요일 오후부터 일요일 전부를 소위 주말여행을 하며 보냈다. 충청도 곳곳을 우리는 지도 없이 돌아다녔다. 어느 때는 어디서 만나자고 해 그곳까지 가서 만나 그 지역을 돌아다니기 시작했다. 잊을 수 없는 것은 대둔산大屯山에서의 일이었다. 대둔산은 논산論山과 전라북도 완주完州 사이에 있는 산이었다. 논산 쪽에서 보았을 때는 그리 수려하지 않았지만 완주 쪽에서 보면 이제껏 평범한 산을 보다가 까치발을 하고 보는 것 같은 선명한 느낌을 주었다. 억지억지 올라와 내려다보는 대둔산 모습은 그의 말대로라면 한 작품을 끝냈을 때의 해방감 같은 느낌이라고 했다. 그 대둔산에서 그는 나를 꼭 안으며 사랑한다고, 이 세상 무엇보다 사랑한다고, 경희를 위해서라면 이까짓 화구 버릴 수 있다고 울면서 말했다. 그의 말은 진정일 것이었다. 그만큼 그는 나를 사랑했다. 결혼 전에도 그는 그런 말을 했다. 그림보다 나를 더 사랑한다고 그까짓 그림 버릴 수 있다고 했다. 다 버릴 수 있어. 경희를 위해서라면 부산으로 내려와 살게 된 것은 그가 3년 후 내신을 낸 것이 용케 부산으로 발령을 받게 되고서부터였다. 이때 내게는 시아버지인 그의 아버지가 전쟁과 관련한 국가유공자라는 것은 큰 도움을 받았다. 그가 부산으로 가면서 나도 덩달아 부산으로 내신을 냈다.

그는 그림에 미쳐 있었다. 아마 나하고 그림 중 하나를 포기하라면 그는 망설이지 않고 그림을 택할 것처럼 보였다. 그만큼 그는 자신의 온 정열을 그림에 쏟았다. 내가 고호의 왼쪽 귀가 잘렸는지 오른쪽 귀가 잘렸는지 물으면 그는 한참 고민을 하다 잘 모르겠다고 답했다. 또 내가 고전주의, 낭만주의, 사실주의의 관계를 물으면 떨떠름하게 답하면서 그 특징을 뚜렷하게 끄집어내지 못했다. 나는 더욱 골려줄 양으로 먼저 백과사전을 찾아보고 초기 인상주의와 후기 인상주의의 차이점이 무어냐고 물었다. 그는 한참 머리를 끄적이다가 역시 잘 모르겠다고 말했다. 원 미술학도가 초기 인상주의와 후기 인상주의의 차이를 모르다니 내가 비웃으면 그는 그 뒤로 도서관에 가서 백과사전을 열고 알아보려고 했다.

버스는 이제 거의 다 와 가는지 시내의 모습이 보였다. 멀리 공산성이 보였다. 옛날 남편과 공주 읍내를 거닐 때에는 그냥 조금 큰 읍에 속한다 생각했는데 지금은 강 이쪽과 저쪽에 새로운 건물이 많이 들어서 있었고 길도 넓어져 있었다. 시내도 조금 더 번화해진 것 같았다. 낯선 건물도 많이 들어서 있었다. 이 좁은 땅에 대학이 2개나 있었던 것은 놀랄만한 일이었다. 그것도 모두 선생님을 길러내는 대학이었다.

그가 옆에 있다면 그와 함께 지난날 거닐었던 곳을 다시 들러보고 싶건만 지금 그는 한 줌의 재가 되어 내 품에 안겨 있을 뿐이었다. 공휴일이면 누가 먼저랄 것도 없이 손을 잡고 걸었다. 그와의 학창 시절은 꿈의 세월이었다. 무어가 그리 좋았을까? 그냥 평범한 그, 그 평범한 그에게서 평범하지 않은 것을 찾으려고 해도 찾아지지 않았다. 그런 그가 무엇이 좋았을까? 까만 머리, 연약한 모습, 별로 강인해 보이지 않는 그가 가진 매력은 무엇일까? 그러나 그를 처음 보는 순간 우리는 서로 똑같은 생각을 가졌다.

이상한 일이었다. 후에 남편에게 공산성에서 처음 보았을 때 어떤 생각이 들었느냐고 물어보았다. 남편의 답은 너무도 단호하고 간단했다.

"보는 순간 경희를 피할 수 없을 것 같았어."

그것은 역시 나도 마찬가지였다. 나 역시 공산성에서 그를 처음 본 순간 그와 헤어질 수 없다는 충격을 받았기 때문이었다. 그는 단순했다. 그림을 그리는 것 말고는 그렇게 관심을 가진 것이 많지 않았다. 언제나 내가 앞에 있었고 그는 따라오는 형국이었다. 우리는 시간이 날 때면 살아있는 백제의 역사라고 할 수 있는 공주 곳곳을 돌아다녔다. 공주에는 유적지가 많았다. 심지어 어떤 것은 집 마당에도 유적지가 있었다. 그것을 찾아 하나하나 알아가는 일은 재미있었다. 그는 매우 꼼꼼한 사람이었다. 어느 것 하나 어느 곳 하나 그냥 지나치지 않았다. 작은 스케치북을 가지고 다니면서 문득 떠오른 것이 있으면 그때 그 순간 그 대상을 놓치지 않고 화폭에 담았다. 그의 특징을 잡아 빠르게 그리는 모습을 보고 나는 저런 걸 스케치라고 하나 데생이라고 하나 그런 소리를 중얼거렸다. 그러자 그는 웃으면서 '스케치라고 해' 하며 답했다. 그러나 내가 말하고 싶은 것은 그런 것이 아니었다. 그의 그림엔 이상하게 그의 감정이 녹아있는 것이었다. 그것참 이상했다. 그림이 사람의 감정을 가질 수 있다니? 그랬다. 그의 그림을 보면 어떤 때는 애잔하고 눈물을 흘리고 있는 것 같고 또 어떤 때 보면 웃는 것 같고 질투하는 것 같기도 했다. 자연주의자인 그가 하던 말이 떠올랐다. 저 공중에 나는 새들도 짐승들도 다 감정을 가지고 있어. 새 울음 소릴 듣고 저건 웃는 소리, 저건 우는 소리, 개가 짖는 것도 저건 분노의 소리, 저건 아프다는 소리라고 그는 일러주었다. 그래서 그런 걸까. 그의 그림엔 그런 감정이 녹아있는 것이었다.

차가 옛 시가지로 접어들었다. 우금치를 들렀다 가자고 했다. 우금치 고개에서 동학혁명 위령탑에 국화 한 송이를 올려놓고 비잉 돌았다. 학창 시절 어느 한 날 남편과 나는 우금치 고개로 초등학생처럼 손을 잡고 간 적이 있었다. 좋았다. 같이 있는 것만으로, 같이 걷는 것만으로도 좋았다. 우금치 고개 너머에는 개울이 있었다. 그 개울에 매년 그물을 가지고 고기를 잡는 추억이 있었다. 남편은 이런 일에 서툴렀지만 매우 열성적으로 재미있게 했다. 양손으로 잡는 그물을 갖다 대면 고기들은 어떻게 아는지 잽싸게 빠져나갔다. 그물을 건져보면 그물에는 고기가 한 마리도 없었다. 그럼 나는 그 모습이 우스워 깔깔대고 웃고는 했다. 남편은 아쉬운지 더욱 그물을 이곳저곳 갖다 대었다.

차는 우금치에서 잠시 머물다가 내 뜻에 따라 곰나루로 갔다. 딴은 영구차의 시내 진입은 다소 몰상스럽고 어쩌면 영구차를 보는 것만으로도 사람들은 불안감을 느낄지도 모른다고 생각했기 때문이었다. 곰나루는 우리가 데이트 약속을 하고 처음 찾아갔던 곳이었다. 가는 길이 좀 멀기는 했지만 곰의 애절한 전설이 어린 곳이기에 우리는 다소는 애틋한 마음을 가지고 걸었다. 강 건너 저쪽 우성면 연미산燕尾山의 우뚝 솟은 봉우리가 우리를 내려다보고 있었다.

"그런 설화를 이물 교혼 설화라 그래. 그런 이물 교혼 설화는 인간과 동물을 자연의 일부분으로 보고 있는 관점에서 나온 것이라고 할 수 있어. 곰에게는 안타깝지만 곰에게서 벗어난 사람은 도리어 해방을 맞았다고 할 수 있지. 비로소 인간 시대가 열린 것이라고 볼 수 있어."

"에이 엉터리, 나는 오히려 이물 간의 교혼 설화가 인간이 얼마나 잔인한가 하는 것을 보여주는 것으로 들리는데요. 왜냐하면 처음부터 이물 교혼이 어디 있겠어요. 다만 외로우니까 곰이 인간을 잡아온 것이지. 그 외로움을 이해 못하는 인간, 자식을 버리고 가는 인간을 생각해 봐요. 인간이 얼마나 잔인한 존재인가?"

"그렇게 생각할 수도 있겠지. 그렇지만 생각해 봐 자기가 외로우니까 남은 생각지 않고 자기만 외롭지 않겠다고 사람을 잡아 오는 곰의 폭력성, 자기 중심성, 자식을 무기로 하는 협박성, 자식을 죽이는 잔인성…… 그런 면에서 본다면 인간보다 곰이 더하지."

"그래도 곰이 불쌍해요."

"오히려 인간이 불쌍한 거지. 곰의 세계에 살아야 했던 인간은 얼마나 괴로웠을까? 그러기에 뒤도 돌아보지 않고 도망쳐 나온 거겠지."

"그래도 곰은 어쩌라고, 그리고 그의 자식들은 또 어쩌라고?"

"일종의 파괴라고 할까. 하나의 새로운 세상을 위해서는 기존의 질서를 깨부수는 아픔이 필요한 거겠지."

"참 선배는 그걸 어떻게 기존 질서의 파괴라고 생각해요?"

"새로운 세계를 위해서는 어쩔 수 없는 거가 아닐까?"

그는 꽤 관념적이었다. 그는 생활보다는 관념 속에서 모든 것을 이해하고 주장하였다.

곰나루에서 무령왕릉으로 옮겼다. 우리는 무령왕릉에 대한 살뜰한 추억을 갖고 있었다. 남편은 때때로 이 곰나루와 무령왕릉을 자주 연결시켰다. 곰나루를 생각지 않고 무령왕릉을 생각할 수 없고 무령왕릉을 생각지 않고 곰나루를 생각할 수 없다고 했다. 그것은 곰나루나 무령왕릉은 거리상으로 가까웠을 뿐만 아니라 우리가 걸으며 데이트를 즐겼던 곳이기도 했기 때문이었다.

나 역시 그랬다. 그러나 보다 더는 내가 그를 더욱 사랑하는 계기가 된 것이었기 때문이었다. 그가 무령왕릉에서 내가 이 세상에서 가장 사랑하는 우리 엄마를 만난 것이었다. 그것은 실로 뜻밖이라 아니할 수 없었다. 엄마가 이곳 공주로 관광을 왔다는 것은 정말 뜻밖이었다. 엄마는 엄마가 사는 동네 사람들과 함께 관광버스를 타고 왔는데 그때 남편은 처음으로 엄마를 만났다. 엄마는 남편을 보자 그 깊은 눈웃음과 까만 머리칼이 인상적이라며 매우 흡족해하셨다. 엄마가 까만 머리카락이 마음에 들었다는 말이 내게는 낭만적으로 들렸다. 보통은 부모님은 무얼 하시는 분인지? 집은? 고향은? 가족은? 이런 것을 물어야 하는데 엄마는 남편의 까만 머리카락과 깊은 눈웃음을 보고 마음에 들었다고 했다. 엄마와 만난 남편은 엄마가 아직 젊다는 사실에 놀랐다. 그도 그럴 것이 엄마는 그 시대 드물게시리 발레리나였기 때문이었다. 모든 사람들이 엄마를 부러워했다. 남편은 그때 엄마를 만난 인상을 나이 든 나를 보는 것 같았다고 했다. 그래서 이 무령왕릉을 머리에 쿡 찍어 놓았다고 했다. 모든 것이 눈앞에 그린 듯 선했다.

남편은 그림을 그리고 싶어 했다. 너무도 그림을 그리고 싶어 했기 때문에 나는 어느 해 학교를 그만두라고 했다. 그림에만 전념하여 한국의 위대한 화가가 되어보라고 했다. 내가 학교에 나가 벌 수 있으니 남편은 그림에만 몰두하면 성공할 수 있으리라고 생각했다. 남편은 내 뜻대로 했다. 그리고 열심히 그림을 그렸다. 때때로 좌절할 때도 있었다. 자기가 타고난 소질이 없다고 자학하기도 했다. 어느 그림 하나를 두고는 몇 달이고 고민에 빠진 적도 있었다. 그때마다 왜 자기가 이렇게 재주가 없는지 모르겠다고 자탄하기도 하고 푸념처럼 말하기도 하고 미안하다고 하기도 했다. 그 좋은 직장을 때려치우면서까지 그림을 그렸는데 왜 이렇게 막히는 것이 많은지 모르겠다고 나에게 하소연까지 했다. 그때마다 나는 그의 능력을 믿으며 언젠가 하다 보면 이루어질 때가 있을 것이라고 했다. 실제 어느 정도 시간이 지나자 그의 이름이 조금씩 알려지기 시작했다. 화랑에서도 그에게 전시회를 갖자고 하는 주문이 오기도 하고 그의 작품을 사가는 사람도 생겼다.

그러자 그는 더욱 분발해 더 그림에 매달렸다. 그런데 암이라니? 남편이 자신의 병을 알게 되었을 때는 꽤 암이 진행된 뒤였다. 오로지 그림에만 몰두해 있던 남편은 자신의 병을 모르고 있었던 것이었다. 그리고 그의 아내인 나 역시 그가 조금 피곤해한다고 생각했을 뿐 그가 아프다고까지는 생각지 않았다. 그의 병을 일찍 알아차리지 못한 것은 정말 나의 씻을 수 없는 실수였다. 왜 그때 조금 더 일찍 알아차리지 못했을까?

차를 돌려 이제 공산성으로 향했다. 공주 시장 자리는 옛날 버스터미널이 있던 곳이었는데 지금은 모두가 변해 있었다. 공산성은 옛날과 달리 많이 변해 있었다. 예전엔 진남루 쪽으로 올라가는 길이 있었는데 나는 이상하다고 생각하면서 주차장에 차를 세우게 했다. 남편의 유해를 들고 공산성으로 올라가 쌍수정 앞을 가로질렀다. 영은사 쪽으로 내려갔다. 산성을 한 바퀴 돌고 싶었지만 그럴 여유가 없었다. 연지와 만 하루를 지나 금강가에서 강을 향해 남편의 유해를 뿌렸다. 남편은 이제 영원히 그가 사랑했던 공산성 앞 금강에 고이 잠든 것이었다. 내가 하는 모습을 따라왔던 몇몇 사람들이 바라보며 이해한다는 듯 아무 불평 없이 함께 해주었다.

나는 남편의 유해를 금강에 뿌리고 짧은 눈물을 흘렸다. 이렇게 이제 그와는 이승에서 마지막이 되는구나 죽음이란 이런 것이구나. 이별이란 이런 것이구나 눈물이 왈칵 쏟아졌다.

나는 돌아오는 길에 이제껏 수고했던 사람들을 위해 갑사甲寺를 들렀다. 갑사 역시 그와 추억이 깃든 곳이었다. 처음 남편과 함께 갑사를 찾았을 때 주변은 이제 마악 단풍이 지고 있었다. 남편은 단풍색은 이 세상 가장 아름다운 색이라고 했다. 색이라는 것에 집중했던 남편은 이 세상 모든 것을 색으로 나타낼 수 있고 해석할 수 있고 이해할 수 있다고까지 했다.

갑사 가는 길에 묶여있던 한 외로운 개를 보고 남편은 저것은 인간이 저지르는 잔인한 짓이라고 했다. 한 마리가 아니라 두 마리여야 한다고 그는 말했다. 개가 한 마리만 있고 그 나머지를 사람이 사랑해야 한다는 것은 죄악이라고 했다. 외로움이 얼마나 큰 것인지 느껴보지 않은 사람들은 모른다고 했다. 그리고 그는 곰나루에서의 주장과는 달리 그것을 곰나루의 곰에 비교했다. 이물 교혼은 바로 모든 생명체가 외로움을 극복하기 위한 증표라고 했다.

선배는 갑사에 들어서자 갑자기 강한 기운이 느껴진다고 했다. 계룡산의 기를 한데 모아 뿌리는 것 같았다고 했다. 들어설 때 느껴지던 그 음선함, 그 말할 수 없던 귀기스러움, 사천왕상을 보았을 때의 그 우악스러움, 선배는 멈칫했다. 그러나 나는 이런 그와 달리 아무렇지도 않게 들어섰다.

"느끼지 못했어?"

"뭘요?"

"귀기스러움, 무언가 모를 음기 같은 거?"

"글쎄 선배 혼자만의 느낌 아닐까요?"

"아니야. 이 처연함, 이 눈에 보이지 않는 안타까움, 이 갑사엔 분명 있어, 아마 갑사에 얽힌 전설이나 사건 같은 것이 있을 거야."

누가 예술가 아니랄까 봐 선배는 모든 것을 감으로 느끼고 그 감을 화폭에 담아내는 재주를 가지고 있었다. 물론 누구나가 그 일에 몰두하다 보면 느낄 수 있을 것이지만 그러나 선배의 경우는 그런 것을 선천적으로 가지고 태어난 것 같았다.

아니나 다를까. 갑사에는 나름의 얽힌 이야기가 있었다. 갑사의 갑甲이 주는 느낌과 같은 강인한 느낌이었다. 의병대장 영규 대사가 의병을 훈련하던 곳이었다. 의병의 구심점 역할을 했던 사찰이 바로 갑사였던 것이다.

나는 갑사를 한 바퀴 돌아보고 다시 신원사新元寺로 갔다. 차 안에 있는 사람들은 다 가족들이었다. 엄마 아빠 그리고 시가 쪽 사람들이었다. 내가 남편과의 사랑이 도타웠다는 것을 알고 있는 가족들은 나의 고집에 아무 말도 못 하고 따르고 있었다. 내가 남편의 유해를 싣고 가면서 곳곳에 들를 것이라는 것을 미리 말해놓았기 때문이었다. 나로서는 마지막으로 공주에서 남편과의 추억이 머물렀던 곳을 다 둘러보고 싶었던 것이었다.

신원사를 찾았다. 옛날에 남편과 신원사를 들렀을 때는 버스를 몇 번이고 갈아타고 겨우 찾아갔다. 그때 절에서는 무슨 행사를 하고 있었는지 절까지 가는 길에 축등이 밝혀져 있었다. 어두워지려면 아직 멀었는데 날씨가 흐렸기 때문인지 더 축등이 음험하게 빛났다. 남편은 이 등이 마치 장명등 같다고 해 나를 섬찟하게 했다. 순간 나는 화들짝 놀라 그의 얼굴을 빤히 바라보았다. 장명등이라니? 그렇다면 신원사의 이 길은 죽음으로 가는 길이라는 말인가? 어쩌면 그때 남편에게서 죽음의 길을 읽었어야 했는지 몰랐다. 남편은 내 놀란 얼굴을 보고,

"왜 놀래. 나는 그냥 느낌을 말한 것뿐인데. 그리고 내가 세상을 떠나는 날 이 신원사를 들러서 갈 거야. 이 음선한 분위기, 북망으로 가는 길 한 편에 있을 것 같은 주막이라고 여겨지거든."

그러나 나는 그의 말에 답하지 않았다. 아무리 좋은 것이라고 하더라도 죽음은 보험처럼 싫었다. 그와의 사랑이 영원했으면 좋겠다. 아예 죽음은 생각지 말고 그러나 이상했다. 그렇게 신원사를 다녀오고 나서 죽음이란 것이 때때로 언뜻언뜻 떠올라 나를 괴롭혔다. 죽음이 싫었다. 이렇게 행복한데 이렇게 좋은데 죽음이라니?

신원사의 얼굴에 깨마당을 이룬 한 보살은 이런 절 분위기와 달리 상당히 앳되어 보였는데 놀랍게도 우리와 나이 차가 나지 않는 또래였다. 남편의 병을 부처님의 원력으로 고쳐보겠다고 절에 들어와 저렇게 봉사를 한다고 하였다. 자신의 아버지도 불치병으로 세상을 떠났고 외할아버지도 일찍 요절을 했다고 했다. 외할머니는 자신이 지은 죄 때문에 할아버지가 그렇게 일찍 돌아가셨다고 자책했고 어머니 역시 자신의 업보 때문에 남편이 일찍 세상을 버렸다고 자책하며 살았다고 했다. 그런데 자신이 할머니와 엄마의 업보를 그대로 이어받고 있는 것일까? 또 그렇게 남편을 잡아먹고 있으니…… 일찍 결혼해 딸 하나가 있는데 그 딸이 자신의 업보를 이어받을까 두렵다고 하였다.

세상에, 세상에 이런 불행이…… 남편과 나는 그녀의 불행을 보며 부처님을 원망했다. 그녀의 불행이 가셔지지 않으면 결코 당신을 믿지 않겠다고 하였다. 그러면서 모순되게도 이런 불행이 남편과 내게는 이루어지지 않게 해달라고 부처님께 정성으로 손을 모아 빌었다.

신원사를 나와서 조그만 다리를 건넜다. 다리를 건넌다는 것은 이제 이승과의 영원한 이별을 뜻하는 것이기에 나는 다리 앞에서 잠시 머뭇거렸다. 상여 나갈 때 다리 앞에서 노제를 지내는 것은 망자와의 이별을 슬퍼하는 마지막 습속이라고 할 수 있다. 남편은 미술을 하면서 이런 공주의 민속을 찾는 일에 관심을 가졌다. 자기가 그림을 전공하지 않았다면 아마 이런 민속학을 전공했을 것이라고 했다. 그만큼 남편은 공주의 처음부터 끝까지 모든 것을 알고 싶어 했다.

영구차는 다시 부산으로 향하는 고속도로에 올려졌다. 이제 남편은 영원히 내 곁에서 떠났다는 생각이 들자 핑 눈물이 돌았다. 이럴 수가 있을까? 이런 것이 장례인 것일까? 아무것도 없다는 느낌, 모든 것이 내 곁을 떠났다는 느낌은 나를 허허롭게 했다. 이제 집에는 철이와 나 둘 뿐인 것이었다. 엄마와 아빠는 잠시 내 곁에 있다가 그들의 집으로 갈 것이고 시어머니 역시 본집으로 갈 것이다. 아들이 하나 더 있었기 때문에 시어머니는 그나마 그 아들의 힘으로 그 슬픔을 이겨낼지도 모를 것이다.

집으로 돌아온 나는 그동안 애써준 사람들에게 인사를 하고 며칠 동안 방에서 나오지 않았다. 모든 것이 허무했다. 일찍 가버린 남편이 밉기도 했다. 그런 한편으로 남편이 그 지경이 되도록 몰랐다는 내 잘못에 가슴을 쳤다. 아아, 이제 어쩌면 좋다는 말인가? 그렇게 사랑하는 남편과의 이별이라니? 나는 며칠을 자책하며 후회하다가 철이를 당분간 친정 부모님한테 맡기고 빈 마음이 채워지면 다시 돌아오리라 생각하며 무작정 여행을 떠났다.

변신

화창한 날씨다. 모처럼 만나는 사람도 없고 김 교수 혼자만의 시간이었다. 오늘은 벌써 몇십 년째 벼르던 카프카를 무조건 독파하기로 하였다. 서재에 가서 카프카의 「변신」을 앞에 두고 앉았다. 그러나 처음부터 김 교수는 그만 전의를 잃고 말았다. 장면이 너무 징그러웠기 때문이었다. 인간이 어느 날 갑자기 해충으로 변하다니…… 작가야 특별한 의미를 가지고 주인공을 변신시킨 것이겠지만 그래도 인간을 흉측한 벌레로 변신시킨다는 구상이 마뜩잖았다.

커피 한 잔을 끓였다. 유리로 된 포트에서 가물가물 끓고 있는 물을 바라보노라니 무상無常이라는 말이 문득 떠올랐다. 얼마 전까지만 해도 인생무상이라고 해 사람의 삶이란 덧없음만을 생각했는데 무상의 글자를 곰곰 뜯어보니 뜻이 한가지 더 있다는 것을 알았다. 무상無常, 상常이 없다, 곧 '상'이란 '항상, 늘, 고정'이라는 뜻이니 '끝없이 변하는 것,' 곧 변화가 무상이라는 뜻이었다. 그리고 보니 인생무상이란 것도 세상이 하도 변하니 인생이 덧없어지는 것을 말하는 것 같았다. 저 물도 열을 받으니 그대로 있는 것이 아니라 변하는 것이었다. 세상 변하지 않는 것은 없다. 애초에 정해진 것은 없는 것이다. 다만 변화만이 있을 뿐이다. 죽음도 원래부터 죽음이 있는 것이 아니라 다만 삶이 죽음으로 변하는 것일 뿐이라는 오심 스님의 말은 김 교수에게 참 충격적으로 와닿았다. 불교의 오묘함이랄까. 분명 불교는 불교만이 갖는 장점이 많은 종교였다.

카프카의 「변신」을 알게 되었던 것은 아주 오래전 문학에 흠뻑 빠져 있던 고교 시절이었다. 그때는 학교 도서실에 읽을 만한 책들이 없었고 더군다나 카프카 같은 작가의 소설을 비치하고 있는 것은 꿈같은 일이었다. 그런 책이 있다는 것만을 알았을 뿐 읽으려고 해도 구할 수 없던 시대였다. 그러다가 대학 시절 강의에서 그것도 이과계 교수가 잠깐 이 책을 소개했는데 그 뒤로 다시 「변신」을 접할 수 있는 기회는 없었다. 카프카가 한물갔을 뿐만 아니라 읽을 책이 산더미같이 쌓였기 때문이었다.

카프카를 다시 생각하게 되었던 것은 그로부터 수십 년이 지난 후였다. 퇴직을 하고 베트남 하노이 여행을 패키지로 다녀오면서 그때 같이 갔던 한 인물의 변신에 김 교수는 우습게도 카프카의 「변신」을 떠올렸던 것이다.

사전에는 변신을 '몸의 모양이나 태도 따위를 바꿈. 또는 그렇게 바꾼 몸'을 말하는 것이라고 풀이하고 있다. 카프카의 「변신」에 대해 평자들은 '하루아침에 추악한 벌레로 변한 주인공의 가상적인 이야기를 통해 현대인의 고립되고 소외된 모습을 그린 작품'이라고 평했다. 그러나 사실 우리 같은 중간 정도의 삶을 살아가는 사람들에게 현대인의 소외니, 고독이니 하는 말은 좀 와닿지 않았다. 게다가 이 작품이 나온 것이 1910년대인데 당시 아무리 유럽이라고 하더라도 부조리한 현실이니, 현대인의 소외니 운운云云하는 것이 제대로 된 평가일까.

정작 김 교수가 「변신」을 읽으면서 생각했던 것은 오히려 고향 친구인 김상국金相國에 대한 것이었다. 김 교수와 같이 베트남 하노이를 함께 여행했던 그를 김 교수는 잘 알고 있었다. 그 친구의 변해버린 모습에 문득 카프카의 「변신」을 생각했던 것이다. 김상국, 그가 누구인가? 그는 김 교수와 고추자지 할 때부터 함께 했던 죽마고우였다. 그런데 그가 변한 것이었다. 변해도 한참 변했던 것이다.

김 교수가 그의 변신을 알게 된 것은 그와 함께 3박 5일 동안의 하노이, 하롱베이 여행을 하면서였다.

"김 박사, 어때 베트남 여행 한번 다녀올 생각 없나?"

김 교수가 마악 뜨락에 있는 나지막한 감나무에 몇 개 달려있는 감을 보고 참 가을이란 것이 신기하구나 아니 계절이란 것이 참 신기하구나 하고 김 교수 혼자 감상에 젖어 있을 때였다. 그에게서 전화가 온 것이었다.

"듣던 중 반가운 소리인데. 그래 베트남 어디?"

"하노이 하롱베이인데 3박 5일이구 가격도 아주 저렴해. 김 박사한테는 좀 어울리지 않겠지만 그래도 싼 맛에 한 번 다녀올 만해. 어때 생각은?"

마침 김 교수도 베트남 전쟁을 배경으로 글을 한 편 써보려던 참이라 잘 됐다 싶기도 하였다.

그래서 내달 12일에서 16일까지 약속하고 예약을 했다. 밤 비행기에다 돌아오는 시간마저 새벽이어서 그것이 좀 불편했지만 불면에 시달리고 있던 김 교수는 무시하기로 했던 것이다.

하노이에 도착했던 것은 현지 시간으로 이른 새벽 시간이었다. 이번 팀은 25명이었다. 이것저것 챙기고 가이드 말 듣고 호텔에 도착하니 새벽 2시경이었다. 그와 김 교수는 한방을 썼는데 그는 매우 즐거운 모양으로 샤워를 하면서 콧노래까지 부르고 있었다. 그는 호텔 키를 받는 것에서부터 침대 정하는 것까지 혼자서 앞서서 불편함을 감수하고 있었다. 김 교수가 그러지 않아도 된다고 해도 그는 그것은 주선했던 자기의 권리라고 하면서 불편함을 놓지 않으려 했다. 그 바람에 김 교수는 3박 5일 내내 신경 쓰는 일 없이 여행할 수가 있었다.

이튿날 10시에 로비에 모여 그날의 여행이 시작되었다. 베트남이란 나라가 남미의 칠레처럼 아래위로 길쭉하게 찢어진 나라여서 지역마다 특색이 달랐다. 북부의 하노이는 베트남의 수도였다. 한 나라의 수도가 갖는 의미는 막강한 것이어서 베트남의 정치, 경제 등 모든 것이 수도인 하노이에 집중되어 있었다. 그런 하노이를 여행한다는 것은 우리들에게도 새로운 감회를 느끼게 하기에 충분한 것이었다.

하노이 시내 호엔키엠 호수를 보고 이내 스트리카를 이용해 시내를 돌아보았다. 스트리카는 크기에 따라 여섯에서 열 명 정도 타는 것이었는데 창이 없었다. 비가 올 땐 어쩌나 싶었는데 건기여서 그런지 그런 걱정을 할 필요는 없었다. 그러고 나서 베트남 제1의 국립공원인 옌트 공원을 향했다. 2시간 이상을 달린 것 같았다.

"지금 가는 옌트 국립공원은 하노이와 하롱베이 중간쯤에 위치하고 부처님 사리탑을 비롯 베트남 고승들의 사리탑 500여 개가 있는 베트남 제1의 사찰인 자이완 사원이 있는 곳입니다. 경건한 곳이니만큼 떠들거나 소란을 피우는 일은 없어야겠습니다."

케이블카를 타고 정상 가까이 올라갔다가 탑과 사찰을 보고 내려왔다. 작은 산인 것 같았는데 올라와 보니 꽤 높았다. 구름이 아래를 가려 아래 지역과는 동떨어진 세계 같았다. 베트남이 아열대인 것과 달리 날씨도 서늘했다. 우리의 찬 가을 같았다.

상국이는 옛날 김 교수가 알고 있는 그때와는 사뭇 달랐다. 그때의 얌전하고 말이 없는 친구가 아니라 이런 즐거움이 어디 있느냐며 마치 오랫동안 여행을 기대해온 사람처럼 들떠 말이 많았다. 그는 김 교수 앞에서 앞장서서 마치 하노이를 이미 다녀온 것처럼 베트남에 대해서 말했다. 김 교수가 흥미를 느껴 '아 그래' 하면서 맞장구마저 쳐주자 그는 기다렸다는 듯 자기가 아는 한의 베트남에 대해 곧잘 이야기하였다. 그것은 김 교수가 알고 있는 과거의 김상국이 아니었다. 가끔가다 그는 김 교수에게,

"어때 재미있어. 혹 나 때문에 억지로 끌려온 것은 아냐?"

하고 웃으면서 물었다. 그때마다 김 교수는,

"아니 재미있어."

하고 역시 즐거운 표정으로 답했다.

사실 퇴직을 하고 시간이 많았던 김 교수는 자신을 이런 베트남 여행에 초대한 것만 해도 그가 고마울 정도였다. 김 교수는 해외여행을 해본 것이라고는 네 번밖에 없었다. 그것도 이렇게 관광이 아니라 세미나나 해외 대학과 자매 교류차 방문하는 경우가 다였다. 그동안 바쁘기도 했지만 여행에 별 흥미를 느끼지 못했고 무엇보다 모든 것을 퇴직 이후로 미루겠다는 느긋한 생각이 자신을 저어케 했다.

옌트 국립공원을 관광하고 오후에는 드디어 동양 최대의 바다 관광지라 하는 하롱베이로 향했다. 하롱베이는 그냥 듣기로는 베트남 제1의 경승지로, 삼천 개에 가까운 크고 작은 섬과 석회암 기둥 등을 포함하고 있는 만灣으로 유네스코 세계자연유산으로 등록된 명승지였다.

가이드는 삼십을 조금 넘겼을 법한 친구였다. 하노이에서 결혼도 하고 아이도 있다고 하였다. 하롱베이로 가는 버스 안에서 그는 하롱베이를 설명하다 자신을 구체적으로 소개했는데 좀 과시하는듯한, 좀 자랑하는 듯한 말로 자신의 베트남 아내에 대해서도 말하였다.

"아내는 모델 출신의 베트남 여인입니다. 처음 만남은 공항에서 이루어졌는데 공항에서 저는 한국에서 오는 여행객들을 맞이하고 있었고 그녀는

공항에 손님을 배웅하고 있었습니다. 우연히 한번 보고 힐끗 지나쳤는데 얼마 후 어떻게 알았던지 그녀가 먼저 제게 접근해왔습니다. 그래서 알게 되었고 거기서 그녀는 자신의 꿈이 한국인과 결혼하는 것이라고 서슴지 않고 말하는 것이었습니다. 모델 출신이어서 그런지 꽤 개방적이었고 그런 말을 하는데 머뭇거림이 없었습니다. 그러다가 저의 아버지가 돌아가시게 되어 울적하던 날 그녀를 만나 위로받게 되었는데 그날 같이 밤을 지내게 된 것이 결정적인 계기가 되어 빠르게 결혼하게 되었습니다."

휴게소에 잠시 내렸다가 다시 하롱베이로 가는 버스를 탈 때 그는 폰에 담긴 아내의 사진과 아기의 사진을 보여주었다. 베트남 미인이었다. 은근히 자기 수입(연봉 1억이 넘는다고 했다)과 베트남 미인과 결혼했다는 것에 자부심을 가지고 있었다.

"어떠하셨습니까? 오늘 엔트국립공원, 무엇보다 높은 지대에 있어 기후나 날씨가 낮은 곳과는 상당히 달랐지요. 곰과 호랑이 같은 야생동물들도 살고 있다고 합니다만 가이드 생활을 하면서 아직 한 번도 보지 못했습니다. 내일 볼 하롱베이는 유엔이 정한 세계자연문화유산일 뿐만 아니라 세계 7대 자연경관으로서 눈부신 가치를 보여주는 보석 같은 섬으로 삼천여 개의 섬이 바다 가운데 배처럼 떠 있고 그 섬마다 다양한 나름의 풍광을 지니고 있어 살아 있는 동안 한 번은 꼭 보아야 할 곳이라고 할 수 있겠습니다. 섬 일대를 둘러보고 선상에서 점심을 하고 영화 '인도차이나'의 배경이 되었던 섬과 그곳에서 살고 있는 원숭이를 보고 전망대도 들러보고 하는 것이 내일 일정입니다."

그날 호텔 로비에서 가이드는 가이드 비와 선택 관광비를 거두면서 말했다. 김 교수가 가이드의 말에 곰곰 귀 기울이는 것을 보자 그는,

"뭘 그까짓 것 가지고 그래. 인터넷 들어가 보면 다 나오는 것들, 내 귀엔

소귀에 경 읽기야."

하고 가이드의 말이 하찮다는 듯 쏟아냈다. 그 말속에는 박사인 김 교수가 그런 가이드 말에 곰곰 귀를 기울이는 것이 좀 답지 못한 것처럼 보였던 모양이었다. 김 교수가 아는 그는 그런 친구가 아니었다. 늘 수동적이었고 자기 주장을 하나 제대로 펼 줄 몰랐다. 오죽했으면 그의 아내가 그런 그가 답답해 화병으로 세상을 떠났을까.

그가 셋째 아들로 부모님을 모시고 살았음에도 그가 부모로부터 물려받은 것은 하나도 없었다. 모두 형과 동생들이 거의 약탈해가듯 재산을 나누어 가졌어도 그는 별말이 없이 그들이 하는 대로 내버려 두었다. 그는 형과 동생들을 위해 중학교를 마치자마자 사회에 뛰어들어 돈을 벌어야 했다. 그는 동네에 있는 태화 말표 고무장갑 하청 공장에 들어갔다. 조금 더 나이 들어서는 도시로 나간 형제들을 대신해 그가 부모님을 모시고 살아야 했고 부모님을 대신해서 농사를 지었다. 그 덕인지 그의 두 형과 두 동생은 학교를 나와 좋은 회사에 취직했다. 다 고등학교 이상을 나왔고 그의 큰 형은 대학까지 나왔다. 그 어려운 시기에 대학을 나왔다는 것은 그 시대에 정말 마을에서 처음이었을 뿐만 아니라 인근 동네에서도 처음이었다. 그만큼 어려운 시대이니만치 그는 그의 가족과 형제를 대신해 고생한 것이었다. 그럼에도 형제들은 그의 힘으로 잘 되었음에도 그 고마움을 인정치 않았다. 자신들이 잘나서 대학을 다니고 회사도 취직한 것으로 생각하지 그가 뼈 빠지게 일하고 농사를 지은 대가로 그렇게 학교를 다닐 수 있게 된 것이라고는 생각하지 않았다. 오히려 시골에서 부모님을 모시고 살면서 누릴 것 다 누렸다고 생각하는 것이었다. 그런 형제들의 모습을 보면서도 그는 그들을 결코 탓하거나 미워하지 않았다.

부모님 두 분이 모두 다 돌아가시고 그나마 약간 있던 논마지기도 다 형제들이 가져가 버렸을 때도 그는 아무 말도 하지 않았다. 이런 그를 보면서 언젠가 그의 아내는 화병이 나 김 교수를 찾아와 그런 이야기를 했던 것이었다. 참 답답하고 멍청해서 미치겠다는 것이었다. 그리고 수년 후에 그 화병으로 결국 세상을 등지게 되었던 것이었다.

"내가 무얼 형과 동생들한테 잘못했지. 무얼 잘못했길래 가족들이 이렇게 나에게 실망을 주고 있는 것일까?"

그날 김 교수가 상가를 방문했을 때 마주 앉으며 그는 말했다. 와보지 않는 형과 동생네 가족들을 보며 정말 김 교수는 해도 해도 너무한다고 여겼다. 그가 배우지 못하고 시골에 산다고 그래서였을까? 아니면 그에게 왜 이렇게 어렵게 일군 살림을 빼앗기기만 하느냐며 남편과 그의 형제들에게 바락바락 대들던 그녀가 미웠기 때문인 것일까? 정말 친척 없는 장례식장을 보며 그가 가족들에게 어떻게 했다는 것을 잘 알고 있는 김 교수는 와보지 않는 그의 형과 동생들이 정말 미웠다.

그런데 그렇게 아내가 일찍 세상을 버리고 자식들도 커 다들 대처로 나가버린 후 그가 홀로 남겨졌을 때 어느 날 갑자기 이상한 소문이 들리기 시작한 것이었다. 그가 바람이 났다는 것이었다. 그것도 동창인 혜숙이와 함께. 그는 강력히 부인했다.

"그냥 편하게 지내는 거지. 바람은 무슨 바람? 아무것도 아녀. 그냥 걔도 혼자고 나도 홀아비니까 그냥 더러 만나는 것이지 그 이상은 아녀."

고향에 남은 동창들은 믿지 않았지만 김 교수는 그것을 믿었다. 그의 성격으로 보아 그것이 맞다고 생각했기 때문이었다. 그는 모든 것을 가족을 위해, 부모를 위해, 형제를 위해 희생밖에 모르며 살아왔던 것이다. 그런데 바람이라니? 어쨌거나 그런 소문은 미지근히 번져갔다.

그런데 그것이 사실인 것이었다. 그가 부정했던 그 말이, 김 교수가 믿었던 그것이 사실이 아니었던 것이다. 그는 바람이 나고 있었다. 아내가 없다는 외로움, 혼자 산다는 것에 대한 고독으로 그는 역시 혼자인 혜숙이와 자신의 이런 외로움을 나누고 있었다. 더러 같이 모텔에도 다니는 모양이었다. 그거야 혜숙이나 그를 위해서도 좋은 일 아니겠는가? 나는 그냥 혼자인 사람끼리 같이 늙어가면서 좋게 지내는구나 하고 생각했을 뿐 그것이 결코 바람이라고는 생각지 않았다. 그럴 수도 있는 일이 아니겠는가?

그날 저녁 호텔에 묵을 때였다. 하롱베이 호텔 13층에는 바가 있었다. 그의 안내로 김 교수는 호텔 꼭대기 층에 있는 바를 찾아갔다. 김 교수는 여행을 다니면서도 이런 것에 대해서는 전혀 모르고 있었다. 그냥 호텔이 잠이나 자는 곳인 줄로만 알았지 호텔마다 바가 있다는 사실을 몰랐던 김 교수는 그가 이끄는 대로 따라갔다. 바에서는 노래를 하는 가수들도 있었다. 그는 노래를 듣더니 대개 노래들이 팝송이라는 것을 알고는 희망곡으로 'yesterday'와 'white house'를 적어내는 것이었다. 중학교 학력뿐인 그가 그런 노래를 알고 있는 것도 신기했고(사실 김 교수는 그 나이의 사람들에게 익숙한 나훈아나 또는 조금 더 가서 그 나이 또래들이 최신가요라고 익히 알고 있는 현철 정도를 생각하고 있는 것과는 전혀 달랐다.) 영어 스펠링도 아무렇지도 않게 적어내는 것을 보고는 놀라워했다(이것은 그가 중학교밖에 졸업하지 못했다는 것을 무시하는 것은 결코 아니다). 또한 그런 곳으로 김 교수를 익숙하게 이끄는 것도 그를 다시 보게 하였다.

바를 나올 때 그는 수고했다며 1달러씩을 거기 가수와 웨이터들에게 일일이 나누어주었다. 사실 이들에게 1달러는 작은 돈이 아니었다. 손님이 우리뿐인 텅 빈 13층의 바를 보면서 친구가 팁을 주는 행동이 잘못된 것이 아니라는 것도 알게 되었다. 그런 것은 정말 김 교수가 모르고 있던 그의 모습이었다.

여행을 함께 하며 그의 변신을 알기까지 김 교수의 머리는 옛날 말이 없고 존재감이 없는, 형제들에게 늘 당하고만 있는 그를 기억하고 있었다. 그러나 그와 함께 여행을 하면서 보았던 그는 김 교수의 이런 기억과 전혀 일치하지 않았다. 그의 달라진 모습은 김 교수를 완전 놀라게 할 정도였다. 그는 오기 전부터 하노이와 하롱베이에 대해 철저히 준비한 것 같았다. 그는 김 교수가 박사라는 것을 알고 김 교수에게 부끄럽지 않기라도 작정한 듯 그가 할 수 있는 한의 노력을 기울였던 것 같았다. 김 교수는 그냥 그가 하는 이야기를 묵묵히 들어주면 되는 것이었다. 옆에 앉다 보니 가이드 설명보다 그가 해주는 것이 훨씬 더 와닿았다.

다음날 드디어 하롱베이로 가는 선상에 올랐다. 하롱베이는 베트남의 큰 관광 자원이었다. 그러나 너무 많은 배들이 다녀서 바닷물은 썩고 있었다. 냄새가 났고 그 냄새는 어느 정도 육지를 벗어나자 비로소 사라졌다.

"'하'는 베트남 언어로 하늘에서 내려온다는 뜻이고 '롱'은 용이라는 뜻으로 하롱베이는 하늘에서 용이 내려온 만이라는 뜻입니다. 바다 건너에서 쳐들어온 침략자를 막기 위해 하늘에서 용이 이곳으로 내려와 입에서 보석과 구슬을 내뿜어 그 보석과 구슬이 바다로 떨어지면서 갖가지 모양의 기암이 되어 침략자를 물리쳤다고 하는 전설에서 유래되었다고 합니다. 대부분의 섬들은 척박한 환경 때문에 사람이 살지 않는 무인도이지만 그만큼 많은 종류의 포유동물과 파충류가 서식하고 다양한 식물군이 존재합니다."

배 위에서 가이드는 섬들을 가리키며 설명했다. 바닷가에서는 서로 밧줄을 묶은 채 있는 수상가옥도 보였다. 친구는 하롱베이의 신기한 모습에 혀를 내둘렀다. 바다에서 이런 아름다운 광경은 처음 보았다는 것이었다. 더욱이 영화 '인도차이나'의 배경이 되었던 원숭이 섬을 둘러보고 돌아 나올 때는 친구는 아이들처럼 소리치며 감탄했다. 그는 이 여행이 재미있는지 바지런했고 무수히 사진을 찍었고 말이 많았다. 그 바람에 김 교수 역시 수다스러워지지 않으면 안 되었다. 그는 기분이 좋은지 25명으로 구성된 이번 여행객들을 위해 맥주 1캔씩을 사서 돌렸다. 1캔에 1달러니 25달러를 기분 좋게 쓰는 것이었다. 그는 아까워하지 않았다.

같이 온 관광객들은 그가 꽤 잘나가는 직장에서 높은 자리에 있다가 은퇴한 사람쯤으로 여겼다. 더욱이 그가 맥주 캔을 돌리는 것을 보고는 더욱 그렇게 생각하는 것 같았다. 그가 특별히 술을 즐기는 것은 아니었다. 그러나 중식이나 석식을 할 때 또 적절할 때마다 절묘하게 술을 냄으로써 관광하는 사람 모두가 그를 다르게 보고 있었다. 어느새 그는 우리 여행팀의 주목받는 사람이 되었고 모든 것을 그와 의논하게 되고 그의 말을 따르는 지경이 되어버렸다. 그는 활동적이었을 뿐만 아니라 여행을 많이 한 듯 전혀 이런 방면에 거리끼거나 당황해하지 않았다.

"육지에 장가계가 있다면 바다엔 하롱베이가 있지."

그는 김 교수와 함께 하고 있는 이번 여행에 매우 흡족해했다. 그의 수입은 연전부터 받기 시작한 기초연금과 두 아들과 딸이 보내주는 매달 10만 원씩 그리고 논과 밭 소출에서 나는 얼마의 돈 그것이 전부였다. 최근엔 농지연금에도 들었다고 했다. 농지연금에서 매달 오십여만 원씩 통장에 넣어주니 꽤 쏠쏠하다고 했다. 물론 그가 죽으면 지금의 농지는 시세에 따라 남으면 유족에게 돌려주고 땅은 나라에 속하게 될 것이었다. 어쨌거나 그런 제도 때문에 그는 시골에서 꽤 쏠쏠찮게 살고 있었던 것이다. 그리고 그것으로 자식 손 안 벌리고 즐길 것 즐기고 있는 것이다. 자식들은 이를 알고 나자 도와주지도 않으면서 왜 농지연금에 들었냐며 신경질을 냈고 형제들도 말렸다고 했다. 고향에 땅이 있어야 한다는 것이었다. 그 땅이 없어지면 자기들이 고향에 올 이유가 영영 없어진다는 것이었다. 그래도 그는 논을 농지연금에 두어버렸다. 집과 땅을 목숨보다 소중히 했던 그가 덜컥 농지연금에 넣었던 것은 그의 마음속에 무슨 변화가 있지 않고는 불가능한 일이기도 했다.

새막골은 사실 오래된 동네였지만 면面에서 멀어 나는 이는 있어도 드는 이는 없는 마을이었다. 다만 그곳으로 기차역이 하나 있어서 그것이 유일한 외부와의 소통로였지만 그것도 경부선이 아니었기 때문에 발전의 가능성은 거의 없었다.

"재미있는 이야기 하나 할까?"

그날 역시 하롱베이를 구경하고 호텔에 잠시 들렀다가 야시장을 돌아보고 나오면서였다. 그러면서 그는 이야기를 하는데 그것은 뜻밖에도 황순원의 「소나기」에 대한 것이었다. 「소나기」를 배운 때가 중학교 3학년 1학기 때였다고 기억되는데 뜬금없이 왜 그가 「소나기」를 이야기할까. 아마 그는 김 교수가 문학을 했으니까 자기가 결코 문학에 대해 문외한이 아니라는 것을 알게 하고 싶어 한 것이 아닌가 여겼다. 그는 상당히 준비한 것 같았다. 중학교를 졸업했던 그에게 그것은 그가 생각할 수 있는 최대의 문학이었을 것이다. 김 교수는 그의 그런 노력이 고마웠다.

"「소나기」 있잖아 황순원, 그것 참 재미있었지. 그때 가졌던 순수한 감정은 우리의 향수로 남아 있기도 하지. 어른이 되고 나서도 그때 그 감동 잊을 수 없어. 그때 참 소녀의 죽음은 우리 모두를 안타깝게 했어. 그 후 소년은 어찌 되었을까?"

"글쎄 그런 것을 다룬 글을 얼마 전에 본 것 같아."

그는 김 교수가 이야기를 마치자마자 기다렸다는 듯 소년에 대해 이야기하기 시작하였다. 소년은 그날 이후 늘 아침마다 산에 올라 건너편에 불쑥 솟아오르는 태양을 한참 동안 마주 보고 소녀의 명복을 비는 버릇이 생겼다. 오늘도 예외는 아니었다. 간밤에 소년은 소녀에 대한 생각으로 밤잠을 설쳤지만 해를 마주 보려는 욕망은 그를 어김없이 그 시간에 깨워놓았다. 아침 여명의 그 붉고 칙칙한 동녘을 바라보다가 일순 어디선가 불쑥 뜨겁게 솟아오르는 태양을 느꼈을 때 소년은 예의 그 기도를 했다. 소녀가 가여워서 견딜 수가 없었다. 소녀를 생각할 때마다 속이 철렁 내려앉으면서 저 낭떠러지로 서너 바퀴 뒹굴며 떨어지는 것 같았다.

소년은 기도를 마치자 또다시 소녀가 던져준 조약돌을 만지작거렸다. 집에 와서는 아무도 모르게 깊숙이 감추어 둔, 소녀가 자신의 등에 업혔을 때 소녀의 옷을 물들게 했던 옷을 꺼내어도 보았다. 소녀와의 추억이 어슴푸레 묻어 나왔다. 가슴이 아려왔다. 온 뜨락을 돌아다니며 실성한 소년이 되어 갔다.

어느 날 소년은 자신이 소녀를 사랑한 것인지도 모른다고 생각했다. 소년은 그렇게 생각이 들자 갑자기 일기가 쓰고 싶어졌다. 지금의 감정을 일기로 써서 꼬옥꼭 감추어두었다가 먼 훗날 살짝 열어보리라. 더욱더 먼 훗날 다시 소녀를 만나게 될 때 자신이 얼마나 소녀를 사랑하고 있었는지를 일기를 통해 보여주어야 한다고 생각했다. 소년은 그날 읍내에 나가 소녀가 좋아했던 자운영꽃 빛깔의 일기장을 사서 일기를 쓰기 시작했다.

그러다가 문득 그는 북받쳐 오르는 감정을 멈출 수 없는지 순아에 대해 가졌던 감정을 쏟아내었는데 그가 순아에 대해 그런 애틋한 감정을 가지고 있었다는 것은 놀라운 것이라 아니할 수 없었다.

"조금만 내가 학력이 높았다면, 조금만 우리 집이 부자였다면, 조금만 더 멋있는 소년이었더라면 지금도 그런 생각이 들 때가 한두 번이 아니야. 지금도 순아에 대한 애틋한 감정을 가지고 있어. 그렇지만 상대는 고결해. 그리움만으로 간직하고 있을 뿐이지 더이상 감히 내가 넘볼 수 있는 처지가 아니야. 나이 든 지금은 이젠 그런 것이 문제가 되지 않는데 그런데도 나이 들어서도 거리감이 있는 것은 어쩔 수 없구나. 들리는 소문으로는 순아도 혼자가 되었다고 하는데."

그가 말하는 순아는 김 교수가 너무도 잘 아는 아이였다. 왜 모를까. 그 때 같은 마을에 같이 살았는데. 아마 당시에 무당 딸이라면 모르는 아이가 없을 정도로 순아는 예뻤고 똑똑했다. 공부도 잘했고 말도 잘해서 전체가 12학급 되는 시골 학교에서 그녀는 단연 두드러졌다. 아이들은 다들 그녀를 좋아했다. 그러면서도 그녀에게 가깝게 다가갈 수 없었던 것은 그녀가 무당 딸이라는 것 때문이었다. 좋아하면서도 결코 그녀에게 가까이 다가갈 생각을 하는 아이들은 없었다. 그런데 그가 그녀를 끔찍이 생각하고 있었다니? 그와 가깝게 있으면서 그의 그런 생각은 전혀 알아채지 못하고 있었다. 더욱이 김 교수는 중학교를 인근 대도시로 가고 상국이는 면에 있는 시골 중학교로 진학했기 때문에 그 이상의 문제는 전혀 알지 못하였다. 있다면 그와 그녀는 중학교를 같이 시골 학교로 다녔기 때문에 그때 서로의 감정을 풀어놓았던 것 같았다. 그런데 그녀가 그곳 시골 중학교를 1등으로 졸업하고 고등학교를 서울로 갔기 때문에 그녀와의 더 이상의 교류는 없었던 것 같았다. 그리고 그녀는 서울에서도 유명 대학으로 진학했고 한의사와 결혼했던 것으로 알고 있었다.

이후론 그가 그녀를 생각으로만 그리고 있었던 것이었다. 그와 그녀와의 관계는 쉽게 잘 이루어질 수 있는 것이 아니었기 때문에 그는 중학교 때까지 함께 할 수 있었던 그녀를 잊지 못하고 있는 것이었다. 그런 것이 그가 「소나기」를 그토록 좋아했던 것으로 보였다.

나흘째 되는 날은 호텔 조식 후 다시 하노이로 돌아왔다. 작은 거리가 아니었다. 돌아오는 버스에서 그는 말했다.

"세상 살아보니 참 별게 아닌 것 같다. 그냥 지금 나 자신, 내가 즐기고 사는 것이 인생이라는 것을 느끼게 돼. 가치의 중심을 어디에 두느냐에 따라 사람이 살아가는 방법이 다르겠지만 나이 들어 생각해 보니 가족을 위해 희생하든, 조국을 위해 희생하든 그게 무어가 대단한 것인가 반문하게 돼. 내가 똑똑하다면 모를까 일개 평범한 필부에 지나지 않는데 그냥 내가 내 의지로 남에게 피해 주지 않고 하고 싶은 대로 한세상 살다가 때가 되면 떠나는 것이 행복한 인생인 것 같아. 마누라가 죽고 나니까 내가 한참 잘못 살았구나 하는 생각이 들어. 니가 보기에 내가 많이 변했다구 했지. 맞아 많이 변했어. 변신했어. 그까짓 것 뭐 100년도 못 사는 인생 죽기 전까지 실컷 즐기다가 가자는 생각이 들더라고. 나 죽은 다음 나를 무어라고 하던 그게 무슨 상관일까? 내가 죽으면 아무 상관도 없는 것, 이승에 있는 동안 즐길 것 다 즐기고 하고 싶은 것 다 하다가 가야지 그까짓 명예가 무슨 소용일까?"

다시 하노이로 와서는 호치민 생가, 바딘 광장, 한기둥 사원 등을 관광했다. 호치민 생가와 대통령 관저를 방문할 때 사람들은 그 검소한 모습과 조국애에 감탄하는 사람이 많았다. 그렇지만 그는 '그깟 명예가 무슨 소용일까' 하고 또 빈정대었다. 자기 같은 건 명예는커녕 왔다 간 머리카락만 한 흔적도 없을 거라고 했다. 그럴 바엔 잘 먹고 잘사는 것이 최고의 행복이라고 했다.

김 교수는 그의 이야기를 들으면서 그것은 옳은 생각이라고 생각했다. 늘 남을 위할 줄만 알고 자신에 대해서는 일체 말이 없었던 그를 보며 참 좋은 변신을 했다고 생각했다.

'그래 짧은 인생 너도 희생만 말고 네가 이 세상에 왔다는 것을 한번 보여줘. 너도 즐길 권리가 있는 거야.'

그런 한편 김 교수 역시 그의 말에 힘입어 자신을 돌아보는 계기가 되었다. 나는 나 자신을 위해 얼마나 충실했던가.

저녁엔 베트남 명물인 수상인형극도 관람했지만 배경을 모르니 하나도 재미가 없었다. 그런데도 그는 저런 것은 머리로 아는 것이 아니라 가슴으로 알아야 하는 것이라며 자기는 이해한다고 했다. 하긴 그 내용이 농민들의 생활에 대한 것이었으니 고개를 끄덕끄덕하며 골똘히 바라보는데 지루해 딴짓을 하는 김 교수가 미안할 정도였다.

비행기를 타고 오면서도 그는 또 한 번 자신의 심정을 털어놓았다.

"자식들 다 시집, 장가보내고 남는 것은 아내와 나뿐인데 아내마저 화병으로 가버리고 나니까 허무한데. 이러려고 세상에 나온 것일까? 이렇게 외롭고 가난하게 살려고 나온 것은 아닌데 하는 생각이 들더라고. 그래서 생각을 바꾸기로 했어. 그저 즐기자고. 인생 무어 있나 싶었지. 나 자신 변하기로 했어."

그는 형과 자식들이 그렇게 반대했음에도 자신이 논을 담보로 농지연금에 든 것에 대해서도 이야기했다.

"지금 내가 좋은 거야. 내가 죽으면 이 모든 것이 무슨 소용이 있겠니? 당연히 나와는 아무런 관련이 없지. 우선 내가 좋아야겠어. 내가 스트레스받지 않고 내가 즐거워야겠어. 나머지는 생각 않기로 했어. 내가 죽은 다음 내가 어떻게 되든 알 게 뭐야. 나는 내가 살아있는 동안 내가 하고 싶은 것을 마음껏 하기로 했어. 우선 그러려니 돈이 필요하잖아."

베트남 여행을 다녀오고 나서 김 교수는 한동안 그를 잊고 지내왔다. 왜냐하면 그로부터 어떤 연락이 없었고 김 교수 역시 어머니가 아팠기 때문에 퇴직을 하고 난 다음의 어머님 병구완은 오로지 김 교수 몫이 되고 있었기 때문이었다. 나이 들면 병들고 기력이 떨어지고 죽는 이런 일들이 다 무상하다는 데에 김 교수는 공감했다. 다만 여지껏 늙고 낡아갈 뿐이지 죽는다는 것은 결코 생각해 보지 않았다. 왜 사람은 죽는 것인가. 그래서 인생무상이라 했던가. 그래 인생은 변하는 것이다. 그러나 그 변한다는 것도 살아 있음을 전제로 하는 것이지 자기가 죽은 다음에야 죽음으로 변한다는 깨달음이 무슨 소용있으랴. 그런데 그가 죽은 것이었다.

아침에 집 앞의 작은 감나무에 까치가 와서 울던 날이었다. 김 교수는 아침부터 소식이 있으려나 했다. 물론 평소에도 까치가 울지 아니했던 것은 아니었지만 그날따라 이상하게 까치 울음이 높았다. 혹 어머니가 잘못되기라도 한 것은 아닌가 싶어 김 교수는 어머니를 한 번 더 돌아보았다. 그러나 어머니는 아무런 이상 흔적이 없었다. 그런데 조금 있자 동기회장으로부터 문자가 날아왔다. 상국이가 죽었다는 것이었다. 아니 상국이가 왜? 바로 얼마 전 나와 함께 베트남까지 다녀왔지 않은가? 김 교수는 혹 이것이 잘못된 문자가 아닌가 싶어 불현듯 회장인 인수에게 전화를 넣었다.

'아니, 상국이가 왜?'

교통사고였다. 경운기를 몰고 가던 그를 뒤에서 오던 트럭이 받아버린 것이었다. 그 길은 내가 볼 때도 트럭이 다닐 길이 아니었다. 작은 승용차나 경운기 정도가 지나갈 정도의 길에 저 거대한 트럭이 왜 다닌다는 말인가. 새막골이 개발이다 뭐다 해서 트럭이 왔다 갔다 했다.

김 교수는 턱을 괴고 한동안 그의 죽음을 생각해 보았다. 변하면 죽는다더니 죽을 날이 가까워 와서 상국이가 변했던 것일까? 아니 그가 변신했기 때문에 죽은 것일까? 비록 그가 변신한 기간이 얼마 되지 않았을지라도 그리고 결과가 어쨌든 김 교수는 그가 잘 변신했다고 생각했다.

그는 빠르게 화장 처리되었다. 사망보상금도 나온 것 같았다. 그리고 새막골이 개발붐을 타고 땅값이 꽤 올라 있었다. 그가 살아있으면 농지연금도 꽤 많이 받을 것이었다. 그는 그것 한 푼 써보지 못하고 죽어버렸고 그 유산은 고스란히 자식들에게 돌아갈 것이었다. 인생은 허무한 것, 그냥 가족을 위해서가 아니라 좀 더 일찍이 상국이 그 자신을 위해 사는 것이 바로 인생이란 것을 깨달았더라면 하는 생각이 들었다. 놀라운 것은 바로 상국이가 그토록 좋아했던 무당의 딸 순아가 상가에 온 것이었다. 나이가 들었음에도 여전히 아름다웠다. 김 교수는 그의 자녀들과 같이 새막골 산자락에 묻힐 때까지 같이 했다. 김 교수는 자신이 변신한 것도 아닌데 늦게나마 자신을 위해 살았던 상국이의 변신이 그 무엇보다 고마웠다.

김 교수는 「변신」과 상국이를 생각다 말고 밖으로 나왔다. 하늘이 맑았고 저 멀리 구름이 한 점 있었다. 거실의 큰 괘종시계가 어언 열한 점을 놓고 있었다.

달맞이꽃

나는 이번 여행이 나에게 극명한 해답을 줄 것을 바랐다. 아, 아, 이 불편하고 피곤한 선택들은 언제까지나 미루어두고 지내야 할 것인지? 나중에는 이 절박하고도 당면한 문제에 결단을 내릴 수 없어 골머리가 지끈지끈 아프곤 했다. 결혼은 해야만 하는 것일까? 그것이 그렇게 당연한 것이라면 나는 왜 무엇 때문에 이다지 망설이고 있는 것일까? 확실하고 분명한 것은 K 때문일 것이다. 그렇다면 도대체 나는 어쩌자는 것이란 말인가? 이미 남의 여자가 된 그녀를 두고 나는 어쩌자고 이렇게 괴로워하고 있는 것이란 말인가? 이런 밑도 끝도 없는 질문들로 나는 많은 시간을 시달려 왔고 그때마다 그것을 쉽게 접어두는 것으로 그 고통을 피해왔던 것이었다. 그러나 이제는 도저히 피할 수가 없었다. 언제까지나 매듭 없는 이런 상태로 내버려 둘 수는 없었다.

　아, 피할 수만 있다면 피하고 싶은 이 선택, 나는 여행을 생각했다. 여행을 하면서 차근차근히 생각을 정리해보노라면 어쩐지 이 고독한 결단을 쉽게 내릴 수 있을지도 모른다고 여겼다. 그러나 어쩌면 그것은 이제껏 그래 왔듯이 또한 도피인지도 몰랐다. 어디 이런 핑계를 댄 여행이 한 두 번이었으랴. 그래도 나는 이번엔 다른 때와는 달리 확실한 결단이 내려지기를 바랐다.

어디로 가겠다는 분명한 생각이 있었던 것도 아니었다. 그냥 배낭을 하나 둘러메고 아무 데나 발 닿는 대로 가리라고 여겼을 뿐이었다. 그러나 이런 무방비 상태의 여행은 내가 정작 아무 데나 내리리라고 작정하고 차에 올라타기까지 대합실에서 한 시간 이상을 지체케 했다. 너무도 그 아무 데나가 결정이 나지 않았기 때문이었다. 나는 터미널 밖으로 나와 내 앞으로 지나가는 다섯 번째 차를 타리라고 여겼다. 하필이면 왜 다섯 번째 차인가에 대한 특별한 의미는 없었다. 5라는 숫자를 내가 특별히 좋아하는 것도 아니었다. 나는 원래 8이라는 숫자를 좋아했다. 8이 우리에게 주는 의미는 대체로 강인함을 주는 것이었다. 8은 팔팔한 어감이 좋았다. 나는 강하지 못했다. 내가 8이라는 숫자를 좋아한 것은 어쩌면 강해지고 싶어 하는 나의 유약 소심한 성격 때문인지 몰랐다. 그런데 어느 날이던가 만파식적萬波息笛의 수중 문무대왕릉을 구경하고 감포와 호랑이 꼬리라고 일컬어지는 대보까지 다녀오는 길에 포항터미널에서 부산행 버스를 타기 위해 시간 여를 기다리는 동안 우연히 컴퓨터 점을 보게 되었는데 나에게 행운의 숫자는 5라는 것이었다. 그때부터 싫으나 좋으나 5라는 숫자를 도시락처럼 여기게 되었다.

처음의 차는 경전여객 삼천포행이었다. 두 번째의 차는 부산교통 진주행이었다. 세 번째의 차는 마산행이었고 네 번째 차는 남해 하동을 가는 완행 노선이었다. 드디어 다섯 번째 차가 터미널을 빠져나오고 있었다. 푸른색에 노란색 줄이 그어진 거창행이었다. 첫 번째 차에서 다섯 번째 차까지는 단 5분간의 시간이 걸렸을 뿐이었다. 나는 갑자기 손을 들었고 운전기사는 이런 일이 흔히 있는 양 순순히 차를 세워 문을 열어 그의 승객의 하나로 나를 만들어 주었다. 의령, 합천을 거쳐 거창으로 가는 버스였다.

"어디까지 가셔요?"

내가 그 소리를 들은 것은 마악 숨을 돌리고 맥이 풀려서 잠깐 창밖을 응시하다가 눈을 감을 때였다. 그 소리에 놀라 나는 두 눈을 번쩍 뜨고 소리 나는 곳을 바라보았다. 노란 원피스를 입은 젊은 여자가 버스를 탈 때부터 내 모습을 바라보고 있었다는 듯 웃고 있었다.

"아, 네, 그냥 아무 데나 갑니다. 가다가 적당한 곳이 있으면 내리려고 합니다."

그러나 내 말은 좀 서툴렀다. 그 차는 거창으로 가는 노선인 만큼 의령, 합천, 거창 중 어느 한 곳을 가야 한다고 말을 해야 했다.

"아무 데라니요? 아무 데라는 곳도 있습니까?"

"아, 네, 그냥 다섯 번째 차를 탔을 뿐입니다."

"다섯 번째 차라니요?"

내 의도를 알지 못하는 여자는 의아하다는 듯이 거듭 물어왔다.

"아, 네, 그냥 제가 생각하는 다섯 번째 차라서 그냥 탔습니다."

내 말이 좀 강했던지 이해 못 하겠다는 표정이었지만 여자는 더 이상 말하지 않고 앞을 바라보았다. 차는 큰 차에 비해 승객수가 너무 적었다. 휑한 차를 두세 사람이 대절해 가는 기분이었다.

고속도로라고는 했지만 역시 거창까지 가는 길은 쉬운 것이 아니었다. 무엇보다 세 시간을 가야 한다는 것이 부담스러웠다. 의령부터는 국도였다. 나는 버스가 의령에서 쉬자 스트레칭을 할 요량으로 잠시 내렸다. 그러나 의령은 타고 내리는 사람이 없었다. 기사가 곧바로 시동을 걸었다. 나는 황급히 다시 버스에 올랐다. 그 바람에 나는 이번에는 여자의 얼굴을 보다 자세히 볼 수 있었다. 여자의 얼굴이 고왔다. 예쁘다는 것은 남자들에게 호기심을 불러일으키는 한 원인이 되기도 하였다.

"어디까지 가서요?"

"그냥 저도 가고 싶은 데 갑니다."

"그 가고 싶은 데가 어디입니까?"

"모르겠어요. 저도 아무 데나 내려서 그냥……"

여자가 말해놓고 웃었다. 그녀가 말을 재미있게 했기 때문에 나는 점점 그녀에게 호감을 가지며 말을 이어갔다. 이런 여행을 하는 사람들에게 금기시 하는 말이 하나 있었다. 무엇을 하는 사람인지, 나이는 얼마인지, 이런 신분과 관련한 말은 일절 하지 않는 것이었다. 그래서 나는 그녀의 정체가 궁금했지만 그런 것에 대해서는 전혀 묻지 않았다. 차는 다시 합천에서 멈추었다.

합천에서 탄 사람은 모두 세 사람이었다. 비교적 젊은 사람들이었다. 한 사람은 등산복 차림의 건장한 남자였고 또 한 사람은 말쑥한 남방 차림의 키 큰 남자였다. 나머지 사람은 개량 한복을 입은 도사 차림의 사람이었다. 그중에 도사 차림의 그가 비교적 나이가 제일 들어 보였다. 그들은 같은 곳에서 타긴 했지만 서로 아는 것 같지는 않았다. 이 버스가 거창 가는 버스였기 때문에 별말이 없는 한 그들은 거창에 가는 것임을 알 수 있었다. 그들은 산행을 하기 위한 것 같기도 했고 아닌 것 같기도 했다. 그들 차림은 각각이 모두 달라 옷차림만으로 그 사람이 어떤 사람인지 알 수 있다는 어느 유명 패셔니스타의 말을 의심케 했다. 그들은 넓은 버스 여기저기 띄엄띄엄 앉았다. 서로가 서로의 관심에서 벗어나기를 원하는 것 같았다. 나도 그런 면에서는 익숙해 있기 때문에 곧 버스가 합천을 출발하자 내 생각에 빠져들었다. 이렇게 불쑥 떠난 여행이 K에 대한 명확한 해답을 주기를 바랐지만 오늘도 어떤 명확한 결단은 얻지 못할 것 같다는 예감이 들었다.

차는 합천을 삽시간에 벗어나 곧이어 내구, 거창 가는 길로 바꾸었다. 시골길은 언제 어느 때나 즐거운 길이었다. 정답기도 했다. 창밖의 플라타너스가 교과서 속의 삽화 같았다. 그렇게 잠깐 바깥 풍경에 빠져 있는데 여자가 다시 물어왔다.

"여행을 좋아하시나 봐요. 배낭 하나 걸머지고 떠나는…… 그 배낭 멋있어요."

"아, 네, 그렇지 않아요. 그냥 할 일 없어 이렇게 헤매고 있습니다."

그랬다. 내가 이 여행을 좋아한다는 것은 옳지 않을 것이다. 하찮은 생각에 시달리다 못해 여행을 떠난 것이었지 여행을 좋아하기 때문에 여행을 하는 것은 아니었다. 내가 단호하게 말했음인지 대화는 더 이상 진척되지 않았다.

합천에서 거창까지는 순식간에 달려온 듯싶었다. 이곳에 탄 사람 모두가 이제는 거창에 내린다는 것이 확인된 셈이었다. 나는 얼떨결에 그냥 거창까지 흘러들어오게 되었다. 나는 여자와도 헤어졌다. 나머지 사람들도 뿔뿔이 흩어져갔다.

내리고 보니 장날이었다. 장날 구경을 했다. 그냥 실없는 사람이 되어 거리를 헤맸다. 그러다가 정류소 근처 커피숍에 들러 커피 한 잔을 시켜놓고 멍하니 지나가는 사람들을 바라보았다. 장날이라 그런지 거리는 시골에서 올라온 많은 노인들이 오갔다. 그야말로 읍내 장날은 시골 사람들의 나들이날이었다. 문득 세월 가면 이 사람들 아무 이름 없이 사라져 가겠지 나 역시 마찬가지겠지 하는 생각을 했다. 이상李箱은 이들을 권태도 느끼지 못하는 사람들이라고 했던가.

그러다가 나는 누군가 나를 빤히 쳐다보고 있다는 느낌이 들어 그쪽으로 고개를 돌렸는데 놀랍게도 옆좌석에 앉아 있었던 여자가 구석에서 나를 빤히 쳐다보고 있었다. 내가 들어올 때부터 여자는 앉아 있었던 것 같았고 그 때부터 여자는 나의 행태를 눈여겨보고 있었던 것 같았다.

여자가 웃었다. 나는 곧 아는 척을 하고 고개만 약간 끄덕이었다. 다시 만났다는 이유만으로 우리는 자리를 합석했다.

"갈 곳을 아직 정하지 못하셨어요?"

그녀가 물었다.

"네, 그냥 무작정 오다 보니…… 목적 없는 것이 목적이 되어버리고 말았네요."

"저 역시 마찬가지예요. 무언지 모르고 갈 바를 모르고 떠도는 가련한 영혼…… 무얼 하는 분이세요?"

"그."

나는 내가 교사라는 것을 말하지 않았다. 방학이기 때문에 시간에 여유가 있다는 것도 말하지 않았다. 서로가 이런 일에는 서툴렀던 것인지 우리는 아무 말 없이 그렇게 앉아 지나가는 사람들을 바라보았다. 그러나 내 머릿속에는 K에 대한 생각이 떠나지 않았다. K를 생각지 않고는 내 생활이 되지 않았다. 그냥 이대로 끝없이 고민한 채로 살아야만 하는가 아니라면? 이 것저것을 생각하다 보면 이것도 저것도 아닌 그냥 다람쥐 쳇바퀴 돌 듯 다시 제자리에 와 있는 것이었다. 나아가는 것은 아무것도 없었다.

여자의 얼굴을 잠시 훔쳐보았다. 여자는 부산에서 이 외진 거창까지 왜 오게 된 것일까? 그녀 역시 나름의 고민을 가지고 있는 것일까? 그렇지만 알 수 있는 일이 아니었다. 알 필요도 없었다. 나는 이후의 계획에 머리를 굴리다가 북상의 월성리까지 가서 월성에서 고개를 넘어 함양 서상으로 걸을 생각을 했다. 서상에서 하룻밤 묵고 육십령을 넘어 전라도 장수로 들어가서 장수에서 그 일대를 돌아보리라 생각했다. 월성은 대학에 있을 때 친구들과 함께 남덕유를 등반할 때 와 보았던 곳이었다.

여자와 함께 앉아 멍하니 거창 거리를 바라보다가 나는 간단히 목례를 하고 여자를 떠났다. 월성리로 가는 버스는 하루에 6차례 있었다. 오전에 3번 오후에 3번 막차는 오후 5시에 있었다. 산골이다 보니 일찍 출발해 해지기 전에 도착해야 하는 것을 염두에 둔 것이었다.

주차장에서 나온 듯한 두 시 차가 바로 이어왔다. 장날의 시골 버스는 만원이었다. 월성으로 가는 도중에 있을 마리, 위천, 북상으로 가는 사람들이었다. 시골에는 젊은 사람이 없었다. 모두 도시로 서울로 갔다. 버스 안에서의 그들 촌노들의 이야기는 주로 그들의 지난 5일 동안에 있었던 일들에 초점이 맞추어져 있었다. 문득 그들처럼 아무 생각 없이 순박하게 살아가고 싶다는 생각을 했다.

버스는 어느 사이에 위천을 지나 북상까지 와 있었다. 북상은 거창의 가장 끝이었고 월성은 또 북상의 가장 끝이었다. 북상까지 오면서 사람들은 거의 다 내렸다. 월성까지 온 사람은 나 혼자뿐이었다. 나는 월성리의 여기저기를 둘러보다가 서상의 상남리 쪽으로 걸음을 옮겼다. 월성은 남덕유로 오르는 베이스캠프 같은 곳이었다. 나는 아무 생각 없이 걸었다. 서상에서 오늘 하룻밤 묵으며 복잡하고 문제점 가득 짊어진 머리를 식히고 싶었다. 아니 내가 안고 있는 이 고민거리를 덜어놓고 싶었다. 혼자 걷는 산길은 고독해서 좋았다. 누구에게서나 방해받지 않고 누군가에게도 방해하지 않고 걸을 수 있어 좋았다. 새소리 가득 들렸다. 숨어 핀 꽃들이 하나둘 눈에 들어왔다.

내가 영각사靈覺寺에 들른 것은 거의 어둑해질 무렵이었다. 그동안 나는 내 생각을 하며 거창 월성과 함양 서상을 연결하는 참으로 뜸한 길을 걸어왔다. 그동안 차가 몇 대 지나갔다. 손을 들면 세워주지 않을까마는 나는 그냥 두 시간여를 걸었다. 영각사에는 스님이 두 분 계셨다. 서로 엇비슷한 스님이 두 분 계시다는 것이 마음에 들지 않았다. 또 얼마나 그들은 싸울까. 그 꼴에 중생제도라니? 나는 스님들에 대해선 늘 이런 식이었다. 영각사를 들렀다가 다시 서상 상남 마을을 향해서 걸었다. 전에 없이 여기저기에 숙박업소들이 생겨나 있었다. 남덕유를 오르는 사람들에 대한 배려인 것 같았다. 그중 한 곳을 찾아 발길을 옮겼다. 그 산장을 든 특별한 이유는 없었다. 그 산장은 유난히 네온사인 불빛이 밝아 눈에 썩 들어왔을 뿐이었다. 가장 산 쪽에 있는 산장이기도 했다.

산장으로 들어서자 노란 달맞이꽃이 화분에 담겨 일제히 나를 반겼다. 그런데 조금 있자 나는 뜨락에서 들리는 낯익은 목소릴 듣고 소스라쳤다. 놀랍게도 아까 그 여자가 이 산장을 찾아든 것이었다. 아니 이런 경우가 있다니? 그것은 정말 이상하리만치 우연한 해후였다. 그녀는 산에 오를 생각이라도 했던 것일까? 아니면 이 산장에서 누구와 만나기로 약속이라도 했던 것일까? 여하튼 그녀와의 이 이상한 만남은 전체적인 틀을 먼저 마련해놓고 그 틀에 끼어 맞추는 것 같은 느낌이었다. 그러나 정작 더 이상했던 것은 합천에서 탔던 세 사람이 우습게도 밤이 되자 서로 시간을 달리해 이 산장으로 모여든 것이었다. 이들이 거창에서 왔다면 그것은 틀림없이 월성까지 와서 나처럼 월성에서 예까지 걸어왔거나 아니면 지나가는 차의 도움을 받아서 왔을 것이었다. 다시 함양까지 가서 서상으로 버스를 타고 오는 경우도 있긴 하였다.

여하튼 그들이 이곳 산장까지 모여든 것이 신기하기만 했다. 나는 정말 K와 관련하여 내 마음의 분명한 대답을 듣고자 이 여행을 계획한 것이었는데 그들은 어떤 연유로 이곳에 온 것일까. 그들이 덕유산을 오른다고 한다면 적어도 그들의 차림에서 그런 모습이 드러나야 했는데 그들의 차림은 그런 것이 아니었다. 더구나 오늘은 주말이나 휴일도 아니었다. 그들은 각자 주인에게 대금을 지불하고 그들의 방으로 갔다. 9시쯤 되어 나도 내 방으로 들어가려고 하는데 짐을 푼 그들이 하나씩 모이기 시작하는 것이었다. 처음엔 여자가 나왔다. 나를 보자,

"또 보게 되었네여."

하면서 웃었다. 그 바람에 나는 들어가려다 말고 다시 자리에 앉았다. 조금 앉아 있노라니 이번에는 다시 합천에서 탔던 사람이 나왔다. 그도 역시 고민 많은 사람처럼 뜨락의 한쪽 구석에 가 앉았다. 조금 더 있자 다시 같은 버스에 탔던 사람 둘이 연이어 나왔다. 그들은 버스에 탔을 때처럼 뜨락의 여기저기에 흩어져 앉았다. 모두가 같은 버스를 탔다는 것 외에는 공통점이 없는 사람들이었다. 서로가 아는 사람들도 아닌 참으로 이상한 사람들이 모여 있었다. 어느 정도 시간이 지나자 그들은 혼자 있기가 서먹한지 서로 모이기 시작했다. 건너편 구석에 앉았던 남자가 여자 쪽으로 와서 수작을 거는 것 같았다. 그때까지만 해도 두 사람은 전혀 아는 것 같지가 않았다. 조금 지나자 두 사람은 똑같이 일어나 이번에는 달맞이꽃 화분 가까이 앉아 있었던 사내에게 다가갔다. 나머지 또 한 사람도 합석했다. 나만이 좀 떨어져 있었다. 그들은 통성명을 하는 것 같았다. 합석한 사람들은 무슨 이야기를 하는지 저들끼리 웃고 떠들었다. 이상한 것은 그들은 서로의 말에 귀를 기울이지도 않으면서 자기가 말해놓고 자기가 한 말에 자기가 웃고 있었다. 그것은 대화 또는 이야기라는 면에서 전혀 이치가 맞지 않은 행태였다.

어느 정도 시간이 지나면서 할 말이 떨어졌는지 이제 그들은 아까의 대화방식과는 달리 서로 상대의 말에 귀 기울이는 것 같았다. 그들 중 키가 큰 사람은 성격이 호탕하고 대중을 휘어잡는 그런 장점을 가지고 있었다. 말하는 것도 그렇고 그 말의 내용도 힘이 있어 나는 그의 말에 자연 귀를 기울이

게 되었다.

"다 망하고 나니까 남는 게 가족밖에 없어요. 믿을 건 가족이에요. 이혼하지 말고 내가 만난 여자에게 고맙다 내가 무어길래 이런 좋은 여자가 내게 왔는가 아내에게 감사하면서 사는 것이 인생인 것 같아요. 여기 계신 분들 다 가족이 있을 거에요. 다 있을 때 잘해요."

그의 말을 들으니 그는 정말 그의 집에서는 가장으로서 존재감이 뚜렷할 것 같았다. 이십 중반을 갓 넘겼을 것 같은 내 가까이 앉았던 젊은 여자는 밤이 되자 낮에 보이지 않던 얼굴 주름이 전등 불빛에 그대로 드러났다. 나이가 있어 보였다. 말하는 것도 명랑하게 했지만 그것처럼 어딘가 속이 허전한 듯한 모습을 지울 수 없었다.

"결혼에는 두 가지 종류가 있는 것 같아요. 이 세상에 꼭 저기, 저 사람, 눈에 꼭 드는 천생연분, 이런 종류의 결혼과 그렇지 못하고 서로의 조건 내가 이러니 남도 저래서 그 최대공약수를 찾아 하는 결혼, 약 5퍼센트는 천행 연분의 사람을 만나 결혼하지만 나머지 대부분의 사람은 서로가 가진 조건들에 맞추어 결혼하는 것 같아요. 그 5% 백마 탄 왕자를 찾아 떠나는 여행 멋있잖아요. 호호호."

그래서 여자의 이번 여행은 백마 탄 왕자를 찾아 떠난 여행이거니 생각하게 했다. 그녀에게는 불행이 없는 것처럼 보였다. 그녀는 또 계속해서 이야기를 하였다.

"마음이 울적할 때에는 무엇을 하시나요. 저는 노래를 불러요. 하늬바람 불고 찔레꽃 붉게 피던 날, 갈피 잡지 못해 흔들리는 마음을 노래에 실어 그대에게 보내며 사랑을 고백하던 일은 기쁘지 아니했던가. 그대에게 가는 길이 꿈길보다 멀지라도 그대에게 가는 길이 이별보다 길지라도 그리움에 쫓겨 찾은 추억의 강 언덕에서 그대를 향해 부르는 노래는 즐겁지 아니했던가."

그녀는 시를 읊듯 감동에 차서 말했다.

시계는 어느덧 10시를 넘어가고 있었다. 이야기가 잠시 끊어졌다가 다시 시작되었는데 침묵 속에 있었던 한 남자는 무슨 생각에선지 군대에서의 이야기를 했다. 군대 이야기라면 그렇고 그런 이야기일 수밖에 없었지만 그가 말할 것은 좀 독특했다. 그의 이야기의 골자는 이러했다. 모든 고통, 예를 들어 위염, 치통, 외로움, 고질병 이런 것은 군대에 가면 다 치료된다는 것이었다. 그러면서 그는 자기를 예를 들었다. 자기가 군대 가기 전 치통과 위염으로 시달렸는데 군대 가서 규칙적인 생활을 하다 보니 이런 병들이 모조리 나았다고 했다. 따라서 누군가 아프면 군대에 갔을 때처럼 규칙적인 생활을 하면 나을 것이라고 했다.

그는 자신은 그래서 건강 면에선 아무런 걱정이 없다고 했다. 그러자 나머지 사내 하나도 질 수 없다는 듯이 말했다.

"하나님께서는 이 세상을 만드실 때 먼저 천지 만물을 창조하시고 나중에 사람을 만드셨습니다. 하나님께서는 사람을 창조하실 때 흙으로 육체를 만드시고 그 코에 생기와 영혼을 불어넣으셨습니다. 따라서 사람의 몸은 흙으로 만들었기 때문에 시간이 지나면 자연히 흙으로 돌아가지만 인간의 영혼은 물질이 아니기 때문에 늙거나 없어지지 않고 영원히 존재합니다. 사람이 죽으면 육체와 영혼이 분리됩니다. 영혼이 떠난 육체는 흙으로 돌아가고 영혼은 천국이나 지옥 중 한 곳으로 가게 됩니다. 그러면 내가 죽은 후에 내 영혼은 어디로 간다 말인가. 그것은 예수를 믿느냐 안 믿느냐와 직접 관계가 있습니다. 예수 믿는 사람은 천국에 가서 영생 복락을 누리게 되지만 예수 믿지 않는 사람은 지옥에 들어가서 영원히 고통 속에 지내게 됩니다. 지옥에 가지 않는 방법은 오직 하나, 예수 믿는 길밖에는 없습니다. 주 예수를 믿으라 그리하면 너와 네 집이 구원을 받으리라."

말을 하는 그는 교회 집사거나 아니면 교회 전도사 같았다. 그가 믿는 주 예수 아래서 고통이나 불만이 없는 정말 성공적인 삶을 살고 있는 사람처럼 느끼게 했다.

그들의 말을 들어보면 이 세상의 해결 못할 것은 하나도 없는 것 같았다. 따라서 인간이 살아가면서 겪게 되는, 예를 들어 나약하거나 또는 고독이 깊어서 또는 인간관계로 인해 생기는 갈등을 이야기한다면 그들은 정말 능숙하게 처방해줄 것 같았다. 그들의 말을 들으면서 나는 나만이 이 세상에서 동떨어져 실패한 인간 같다는 생각이 들었다.

그러다가 그들은 지금까지의 말과 다르게 인생이란 무엇인가 같은 개똥 철학에 대해 이야기하기 시작했는데 그것은 우습게도 모인 사람 모두의 공감을 불러일으켰다. 물론 나에게도 말이다.

그것은 실로 여자의 아주 작은 말에서 시작되었다.

"많이 살지는 않았지만 역시 사람은 성욕을 끝내고 나면 권력욕, 그다음은 인생의 의미를 찾는 일이 시작되는 것 같아요."

"두 사람 이상이 있으면 거기엔 무조건 서열이 있기 마련이지요. 서로 앞서려고 피 터지게 싸우지요. 권력의지, 정말 인간이라면 피해 갈 수 없는 본능이라 할 수 있어요. 거기서 인간의 불행이 싹트는 것 같아요."

"왜 서열이 있을까요. 그리고 인간은 왜 그 서열을 인정하지 못하는 것일까요?"

"그것은 본능이기 때문일 거에요. 출세하는 사람과 출세하지 못하는 사람 간의 차이는 바로 거기에 있는 것 같아요. 권력의지가 충만한 사람은 출세하고 그렇지 못한 사람은 불만을 품은 채 세상을 살아가고 또 그런 시선으로 세상을 바라보기도 하구요."

"음, 음양이 있기 마련이시요. 어쩌면 세상은 이분법적인 존재가 아닌가 해요. 그러나 늘 음에만 속한다고 한다면……"

"성공적인 이인자라는 것이 있을 수 있을까요?"

"보통 주은례를 이인자라고 하지요. 김종필씨 정도, 우리나라에서는."

"어쨌거나 공격과 수비가 또 남편과 아내가 하는 역할이 다르지요. 음양을 힘으로 바라볼 것이 아니라 음은 음대로 양은 양대로 바라볼 필요가 있을 거에요."

"참, 그 정도 경지에 오르려면 보통사람으로는 어려울 거에요. 심지어 종교인인 스님, 목사들 얼마나 추악합니까? 어느 정도 경지에 올랐다고 생각되는 그들도 알고 보면 권력의지에 편승해 늘 자만해 있거나 또는 음울하고 열등감에 빠져 있는 사람이 부지기수입니다."

"그런데 그런 사람 곧 권력의지에 무게를 두고 사는 사람도 필요한 것이 아니겠어요. 예를 들어 이판승만 있다면 절의 살림살이는 누가 하고 이판승의 밥은 또 누가 먹일까요? 그런 사람들 욕할 것 못되어요. 오히려 스님들의 입장에서는 그런 일을 맡아 스스로 욕을 대신 먹어주는 사판승이 고마운 일이기도 하구요."

"맞아요. 절의 사회도 사회이니만치 어김없이 사회적 법칙이 존재하기 마련이지요."

"그건 그렇다 치더라도 주지 자리를 놓고 싸우는 그들을 보면 조직폭력 배나 다름이 없어요. 오히려 일반 사람들보다도 더해요. 그까짓 주지가 무어라고? 절의 세계는 좀 다를 줄 알았는데 다른 거 하나도 없더이다. 여간 실망스러운 것이 아니에요."

그런 말을 하는 걸 보니까 개량 한복의 그는 자기가 절 생활을 좀 한 듯했다. 행자 생활을 하다 뛰쳐나온 것 같기도 했다. 아니면 주지 자리를 놓고 패배해놓고 와서 스님들의 세계를 폄하貶下 하는 것 같기도 했다. 반박도 있었다.

"어차피 그 생활이 그런 것이라는 것을 안다면 철저하게 그런 물을 먹을 줄 알아야겠지요. 절 생활조차 제대로 못하는 사람이 어디 간들 제대로 하겠어요. 절 생활은 가장 미약한 속세 생활이라고 보면 되어요. 절에서의 권력투쟁은 가장 원시적인 권력투쟁이라고 보면 되지요."

사람들은 점점 흥미를 더해갔다. 그러고 보면 그들은 그와 같은 권력의 문제를 일찌감치 경험했던 사람 같았다. 그리고 모두가 그 권력투쟁에서 패배를 경험한 자인 것도 같았다.

"그런 것은 교회에서도 마찬가지에요. 목사와 부목사, 전도사 간의 권력 위계가 뚜렷하지요. 조금 큰 교회에서 보면 목사란 곧 짐이 국가지요. 갑질에다 그 말에 앞서 굽실거리는 부목사들을 보면 참 간 쏙 빼놓고 하는 짓거리라는 생각밖에는 들지 않거든요."

모두가 이런 면에선 불만이 많은 것 같았다.

"종교 이야기가 나왔으니까 하는 이야기지만 기독교는 불교와는 좀 다른 것 같아요. 기독교는 유일신, 불교는 다신적인 신앙처럼 여겨지거든요. 나 이외의 우상을 믿지 마라. 참 잔인한 종교입니다. 예수가 동정녀 마리아에게서 태어났다는 것도 그렇구 참 해괴망칙한 거짓말로 사람들을 현혹시키는 것 같아요."

군대 이야기를 말했던 사내가 말했다.

"그거 아무것도 아니에요. 우리가 과학적으로만 생각하니까 그렇지 신앙적으로 그렇다고 믿어버리면 되는 것 아니겠어요. 의심을 하다 보면 의심만 더해지고 그냥 그렇다고 믿어버리세요. 괜히 믿음에 자신 없는 사람들이 믿음을 잡지 못한 이유를 그걸로 핑계 대는 경우가 많아요."

키 큰 그는 참으로 인공지능처럼 명석하게 답변했다. 너무도 자신 있게 말했기 때문에 더 이상 그에게 물을 여력이 없는 것 같았다.

여자가 나서서 조그맣게 내뱉듯이 말했다.

"유다의 배반 같은 것도 용서치 못하는 것이 무슨 구세주라니 누가 믿겠어요?"

"그거 아주 쉬워요. 사람은 용서해도 죄는 용서치 못한다는 것을 나타내는 것이라고 보면 간단해요."

그는 정말 대단했다. 성경에 관한 한 아무도 대꾸를 못 하고 있었다.

"어릴 적 크리스마스라고 교회에 가면 빵을 주었습니다. 그때 들은 이야기입니다. 어느 주인이 길 떠나면서 어떤 하인에게는 한 냥, 어떤 하인에게는 두 냥, 어떤 하인에게는 다섯 냥 주었다고 합니다. 두 냥이나 다섯 냥 받은 하인들은 장사를 해 이윤을 남겨 나중에 주인이 돌아왔을 때 돌려주었다고 합니다. 주인은 기뻐하며 이들을 칭찬했습니다. 그런데 한 냥 받은 하인은 이윤을 남기지 못했다고 합니다. 주인은 이윤을 남기지 못한 한 냥 받은 하인을 심하게 꾸중하고 그 한 냥마저 다른 하인에게 주어버렸다고 해요. 참 무슨 기독교인이? 아니, 가지고 있는 것을 퍼주어도 모자랄 판에 겨우 그 하나를 주어놓고 이익을 남기라니? 기독교 종자들은 도대체가 기분이 나빠요."

"사람에게는 주어진 몫이 있는데 그 몫에 충실하라는 뜻이겠지요."

"그러니까 기분 나쁘다는 거에요. 누군 부자로 태어나고 누군 가난뱅이로 태어나고 내가 하나님이라면 모두 한 가지로만 태어나게 하겠어요. 어느 놈은 남아서 으스대고 어느 놈은 평생 가난에 허덕이다 가고, 나 역시 그러다가 인생을 종칠 생각을 하니 정말 하나님 불공평하다는 생각 들어요."

"맞아요. 세상 참 불공평해요. 그 하인이 왜 이윤을 남기지 못하였는지는 생각지 않고 그냥 이윤 남기지 못한 것만 갖고 지랄을 하니, 아니 그 하인은 자신은 뭐 돈을 남기고 싶지 않았겠어요. 자신이 늘릴 능력이 없다는 것을 알기 때문에 돈을 그대로 묻어 둘 수도 있는 것이지 그렇지 않으면 능력이라도 똑같이 주든지…… 그런 것은 생각지 않고 결과만을 가지고 따지려 드는 세상이 정말 싫어요. 그런 생각을 하면 죽고 싶어요. 자본주의 시대, 돈 없으면 바보가 되어요. 천치 바보, 먹 같은 세상."

그러면서 그는 담배를 씹듯이 동강 내며 바닥에 내동댕이쳐 버렸다. 정말 그는 돈벼락에도 맞아보고 싶다는 표정이었다.

"그렇다면 은행에라도 넣어두었어야지요."

"아니, 그 당시에 믿을 만한 은행이 어디 있겠어요. 오히려 떼먹지 않게 묻어둔 것이 낫지. 또 설사 그런 은행이 있더라도 겨우 그 하나밖에 받지 못한 하인이 은행에다 넣어둘 생각을 할 정도로 유능했겠어요."

그들은 재미있게 말하면서도 내가 궁금해했던 것, 곧 자신의 문제, 자신의 고향, 직업, 나이, 여기에 왜 왔는지 따위 이런 것에 대해서는 일체 서로가 묻지도 않았고 말하지도 않았다. 그래서 나는 그들이 무엇을 하는 사람인지 더욱 궁금했지만 그러나 알 필요는 없었다. 내일이면 그들은 곧 떠날 것이기 때문이었다.

다만 나는 그들이 덕유산을 등반하러 온 사람쯤으로 치부했다. 나는 그들의 이야기를 듣고 있었지만 크게 관심은 없었다. 내 코가 석 자인 판에 누구에게 관심을 갖겠는가. 그리고도 그들의 이야기는 끝없이 이어졌다. 나는 그냥 묵묵히 듣다가 어느 순간 일어나 내 방으로 가고 말았다.

산장에서의 하룻밤은 저 밑과는 달랐다. 해발 육백 정도 되는 이곳은 밤이면 서늘했다. 오히려 선풍기가 거추장스러울 정도였다. 산장은 3층이었고 내 방은 301호였다.

나는 많이 걸었기 때문에 피곤해 씻자마자 바로 잠이 들었다.

내가 이튿날 잠이 깬 것은 9시가 넘어서였다. 늦게 자기도 했지만 피곤한 탓에 나는 그동안의 불면을 조금 잊은 듯했다. 무언가 바깥이 소란스러운 소리에 그만 깨어버리고 말았다. 추스르고 내려오니 나는 좀 심상찮은 분위기에 긴장되어졌다. 밖에는 앰뷸런스와 경찰차가 와 있었다. 형사인 듯한 사람들이 부산하게 움직이고 있었다.

'무슨 일이 있었나?'

조금은 낯선 광경에 나는 적이 긴장했다. 산장 주인은 형사들 앞에 쩔쩔매고 있었다. 그 사이로 달맞이꽃이 있었다. 우리가 상식적으로 알고 있는 그대로 아침이 되자 시들어 있는 것이 신기했다. 어젯밤엔 그렇게 밝았는데…… 간밤 무슨 일이 있긴 있었구나. 그런데 나는 그것을 산장 주인에게서 직접 듣게 되었다.

"무슨 일이에요?"

"3층 손님들이 죽었어요."

3층? 어제는 손님들이 우리들뿐이었는데 그렇다면 그들 중 한 명이?

"누가요?"

"누구긴 4명 모두가 집단 자살한 거에요."

산장 주인은 떨리는 목소리로 말했다.

"집단 자살이라니, 누구 말이에요?"

"네 명 어제 왔던 그 사람들 말이에요."

"아니, 어제 왔던 사람이 왜?"

"난들 알아요. 그 사람들이 우리 산장에 자살하러 왔어요. 이 더위에 번개탄을 피워놓고 자살이라니? 세상에 누가 이런 일이 있을 줄 알았겠어요. 말로만 듣던 일을 우리 산장에서 당하다니 돈도 되지 않는 산장인데."

주인은 자신의 산장에서 이런 일이 일어난 것이 소문날까 봐 조바심하는 것 같았다. 나는 순간적으로 생각했다. 아니 어저께까지 그렇게 밝게 웃고 소신 있고 말투도 분명하던 그들이 무엇 때문에 이 산장까지 와서 집단 자살을 한 것일까?

나는 그들이 자살까지 하게 된 원인이 무엇일까 생각하기 전에 어제 떠들며 웃던 그들을 생각했다. 특히 눈망울이 컸던 여자를 생각했다. 전혀 마음속에 거리낌이 없을 것 같던 그들의 행태를 떠올리며 참 이상한 일도 있다고 생각했다. 그들은 뜨락에 앉아 이야기를 나누다가 1시경에 방에 들어갔다고 했다. 방은 각자 하나씩 돈을 지불했다고 했다. 그런데 그들은 303호실 즉 가장 끝 방도 아닌 가운데 방에 함께 묵었던 것이었다. 그리고 이 여름에 번개탄을 피워놓고 이튿날 싸늘한 시체로 발견된 것이었다. 냄새가 이상하다고 생각한 주인이 올라와 보니 그 지경이었다. 내가 묵은 301호는 산을 바라보는 곳으로 303호 다음다음이었지만 꺾어졌기 때문에 위치는 전혀 달랐다.

나는 그날 육십령을 넘어 장계로 가려던 생각을 접고 바로 집으로 향했다. 함양 진주를 통해 부산으로 왔다. 그들이 자살할 정도로 고통스러웠던 것은 무엇일까. 그들은 오죽 생각하고 또 생각했을까.

나는 무언가 중대한 결단을 해야 한다고 생각했다. 이깟게 다 뭐야. 죽음 앞에서는 그냥 아무것도 아니라는 생각을 했다. 죽음은 그 모든 것이라고 생각했다. 나는 K를 잊기로 했다. 김 선생과의 관계도 다시 생각해보기로 했다. 그렇게 결정하자 우습게도 그날 이후로 왼쪽 등에 미지근하게 남아있던 통증도 사라지는 것을 느꼈다.

광장

"한국에서 오셨습니까?"

나는 먼 타국에서 한국말을 할 수 있는 사람이 있다는 것을 알고 깜짝 놀랐다. 내가 잘못 들은 것은 아닐까 싶어 주변을 둘러보았다. 그러나 이 배 안에는 한국말을 할 수 있는 유니세프 직원이 없다는 것을 알자 나는 선장에게 눈이 갔는데 그가 나를 바라보며 웃고 있었다. 검게 그을린 얼굴이나 농모자를 쓴 것이나 영낙 없는 캄보디아 사람임에 틀림없었다.

"네, 한국말을 잘 하시네요. 어디서 배우셨습니까?"

그때까지도 나는 전혀 그가 한국인이라는 것을 알지 못했다.

"한국인인데요."

순간 나는 소스라쳤다. 아니 한국인이라니? 그것도 이 캄보디아까지 와서? 더욱이 캄보디아에서 한국인이라면 좀 달라야 되지 않을까. 음식점 사장이라든지 아니면 섬유업체 사장이라던지 아니면 노니나 캄보디아 특산물을 파는 가게의 주인이라던지 그런데 그는 아니었다. 너무나 캄보디아적인, 그 누구도 그의 행색이나 그가 하는 행동을 보면 전혀 그를 캄보디아인으로 믿지 한국인으로 믿지는 않을 것이었다.

그는 동남아 최대 자연 호수인 톤레삽 호수에서 작은 배의 선장 생활을 하고 있었다. 톤레삽 호수에 무슨 한국인이 있으랴 싶었건만 이 수상마을에 한국인 선교사가 시무하는 교회가 있다면 믿을 것인가? 실로 한국 교회의 힘이 대단하다는 것을 느낄 수 있었다. 그런 것을 제외하고는 이 톤레삽 호수에 한국인이 있다는 것은 정말 놀라운 일이 아닐 수 없었다.

　그는 뚜렷이 강원도 사투리를 쓰고 있었고 그래서 나는 너무도 반가워 배를 모는 그와 연신 이야기를 나누었다.

　"고국에 들어갈 생각은 없습니까?"

　"이제 여기 사람인데 여기서 지지고 볶고 하며 살아야지요. 또 나이도 있는데."

　그는 단 한 치의 망설임도 없이 말했다. 여기서 결혼도 하고 아이도 낳고 했으니 여기가 이제 자기 고향이라고 하는 것이었다.

　그는 이 톤레삽 호수를 벗어나 사는 것은 한 번도 생각해보지 않았다고 했다. 우선 자기가 이 호수를 떠나는 것이 싫다고 했다. 이 호수가 주는 말할 수 없는 무한한 느긋함, 시간에 구애받지 않고 사는 사람들의 습성, 때때로 자연의 폭풍우가 몰아칠 때 딱 그것만큼만 대비하는 사람들의 순박성과 푸근함이 자기의 미래를 한정시키고 있지만 그렇지만 자신은 그것이 싫지 않다고 했다.

　이런 경우 보통 어떻게 이런 곳에 오게 되었느냐는 이야기가 필수적으로 오가게 되는 것이어서 나는 먼저 유니세프의 일로 이곳까지 오게 되었다며 이곳 일이 끝나면 캄보디아의 다른 곳으로 옮겨갈 것이라고 이야기하였다. 그렇지만 그는 자신이 왜 이곳에 오게 되었는지는 말하지 않았다. 그러나 구태여 알아보고 싶은 생각도 없었다. 이즈음은 곳곳을 돌아다니다 보면 한국인이 없는 곳이 없었다. 심지어는 중앙아프리카의 콩고 지방에 갔을 때도 그곳에 살고 있는 한국인을 만나서 깜짝 놀란 적이 있었다. 그럴진대 어디에 사는 것이 무엇이 그리 중요할까?

그날은 그가 관광객을 실어주는 다음 일정이 있어서 더 이상 이야기는 나누지 못하고 대신 내일 시간을 낼 수 있다고 해 다음날 만나기로 약속을 하고 나는 일행과 함께 쪽배로 옮겨 맹그로브 숲을 돌아보았다.

이튿날 내가 전화를 하자 그는 톤레삽 호수에 있는 선착장 근처에 있다가 반겨주었다.

"오늘 보니 어제와는 사뭇 다른 모습입니다. 한국인의 티가 나는 것 같습니다."

사실 그랬다. 어제는 농을 쓴 것 하며 검게 탄 피부 하며 모든 것이 그를 캄보디아인으로 알게 하지 한국인으로 인식하기에는 어려움이 있었지만, 오늘 말쑥하게 차려입은 모습을 보니 한국에서 온 관광객쯤으로 여겨졌다.

"이쪽으로 오시죠. 집이 이쪽입니다."

톤레삽 호수에는 수상마을이 있었다. 호수 위에 수상 가옥들이 이어져 있는 것이었다. 집끼리는 간단한 다리를 놓아 서로 왕래했다. 그런데 그의 집은 수상마을이 아니라 호숫가에서 좀 떨어진 곳의 이층집이었다. 한눈에 보아도 캄보디아에서는 잘 사는 집이라는 것을 알 수 있었다. 이층집은 근처에서 그의 집이 유일한 것 같았다. 내가 가자 미리 이야기해 놓은 듯 그의 캄보디아 아내가 나와 공손히 인사를 했다. 캄보디아 여염집 아낙 같아 보이지 않았다.

그는 서재로 쓰는 듯한 이 층으로 나를 안내했고 거기에는 놀랄만한 정도의 책들이 꽂혀 있었다. 캄보디아어뿐만이 아니라 한국어, 영어로 된 책들이 서가에 즐비하게 꽂혀 있었다. 나는 그 책만으로도 위압감을 느낄 정도였다. 내 나이가 올해 한국 나이로 오십이었다. 이곳 유니세프 책임자로 얼마 전에 부임했기 때문에 나름대로 이곳 톤레삽 호수 근처의 상황에 대해서는 어느 정도 알고 있다고 자부했는데 내가 만나 본 사람들 중에는 결코 그와 같은 지식인은 보지 못했다. 그것도 뱃사공 일을 하는.

그의 아내가 캄보디아 전통차라고 해서 차를 내왔다. 은은한 향이 가득 서재 안을 맴돌았다.

"서재가 매우 훌륭합니다."

"그냥 한두 권 읽다 보니 여기까지 모여지게 되었습니다."

"그런데 저건?"

내가 손가락을 가리키자 그가,

"네 최인훈의 『광장』입니다. 좀 오래되어서 책이 삭고 바랬습니다만 그만큼 자주 읽었다고 보아도 좋습니다."

"작가셨어요? 아니면 작가라도 꿈꾸셨던가요?"

"그냥 문학 주변에 머물고 있는 정도입니다. 한때는 작가에의 꿈을 꾸기도 했습니다만 다 젊었을 때 이야기이지요. 그리고 여긴 캄보디아고 그래서 책을 읽는 것으로 문학에의 갈증을 해소하고 있습니다."

그렇게 말하는 그는 마치 문학청년처럼 얼굴에 자신감이 차 있었다. 도대체가 나이를 가늠할 수가 없었다. 그래도 얼굴에 나이 같은 것이 나타나는 법인데 그는 전혀 알 수가 없었다. 어제 같은 경우는 그래도 행색으로 보아 여기 사람들과 비교해 대충 짐작할 수 있을 것 같았는데 지금의 그는 전혀 가늠할 수가 없었다. 내가 딱 몇 살이라고 단정할 수 없을 만큼 그는 40대 후반에서 50대 후반까지 폭이 넓은 모습을 하고 있었고 그의 부인을 보아서도 그랬다. 그의 아내는 매우 젊어 보였다. 일대에서는 보기 드물 정도의 미인이었다. 아이들은 없는 것인지 아니면 학교에 가서 돌아오지 않은 것인지 보이지 않았고 그래서 나는 그를 내 또래로 보았다.

"이곳 캄보디아는 언제 오시게 되었습니까?"

나는 최대한으로 그가 말하기를 꺼려 했음 직할, 어떻게 오게 되었느냐는 말 대신 애써 에둘러 말했다.

"그때가 베트남 전쟁 한창 무렵이었기 때문에 65년이라고 기억합니다. 벌써 오십여 년 전이 되었군요."

"네?"

나는 도저히 그의 외모와 어울리지 않는 답변에 그의 정체가 궁금해지지 않을 수 없었다. 오십여 년 전이라니 그렇다면 남자의 나이가?

"네, 나이가 꽤 많습니다. 딱 칠십 중반이니 한평생을 여기서 살았다고 할 수 있지요."

"아니 그럼 여긴 어떻게 오게 되었습니까?"

나는 도저히 믿기지 않는 사내의 정체에 단도직입적으로 물었다. 내 대답 대신 그는 엉뚱하게,

"요즘 한국에선 전쟁 실종자를 어떻게 취급하고 있는지 모르겠군요?"

하고 말했다. 혹 그가 베트남 전쟁의 한국군 실종자라도 된다는 말인가?

"지금까지 전쟁 실종자가 따로 취급되어 있겠습니까? 실종 5년이 지나면 다 사망자로 처리하는데 아마 군대서도 그런 사람이 있다면 전사로 처리하지 않았을까요. 그런데 그것은 왜?"

"아니, 그냥 물어보았습니다. 그때만 해도 한국은 못살고 그리고 전쟁에 참여했던 것도 가난을 이겨보고자 했던 것으로 알고들 있지요. 요즘 같아선 어디 그런 목숨을 내거는 게임에 참여하라고 하기도 어려울 것입니다. 그만큼 잘살게 되었지요."

"네, 눈부신 발전을 했지요."

"그런데 들리는 말로는 한국에서 자살률도 높고 고국을 비하하는 말도

많이 생겨난 것으로 알고 있습니다. 오늘날 한국 사람의 그런 불행들은 한국인들이 얼마나 잘살고 있는 것을 깨닫지 못하는 데 있는 것이 아닌가 합니다. 한국, 정말 그 안에 있는 사람들이 느낄 때는 모르지만 밖에서 보면 정말 잘 사는 나라입니다. 그런 것을 알아야만 하는데."

"캄보디아에 있으니까 그런 것 잘 느끼고 있겠군요?"

"네, 지금 캄보디아는 우리나라의 60년대 수준밖에 되지 않습니다. 특히 이 톤레삽 호수 수상마을은 세계에서 가장 못사는 지역 중 하나입니다. 그런 것을 생각하면 한국에서 들려오는 소리가 마치 어린아이 투정 같다는 생각이 듭니다. 이곳 사람들은 아예 먹고사는 것 자체 때문에 그런 것을 느끼지 못할 정도입니다."

"그러기에 저희 유니세프가 이 톤레삽 호수에 온 것이 아니겠습니까?"

나는 무엇보다 유니세프 활동이 이 톤레삽 호수의 그를 만남으로써 더 쉽게 정착할 수 있을지도 모른다는 생각에 곧 빠졌다. 그는 이 지역에서 유지임에 틀림없는 것 같았기 때문이었다.

"그동안 이 톤레삽 호수 지역은 전혀 나라에서도 또 유엔에서도 관심을 받지 못했습니다. 있다면 한국 교회가 수상마을 한가운데 자리 잡아 이들에게 도움을 주고 있는 정도지요. 하지만 전도를 목적으로 하는 활동이기 때문에 좀 순수성이 떨어진다고 할까요. 그래도 이 호숫가 마을 사람들은 한국을 고맙게 여기고 있지요."

"왜 나라에서 이 사람들에게서 관심을 가지고 있지 않나요? 다른 곳과 다름없을 텐데."

"학교가 있나? 문화 시설이 있나? 나쁜 면으로 별천지 세계지요. 이 톤레삽 호수 수상마을은 어쩌면 그것이 이곳 사람들이 살아가는 방식인지도 모르지요."

"무슨 이곳 사람들만이 갖는 한계 같은 것이라도 있다는 뜻인가요?"

"이곳 사람들의 반골 성향이랄까. 오죽하면 수상마을을 이루고 있겠습니까? 이곳 사람들은 정부의 도움을 바라고 있지 않습니다. 대신 다만 간섭을 하지 말라는 주의이지요. 그런 것이 좋아서 저도 이곳으로 왔고 이곳에 산 지 반세기가 지났지만 아직 캄보디아인이 아닙니다. 무국적인으로 남아 있지요."

"그럼 무민족, 무국적이겠군요?"

"아니, 아내는 캄보디아인입니다. 그래서 아내 편으로 모든 것을 처리하고 있어요."

"자식은 어떻게 됩니까?"

"아들 하나가 있는데 지금 프놈펜의 한국인 방직공장의 간부로 일하고 있습니다. 한국어를 할 수 있다는 것이 큰 장점으로 작용했지요."

그의 말에 의하면 이 톤레삽 호수의 사람들 중 약 30%는 베트남인들이라고 하였다. 그들은 베트남이 통일되었지만 공산화가 되기 직전 탈출해 이곳 톤레삽 호수로 도망친 사람들이라고 하였다. 전쟁이 끝나고서도 이들은 자신들의 고국으로 돌아가지 못하고 있었다. 통일된 베트남에서는 이들이 괘씸하다고 받아주지도 않을뿐더러 아예 무국적자로 만들어버린 것이었다. 이것은 캄보디아에서도 마찬가지였다. 이들을 정부에서는 없는 사람들로 취급했다. 따로 기록으로 남겨놓지 않았다. 캄보디아에 살고 있었지만 캄보디아인이 아니었다. 거의가 문맹이었다. 이런 상황의 그들을 한국 교회가 파고든 것이었다.

"그런데 궁금한 것은 어떻게 이곳에 오게 된 것인지 그게 궁금합니다. 이곳 호수에 다름 아닌 한국인이 살고 있다는 것이 여간 신기한 것이 아닙니다. 물론 세계 곳곳에 한국인이 없는 곳이 없습니다만 정말 캄보디아의 오지인 이 호수를 생활 터전으로 살아가는 한국인이 있다는 것은 신문에 날 기삿거리로 충분하다고 생각합니다."

"하긴 제가 이런 말을 털어놓는 것은 우리 단장님이 처음입니다. 그동안 한국 교회 사람도 관광객도 많이 보았지만 철저히 한국인이기를 거부하였지요. 그들과 말을 튼 적이 없었습니다. 그렇다고 캄보디아나 베트남 난민으로 살아가고 있는 것도 아니었지요. 그냥 무국적자, 아무도 간섭 않는 땅에서 누구의 간섭 없이 살아간다는 것도 꽤 매력있는 것이라고 생각하였습니다. 특별히 그것에 대한 어떤 신념이나 철학을 가졌던 것이 아니라 나도 모르게 순식간에 내려진 판단이었습니다."

"나도 모르게 순식간에 내려진 판단이라니요?"

나는 그의 말을 놓치지 않고 재빨리 물었다. 그가 말을 다른 곳으로 돌려서는 안 될 것 같았기 때문이었다.

'참 최인훈의 『광장』이라는 소설을 읽지 않았다면 크게 고민을 하지 않았을 텐데.'

그는 혼잣소리처럼 중얼거렸다. 그는 자신의 의지에 상관없이 무엇을 판단한 것일까 나를 궁금하게 만들었다. 그리고 그가 최인훈의 『광장』 때문이라고 하는 것도 신기했다. 자신이 이렇게 쉽게 결정을 내린 것이 최인훈의 『광장』 때문이라니? 무엇을 순식간에 판단을 내렸다는 말인가? 나는 그가 왜 최인훈의 『광장』을 읽지 않았더라면 하는 말을 이해할 수가 없었다. 그는 광장을 어떻게 읽은 것일까? 그가 여기 있는 것과 광장과는 어떤 관계가 있는 것일까?

최인훈의 『광장』은 전후 남북한 모두에 비판적인 입장인 주인공이 제3 국을 택한 경우이다. '광장'은 집단적 삶, 사회적 삶을 상징한다. 폐쇄성과 집단의 강제성에 짓눌려 광장만 있고 밀실이 없는 북쪽과 사회경제의 불균

형 때문에 방만한 개인주의만 팽배한 채 밀실만 있고 광상이 없는 남쪽을 모두 비판하고 있다.

그가 소설 속 주인공인 명준처럼 이데올로기의 희생양인 것인지는 분명치 않았다. 또한 그가 충분히 실제적으로 이명준과 같은 개인적 역사를 가지고 있기 때문에 이명준과 같은 행동을 했던 것인지는 알 수 없다. 아니면 그가 느꼈던 것이 무엇인지 알지 못했다. 그는 왜 무국적인으로 남기를 고집한 것인가? 그러나 여하튼 그의 말에 의하면 그는 수십여 년 동안 이 톤레샵 호수에서 무국적인으로 살아가고 있는 것이었다.

그의 내자인 캄보디아 여인이 약간의 술과 캄보디아 마른안주를 내왔다. 나는 거추장스러운 웃옷을 벗었다. 그 역시 이제껏 입었던 웃옷을 벗어버리고 편한 옷으로 갈아입었다. 우리는 술을 했고 그의 입심 좋은 말들은 우리들 사이를 거리낌 없게 해 나는 실로 오랜만에 마음을 열고 호탕하게 웃었다.

이곳 유니세프 직원들은 나를 포함 여섯 명으로 모두 영어를 쓰고 있었다. 영어를 쓰는 것에 대한 일종의 스트레스가 있었다. 생각해보라. 한국어에 익숙한 사람이 모태 영어가 아닌 영어를 배운 사람으로 영어를 모국어처럼 써야 하는 스트레스, 의외로 그것은 작지 않았다. 더구나 직원 6명 중 3명이 현지인이어서 보잘것없는 캄보디아 사람의 영어 실력과 의사소통하려니 더 스트레스가 있었다. 그들과 함께 답답한 말을 하다가 오랜만에 한국말로 이야기를 하니 온갖 스트레스가 한 방에 날아가는 기분이었다. 모국어는 좋았다. 그 역시 오랫동안 가두어 두었던 모국어를 거리낌 없이 끄집어내어 마음껏 말을 하니 기분이 올라간 모양이었다. 더구나 술이 한잔들어가니 오래간만의 이완에 그동안 아내에게도 못한 말을 내게 하고 있었다. 나 역시 마찬가지였다. 우리는 술이 거나할 때까지 고국의 이야기, 세계의 이야기, 못살던 한국과 지금의 한국, 내가 세계를 돌아다니면서 보았던 가난의 여러 가지 모습, 그러다가 선진국의 식민지 침탈에 대한 성토까지 하게 되었다.

"그런데 김형(그는 자신의 본명을 김명훈이라고 했다), 아니 어떻게 이곳까지 오게 된 거요? 김형이 말해주지 않으니 갑갑해 죽겠습니다. 나야 이 유니세프 단장이라 시키면 시키는 대로 가라면 가라는 데로 가는 것이지만 김형이 이 캄보디아 그것도 톤레샵 호수까지 오게 된 이유를 모르겠습니다."

"허, 거참, 단장님 끈질기시네. 아 한 번 사는 인생, '한 가지에 나고 가는 곳 모르온저'라는 옛 신라 향가에도 있는 말 아닙니까? 어디에 있든 어떻게 살든 그게 무에 그리 중요합니까? 우리 같은 동포끼리 이 낯선 땅 캄보디아 그것도 세계 최대 자연 호수인 톤레샵에서 만난 것만 생각합시다."

그는 좀처럼 그가 어떻게 여기까지 오게 된 것에 대해선 입을 열지 않았다.

그의 캄보디아 아내가 또다시 술과 안주를 내왔다. 역시 품위가 있었고 중후함을 주었다.

"부인 이야기나 해주시죠. 어떻게 만나게 되었는지?"

"이 톤레샵 호수 출신이에요. 내가 이 톤레샵으로 들어올 때 나에게 도움을 준 여자였지요. 처음엔 별생각 없었는데 이 호숫가에서 살아가려다 보니 말도 통하지 않는 동네에서 도움이 절실했고 또 얼굴이 호감이 가서 결혼까지 하게 되었지요. 특별한 이유는 없어요."

"이곳 지방 사람 같지 않고 미인이시던데."

"나이가 나보다 십수 년 어려요. 처음에는 학교에 다니는 학생이었는데 점점 나이가 들다 보니 집에서 가만둘 수가 없어서 나하고 혼인시켰던 말이요. 그때가 18살 내 나이 서른이었으니 꽤 오래 살았네요."

"그래도 이 호수에 머무는 다른 아낙들과는 다르나는 생각이 들던데."

"중국 묘족이래요. 무슨 사연인지 몰라도 조상 때 뭐 한무제 때라던가 중국의 압박을 피해 이 호수로 들어왔다고 해요. 알고 보면 이 톤레삽 호수엔 한이 많은 사람들이 모여든 곳이라고 할 수 있지요. 이들은 밖으로 나가지 못해요. 호수 밖으로 나가면 죽는 것이라고 생각해요. 호수는 풍부합니다. 최근엔 한국 관광객이 많이 와서 그들 덕분에 먹고 산다고도 할 수 있지요."

"그 한이 많다는 말, 이 호수가 한이 많은 사람들의 도피처라는 말로 이해합니다. 그런데 김형은 아직 말을 하지 않았습니다. 이 먼 곳까지 어떻게 오게 되었는지요?"

"내 참, 오늘 단장님께 비밀을 들켜 버린 것 같네요."

그러면서 그는 서재에 꽂혀 있는 최인훈의 『광장』을 바라보더니 작정한 듯 말하기 시작했다.

그가 파월 용사를 모집한다고 들었을 때는 병장 계급을 달고 제대를 얼마 남겨두지 않는 시점이었다고 했다. 그는 사단의 연락병이었고 그의 후임으로 새롭게 들어온 박 일병에게 김 상사의 지시로 자신의 일을 가르치고 있었다. 그때 그는 공문을 하나 보았는데 그것이 곧 월남파병에 대한 극비 문서였다. 그동안 월남 파병에 대한 이야기는 있어 왔지만 말이 많았기 때문에 정부에서는 상당히 고심하고 있었던 모양이었다.

제대를 앞두고 명훈은 고민이 많았다. 자신이 제대를 하고 집으로 가면 직장은 제대로 있을까? 가면 무얼하지? 그가 월남으로 갈 것을 작정하는 데는 오래 걸리지 않았다. 그러나 막상 그렇게 결정을 하자 자신을 전쟁 속으로 몰아넣는 것에 대한 두려움이 곧 그를 엄습해왔다. 전쟁은 죽기 아니면 살기 게임이리라는 것을 그는 익히 알고 있었다. 그렇게 망설이다가 그는 월남파병 지원서에 자신을 써놓고 도장을 찍었다. 그냥 자신의 의지라기보다는 왠지 주변의 상황이 특히 집안의 사정이 그렇게 하지 않으면 안 될 것 같았기 때문이었다.

그가 첫 배치를 받은 곳은 퀴논의 한 근처 아메리칸 사단이 쓰다 옮겨간 막사의 보초병이었다. 사단을 지키는 헌병이 그가 받은 역할이었는데 그러나 그는 곧 전장의 수색부대로 배치되어 나가지 않으면 안 되었다. 그가 전선에 배치되고 나서 첫 출정은 린호아라는 작은 숲속의 마을에서였다. 다행이랄까? 베트콩이 자주 출몰한다는 지역에 수색을 나갔는데 별다른 전과 없이 돌아왔다. 그런데 그들 수색대 말고 다른 수색대원들은 VC들을 몇 명 죽였다느니 부상병 몇 명, VC마을 탈환 몇 곳 등과 같은 전과가 사단 내를 떠들썩하게 했다.

그런 일들은 그가 사단 수색부대에 근무하게 되면서 점점 늘어가게 되었다. 그런 가운데 그의 수색부대에서도 전과를 올리게 되고 그런 것들은 장병들의 포상에 중요한 영향을 주었다. VC들을 얼마나 죽였느냐에 따라 포상과 휴가가 주어졌다. 그런가 하면 전과가 높아질수록 그의 부대 내 사망자 수와 부상병도 비례해 높아갔다. 사람 죽이는 것을 아무렇지도 않게 말하는 동료들을 보며 그는 도대체 전쟁이란 것이 무엇이며 이렇게 사람을 무자비하게 사살할 가치가 있을 정도로 의미 있는 것인가 묻게 되었다. 적을 죽이지 않으면 내가 죽을 수밖에 없는 상황, 적이 우리를 먼저 죽이기 전에 우리가 먼저 그들을 죽여야만 하는 것이 진리인 전장, 그것은 그가 가졌던 지식과 이성 그리고 그가 여지껏 가지고 있었던 가치관에 비추어 볼 때 도저히 이해할 수 없는 것이었다. 그는 비로소 자신이 월남파병을 지원했던 것에 회의를 느끼기 시작했다. 그가 파병을 지원한 것은 아무리 전쟁 중이라도 최소한 인간이 지킬 수 있는 보편적 가치와 이상은 있을 것이라는 생각을 하였기 때문이었다. 그러나 그의 이런 생각은 이 전쟁을 보면서 깡그리 무너지고 말았다.

한번은 꽁엔이라는 산간마을에 정찰을 나가야 했다. 수차례의 계속된 수색으로 지쳐 있었던 대원들은 드디어 꽁엔 마을을 발견하고 숨어서 VC들의 모습을 살피고 있었다. 전쟁에 대한 공포감과 며칠째 계속된 수색으로 우리들은 몸과 마음 모두 지쳐 움직이는 것만 보이면 무조건 사살이라는 긴장 속에 놓여 있었다. 마을은 고요했고 무더운 구름이 종이배처럼 떠가고 있었다. 아무 흔적도 보이지 않던 마을에 갑자기 낯선 사람들이 나타나 가지고는 수상한 행동을 하기 시작했다. 우리는 사정도 가리지 않고 무조건 그들을 향해 난사하기 시작하였다. 그리고 얼마나 지났을까. 열대 우림 속의 자욱한 포연과 도마뱀 울음소리마저 사라지자 쑥대밭이 되어버린 마을을 향해 돌진했다. 결과는 너무도 참혹했다. VC라고는 여겨지지 않는 많은 마을 사람들의 죽음과 한 마을이 사라지는 결과를 가져온 것이었다.

명훈은 이후로 머리에 금이 가는 듯한 두통을 느꼈다고 했다. 이것이 전쟁이란 말인가? 이렇게까지 하려고 이 월남 땅까지 왔던 것인가? 명훈은 시간이 지날수록 전쟁에 대한 회의를 느끼게 되었다. 옆의 동료가 죽어가는 모습을 보면서 자신도 언제 죽을지 모른다는 극도의 공포감에마저 휩싸이게 되었다. 더욱이 전쟁은 쉽게 끝날 것 같지 않았다. 그냥 빨리 이 월남 땅을 벗어나고 싶다는 생각만이 들었다. 그렇다고 고국으로 돌아가고 싶지도 않았다. 그는 지난 시절을 전쟁과 혁명으로 앗긴 것을 기억해 내었다. 좌우가 난립하고 갈 길을 잃은 채 반공만이 최고의 가치인 양 편향되어지는 고국이 싫었다. 어쩌면 그의 중간인 적인 성격이 지식인인 그를 월남으로 자원하게 한 요인이었던 것인지도 몰랐다.

그의 고향인 사북舍北은 탄광 마을이었다. 검은 것만을 보고 자랐고 먹고 살기 위해서는 검은색을 사랑해야 했다. 옷도 검은색이어야 견딜 수 있는 검은 탄광의 마을, 아니 생각조차 어두워야 했다. 그는 그곳을 다시 돌아가기 싫었다. 전쟁에 대한 분노는 그를 압박해 왔고 이 긴장 상태를 헤쳐나가기 위해서는 무언가 돌파구가 필요했다. 명훈은 그것이 무엇인가 곰곰이 생각해보았고 그로 인해 전쟁 중에 치명적인 집중력을 놓치고 있었다. 그런 것은 곧 낙오자라는 모습으로 그에게 돌아왔다.

어느 날 그는 수색 전에 참가했다가 엉뚱한 생각을 하다가 그만 본대와 떨어져 길을 잃고 말았다. 이상했다. 그가 본대와 떨어져 낙오병이 되었다는 생각이 들자 그는 오히려 지금이 기회라는 생각을 했고 안도감을 느꼈다고 했다. 베트남에 있는 한 자신은 여전히 한국인으로 살 수밖에 없다고 생각했고 자신이 언젠가 돌아갈 나라가 있다는 것은 자신이 영원히 한국인이라는 것에서 벗어날 수 없다고 생각했다고 했다. 그는 베트남을 탈출해 제3국에서 자신의 신분을 감추고 살아가고 싶었다. 그것은 아버지가 빨갱이라는 연좌제에 걸려 두고두고 고통을 당했던 지난날들을 생각하면 그런 생각은 더욱 굳어졌다. 명훈은 우선 그가 가진 국군 복장과 거추장스러운 총을 던져버리고 철저히 월남인으로 행세했다고 했다.

거기까지 말해놓고 그는 한참 동안 말이 없었다. 그는 술을 연거푸 따라 마셨다. 내가 따라줄 사이도 없이 그는 혼자 술을 붓고 마셨다. 어느 정도 마음이 진정되자 심각했던 얼굴에 웃음이 돌아왔다. 얼굴도 붉어져 있었다.

"그 뒤 어떻게 되었습니까?"

나는 마치 다음 추리 영화 장면을 기다리는 아이처럼 호기심 가득한 눈초리로 그를 바라보며 물었다.

"우선 살아야겠다는 생각을 했습니다. 이 밀림 속에서 혹 월맹 사단병이나 VC들을 만나면 꼼짝없이 포로가 되거나 아니면 죽을지도 모른다는 생각을 했습니다. 어디가 어딘지 모르는 산속에서 서쪽으로 생각되는 곳을 향해 걸었습니다. 서쪽으로 가는 것은 곧 캄보디아나 라오스 국경으로 가는 길이었고 그것만이 사는 길이라고 생각했습니다. 그래도 수색 나오기 전 월남 지도를 자세히 보고 나온 것이 여간 다행인 것이 아니었어요."

그는 없는 길을 만들어 가야 하는 고통스러운 상황이었지만 무조건 해가 지는 방향을 향해 걸었다. 때로는 산꼭대기에 올라가 아래를 바라보며 길이 어떻게 나 있는지 보았다. 월남은 아래위로 길쭉한 나라가 되어서 좌우는 짧았다. 그래서 좌우를 연결하는 도로는 그렇게 흔한 것이 아니었다. 그런데 그는 어느 날 산속에서 정신을 잃고 쓰러지고 만다. 무슨 충격에서인지 밤길을 걷다가 그만 언덕 아래로 굴러떨어지고 만 것이었다. 그리고 그가 정신을 차렸을 때 자신이 월맹군 특수 부대의 간이 야전 병원에 누워 있다는 것을 알았다.

그는 병원에 있으면서도 베트남을 벗어나 중립지대인 인근 캄보디아나 라오스로 탈출할 생각을 놓지 않았다. 더욱 고마웠던 것은 이 부대가 호치민 루트를 담당하는 부대라는 것을 안 것이었다. 라오스나 캄보디아 국경이 멀지 않았다는 뜻이었다.

국경을 넘자 그는 자기가 가진 것과 자기가 할 수 있는 것이 모두 이 캄보디아에서는 필요 없는 것들이라는 것을 알고 그것을 모두 버렸다. 심지어 자신이 한국인이라는 사실도 내려놓았다. 철저히 무국적인으로 살아가는 거다. 그것은 자신이 회의하고 저주했던 조국이 싫어 월남으로 자원했을 때 이미 그의 가슴에 꼿꼿이 자리 잡았던 것이었는지도 몰랐다.

거기서 그는 애써 얼굴에 웃음을 만들며 캄보디아 전통술인 쓰라써를 한 잔 들이켰다.

"그럼 왜 하필 이 톤레삽 호수로 오게 되었습니까?"

그가 술잔을 내려놓는 것을 놓치지 않고 나는 재빨리 물었다.

"이 톤레삽 호수가 참 묘하단 말입니다. 비가 오고 넘칠 때는 그 넓이가 5배나 늘어나 차고 넘친단 말입니다. 변신, 그것이 좋았습니다. 톤레삽 호수에는 의식하든 의식하지 않든 나 같은 사람들이 많이 살고 있습니다. 이 호수에 사는 사람들은 국적이 어디든 상관하지 않습니다. 이곳 캄보디아에서도 베트남에서도 이곳에 살고 있는 사람들에 대해서는 일체 신경을 쓰지 않고 있습니다. 세금도 없고 나라로부터 받는 혜택도 없습니다. 베트남에서는 이들 베트남을 탈출해온 자들을 배신자 취급하고 있습니다. 이들을 위한 어떤 정책도 없습니다. 이들은 현재 어디에도 속하지 않는 무국적자들입니다. 캄보디아에 살고 있는."

그는 이 톤레삽 호수로 오는 과정은 힘들지 않았다고 했다. 밀림을 통해서 서쪽으로 서쪽으로 걸으면 캄보디아에 이르고 또 톤레삽 호수에 이른다고 했다. 이곳 톤레삽에 살고 있는 베트남인들은 거의가 월남 패망 당시 육지의 보트 피플이었다고 했다. 톤레삽 호수에 살고 있는 많은 몽족들이 라오스에서 쫓겨왔던 아픔이 있었기 때문에 그들은 결코 베트남인이라고 해서 차별하지 않았다. 동병상련이라고나 할까? 동류의식 같은 것 때문이었다.

나는 이 한국인에 대해 좀 더 알아보고 싶었다. 흥미가 있었기 때문이었다. 그 반세기 가까이 지난 지금 그는 고국에서는 그를 어떻게 기억하고 있을까? 사망? 혹은 실종자? 궁금했다. 그것은 자신도 궁금했던 것일까? 그래서 이 무국적인인 그가 처음부터 실종이라는 말을 꺼내었던 것일까?

아무튼 그날 나는 그에게서 한국에서 월남으로 와서 그리고 이 톤레삽 호수에 오기까지의 과정을 들었다. 그는 자신이 한국에서 대학을 다녔다고 했다. 생각해보라. 1960년대의 한국에서 대학을 다녔다는 것은 그가 퍽으나 지식인이라는 것을 나타내고 있는 것이었다. 또 당시 우리 사회가 갖는 아픔에도 깊이 관여하고 있었다는 것을 증명하고 있는 것이라고도 할 수 있다.

그날은 그렇게 보내고 나는 유니세프 사무실로 돌아왔다. 그는 우리가 이 톤레샵 호수에서 일을 시작했을 때 누구보다도 일 처리하는 데에 도움을 주었다. 이곳에 사는 수상족은 원래의 수상족과 베트남 보트피플 모두 합해서 약 오천여 명이 살고 있었다. 어디서나 국가 보조를 받지 못하고 있었기 때문에 그들의 생활은 비참했다. 학교도 없었고 무국적인이었기 때문에 어디 나갈 수도 없었다. 여기서 나고 여기서 자라고 여기서 거의 생을 마감하는 경우가 많았다. 여기 오는 외지인은 거의 한국인 관광객뿐이어서 톤레샵에 사는 수상족들은 한국말 한두 마디 정도는 했다. 관광 수입과 호수가 주는 물고기들을 잡아서 살아가는 것이 이들의 주요 생활수단이었다. 이곳에 처음 유니세프 활동을 했던 우리는 사실 난감하기가 한두 가지가 아니었는데 이런 우리에게 그는 훌륭히 우리 일을 도와주었던 것이었다.

반년쯤 지나 우리가 톤레샵에서의 소정의 활동을 마치고 캄보디아의 다른 지역을 향해 가기 전 나는 그를 다시 만났다.

"선생님, 고맙습니다. 톤레샵에서의 활동은 매우 효과가 좋았습니다. 선생님이 도와주셨기 때문이라고 생각합니다."

내가 작별 인사를 하러 그의 집에 가자 그는 마침 그날도 비번이었던지 집에서 서예를 하고 있다가 나를 반겼다. 그의 잘생긴 얼굴이 나를 주눅케 했다. 이 험한 지역에서 살면서도 어찌 저렇게 얼굴이 평안할 수 있을까? 전혀 나이를 가늠할 수 없는 얼굴이었다. 내가 간단히 작별 인사를 하고 가려는데 그는 굳이 나를 방안으로 끌어들였다. 예의 그의 캄보디아 아내가 차를 내왔다. 순전 캄보디아의 전통차였다. 무슨 차인지도 모르고 나는 그의 아내가 가져다주는 차를 마셨다. 차 성분 때문인지 조금 지나자 속이 풀어지는 것 같으면서 그와의 대화에 빠져들었다.

"아니 고작 반년 머물다 가려고 온 것입니까?"

"네, 유니세프에서 하는 일이 그런 것이라서 일정한 업무를 마치면 다시 캄보디아의 다른 가난한 지역으로 가야 합니다. 그때가 되었네요."

"참 아쉽습니다. 만나자 이별이라더니?"

"여기에서의 일은 선생님 덕분에 소기의 성과를 내었다고 보고 있습니다. 가난한 아이들을 고국의 가정과 연결시켜주고 또 위생사업도 어느 정도 성과를 내었습니다. 특히 이곳에 살고 있는 한 선천성 장애아를 한국에 데려가 치료해준 것은 크나큰 성과였습니다. 우리가 바로 그런 사람들을 위해 온 것이라는 것을 잘 알게 해주었습니다. 선생님이 소개해주셨기 때문에 마꽁(장애아)은 앞으로 잘 성장해나갈 것입니다."

"허허."

그와 마주 앉아 이야기하는 동안 점심이 되었고 나는 또 그의 캄보디아 아내가 해주는 캄보디아 전통 음식을 먹었다. 보통 동남아 지역 음식들은 중국의 영향을 받아서 향신료 냄새가 진한 것이 보통인데 그의 영향 때문인지 전혀 향신료 냄새를 느낄 수 없었다.

그러다가 일어서며 나오려다가 나는 처음 만났을 때 했던 질문을 다시 했다.

"그런데 선생님은 앞으로 고국으로 돌아가실 생각은 없으십니까? 그냥 이대로 여기서 눌러살 생각이신지?"

"허허, 그냥 이렇게 사는 거지. 내가 이렇게 사는 것은 내 의지로 내가 선택한 것일 뿐입니다."

그는 마치 남의 이야기하듯 말했다. 그러나 나는 그의 그 말을 쉽게 흘려

들을 수가 없었다. 지금의 자신의 삶은 자신의 의지로 자기가 선택한 것이라는 말이 내 귓전을 강하게 울리는 것이었다. 나는 곧 그와 그의 아내의 배웅을 받으며 그의 집을 떠났다.

별에서 온 아이

내가 별에서 온 아이를 보았다고 하면 사람들은 나를 미쳤다고 했다. 내가 정말 틀림없이 보았다고 해도 사람들은 나를 믿지 않았다. 아니 아예 상대도 하려 하지 않았다. '별 미친 녀석 다 보겠네.' 하는 식이었다. 아이들도 그랬다. 나만 따돌림을 받는 형국이었다. 아쉬웠던 것은 같이 있었던 삼촌도 분명히 보았는데 삼촌은 나의 이런 주장을 증명해주지 않는 것이었다. 비난받는 것이 두려웠던 것일까? 그래도 내가 이렇게 '미친 녀석' 소리를 들어가며 고통을 겪고 있는데……

나는 중학교에 올라와서는 더 이상 삼촌과는 말을 엮지 않았다. 사실인데도 사실을 뒷받침해주지 않는 그가 미웠기 때문이었다.

사람들은 참 이상했다. 내가 사실을 말하면 그것이 사실인데도 그것을 믿지 않았다. 오히려 사람들은 거짓일지라도 그것이 그럴싸하거나, 사실인 것처럼 포장을 잘해 놓으면 그것을 믿으려 했다. 그럴 때면 나는 정말 죽고 싶었다. 내가 양치기 소년처럼 습관적으로 거짓말한 것도 아닌데. 그래서 나는 나이 들어 더 이상 기억이 희미해지기 전에 사실 그대로 기록으로 남겨야겠다고 생각했다. 사람들이 믿지 않으니까 정말 거짓말이 되어버릴 것 같았기 때문이었다.

섬은 마을에서 한 마장 가량 떨어져 있었다. 별 볼 일 없는 아이였던 나는 학교 갔다 오면 섬에서 노는 것이 거의 일상이었다. 삼촌은 여기서 재첩을 잡거나 모래를 캐어 시내에 내다 팔고 있었다. 그날따라 오자마자 섬에서는 갑작스럽게 비가 내리기 시작하였다. 그리고 그것은 이내 폭우로 변해 그칠 생각을 하지 않는 것이었다.

할 수 없이 집에도 가지 못하고 삼촌의 텐트에서 하룻밤을 지내야 했다. 밤이 되자 물줄기가 텐트 가까이까지 차올라와 철벅거리는 소리가 났다. 이런 정도로 물이 차오르면 꼼짝없이 얼마 가지 않아 물귀신이 될 것이다. 자박자박 차오르는 물줄기가 내 목줄기를 자박자박 조여오는 것 같았다. 공포로 가슴이 먹먹했다.

우리가 별에서 온 아이를 만났던 것은 바로 그때였다. 비는 갈대밭 위로 줄줄이 내리꽂았고 그 앞은 안개가 구름을 뿌려놓은 듯 흐벅했다. 그치지 않는 비에 나는 불안과 공포 속에서 벌벌 떨며 죽을지도 모른다는 생각을 했는데 그때였다. 누군가가 나를 보고 있다는 느낌이 들어 나는 흘깃 고개를 돌려보다가 누가 서 있는 것을 발견하고 당황해서,

"누구니?"

하고 물었다.

"행성 365에서 왔어. 비를 타고 왔어. 사람을 만난 것은 너희가 처음이야."

당황하고 있는 나와 달리 그는 아주 자연스럽게 말하였다. 뭐 행성 365에서 왔다고? 나는 행성 365에서 왔다는 아이의 말과 비를 타고 왔다는 말이 신기해서 잠시 머뭇거리다가,

"그런데 여긴 무얼 하러 왔니 너는 이 비가 무섭지 않니?"

하고 물었다.

"무섭지 않아. 이 비를 타고 내려왔는걸."

"난 무서워죽겠다. 이 험한 물살을 봐 지금 빠져나갈 배도 없어지고 꼼짝 없이 물에 휩쓸려 가야 할 판이야. 그런데도 넌 무섭지 않니?"

"응, 저런 것은 우리 별에선 수시로 일어나는 현상인데 뭐."

"저 물살이 무섭지 않단 말이지 정말? 난 무서워죽겠는데."

내가 너무나 무서워하며 떨고 있으니까 그는 내게 다가와서 나를 꼬옥 껴안아 주었다. 그리고 자기가 가지고 온 떡을 주었다.

"웬 떡이니?"

"응, 우리나라에서 가지고 온 떡이야. 왜 소풍 가면 점심을 싸가지고 가지 않니? 우리는 보통 떡을 먹어. 어서 먹어. 맛있을 거야."

나는 조금 미안해하며 그 아이가 준 떡을 받아먹었다. 그 떡은 내가 태어나 먹어본 떡 중에서 가장 맛있었다. 계피 냄새가 났는데 그 아이는 그것은 무량수라는 나무에서 딴 열매 가루를 묻힌 것이라 했다.

쉬지 않고 내리는 비는 가히 위협적이었다. 텐트를 두드리며 내리는 빗소리가 잦아들 기미가 들지 않았다. 내가 자꾸 하늘을 원망하자 아이는 내게 몇 가지 자기가 보았던 하늘의 아름다운 이야기를 들려주었다.

"하늘이 얼마나 아름다운지 아니? 내가 본 것 중에 정말 아름다운 것은 달이 해를 품어가지고 세상이 깜깜해지는 것이었어. 완전히 가렸을 때 모습은 잠깐 바다 깊은 곳에 다녀온 느낌이었다니까."

이 빗속에 섬이나 다름없는 이곳을 그는 어떻게 왔을까? 정말 비를 타고 오지 않으면 이 섬을 도저히 올 수 없는 일이었다. 그가 지구 아이가 아니라면 외계인일 텐데. 그런데 내가 생각하는 외계인과 전혀 달랐을 뿐만 아니라 오히려 우리와 너무 닮아 있는 것이었다. 게다가 그는 우리 말을 잘해 나와도 소통할 수 있었다. 한 가지 의심스러운 것은 그가 사는 곳이었다. 내가 아는 별 가운데 그 아이가 사는 행성 365라는 말은 처음 들어보았기 때문이었다. 나는 지금 내가 꿈을 꾸고 있는 것은 아닌가 하는 생각마저 들었다.

텐트 안은 세 사람이 들어앉아 있어도 남을 만큼 컸다. 비라도 내리지 않았다면 텐트 안은 폭염으로 찜통이었을 것이다. 원래 홍수가 났을 때 마을 회관에 설치해 사람들을 모여 있게 하기 위한 것이었는데 어떻게 그것이 이 모래밭에 세워져 있는 것인지 모르겠다.

삼촌은 심심하면 집에서 나와 이 섬 텐트 안에서 기거했다. 집에 있는 날보다 이 텐트 안에서 지내는 날이 더 많았다. 그래서 그런지 텐트 한쪽에는 냄비를 비롯해 간단한 식기가 있었다. 삼촌은 이 텐트를 자기 집인 양 소중히 했다.

엄마와 아빠는 삼촌이 결혼도 않고 허구한 날 이런 곳에 나와 모래나 캐는 것을 볼 때마다 복창이 터진다며 하미 형을 보라고 했다. 하미 형은 이웃에 사는 삼촌 친구인데 고등학교를 나와 면사무소에 다니면서 농사를 지어 알부자라고 소문이 나 있었다. 삼촌은 하미 형과 비교당하는 것이 싫은지 이곳 섬으로 나와 하루를 보내고는 했다. 삼촌은 모래를 캐기도 했지만 때때로 재첩을 잡기도 했다. 그때마다 삼촌은 조금씩 돈을 마련했고 어느 순간 배를 한 척 마련했다. 나름대로 알차게 생활을 해나가는 것 같았는데 엄마와 아빠는 그것이 못마땅한 모양이었다. 그것도 그럴 것이 피땀 흘려 고등학교를 보내주었더니 취직은 못 하고 한다는 짓이 그 모양이니 아버지 눈에 들 리 만무인 것이다. 삼촌은 그것이 싫었는지 눈만 뜨면 집에서 나와 이 섬으로 나왔다. 배가 있고 섬에 집 못지않게 텐트가 있으니 그리고 벌이가 있으니 삼촌은 집에 있으려고 하지 않았다.

내가 삼촌을 자주 따라나서게 된 것은 바로 그때였다. 사실 나는 공부하라고 닦달하는 엄마와 아빠보다 삼촌이 좋았다. 삼촌은 우선 내게 든든한 물주 역할을 했다. 그의 말을 들어주면 내가 좋아하는 눈깔사탕을 비롯 고로케, 옥꼬시 같은 빵과 과자들이 나왔다. 여하튼 나는 심심하면 삼촌 따라 이 모래가 만든 섬으로 왔고 이 섬은 그가 이끄는 왕국이었다. 그의 왕국에서 나는 적절히 그의 신하로 지내면서 나 역시 내가 싫지 않을 만큼 재미있게 지내고 있었다. 그러나 오늘같이 때때로 잘못 와서 개고생을 하는 때도 없진 않았다.

아이가 다시 말을 이었다.

"별의 세계라고 해서 지구 생활과 특별히 다른 것은 없어. 거기서도 밤낮이 있고 신하가 있고 백성이 있어. 문명도 여기보다 낫다고 할 수 없어. 비슷해. 다만 다른 것이 있다면 거기는 공기가 좀 부족해. 그래서 공기 나무를 심는 일은 매우 중요해. 그것뿐이야."

그때 비가 좀 그쳤기 때문에 우리는 텐트 밖으로 나가서 기지개를 켰다. 비 온 뒤라 모래밭은 젖어 있어 발자국이 남겨졌다. 그런데 이상한 것은 내 발자국은 모래 위에 남았는데 별에서 온 아이는 발자국이 없었다. 나는 깜짝 놀라 그를 보며 물었다.

"아니, 그런데 너는 왜 발자국이 없니?"

"으응, 그거 간단해. 내가 있는 나라 사람들은 질량이 없어. 실체는 있지만 무게는 없는 거야. 그래서 발자국이 남지 않아. 왜 너도 우리나라에 와 봐. 무게 없이 지낼 수 있어. 한없이 가벼워져서 풀씨처럼 날아다닐 거야."

나는 곧 그가 가는 대로 따라갔다. 그래도 이 모래섬에 관한 한 꽤나 알고 있다고 자부했는데 그는 내가 여지껏 보지 못한 곳으로 나를 데리고 다녔다. 하늘은 비가 올 것 같았지만 신기하게도 우리가 가는 곳으로는 구름이 걷혀 있었다. 삼촌은 별에서 온 아이와 내가 거침없이 지내는 것을 보자 그냥 내버려 두었다. 그가 나를 데리고 처음 간 곳은 강이 섬을 가운데 두고 서로 갈라지는 곳이었다. 무시무시한 소리가 들려왔다. 그런데 그는 느낄 수 없는 듯 행동했다.

"소리가 들리지 않니? 저 쪼개지는 소리가?"

"음, 저런 정도를 가지고 무슨 소리라고 하는 것은 어울리지 않아. 우리 별에서는 지구가 태양을 돌 때 내는 소리라던가 또는 태양이 또 다른 태양을 돌 때 내는 것 같은 거대한 소리를 들을 수 있어. 그 소리에 비해 저것은 너무 미미해 소리라고도 할 수 없어. 아마 네가 그 소릴 듣는다면 네 귀는 폭발해서 견딜 수 없을 거야."

"그런 소리도 있니?"

"그럼, 거기에는 이런 소리는 너무 작아 잘 들리지 않아. 이 우주상에서 스스로 자전하거나 공전하는 모든 별들은 소리를 내는 거야. 그런데 그런 거대한 소리를 듣는다고 생각해 봐."

그는 거기서 자기가 왔던 길을 설명했다.

"내가 왔던 길도 꼭 이 모양이야. 큰 강물이 흐르고 가운데 섬을 두고 양 갈래로 물이 갈라지는 곳, 이런 곳에서 내가 왔거든. 그런데 길을 잃었어. 도저히 길을 찾을 수가 없어. 그래서 아직도 나는 이곳을 벗어나지 못하고 있어."

나는 그 소리에 깜짝 놀랐다. 지금 별에서 온 아이는 돌아갈 길을 찾지 못해서 이곳에 머물고 있었던 거구나. 그러자 나는 좀 더 친근해지고 싶은 생각이 들었다. 그래서 그의 손을 덥석 잡았다.

우리는 손을 잡고 젖은 모래밭을 걸어 다녔다. 멀리 바다가 있는 곳에 무지개가 걸려 있는 것을 보았다. 사람들은 길 옆 난간을 잡고 바다로 빠지는 엄청나게 큰물을 바라보고 있었다.

저러다가 축대가 무너져 휩쓸리면 어쩌나 하는 걱정으로 나는 조바심을 했다.

"걱정 마. 너는 그렇게도 할 일이 없니? 그 사람 걱정은 그 사람에게 맡겨두고 너는 네 걱정이나 해. 너는 비 오는 이 섬을 어떻게 빠져나갈 것인지 고민하고 있었잖아. 사람들은 네가 생각하는 것만큼 남 걱정을 하지 않아."

그 말은 작은 것이었지만 내게는 실로 충격적인 것이었다. 나는 걱정이 많았다. 내 걱정보다 당장 눈에 보이는 남의 일이 더 걱정되었다. 남의 일을 걱정하다 보니 정작 내 일은 늘 뒷전이었다. 내가 똑똑하고 힘 있는, 그리고 판단력이 뛰어난 아이라면 모를까 그렇지도 못한 내가 남의 일에 관심을 가지는 것을 보고 삼촌은 '니 코가 석자'라는 별명을 붙여준 적이 있었다. 나는 별에서 온 아이의 소리를 듣자 움찔했다. 그 말을 듣고 나서는 무섭다는 소리를 낼 수 없었다.

별 아이는 다시 이번에는 섬에서 가장 높다고 생각하는 꼭짓점으로 발길을 돌렸다. 섬은 길쭉했다. 섬의 가장 높은 곳은 상류 쪽이었고 바다와 가까운 곳은 오히려 평평했다. 별 아이는 높은 곳으로 길을 만들어 가며 무서워하는 내 손을 꼬옥 잡고 놓지 않았다. 비가 와서 모래밭에 발이 빠졌지만 별 아이는 힘들어하는 나와는 달리 마치 평지를 걷는 것처럼 빨랐다. 제일 높은 곳이라고 생각했던 곳은 작은 관목으로 우거져있었다. 그 관목을 헤치고 걸어갔을 때 뻘로 되어진 가운데 약간 파인 곳엔 백록담처럼 물이 고여 있었다.

"저걸 보고 있으니 무얼 느끼니?"

별 아이가 물었다.

"글쎄, 아무런 생각이 나지 않아. 그냥 비가 걷히니 마음이 밝아지는 것 같아."

"저건 칼데라 호수 같아. 우리 별에서 자주 발견되는데 저런 모양의 수백만 배라고 생각하면 될 거야."

그러나 나는 보지 말아야 할 것을 보고야 말았다. 남자와 여자가 꼬옥 껴안은 채로 해골로만 남아있는 시체를 보았기 때문이었다.

"아니, 저건?"

"그래 시체야. 사람이 죽으면 저렇게 추해져. 나는 저런 것을 자주 보는 편이야. 그래서 웬만한 것을 보아도 눈에 거슬리지 않아."

"넌 참 좋겠다. 저걸 보고서도 아무렇지도 않을 수 있다니."

"일종의 예방주사라고 할 수 있어. 저런 일을 자주 경험한다는 것은 예방주사를 맞는 것과 같아. 그래서 웬만해선 놀라지 않고, 웬만해도 슬퍼하지 않고."

"넌 정말 대단하구나."

"뭘?"

나는 부끄러웠다. 나는 겁이 많아 도전의 기회를 자주 잃었다. 조그만 위험이 닥쳐도 시골 아이답지 않게 쉽게 포기하고 뒤로 물러섰다. 무서웠다. 아이는 그 시체들을 빤히 쳐다보더니 성호를 그었다.

우리는 다시 키 작은 나무들로 뒤덮인 그곳을 벗어나서 나루로 갔다. 이곳은 내가 잘 아는 곳이었다. 나는 내가 알고 있는 나루에 대한 이야기를 아이에게 했다. 나루는 시내나 명지 쪽으로 가기 위한 나루이기도 했지만 재첩이나 모래를 실어 나를 때 이용하기도 했다.

"나는 가을이면 이곳으로 자주 놀러 와. 이곳에 오면 그냥 마음이 편해져. 그래서 때때로 시도 한편 짓고는 했단다. 한번 들어볼래?"

"그래, 어서."

아이는 시에 아주 관심이 많은 것처럼 이야기했다.

"으응 「홍시」란 시인데 한번 들어봐."

　누가 홍시 아니랄까 봐
　이 대낮에도 붉게 불 밝혔는가
　까치 한 마리 감나무 위로 내려 앉다
　뜨거워 그냥 간다
　익다 못해 타는 가을

"아주 재미있네."

"선생님도 그랬어. 내가 시 쓰는데 소질 있다구. 어떤 것을 보면 그냥 즉흥적으로 시가 떠올라."

"고마워. 그런데 너희 나라에도 시가 있니?"

"응, 너희 세상에 있는 건 다 있어. 거기도 사람이 사는 곳인데 있을 것이 없겠니?"

"그런데 너는 무얼 좋아하니?"

"글쎄, 아직 내가 무얼 좋아하는가 생각해 본 적이 없는데, 그냥 그림을 그리는 것에 자주 관심이 가더라."

"그림을 잘 그리니?"

"아니, 미술관을 돌아다니며 감상하는 것을 좋아해. 하도 많이 보아서 그런지 이제는 그림만 보아도 척 그 그림에 대해 설명할 수 있을 정도야."

"이 나루 저쪽이 우리나라 두 번째로 큰 도시야. 이쪽은 김해야. 옛날 가야 왕국이 있었다는 곳."

"그래, 그럼 너는 가야 왕국의 후손이겠구나?"

"그런 셈이지."

나는 우쭐거렸다. 우리가 다음으로 간 곳은 섬의 사막으로 불리는 곳이었다. 풀 포기가 드문드문 있을 뿐 온 천지가 모래로 뒤덮혀 있었다. 삼촌은 때때로 여기에 와서 모래를 파다가 배에 싣고 도시에 내다 팔았다. 섬은 참 고마웠다. 아무것도 없는 것 같아도 삼촌 같은 사람들에게 먹고 살 길을 내어주었다.

갑자기 별 아이가 섬 저편을 손끝으로 가리켰다. 저쪽에 사막의 신기루 같은 것이 보였다. 낙타를 타고 가는 대상이 나타났다. 터어번을 두른 사람들이 묵묵히 사막을 걷고 있었다. 그들 배경으로는 오아시스의 야자나무들이 보였다. 왕릉도 보였다.

"저기 저곳, 아름다운 곳이 내가 사는 곳이야. 그런데 도무지 갈 수가 없어. 길을 잃었어."

별 아이가 갑자기 울먹였다. 이번에는 내가 아이의 잡은 손을 꼭 잡으며 위로했다.

"곧 찾을 수 있을 거야. 만일에 찾을 수 없다면 나하고 우리 집에 가. 내가 좀 말썽꾸러기이기는 하지만 너 같은 모범적인 아이하고 같이 오면 엄마 아빠는 대환영일 거야."

사실 나는 친구가 변변치 못했다. 나는 학교에서 내가 자주 아이들을 때려서 엄마와 아빠가 학교 선생님 앞에 불려간 적이 몇 번 있었다. 참 지지리도 재미없는 학교였다. 사는 게 재미없었다.

우리는 잃어버린 길을 찾기 위해 섬의 곳곳을 돌아다녔다. 섬은 별다른 곳이 없었다. 모래밭과 작은 관목 그리고 풀들이 있는 곳, 나루 마을 등 몇 군데를 제외하고는 단조로움의 연속이었다. 그런데 별 아이는 그 단순한 곳에서 자기가 가야 할 길을 잃은 것이었다.

별 아이는 잃어버린 길을 찾기 위해 여러 번 섬을 헤매었던 것 같았다. 길을 찾지 못해 좀 침울해하는 아이에게 나는 위로가 되어야 한다고 생각했다.

"여긴 모래 광산이야. 우리 삼촌이 모래를 캐 내다 파는 곳, 저기 저것은 모래 싣는 배야. 그리고 이건 채라고 해."

나는 삼촌이 모래를 캐다 파는 방법을 요리조리 손짓을 해가며 설명해주었다. 그러나 아이는 별 반응이 없었다. 시간이 지나자 마음이 초조해지는 것 같았다. 그래서 나는 한 번 더 말해주었다.

"오늘 찾지 못하면 우리 집에 가서 자고 가. 우리 엄마 아빠가 재워 줄 거야."

아이는 대답 대신 엉뚱한 것을 가리키며 물었다.

"저건 무어니?"

"응 그건 양산이라고 하는 거야. 해가 뜨면 덥잖아. 그것을 가리려고 머리 위에 쓰는 거지."

"말고, 양산 위에 있는 그림?"

"그건 바다 거북이야. 이쪽이 머리고, 이쪽이 꼬리야."

"음, 바로 저것 비슷한 것을 보았어. 내가 빗속을 뚫고 이 섬으로 올 때 저거와 비슷하게 생긴 것을 보았는데 도무지 찾을 수가 없단 말이야."

"그래, 그럼 저렇게 생긴 것을 찾으면 되겠구나. 곧 찾게 될 거야. 또 생각나는 것은 없니?"

"그리고 비가 많이 왔다는 것, 나는 비를 타고 왔다는 것 그것뿐이야."

"또 생각나는 것은 없니?"

"여기 너네 별에는 공기가 참 풍부해 좋네. 맑기도 하고 상쾌하기도 해."

"응, 그건 염려하지 않아도 돼. 여긴 공기가 얼마든지 있거든."

"그런데 너는 무엇을 좋아하니?"

"응, 나는 좋아하는 것보다 무서운 것이 많아. 이렇게 억수같이 내리는 비, 홍수, 뜨거운 태양, 그리고 죽음, 아, 무서워."

나는 몸서리를 쳤다. 소름이 돋았다. 이 며칠 전에도 우리 마을에서는 사람이 하나 죽었다. 그때 내 또래 윤희가 엄마가 죽었다고 울부짖는 모습은 내 작은 두 눈에 담기 어려웠다.

"너무 죽음을 무서워하지 마. 사람은 누구나 죽는 거야. 우리별에서도 사람이 죽기 마련이야. 그런데 우리별에서는 너희 별과 달리 시간을 잘 느낄 수 없어. 그래서 사람들이 오래 살아. 그렇지만 그만큼 사람이 또 죽어. 태어나는 사람 수와 죽는 사람 수가 비슷해. 그래서 넘치지도 않고 모자라지도 않고 적절하게 유지되는 것 같아."

우리는 삼촌이 하듯이 모래를 파는 흉내를 내었다. 삼촌이 아무렇게나 던져둔 삽과 채를 이용해 모래를 얹고 채에 걸러진 것은 따로 버렸다. 조금만 했는데도 이런 날씨에도 땀이 났다. 삼촌이 땀을 뻘뻘 흘리며 하고 있었던 것을 자주 보았던 나는 삼촌에 대한 고마움을 느꼈다. 세상에 쉬운 일은 없구나.

우리는 서로 삼촌의 흉내를 내면서 웃었다. 웃는 아이의 하얗고 가지런한 이가 인상적이었다. 나는 얼른 내 입을 손으로 가렸다. 삐뚤빼뚤 들쑥날쑥한 내 이가 부끄러웠다. 우리가 다음으로 간 곳은 저쪽 도시와 가장 가까이 있는 섬의 선착장이었다. 선착장이라고는 하지만 그저 모래땅을 조금 단단하게 다져놓은 곳이었을 뿐이었다.

선착장에는 사람도 배도 재첩 잡는 사람도 아무것도 없었다. 파도만 들락날락거리는 모습을 보자 아이는 실망하는 눈치였다. 그가 왔던 곳을 왜 잊어버렸던 것일까? 그가 왔던 곳과 돌아갈 곳이 다르단 말인가?

"너무 실망하지 마. 이 섬으로 왔다면 이 섬 어딘가에 네가 갈 곳이 있을 것 아니겠니? 실상 이 섬이 그렇게 크지 않아. 풀이 자라서 그렇지 이 섬은 큰 섬이 아니야. 한 바퀴 돌려면 반나절밖에 걸리지 않아."

"고마워, 그런데 실망한 것은 아니야. 잠시 마음이 흔들렸던 것뿐이야. 그냥 돌아가지 말고 여기서 살면 어떨까 하는 생각을 잠시 했어. 그래서 조금 우울해한 것뿐이야."

아이는 이 지구가 좋은 모양이었다. 아니 이 섬이 좋은 모양이었다. 아니 내가 좋은 모양이었다. 나 역시 마찬가지였다. 아이가 지구에 남는다면 그 얼마나 좋을까? 그렇다면 친구들에게 따돌림받는 내게 그는 진정한 나의 친구가 되어줄 것이다.

섬의 둘레는 꽤 길었다. 양편이 삼백 미터가 넘고 길쭉한 모양은 천 미터가 넘었다. 섬 주위를 돌면 그보다 훨씬 길었다. 이 섬에는 육지에서 볼 수 없는 광경도 많았는데 그중 압권은 새들이었다. 입동 무렵 겨울을 나기 위해 북쪽으로 나는 새들의 군무는 너무나 아름다워 사진기를 가지고 와서 한참 동안 찍다가 가는 사람들도 있었다. 나는 신이 나서 아이에게 설명을 했다. 아는 것이 그것밖에 없었다. 아이도 내 말이 재미있는지 호기심을 갖는 것 같았다. 나는 아이에게 좀 더 많은 섬의 아름다움을 이야기하고 싶었다. 그래서 별 아이가 이 지구상에 남았으면 좋겠다고 생각했다.

"그런데 네가 있는 나라는 어떻니?"

"거기도 아름다워. 무엇보다 밤하늘이 아름다워. 지난밤에 이 섬에서 밤하늘의 별을 보았지만 비 때문에 그런지 그렇게 선명하지는 않았어. 그렇지만 우리 별에서는 선명해. 너무 아름다워. 그것이 어떤 때는 무섭기도 해. 거리가 지구보다 가까이 있기 때문일 거야."

그러면서 그는 자기가 살고 있는 별에 대해 이야기하기 시작했다.

모든 것이 아름답기는 하지만 화산활동이 심해서 사람들은 물 가까이 산다는 것, 시간과 공간의 개념이 없어서 오래 산다는 것과 공기가 척박하다는 것을 이야기했다. 나는 그의 이야기를 들으면서 어느 곳에서나 걱정거리가 다 있구나 생각했다.

별 아이와 나는 별 아이가 왔을 만한 곳을 찾아 여기저기 다녔다. 섬을 순례하면서 아이는 내게 고맙다는 말을 했다. 그 말을 듣고 나는 감격했다. 나는 살아오면서 그런 말을 들어본 적이 없었기 때문이었다. 또한 나는 처음으로 내가 남을 도울 수도 있다는 생각이 들었다. 공부 못하고 싸움만 일삼았던 내가 별 아이의 길을 찾는 데 도움을 줄 수 있다니? 그것은 내가 섬에 대해 잘 알고 있었기 때문이었다. 그까짓 공부 좀 못하면 어떤가? 차라리 한 가지만을 잘하면 되지 않을 것인가 생각했다.

우리는 다음으로 옛날 집이 한 채 있었던 곳으로 찾아갔다. 벽은 낡았고 조금만 두드려도 무너질 것 같았다. 문을 열자 말로 표현할 수 없는 알 수 없는 냄새들이 쏟아져 나왔다. 죽은 사람의 집에 가면 나는 그런 냄새가 났다.

"지금 이 집은 내가 나기도 전에 있었던 집이야. 당집이라고도 해. 매년 여기서 낙동강 하백에게 바치는 제를 올린단다."

"내가 있는 행성 365에도 이런 풍습이 있어. 조금 다르긴 하지만 이것과 비슷해. 거긴 이런 물이 아니라 공기의 신에게 바치는 제사야."

"그렇다면 너는 공기 때문에 고통을 받아본 적이 있니?"

"아니, 아직 없어. 그렇지만 어른들은 공기가 모자라 고통을 많이 겪었다고 해."

당집에는 오래 비워두어서 그런지 벽이 숭숭 구멍 뚫린 곳이 있었다. 벌레가 슨 가루들이 이곳저곳에 흩어져 있었다. 가운데 모셔둔 하백의 모습, 한쪽에 오줌 눈 자국 같은 얼룩이 져 있었다. 나는 두 손을 모으고,

'우리 삼촌 재첩 많이 잡게 해 주이소. 모래 많이 팔리게 해 주이소. 사고

나지 않게 해주이소.'

하고 소리 내어 빌었다. 아이가 내가 하는 모양을 물끄러미 바라보았다. 우리는 또다시 손을 잡고 섬의 이곳저곳으로 돌아다녔다. 이상했다. 비가 올 것 같은 하늘이 점점 맑아지더니 우리가 가는 쪽으로 검은 구름이 모세의 기적처럼 양쪽으로 갈라지고 있었다. 나는 신비한 경험을 하는 것 같았다. 별 아이가 하늘의 비를 멈추게 한 것 같은 생각이 들었다. 젖은 모래는 내 발자국을 눈 온 날처럼 남겼지만 별 아이가 가는 곳으로는 흔적이 없었다. 만일 발자국이라도 남았다면 나는 그가 진짜 별에서 온 아이라는 것을 증명할 수도 있었을 텐데……

우리는 다시 옛날 마을이 있었던 곳으로 가보았다. 오래전부터 이곳에는 물고기를 잡거나 재첩을 캐며 살아가는 사람들이 살고 있었다. 그러나 그 집들은 그 후 몇 차례 홍수를 겪더니 그리고 또 얼만큼은 밥을 먹고 살 수 있게 되자 세간을 그대로 두고 강을 건넜다. 그때 남은 집들이었다.

우리가 손잡고 마지막으로 간 곳은 섬의 끝이었다. 당집을 지나 우리는 섬의 동쪽 지점인 거북이 꼬리로 갔다. 이 섬을 거북섬이라고 불렀던 것은 순전 내 생각이었다. 그것은 어느 날 올랐던 아미산 정상에서 본 섬의 모습이 거북이 같다는 생각이 들었기 때문이었다. 물론 이쪽에서 볼 때와 저쪽에서 볼 때 모양이 다르게 나타났지만 하여튼 나는 거북이 모양으로 생겨 그 섬을 거북이 섬이라고 불렀다. 그리고 거북이 꼬리 모양을 한 그 모습을 보고 섬의 마지막 그러니까 강과 바다가 연결되는 부분에 있던 그곳을 거북이 꼬리라고 했던 것이다. 거북이 꼬리 부분으로 우리는 걸어왔다. 우리가 헤어졌던 것은 바로 그 순간이었다. 그러니까 섬의 머리에서 갈라지는 물을 보고 다시 물이 합쳐지는 끝머리까지 왔을 때였다.

갑자기 별에서 온 아이가 눈을 반짝거리더니,

"맞아. 여기야. 이제야 길을 찾았네. 그것도 모르고 나는 한참 동안 엉뚱한 곳만 찾았잖아. 이곳 물이 합쳐지는 곳에 내가 돌아갈 길이 숨겨져 있는 것을 모르고."

"무얼 말이니?"

하고 말하자 아이는,

"이제 헤어질 때가 온 것 같아. 엄마 아빠가 기다릴 거야. 안녕."

하더니 그 아이는 순식간에 사라져갔다. 눈 깜짝할 사이라더니 그것은 정말 눈 깜짝할 사이였다.

그 후 가을 소풍 때 나는 별에서 온 아이와의 추억을 아이들에게 이야기했다. 평소 말이 없는 나였지만 선생님의 지지로 나는 내가 겪었던 것을 이야기했다. 사실 나는 반에서 존재감이 별로 없었다. 우선 공부를 못했기 때문이었다. 학교에서의 공부 잘한다는 것은 보이지 않는 권력이었다. 공부를 못했던 나는 늘 따돌림을 받았다. 아니면 나처럼 공부 못하는 나와 같은 2, 3명 하고만 놀았다. 자연 학교 가기가 싫었다. 그런데 선생님은 나에게 용기를 주었던 것이다. 나는 내가 겪었던 그대로를 이야기했고 내가 겪은 일이니만큼 누구보다 잘 말할 수 있었다. 그러나 한껏 부풀어 있는 내 마음과 달리 아이들의 반응은 싸늘했다.

'새빨간 거짓말을 누가 믿어. 차열이 미친 거 아냐?'

하면서 애써 믿으려 들지 않았다. 이상했다. 내가 말한 것은 분명 사실이었고 그것을 증명해줄 사람도 있는 것이다. 그런데도 아이들은 믿지를 않았다. 아니 아예 그런 것은 이야깃거리도 되지 않는다는 듯이 말했다.

"그게 다야?"

"에게게, 그게 뭐야?"

"너는 국어 시간에 무얼 배웠니? 발단, 전개, 절정, 결말 4단계 법도 모르니? 니 이야기에 전개와 결말만 있을 뿐 발단과 절정이 어디 있니?"

하고 말했다. 사실 나도 그들의 말이 옳다고 생각한다. 그런데 아이들은 중요한 것을 잊고 있었다. 나는 꾸민 이야기가 아닌 있는 그대로의 사실을 말하고 있는 것인데 아이들은 사실이 아닌 허구를 듣고 있었다. 그리고는 자꾸 자기들이 알고 있는 이론을 덧붙여서 자기 생각과는 다른 그것을 이해하려 하기 보다는 그것이 거짓이라는 것을 증명하려고 하였다. 그들은 사실과 허구를 구분 못 하고 있었고 이야기라면 재미있어야 하고 처음, 중간, 끝 같은 높낮이가 있어야 한다는 고정관념에 함몰하고 있었다. 내가 몇 번이고 이것은 이야기가 아니라 사실이고 나는 지금 내가 겪었던 사실을 말하고 있는 것이라고 강조해서 말해도 아이들은 내 말을 믿지 않았다. 재미가 없었다. 내가 공부도 못하니까 아이들은 으레 더 이상 들을 필요가 없다고 생각한 모양이었다. 그때마다 나는 정말 속상했다. 왜 사람들은 사실을 사실대로 믿지 못하는 것일까? 나는 괜히 말했다가 말만 하면 욕을 들어먹는 내 자신이 싫었기 때문에 더 이상 말을 하지 않고 초등학교 시절을 넘겨버렸다.

열네 살이 되던 해 나는 인근 도시에 있는 중학교에 진학했다. 엄마의 극성으로 운 좋게 시시하지만 도시에 있는 중학교에 진학하게 된 것이었다.

도시의 중학교는 시골과 달랐다. 공부를 못하긴 했지만 도시에서는 그야말로 꼴찌에서도 꼴찌였다. 어쩌다가 내가 국어 시간에 말할 기회가 생겼다. 내 차례가 되어 이야기를 하여야 했을 때 나는 다시 별 아이에 관한 이야기를 하였다. 몇 번이나 사실이라는 것을 강조하면서 말이다. 아니나 다를까? 아이들은 좀 엉뚱했던 내 이야기에 '어이 촌놈 눙칠래' 따위의 말을 하는 바람에 나는 또다시 주눅이 들어 말을 하지 않게 되었다. 더 이상 그 별 아이에 관한 이야기를 하지 않았을 뿐만 아니라 기차 통학을 하였기 때문에 기차 시간이 될 때까지 학교 도서실에서 책을 읽으며 나 혼자만의 세계에 빠져들고는 했다. 정말 내가 겪은 사실을 사실이라고 믿지 못하는 사람들, 그리고 친구들, 그리고 철저하게 증명해줄 것 같은 삼촌마저 아무런 말도 없이 대중의 물결에 흐르는 대로 맡겨버리는 것 같은 태도, 나는 그들이 정말 싫었다.

나는 나 혼자만의 세계에 빠져버렸다. 책 읽는 것만이 나의 유일한 방패막이고 나의 안식처였다. 중학교를 지나 고등학교에 올라와서 나는 비로소 나와 같은 경험을 한 사람을 책을 통해 만나게 되었는데 『어린 왕자』를 쓴 프랑스 생텍쥐페리라는 작가였다. 작가는 나와 같은 외계인 어린 왕자를 만났다. 나는 그 이야기를 읽었을 때 얼마나 반가웠는지 모른다. 아 드디어 이 세상에 나를 이해해줄 사람이 생겼구나. 그러나 나는 그가 외국인 작가이고 또 비행기 사고로 생사불명 되었다는 사실을 알고 실망했다. 그렇지만 나와 같이 별에서 온 아이를 만났다는 사람이 세상에 있다는 생각에 작가가 살아 있는 것만큼은 못되었지만 기쁜 감정을 주체할 수 없었다. 나와 같은 사람이 있었긴 있었구나. 세상에 단 한 사람만이라도 나를 믿어주는 사람이 있었다는 것만으로 행복했다. 그러나 나는 얼마 지나지 않아 그게 허구라는 것을 알아야 했다.

그 아이에 대한 생각은 그 후 잊어버렸다. 나는 정말 어렵사리 대학에 진학했고 졸업해서는 먹고살기 바빠 별에서 온 아이는 저절로 잊어버렸던 것이다. 그런데 저녁 텔레비전을 보다가 나는 '별에서 온 그대'라는 드라마를 만나게 되었다. 그 제목에 끌려 나는 처음부터 끝까지 그 드라마를 보게 되었다.

고맙기도 하고 반갑기도 했다. 그러나 나는 그 드라마를 보면서 속이 적잖이 상하는 것을 느끼지 않을 수 없었다. 그것은 허구였던 것이다. 발단, 전개, 위기, 절정, 결말이 완벽하게 이루어지고 있는 그것은 사실이 아니었던 것이다. 사람들은 그것을 보고 재미있게 웃고 떠들고 이야기하였다. 내 옆에 있는 자식들과 이제 오십 줄에 들어선 나보다 열 살이나 어린 아내는 그 드라마를 보며 세상에 저럴 수 있을까 하고 사실인 것처럼 착각하고 감격해 했다. 꼭 그 수준에 맞는 감상을 하고 있는 것이었다. 그러나 그들이 재미있어하는 것만큼 내 속은 질투라도 하듯 그것을 재미있게 보는 그들이 싫었다. 저런 거짓말을 사실인 것처럼 느끼는 그들이 얄미웠다.

오늘은 마지막 회라고 한다. 아내와 아이들은 벌써 텔레비전 앞에 모여 있다. 나도 소파 한 구석에 끼어 '별에서 온 그대'를 시청하고 있었다. '별에서 온 그대' 속 사나이는 참 지구에 오래 머물렀다. 그게 몇백 년이나 되었으니, 그리고도 멀쩡한 젊은 사내로 남았으니, 무엇 보다 늙지 않는 것이 부러웠다. 다른 별에서는 다 그런 것인가? 도무지 나이가 느껴지지 않는 그를 보면서 나는 문득 옛날 그 낙동강 삼각주에서 있었던 별 아이와의 추억을 떠올렸다. 자기가 살던 별로 돌아갔던 아이는 지금 어떻게 되었을까? 만일 그때 돌아갈 길을 찾지 못하고 지구에 머물렀더라면? 별에서는 시공간을 뛰어넘는다는데 나는 이렇게 늙어 가는데 그 아이는 아직도 아이 그대로 있는 것일까? 아니 별 아이도 거기에서 지금 나처럼 이렇게 그때의 추억을 생각할 때가 있을까? 궁금했다.

'별에서 온 그대'는 오늘로써 종영을 하고 남은 여자주인공은 별로 돌아간 그대를 회상하며 좋은 추억이었다고 미소를 짓고 있었다. 나 역시 마찬가지였다. 이 세상 오직 나 혼자만이 외계에서 온 아이와 비록 한나절이지만 친구로 지냈다는 것을 자랑스럽게 여기며 나는 '별에서 온 그대'의 종영을 끝까지 놓치지 않았다.

여수행

"아저씨 안녕하셨어요. 오늘 또 타셨네요."

"네, 안녕하셨어요?"

사내가 버스에 오르자 기사가 아는 체를 했다. 버스는 한적했다. 중늙은이 사내는 한쪽에 가 앉으며 흘깃 시계를 바라보았다. 시계는 7시 반을 가리키고 있었다. 여수로 가는 첫차였다. 두 시간 반 후면 여수에 도착할 것이었다.

버스가 출발하자 사내는 모자를 눌러쓰고 눈을 감았다. 아침부터 서두르는 바람에 잠을 놓친 면도 있었다. 한두 시간 자고 나면 좀 풀리겠지.

차는 고속도로에 올라서기까지 신호를 받는지 몇 차례 정지했다. 그러다가 이내 속도를 내기 시작하였다. 고속도로 위에 올라선 것이었다. 사내는 눈을 감고 있으면서 차가 움직이는 느낌으로 지금은 어디쯤, 속도는 얼마쯤 가고 있겠구나 생각했다. 한두 번 가는 길이었으랴. 최근에는 이 길을 더욱 자주 다녔다. 그래서 알 만큼 안다고 생각한 길이었다.

잠깐 잠이 들었다고 생각한 순간 갑자기 차가 급정거를 했다. 무슨 일인가 싶어 눈을 뜨고 고개를 내밀어 앞을 보았다. 진영進永을 넘어서자 차가 밀리기 시작하는 것이었다. 공휴일도 아닌데 웬 차가 이리 밀리지. 앞쪽에는 줄줄이 밀린 차들이 늘어서 있었고 뒤로도 그만한 수의 차들이 속속들이 밀려들고 있었다.

"아침부터 사곤가?"

사내는 불안한 마음에 잠깐 자리에서 일어서며 앞으로 이리저리 살펴보았다. 특별히 늦는다고 해서 문제가 될 것은 없었지만 갑자기 차가 멈춰버리니 궁금한 것은 어쩔 수가 없었다. 사내뿐만이 아니라 차 안의 다른 사람들도 마찬가지였다. 겨우 3분의 1을 채웠을까 싶은 버스는 부산에 연고가 있거나 아니면 여천 공단에 자리를 잡은 사람들일 것이었다.

중늙은이 사내는 시간이 나면 자주 여수를 향했다. 그것은 거의 본능과도 같은 것이었다. 여수와 특별히 관련이 있는 것도 아니었다. 그곳에 직장이 있다거나 아니면 집이 있다거나 하다못해 고향이라도 여수라면 몰랐다. 그런 것과는 전혀 관련이 없었지만 중늙은이 사내는 시간이 나면 그냥 습관처럼 여수를 향했다.

사내는 다시 모자를 눌러쓰고 눈을 감았다. 버스는 다시 언제 그랬냐는 듯 이내 정상적인 속도를 내었다. 그러자 한번 떠진 생각은 좀처럼 다시 닫히지 않았다. 눈은 감았지만, 사내의 머릿속은 잡다한 생각을 줄줄이 꿰어 올리고 있었다.

'참 용케도 견디어온 세월이었다. 하마터면 이 자리에 다시 서 있지 못할 뻔도 했지.'

사내는 생각 속에 빠지며 지난날을 더듬어 보기 시작했다. 고등학교 무렵이었던가 왜 이렇게 가난한 것일까, 왜 이렇게 눈물이 많은 것일까, 왜 이렇게 열등감이 많은 것일까, 나는 누구이고 무엇을 바라고 여지껏 살아왔는가. 여름 어느 날 감자 캐는 것을 도와주고 받았던 오천 원 남짓 되는 돈을 가지고 무작정 집을 떠났다. 범일동 조방 앞 시외버스 정류장에서 아무 버스나 집어 탔고 타고 보니 그것이 여수행이라는 것을 알았다.

사내는 속으로 풋풋 웃었다.

'참 철이 없었지. 그때는 왜 그렇게 그런 의문에 빠졌던 것일까?'

사내는 또 곰곰이 더듬어 보았다. 가난, 허약한 신체, 외톨이 성격, 빈약한 얼굴, 사내는 그러다가 또 풋풋 웃었다. 그때는 그런 것이 왜 그렇게 자신을 괴롭혔던지…… 지금 생각해보면 하등 별것도 아닌 그것이, 사내는 그러다가 다시 헤벌쭉 입을 벌렸다. 아마 자신뿐만이 아니라 많은 그 나이 때의 아이들이 그런 생각에 빠져 있었다는 것을 알았다면 자신이 그렇게 열등감에 빠져 괴로운 나날을 보내지는 않았을 것이라고 생각하였다.

그렇게 찾아간 여수, 18살 고등학생인 그는 버스에서 내리자마자 또 지나가는 아무 시내버스를 타고 보았다. 타고 보니 그게 오동도로 가는 버스였고 여수 하면 오동도라는 이름을 익히 알고 있었기 때문에 무조건 오동도 입구에서 내렸다. 방파제를 따라 오동도까지 걸었다. 그는 오동도를 보며 걸으면서도 특별한 생각을 하지는 않았다. 다만 그의 머릿속에는 나는 누구이고 무엇 때문에 살고 있는 것일까 하는 생각만이 가득 들어 있었다. 그래서 여수에 왔지만 그는 여수에 관한 생각은 그 어떤 것도 없었다.

그날 그는 오동도 숲길 이리저리 길이 나 있는 대로 걸었다. 오동도에 온 특별한 생각이 있었던 것이 아니었기 때문에 그는 그냥 길 따라 오동도 숲길을 한번 돌고 나왔다. 오동도에서 나와서는 또다시 아무 버스나 집어 탔다. 그가 다음에 내렸던 곳은 여수의 복잡한 시장 앞이었다. 여수의 번화가를 걸었다. 그런 다음 진남관鎭南館과 종고산鐘鼓山을 둘러보았던가. 그러다가 순천으로 나가는 기차를 탔고 순천에서 다시 기차를 타고 집으로 왔던 것이었다.

중늙은이 사내는 그때를 떠올리며 빙그레 입술을 열었다. 그러다가 입술을 꼭 다물었다. 갑작스럽게 한 소녀의 얼굴이 떠올랐기 때문이었다. 수십여 년 지나 이 나이 되어도 소녀의 얼굴이 지워지지 않았다.

그가 다시 여수를 찾았던 것은 졸업을 앞두고 취업을 기다리던 때였다. 상업고등학교를 졸업했기 때문에 취업을 하는 것은 당연했고 용케 입행시험에 합격해 은행에 들어가기로 약속되어 있던 때였다. 그때 여수를 찾았던 것은 역시 특별한 이유는 없었다. 그는 혼자였고 심한 열등감으로 자신을 아무 곳에나 사정없이 부딪치고 싶다는 생각을 했었다. 이번에는 쉽게 간 것이 아니었다. 걸어서 때로는 차를 얻어타고 밥을 빌어먹으면서 간 것이었다. 70년대의 교통이란 것이 지금처럼 만만한 것이 아니었다. 대중교통은 있었지만 때로는 걷다가 때로는 얻어타다가 거의 일주일을 걸려 드디어 여수에 도착한 것이었다. 그는 그때 스스로 질문을 해보고 있었다. 내가 왜 여수를 찾아가고 있는 것이지?

그런데 그는 그날따라 이상하게 여수에는 그가 이제껏 품어왔던 의문을 해결해줄 무언가가 있을 것만 같은 생각이 들었다. 이번에는 아무도 모르는 여수의 한 구석진 곳에 가서 소리 지르고 깨부수면서 이 답답한 속을 확 풀어버리리라 생각했다. 그러나 이상했다. 그는 그런 생각을 했지만 그날도 그가 찾은 곳은 또다시 오동도였다.

그가 오동도 방파제를 중간쯤 걸어갔을 때였다. 그는 방파제를 따라 오동도에서 나오던 한 소녀를 보았다. 처음 만난 사람이라는 사실에 조금은 관심을 가지고 바라보다가 얼굴을 인식할 만큼 가까이 오자 그는 그만 그 자리에 우뚝 서버리고 말았다. 아름다웠다. 적어도 그가 아는 한 그만큼 아름다운 모습의 여학생을 보지 못했다. 그처럼 교복을 입은 소녀는 여수에 사는 여고생 같았다. 겨울 오동도 앞바다는 그날따라 바람 없이 잔잔했고 빈약한 햇살마저 모아주고 있었다.

'아, 사람이 저렇게 아름다울 수가 있다니?'

그는 소녀를 보자 한동안 얼어붙은 듯 꼼짝할 수가 없었다. 소녀도 그를 보자 잠시 멈칫하는 것 같았고 이내 눈이 부딪쳤다. 그는 그만 조금 입술을 벌렸다.

'아'

소녀는 고개를 숙인 채 그냥 그의 앞을 지나쳐 갔다. 그는 그 자리에 멈추어 서서 소녀가 가는 곳을 향해 돌아다 보았다. 그는 오동도로 가는 것도 잊고 한동안 그냥 멍하니 그녀가 가는 것을 바라보며 서 있었다. 그녀는 이 겨울 오동도에 왜 온 것이었을까? 나처럼 이렇게 자신을 어쩌지 못해 나온 것일까?

이상했다. 그는 오동도를 향해 걷고 있었지만 그의 머릿속은 온통 방금 지나쳤던 소녀만을 향해 있었다. 그가 그렇게 한가지 생각에만 빠졌던 것은 처음이었다. 그는 그날 오동도를 들렀다가 이내 나왔다. 혹 소녀를 다시 볼 수 있지 않을까 하는 생각에서였다.

'소녀를 다시 만날 수 있으려나?'

만일 소녀를 다시 만난다면 무엇을 어떻게 할 것인가 수줍음이 많고 서툰 그는 그런 생각도 들었지만 어쨌건 소녀를 다시 보고 싶다는 생각이 강하게 들었다. 그러나 오동도 입구의 겨울 버스 정류소는 메마르기만 할 뿐 소녀는 없었다. 그는 버스가 오자 잠시 망설이다가 버스에 올랐다. 그날 그는 혹 그 소녀를 다시 볼 수 있으려나 싶은 마음에 온종일 여수 시내를 버스를 타고 돌아다녔지만 소녀를 다시 볼 수는 없었다.

그는 그날 온종일 여수 시내를 헤매다가 저녁이 되어 남은 돈을 탈탈 털어 부산행 막차 버스를 탔다. 생각과는 달리 그냥 집에 가야겠다는 생각이

136

들었기 때문이었다. 밤늦게 집에 도착했다. 집에 와서도 그는 낮에 보았던 그녀 생각에 아무런 생각이 나지 않았다. 그녀는 누굴까? 자신처럼 교복을 입은 것을 보면 여고생임에 틀림없을 것 같은데 이 겨울 무엇하러 이 오동도에 왔던 것일까? 나처럼 이렇게 자신에 대한 확신을 가질 수 없어 방황하고 있는 것일까? 그는 여지껏 그가 생각해왔던 그대로를 소녀에게 마음껏 대입해보며 소녀가 누구인지를 알고 싶었다. 그것은 이제껏 그가 해왔던 고민을 한 방에 날릴 것 같은 충격을 주었다.

그 뒤 그는 틈틈이 생각이 날 때마다 여수행 버스를 탔고 여수에 와서는 혹 그녀가 이 오동도에 다시 오지는 않을까 싶어 오동도를 찾아오고는 했다. 그러나 그 이후로 그는 그 소녀를 다시 만나지 못했다.

중늙은이 사내는 버스가 함안을 지나 진주에 가깝게 다가가고 있다는 것을 알았다.

그 소녀를 보고 나서 시작된 그의 습관적인 여수행은 청년이 되어서도 계속되었다. 청년이 되어서도 그는 자신이 무엇 하나도 잡지 못하고 흔들리고만 있다고 생각했다. 왜 이런 것일까? 나는 왜 이런 것일까? 고등학교를 졸업하고 은행원으로 있는 동안 그는 이것이 자기 길이 아니라는 것을 느꼈다. 그러면서도 어쩔 수 없이 그는 직장 생활을 하고 있었다. 직장 생활이 하등 재미있을 리 없었다. 그는 자기가 고교 시절에 겪었던 고민을 직장 생활을 하면서도 반복하고 있다는 것을 깨닫고는 실망했다. 그는 자신이 결코 유능하거나 머리가 우수한 사람이 아니라는 것을 알고 있었다. 그는 자신이 동료들과의 경쟁에서 밀리고 있다고 생각했다. 그리고 결정적으로 그를 압박했던 것은 예금 실적이었다. 지점장실의 예금 실적 막대그래프는 그의 이름 위에서 가장 낮게 그려져 있었다. 그것을 아침저녁으로 보아야 하는 것은 적잖은 괴로움이었다. 직장에서는 그것에 대해 아무 말을 하지 않았지만 그러나 그것을 매일같이 바라보는 그의 마음은 적잖은 압박을 받고 있었다. 그런 그 압박은 자신을 자주 가두었다. 난 왜 이런 것일까? 내 일 하나 제대로 하지 못해 이런 수모를 당하는 것일까?

그때도 그는 자학을 하다가 배낭을 걸머지고 여수행 버스를 탔다. 그곳에 가면 무언가가 있을 것 같고 마음이 확 터질 것 같았다. 슬플 때나 기쁠 때나 찾았던 여수, 그날 그는 오동도에 들어갔다가 나와 돌산도로 갔다. 돌산도 대교를 눈앞에 두고 그는 내렸다. 그리고 다리 위에서 그냥 하염없이 바다를 바라보았다. 다른 바다가 아닌 여수의 바다를 보노라면 그냥 속이 말없이 풀리는 것을 느꼈다. 향일암에 올라 아침 해를 보리라. 향일암까지 간다는 것이 만만치 않았지만 마침 다음날이 공휴일인 연휴여서 그는 여차 하면 하루를 묵을 생각을 했다.

그는 다리를 건너서 뜸한 버스를 한참 동안 기다리다가 버스가 오자 얼른 올라탔다. 그는 가는 도중에 은적사隱寂寺를 들렀다. 생각보다 아담한 절이었다. 천년 가까운 고찰이었다. 이순신 장군과도 관련한 유래가 있었고 지방 기념물도 몇 점 있었다.

버스는 사천휴게소에서 한 번 쉬었다. 중늙은이 사내는 휴게소에서 내려 종이컵 커피 한잔을 뽑아 들었고 커피를 마시자 머리가 한층 상쾌해지는 것을 느꼈다. 먹고 자는 것에 구애받지 않는 시대가 되어서 그런 것일까. 휴게소에는 차를 몰고 여행 다니는 가족들이 많았다. 중늙은이 사내는 씁쓸히 웃었다. 이 나이 되도록 차 없이 여행을 다니는 것은 아마 자기뿐일 거라고 생각했다. 그러나 그 한편으로 중늙은이 사내는 그들을 조금은 비웃었다. 버스를 타고 가면서 상상하는 이 자유를 저들은 알까?

휴게소에서 잠깐 쉰 버스는 다시 승객들은 태우고 여수를 향해서 가고 있었다. 이제 하동을 지나 섬진강 다리를 건너고 있었다. 이 다리를 건너면 전라도 땅이 되는 것이었다.

　사내는 다시 돌산도에서의 일을 더듬기 시작했다. 은적사에는 스님 한
분이 있었는데 고맙게도 그를 위해 차를 우려내어 주었다.

　"이 먼 곳까지 어인 일이십니까?"

　"그냥 세상이 시답잖고 그 시답잖은 곳에 있는 저 자신 역시 시답잖고 이
런 내가 싫어서 떠났는데 여기까지 오게 되었습니다."

　"그래요. 쉬어 가세요. 무얼 그리 대단한 게 있다고 뛰어보았자 그게 그
건데."

　"그래도 온 정신을 한곳에 쏟아 화두를 잡으면 이 답답한 가슴이 풀릴 법
도 하건만 화두는 잡히지 않고, 그런데 그걸 해결할 만한 능력도 되지 않으
니 괴롭기만 하고 이런 내가 싫습니다."

　"출세하길 바라십니까?"

　"글쎄요. 출세가 아니라 남들만큼만 하고 싶은데 자꾸만 세상은 저를 저
어하는군요. 괴롭습니다. 얼마 살지도 못했는데."

　"군대는 다녀오셨습니까?"

　"네, 그런데도 저 자신에 대한 확실한 무어가 없으니 늘 흔들릴 뿐입니
다. 스님, 어떻게 하면 좋겠습니까?"

　"세상 그리 대단한 것 아닙니다. 그렇게 쫓기듯 살아보아야 무어가 남겠
습니까? 천천히 걸으십시오."

　"아니 늘 흔들립니다. 흔들리니까 문제입니다. 스님, 저를 구원해주십시
오. 괴로운 저보다도 저를 둘러싼 사람들이 저 때문에 괴로움을 당하고 있
을 것이라는 생각이 드니 정말 괴롭기 짝이 없습니다."

　"저를 둘러싼 사람들이 저 때문에 괴로움을 당하고 있을 것이라는 생각
이 든다는 말은 무슨 뜻인가요?"

"……"

"혹 혼자만의 생각 아닙니까? 남들 처사님이 생각하는 것처럼 그렇게 생각하고 있지 않습니다. 그렇게 한가하지도 않고요. 그냥 그대로 두십시오. 흔들리면 흔들리는 대로 가라앉으면 그냥 가라앉은 대로 그냥 두십시오. 인생 아무것도 아닙니다."

"신의 뜻을 훔치고 싶었는데 오히려 신의 모멸를 받고 있다는 느낌뿐입니다."

"신의 뜻 같은 거 없습니다. 그냥 그대로 두십시오. 살아가다 보면 살아지는 것입니다. 억지로 한다고 살아지는 것 아닙니다. 모자라면 모자라는 대로 그냥 두십시오. 그리고 최소한의 것만 해도 되는 것입니다. 너무 인생에 대해 미안해하지도 마십시오."

그러나 스님의 말은 더 이상 크게 와닿지 않았다. 그에게는 무언가가 필요했다. 이렇게 저렇게 해라. 잘못된 길이라도 좋으니 그렇게 해주면 좋겠는데 스님은 그것이 아니었다. 딱 부러진 무언가가 그에게는 필요했다.

버스는 섬진강 다리를 지나 터널 속으로 들어갔다가 나왔다. 중늙은이 사내는 또다시 속으로 풋풋 웃었다. 여전했다. 남해고속도로가 처음 생긴 무렵이던가. 은행 발령 후 조금 여유가 생겨 이제까지와는 달리 처음으로 고급스럽게 갔던 여수, 그로부터 수십 년이 지난 지금 여수 가는 그 길이 다르지 않은 것이었다. 똑같은 길, 똑같은 회사 버스로 그 길을 가고 있는 것이었다. 조금 지나자 광양光陽이라는 표시가 보였지만 버스는 자기가 들를 길이 아니라는 듯 그냥 지나쳤다.

그날 그가 은적사를 찍고 향일암에 도착했던 것은 저녁 무렵이었다. 향일암까지 오는데 너무 시간을 앗겨버렸다. 내일 아침 향일암 일출을 보리라. 그리고 그 해를 보며 빌리라.

나는 누구이고 여지껏 무엇을 바라 살아왔는가? 왜 이렇게 세상은 나를 저어하고 있는 것일까? 이 생래적인 열패감을 어떻게 하면 벗어버릴 수 있단 말인가?

그는 이 몇 가지 생각을 가지고 향일암 일출을 바라보며 빌리라 다짐했다. 그가 묵은 곳은 가정집이었다. 이천 원을 달라고 해 이천 원을 주고 묵었다. 이런 곳에 묵을 사람이 있으려나 싶었는데 웬걸 조금 지나자 휴가를 나온 일단의 가족이 남은 방구석 모두를 차지해버렸다. 나는 피곤해 일찌감치 잠이 들었다. 그는 그날 밤 이상한 꿈을 꾸었다. 꿈속에서 그 소녀를 본 것이었다. 여수 오동도에서 만났던 단 한 번 보았던 소녀, 그 소녀가 그를 향해 웃고 있었다. 그는 아무 말도 못한 채 고개를 숙이고 그냥 있었다. 소녀는 그가 말을 붙여주길 간절히 원하는 것 같았지만 그는 아무 말도 못 하고 그냥 멀어져만 가는 소녀를 바라보고만 있었다. 소녀가 보이지 않게 되자 그는 그제서야 가지 말라고 외치다가 그만 놀라 깨어 일어났다.

그는 곰곰 꿈속의 소녀를 생각해보았다. 소녀가 꿈속에 나타난 이유는 무엇일까? 혹 오늘 소녀를 만날 수 있으려나. 그는 패배감이나 열등감을 느낄 때 그리고 이렇게밖에 살아갈 수 없는 자신이 불만스러울 때마다 여수를 찾는다는 것을 떠올렸다. 어쩌면 그가 이렇게 여수를 찾아오는 것도 그 소녀에 대한 그리움 때문인지도 몰랐다.

이튿날 아침 그는 향일암에 올라 해를 바라보며 자신이 가졌던 의문을 생각하며 열심히 기도를 했지만 역시 얻어진 것은 없었다.

그렇게 소년 시절부터 가졌던 의문은 끝없이 이어지고, 그리고 그 이후 그가 성장해서 중늙은이가 된 지금도 그 문제를 풀려고 했지만 그러나 그 문제에서 한 치도 더 나아가지 못하고 있다는 것을 생각하자 중늙은이 사내는 자조적인 웃음을 흘렸다. 자신은 늘 이런 식이었고 앞으로도 자신의 내

면적인 문제에 치여 살아갈 것 같다는 생각을 했다. 아닌 게 아니라 중늙은이 사내는 실제로 아직도 자신이 그렇게 살아가고 있다는 사실을 생각하고 또 입술을 실룩거렸다.

'허접한 인간.'

중늙은이 사내는 자신을 돌아보며 자신의 인생 어느 순간에서도 만족하며 지났던 때는 없었다고 생각했다. 그는 아이엠에프 때를 기억해 내며 자신이 얼마나 비겁한 인간이었는가를 생각하였다. 구조조정은 은행도 예외가 아니었다. 그가 있는 대부계에서도 누군가는 의무적으로 한 사람 나가야 했던 것이었다. 은행에 강력한 노동조합이 있는 때도 아니었다. 서로가 보이지 않는 가운데 서로를 질시의 눈으로 바라보기 시작했다. 서로를 비난하고 약점을 캐내고 그런 점이 상사에게 들어가야 자기가 살 수 있는 때였다. 그도 동료들로부터 많은 질시의 눈길과 험악한 소문을 듣고 있었다. 무엇보다 그는 자신이 별다른 능력과 실적을 보여주지 못하고 있는 것과 혼자라는 것이 그의 큰 약점이었다. 그래서 아마 구조조정이 있다면 그가 1순위일 것이라고 생각했다.

그런데 엉뚱하게도 구조조정 대상이 된 것은 바로 자기보다 한 해 먼저 입사한 선배 동료였다. 그 선배는 이상하게도 그 무렵 어느 땐가부터 횡령 혐의를 받고 있었다. 그때 그는 그 선배가 아무런 횡령도 하지 않은 깨끗한 선배였다는 것을 알고 있었다. 그럼에도 그 선배는 자신의 횡령혐의에 대해 아무런 변명을 하지 않고 있었고 숫제 그런 것은 나와 상관없고 한갓 뜬 소문에 지나지 않는다는 대범한 태도를 보였다. 그러나 그것은 잘못된 전략이었다. 선배는 그런 소문에 대해 적극 해명해야 했던 것이었다. 그는 그것은 그 선배의 점잖은 성격, 이를테면 자신이 살기 위해 남을 해하지 않는 성격 때문이라고 생각했다. 그래서 그는 직장 생활을 잘하려면 상대를 꼬집을 줄도 알아야 한다고 생각했던 것이었다. 그것은 경쟁이라는 면에서 부정적인 면만 있는 것은 아니었다.

그는 선배가 아무런 잘못이 없다는 것을 알고 있었지만 주변의 분위기상 그 선배를 위해 감히 나설 수가 없었다. 그것이 잘못이라는 것을 알고 있는 것은 그뿐만이 아니었다. 자신의 주변의 동료들도 다 알고 있었다. 그렇지만 그들 역시 누구도 진실을 말하려고 하지 않았다. 다만 자기가 무사하다는 것에만 관심이 있을 뿐 타인이 어떻게 되든 그것은 상관이 없는 일이었다.

결국 그 선배는 해고당함으로써 다른 모든 계원係員들은 무사할 수가 있었다. 그는 그때 선배를 위해 나서지 못한 것이 자신이 비겁하고 용기가 없었기 때문이라고 생각했다. 중늙은이 사내는 그 선배가 희생양이 되어 떠난 후 직장을 제대로 갖지 못한 채 국제시장에서 장사를 하고 있다는 것을 듣고 있었다. 그보다도 훨씬 능력 없고 실적이 없는 사람은 살아남았는데 유능한 그는 살아남지 못하고 희생양이 된 것이었다. 그는 그런 모습을 보며 세상은 반드시 옳은 것이 다 승리하는 그런 곳이 아니라는 비겁한 생각을 하게 되었다. 그 후 그는 그 어려운 때도 용케 살아남아 매일같이 은행에 출근하고 있었지만 결코 승진 같은 것은 하지 못했다. 그는 그 사실을 생각하자 또 입술을 조금 열고 씁쓸히 웃었다.

그리고 그가 또다시 여수를 찾았던 것은 나이 오십이 지나서 어머니를 두고 수술을 할 것인가 말 것인가 참으로 결정 내리기 어려운 갈등에 시달렸을 때였다. 어머니를 수술해 드려야 하는 것일까? 아니면 그냥 두어야 하는 것일까? 어머니의 머리에 큰 혹이 자라고 있었다. 의사가 수술은 할 수 있다고 했다. 그러나 그 후론 장담할 수 없다고 했다. 어떻게 하면 좋은가. 수술을 않고 그대로 두면 어머니는 최소한 1년 정도는 버틸 수 있다고 했다. 그러나 수술 후유증으로 잘못하면 수술 직후 돌아갈 수도 있다고 했다.

결혼 않고 있는 그에게 어머니는 이 세상의 전부였다. 그는 정말 결단을 내릴 수 없었다. 그때 그는 그 너무도 힘든 결정을 앞에 두고 마구 도망치고 싶었다. 그때 또다시 생각한 것이 여수였다. 여수에 가면 무언가가 있을 것 같았다. 여수에 가면 그가 지금 겪고 있는 이 내릴 수 없는 결단도 해결할 수 있을 것 같은 무언가가 있을 것 같았다.

그는 그때 여수를 향해 가면서 여수까지 가는 이 길이 한없이 멀어서 이 결단을 한없이 뒤로 미루고만 싶었다. 결국 그렇게 결단을 내리지 못한 채 어영부영하다가 그는 어머니의 수술 시기를 놓치고 말았다. 그의 어머니는 의사 말대로 결국 1년 후 고통 속에 세상을 뜨고 말았다.

'왜 그랬던 것일까? 왜 그때 어머니를 수술해야 한다고 강력히 주장하지 못했을까?'

그렇게 후회하며 자포자기하기를 할 때도 그는 다시 여수를 생각했다. 왜 그런 생각이 들었는지 몰랐다. 그는 그곳에 가면 무언가 있지 않을까? 그곳에 가면 내 이 마음을 헤아려주는 그 무엇이 있지 않을까? 아니 그것을 넘어 그는 여수라는 데가 묘하다는 생각을 했다. 무어랄까? 아득한 그리움 같은 것, 여하튼 중늙은이 사내는 자신이 괴롭거나 외로울 때면 고교 시절 찾았던 그 여수를 잊지 못했다. 외롭거나 괴로울 때면 그 여수가 생각나고는 했고 여수가 생각나면 망설이지 않고 여수를 찾았다. 그때 어머니를 보내고 여수를 찾았을 때는 그는 여수에서 며칠간을 머물렀다. 어머니를 보내고 어머니를 소홀히 했다는 자책감으로 그는 얼마나 괴로움에 몸부림쳤던가? 그리고 그는 어머니 살아생전에 결혼하지 않은 것에 대해 얼마나 자책했던 가? 어머니를 구하지 못했다는 자책감으로 그는 자신을 쥐어뜯고 벽을 치고 우울증에 빠져 한참을 방황 속에서 보내야 했다.

어머니 수술에 대한 갈등에 결단을 내리지 못하고 여수를 찾았을 때 그는 여수 앞바다를 바라보았다. 그리고 어머니를 보내고 나서 다시 여수를 찾았을 때도 그는 역시 여수항에서 들고나는 배들을 무심코 바라보았다. 그런 배들의 모습에는 어떤 원망이나 미움이 없는 것 같았다. 그냥 때가 되면 들고 때가 되면 나는 저 배들은 그에게 모든 것을 내려놓으라고 외치는 것 같았다. 무슨 딱히 일이 해결되는 것은 아니었지만 그렇지만 한참 여수 바다와 배를 바라보노라면 저절로 마음이 가라앉는 것이었다. 원망과 미움이 사라지는 것을 느꼈다.

　버스는 순천을 향해 다가가고 있었다. 서서히 순천의 모습이 보였고 차들도 점점 많아졌다.

　그리고 그가 다시 여수를 찾았던 것은 자신이 은행을 퇴직하고 나서 쉬고 있던 때였다. 그때 그는 기차로 순천까지 와서 다시 순천에서 여수행 기차를 기다렸다. 그러다가 근처 한 건어물 상회 앞에서 한참 동안 쌓인 건어물들을 바라본 적이 있었다. 저 건어물들이 바로 지금의 자기와 똑같다는 생각을 한 적이 있었다.

　중늙은이 사내는 그때의 말라비틀어진 건어물들을 생각하며 씁쓸히 입을 벌리다 다물었다. 지나온 세월이 바로 엊그제 같았다. 열등감에 빠져 마치 자신이 3, 40년대의 지식인들에게서나 있었을 고민을 흉내 내며 허우적거렸던 고교 시절, 그리고 전방에서의 그 고된 훈련과 긴장된 생활 속에서도 미쳤다고밖에 할 수 없을 정도로 자신에 대한 문제에만 몰두했건만 하나도 생산적인 것으로는 나아가지 못했던 군 생활, 그런 미지근한 태도는 제대를 하고 은행에 복귀하고서도 마찬가지였다. 직장 생활을 하노라면 남을 꼬집을 줄도 알고 꼬집힘을 당해도 아무렇지도 않게 대하는 무던한 태도를 취할 줄도 알아야 하는데 자신은 그것이 부족했다. 그는 그런 것을 잘하는 사람들을 보면 참 잘하는구나, 저런 사람은 직장 생활에서 꼭 성공할 거야 하는 생각을 하였다. 오랜 기간 은행에 다니면서도 그는 자신이 왜 은행에 다녀야 하는지 알지 못한 채 다람쥐 쳇바퀴 돌 듯 왔다 갔다 반복만을 했다. 어쩌면 그것은 그로서는 최선의 것이었는지도 몰랐다. 고등학교밖에 졸업하지 못한 그로서는 그 정도가 그의 한계였는지도 몰랐다.

그 이후의 은행 본점에서의 생활도 마찬가지였다. 은행원 생활이 몸에 맞지 않았지만 그는 은행을 성실히 다녔다. 그가 꾸준히 다녔던 이유는 오직 나이가 들다 보니 다른 분야에 취업할 수 없다는 생각과 그리고 자신이 가진 능력이라는 것이 사실상 보잘 것 없다는, 이를테면 자신이 하는 일은 나 이외에도 누구나 할 수 있을 것이라는 생각은 그를 그곳에서 떠나지 못하게 하였다.

자신에 대해 뚜렷한 확신을 가질 수 없었던 그는 결혼에 대해서도 마찬가지였다. 같은 은행 여사원들이 그에게 수없이 많은 관심을 보였지만 사내는 자신의 무능력과 흔들리기만 하는 신념으로는 세상과 마주할 수 없다는 생각으로 자꾸만 결혼을 회피해왔다. 자신 같은 거에게는 정말 같이 사는 여자가 불행할 것이라는 생각을 하였다. 그런 한편으로 어쩌다가 들렀던 여수의 한 소녀에 대한 환상이 가득 그의 머리를 채워 그녀와 같은 여자가 아니면 결혼할 수 없다는 생각도 하였다. 여수에서 보았던 그 소녀에의 인상이 너무 커 그 소녀로부터 벗어날 수 없었다. 이상한 일이었다. 그 소녀를 본 이후로 그는 그 소녀가 머리에서 떠나지 않았고 그것은 여자들에 대한 우울한 환상들을 축적하는 것으로 남았다.

그렇게 그는 늘 한발은 진흙 속에 빠져 세상을 살아가는 생활을 해왔다. 사람들은 결혼 않고 있는 그를 그만큼 내공이 쌓여 꽤나 똑똑하고 진실한 사람이 되어 있을 것으로 생각할지도 몰랐다. 그러나 사내는 그때도 그랬지만 지금도 그때 그 자리에서 한치도 벗어나지 못하고 있는 자신을 생각하고는 쓴 입맛을 다셨다. 사람이 좀 똑똑했더라면 분발할 법도 했는데 그는 그 자리에서 뛰쳐나오지 못했다. 그는 가장 보편적인 자연법칙—이를테면 올챙이가 개구리로 변하는—도 따르지 못한 채 그대로 그 자리에 있었던 것이었다.

그가 다시 여수를 찾았던 것은 그가 은행을 그만두고 작은 사업을 벌이고 있을 때였다. 그는 은행을 퇴직하고 건어물 상회를 운영하였다. 친구의 권유에 따른 것이었다. 친구가 건어물 상회를 하다가 그만두고 아들을 따라 미국으로 간다면서 그에게 가게를 헐값으로 넘긴 것이었다. 그는 자신의 퇴직금과 그리고 무엇보다 이 세상 가족이라고는 그 혼자밖에 없는데 무엇을 못하겠는가 싶은 자신감으로, 또 노후를 위한다는 생각으로 그 가게를 인수했다. 더욱이 그는 은행에 있었기 때문에 자영업이 돌아가는 상태는 조금 알고 있었다. 그는 생각 없이 덜컥 친구의 제의를 받아들였다. 그런데 그것이 잘못이었다. 친구의 가게는 빈 껍데기뿐이었고 이미 가게도 오래전에 팔린 것이었다. 친구는 어리숙한 사회초년병인 그에게 이중판매의 사기를 쳤던 것이었고 그는 그 친구의 계획대로 속아 넘어갔던 것이었다. 그가 인수하고 채 석 달도 되지 않아 가게에 대한 실질 소유주의 폭력에 의한 것 같은 강압으로 고스란히 가게를 앗겼다. 그는 빈털터리가 되었다. 친구를 잡아 죽이고 싶었다.

한동안 빈털터리가 되어 친구를 죽이겠다고 전국을 헤매었다. 그때도 다시 찾은 곳이 여수였다. 이번에 그는 좀 다르게 찾았다. 소문을 물어물어 친구를 찾아 전국을 돌아다니다가 어느 날 문득 닿은 곳이 여수였던 것이었다. 그는 끓는 속을 삭이기 위해 온 여수 시내를 이제껏 그래왔던 것처럼 돌아다녔다. 시장, 바닷가, 오동도, 돌산도 심지어는 거문도, 백도 섬까지 화를 삭이기 위해 돌아다녔다. 그러다가 마침내 닿은 곳이 만성리萬聖里 검은 모래 해변이었다. 마래 동굴을 지날 때 그는 여기서 그야말로 만나는 사람이라도 있다면 죽일 것이라는, 아니 보이는 것이 있다면 깨부수어버리겠다는 생각을 하였다. 만성리에 가서도 화를 주체치 못해 그 검은 모래밭을 한없이 왔다 갔다 했다. 멀리 바다를 눈에 담을 수 있을 만큼 담아보기도 했고 그 자리에서 폴짝폴짝 뛰어도 보았다. 그는 그런 강박신경증적인 행동을 계속 반복했다. 그러자 이상한 일이 일어났다. 갑자기 모든 것이 하찮아지고 우스워지는 것이었다. 친구에 대한 분노도 사라지고 자신을 속이고 사라진 친구가 오히려 측은해지기 시작하는 것이었다.

그는 걷고 걷다가 닿은 만성리에서 그만 방황을 끝내기로 하였다. 모든 것이 하찮아지고 자신을 속이고 도망간 친구 놈을 잡아 죽이겠다는 생각도 부질없다고 느껴졌다. 그리고 그는 여수에서 돌아와 은행원이었던 것을 바탕으로 신용대출을 얻어 다시 건어물 상회를 열고 '여수상회'라고 하였다. 그것이 어느 정도 밥을 먹게 되자 어린 사원을 하나 뽑았다. 그리고 그 아이에게 자신에게 충성하면 작은 가게를 하나 내주겠다고 약속했다. 어찌나 열심히 하는지 그 모습을 보고 중늙은이 사내는 흡족해했다.

중늙은이 사내는 그 생각을 하다가 입술을 빙그레 다시 열었다. 그 아이가 똑같이 내 방식대로 직원을 채용하고 다시 가게를 내주고 그 아이의 아이가 또다시 직원을 채용하고 가게를 내주고 그러면…… 그는 비록 넓지는 않지만 자신이 얼마 가지 않아 나라의 한구석을 쓸 수도 있을 거라는 생각을 하였다.

차는 여수에 다가오는 것 같았다. 순천을 지났고 곳곳에 간판들이 순천에서 여수와 관련 있는 이름들로 바뀌고 있었다. 중늙은이 사내는 문득 오늘은 오동도를 다시 가서 어쩌다 오동도에서 만났던 그때 그 소녀를 그 자리에서 한없이 기다리고 싶었다. 그는 문득 차창 밖을 바라보았다. 하늘은 맑았고 한 입 베어먹은 사과 같은 구름 한 조각이 엷게 떠 있었다.

이윽고 버스가 주차장에 다다랐다. 중늙은이 사내는 버스에서 내리자마자 망설임 없이 오동도를 찾았다. 그리고 오동도 등대 위에 올라 저 멀리 바다를 한없이 바라보았다. 오늘따라 여수 바다는 유난히 창창했고 천고의 뒤에 백마 타고 오는 초인처럼 그가 그토록 듣고 싶었던 그 무언가를 그에게 일러주려고 하는 것 같았다.

정선아리랑

내 임지가 그런 곳인 줄 애초 알았다면 나는 결코 빽을 써서라도 거기는 가지 않았을 것이다. 동사무소의 말단 서기로 있는 내가 시청의 보건사회과 직원으로 발탁될 때까지만 해도 나는 뭔가 수상한 구석이 있는 것이 아닌가 싶은 생각을 안 한 게 아니었다. 아닌 게 하니라 내 예감은 적중했던 것이다. 재수 없게도 나는 그 누구도 꺼려하는 화장막 근무를 명받았던 것이었다. 나이라도 지긋했다면 또 모르지만 사십도 안된 놈이 매일같이 십수 명씩 죽어나가는 이 화장막 근무를 하자니 온 정신으로는 못할 노릇이었다. 일이 끝나고 나면 술을 폭음해야 했고 그 결과 나는 반년도 못가서 술에 절어 내 몸에 이상을 느끼고 병원을 찾게 되는 신세가 되고 말았던 것이었다.

6개월쯤 지났을 무렵, 나는 도저히 견딜 수 없는 압박감으로 시청의 과장을 찾아가 나의 처지를 호소하고 전보를 시켜줄 것을 요청했지만 그런 내 주장은 보기 좋게 까뭉개지고 말았다. 머리가 그 무슨 대가리처럼 홀랑 까진 과장은 1년도 안된 사람을 어떻게 전보시키겠느냐며 핏대를 올리는 것이었다. 그렇잖아도 장마의 후유증으로 골치 아파 죽겠는데 별게 와서 다속 썩인다는 투였다. 그렇지만 그는 능수능란했다. 실컷 핏대를 올려놓고

넉넉잡고 1년만 기다리면 그때 가서 다시 생각해보자는 것이었다.

이런 일을 하는 데는 무엇보다 시신을 보고서도 염을 하는 사람처럼 아무렇지도 않게 사물 다루듯 냉정하게 처리할 수 있는 능력이 필요했다. 나 같이 비위가 여린 놈은 꼭 매일같이 벌레를 씹는 것 같아서 하루도 소화가 제대로 되는 날이 없었다. 많이 하면, 많이 보면 마음의 면역성이 생긴다고 하지만 그것도 일 나름이지 사람이 죽어가는 것을 매일같이 본다니, 그것처럼 무섭고 공포심에 사로잡히는 것도 없었다.

문제의 그 건물은 사라센의 건물처럼 가운데 돔 장식이 돋보였는데 숲속 그늘에 가려 우중충하게 잠겨 있는 모습은 그대로 죽음의 가교 역할을 하는 곳을 표시하지 않더라도 충분히 그런 분위기를 연출해내고 있었다. 흔히 화장막이라고 불리는 그곳에 배치된 정식 직원은 나 혼자였다. 나머지 일곱 명의 화부들이 일용 잡급직으로 근무하고 있었기 때문에 실질적인 관리 책임자는 나 혼자였지만 오전과 오후 두 차례 일을 끝내고 나면 화부들이 죽도록 곤드레만드레가 되어버리는 것을 봐서는 나 못지 않게 그들도 어지간히 이 짓에 공포를 느끼고 있음에 틀림없는 것 같았다.

요행히 공치는 날도 없었던 것은 아니었지만 이곳에서는 극히 드문 1년에 한번 있을까 말까한 일이었다. 때때로 일을 하고 있으면서도 위안을 받는 것은 먹 같은 세상에서 그래도 제일 공평무사한 것은 '죽음'이라는 것이었다. 죽음은 똑같이 덜도 아니고 더도 아닌 공평하게 초래하는 우주적인 질서였던 것이었다. 오래된 간장 냄새가 배인 것 같은 시체를 볼라치면 세상은 불공평해도 그래도 하늘은 공평하구나 하는 것을 느끼고는 했다.

내가 이 화장막 근무를 하면서 처사를 만난 것도 따지고 보면 죽음이라는 이 세상 최대의 공평한 단어가 가져다주었던 것이었는지도 몰랐다.

"따르릉."

전화를 받는 것은 언제나 꺼림칙한 일이었다. '공원입니다. 어느십니까?' 하면 대뜸 전국의 소문난 유흥가인 'ＯＯ동입니다' 또는 '자장면집입니다' 하고는 유유히 전화를 끊는다. 장난 전화임을 알고 수화기를 놓으면 어느새 이마에 식은땀이 흐르고 가슴 한쪽이 무너지고 있음을 느낀다.

그날 나는 오전 오후 합쳐 세 번째 일을 치르고 난 뒤 장난 전화를 받고 있었다. 장난 전화는 자주 있었다.

"여보세요, 화장막입니다. 어디십니까?"

아니나 다를까,

"여기 청량리 88번지입니다."

그러더니 '흐잇' 하는 웃음소리와 함께 찰칵 끊어버린다.

"빌어먹을, 강원도에 청량리가 웬 말이야."

"허 주사, 뭘 그래요, 그까짓 장난 전화 갖고."

내가 화난 얼굴로 사무실의 유일한 집기인 책상을 신경질적으로 툭 차자, 화부인 최 씨가 누런 이를 드러내며 웃는다. 그의 잇새에 낀 고춧가루가 시각을 괴롭혔다. 그런 전화를 받을 때면 목이 칼칼해지고 마른기침이 나왔다. 다른 화부들은 사무실에 딸린 숙직실에 들어앉아 화투를 하는지 쌍코피니 망통이니 하는 소리가 동떨어진 삶의 소리처럼 들려왔다.

"빌어먹을, 후딱 세월이 가버려야지 이거 원."

"그래도 여기서 근무했다는 것이 추억으로 남을 테니 두고 보슈."

또 다른 화부 김 씨가 말했다.

창밖은 해무가 잔뜩 낀 것 같은 날씨였다. 작업이 드문 이런 날은 괜히 따분하고 다른 할 일도 마땅히 없어서 우리들에겐 오히려 불안했다. 사무실의 요일별 소칠판 위에 걸려 있는 '명성한의원' 기증의 낡은 벽시계에서는 오후 5시를 향해 가고 있었다.

"따르르릉."

우라질 놈의 전화 우째 전화가 오늘따라 이리도 많지. 나는 잠시 전화를 받을 것인가 안 받을 것인가 망설이다가 수화기를 들었다. 오는 전화를 받지 않을 수는 없었다. 화장처리를 묻는 전화도 적지 않았기 때문이었다.

"따르르릉."

나는 '또 장난 전화겠군' 싶어 궁시렁거리며 느긋하게 굴다가 수화기를 들었다.

"여보셔요. 화장막 공원입니다."

아니나 다를까,

"여기 자장면집입니다."

나는 수화기를 든 채로 멍하니 밖을 바라다보았다. 빌어먹을

"허 주사, 무슨 전화길래 수화기도 내려놓지 않고 멍청히 있어요. 정신 나간 사람처럼."

그제서야 나는 정신이 돌아온 사람처럼 멋쩍게 수화기를 내려놓으며 말했다.

"또 장난 전화요. 오늘 벌써 다섯 번째요."

"날씨 탓이요 날씨 탓, 날씨마저 사람 속을 뒤집네 그래."

"하느님이 심심해서 그래요."

그러나 이런 실없는 잡담은 두 번의 작은 경적소리 때문에 뚝 그치고 말았다. 시경市警의 기동대 차량이 이 죽음의 집으로 들어서고 있었기 때문이었다. 화장막 한 구석에 허름하게 지은 법의감정위원회 부검실로 가려는가 보다 하고 무심하게 바라보고 있는데 뜻밖에도 차는 우리 사무실 앞에 와 멎었다. 나뭇잎 두 개를 단 순경과 구청 직원이 내려와서 병원의 사망확인서, 시경의 무연고 시신 확인서, 그리고 구청의 화장처리 공문을 함께 내밀

었다.

－김○○ 1956년 7월 10일생. 1996. 8. 23 사망. 교통사고, 행려, 무연고

이름 같아서는 아는 사람 같기도 생각했지만 그러나 늘 경험해 왔듯이 이 너른 땅에 이름이 같은 사람이 어디 한두 사람일까.

화부들이 줄에 꿴 굴비처럼 우르르 나와서 기동대 차량에 있던 관을 꺼냈다. 관은 막 짠 듯 틈새가 보일 정도로 엉성했다. 누군가의 지시로 몇 번 따보았던 것 같았다. 시청직원과 경찰관은 수속이 어서 끝나기를 기다렸다.

그러나 내가 그를 처사로 알아보게 된 것은 이름과 생년월일을 적고 주소와 본적지를 옮겨 적을 때였다.

－강원도 정선군 남면 가리왕리 산 ○번지 ○적사

아니, 그렇다면 바로 김 처사가 아닌가. 나는 갑자기 와닿는 생각으로 불현듯 차를 타고 온 사람 가운데 아는 사람이 있는가 싶어 둘러보았다. 그러나 구청 직원과 경찰관 한 명만이 입회해 있을 뿐이었다.

나는 퇴근 시까지 마치기 위해 서둘러 일을 처리하려던 것을 잠깐 정지시키고 관을 안치실에다 두도록 화부들에게 일렀다. 경찰관과 구청 직원에게는 오늘 너무 늦어 내일 처리하겠다고 말하고 돌려보냈다. 이런 일이 처음인 듯한 경찰관은 좀 미심쩍어했지만 익숙한 동사무소 직원은 의심할 것이 못 된다는 듯 잽싸게 수속을 기다리는 경찰관을 데리고 나갔다.

그들이 가고 난 뒤 나는 그들이 내민 병원의 사망신고서와 구청의 사망처리신고서를 다시 한번 쳐다보았다. 틀림없이 그가 그때의 처사가 맞는가 싶어서였다. 무연고라니? 그렇다면 그의 종형도 어떻게 되었다는 말인가?

나는 서류를 보며 보고 또 보고 거듭 확인해 보았지만 그가 김 처사임이 틀림없었다. 나는 잠시 머리를 뒤로하고 몸을 의자받이에 기댔다. 눈이 크

고 눈썹이 유난히 짙은 처사의 잘생긴 얼굴이 내 앞을 커다랗게 오버랩되었다.

'결국 죽고 말았구나.'

내가 그를 만났던 것은 정선 가리왕산의 한 내사를 오르는 길에서였다. 봄날 오후 괴물 같은 나무들이 그림자를 만들며 음울한 산야를 만들고 있는 산길을 걸어가면서 나는 사람이 공부하지 않고 사는 길은 없을까 생각하고 있었다. 또 공무원 시험에 떨어지고 만 것이었다. 이거 원 남들은 고시 공부를 한다는 명분으로 산이라도 찾는 것이지만 나는 공무원 시험, 그것도 가장 낮은 9급 시험에 낙방해 비참하게도 산을 찾는 것이었다.

나무들은 내 눈에는 모두 괴물같이 보였고 구불구불한 산길은 힘들고 험해서 그대로 걸어서 죽음까지 이어졌으면 싶었다. 어디선가 시조새 울음 같은 소리를 내며 장끼가 푸드덕거리며 날았고 나는 그것마저 속상하게만 보였다. 나만이 경쟁 대열에서 탈락해서 관중이 나가버린 텅 빈 운동장을 뛰고 있는 꼴찌 같았다. 나는 한쪽 바위에 앉아 올라온 길을 내려다보며 기막힌 내 신세를 생각하고 앞으로 어떻게 해야 하나 하고 골똘하게 생각에 잠겨 있었다. 그러다가 나는 나만큼이나 비참한 모습으로 걸어 올라오고 있는 사내를 발견하고 순간적이나마 동류의식을 느꼈는데 그 동류의식은 그의 옷이 너무 남루하여 아무리 비약한다 할지라도 '너보다야' 하는 얄팍한 우월감이 솟아났기 때문이었다. 그는 거기까지 급히 가야만 하는 필연성을 가진 사람처럼 내 앞에 오자마자 대뜸

"형씨, O적사 가는 길이 이 길 맞소?"

하고 숨이 찬 목소리로 급하게 물었다.

"네, 그렇소."

나는 그의 거친 호흡 속에 흘러나오는 소리만큼이나 거칠게 대답했다.

그는 좀 지쳐 보였고 눌러 쓴 밀짚 벙거지 옆으로 흘러내리는 땀이 머리의 무게를 더해주는 것 같아 보였다.

바삐 가려는 그를 향해 나는

"마침 거기 가는 길인데 동행합시다."

하고 말을 걸었다. 그래서 우리는 아직도 올라온 길만큼이나 더 걸어야 하는 산행을 동행했다. 그는 가볍고 작은 배낭 하나를 짊어졌을 뿐 특별한 분장은 없었다. 그래서 내가 들고 가던 빈 물통 하나를 대신 들어주었는데 꼴 보다는 달리 상당히 건장했고 자세히 쳐다보니 지쳐보여서 그렇지 남자인 내가 보기에도 상당히 잘생긴 얼굴이었다.

우리는 오르면서 서로 간 통성명을 했고 알고 보니 우리는 동갑내기에 고향도 서로 멀지 않다는 것을 알았다. 그의 고향은 강원도 정선의 가리왕산 밑 한 산골마을로 그의 말로는 이제야 마을에 전기가 들어오고 하루 세 차례 다니는 버스가 시작된 골짜기라고 했다. 이런 이야기에서부터 시작해서 우리는 상황은 다르지만 서로가 비슷한 처지에 있다는 것을 알고 조금씩 속을 열어가기 시작했는데 우리가 서로 궁금하게 여겼던 것은 우리는 왜 이 O적사를 오르지 않으면 안되었던가 하는 것이었다.

"중이 되려고 그럽니다."

그는 내가 묻지도 않았는데 내 속을 들여다보는 것처럼 말했다. 그의 대답은 너무도 직설적이었고 단호했다.

"특별한 이유라도 있습니까?"

그의 말이 너무도 힘 있고 단호했기 때문에 그만큼 내 말은 주눅이 들고 힘이 없었다.

"그냥 중이 되고 싶어서 그럽니다."

그는 듣는 사람으로 하여금 신념을 느끼게 만들 만큼 자신이 중이 된다는 것에 사명감을 가지고 있는 사람처럼 말했다.

"하필이면 O적사를……"

큰 절도 아니고 그것도 이런 아무도 알지도 못할 깊은 내사에 중이 되고 싶어 찾아간다는 말을 듣고 나는 그의 신념과는 달리 너무도 초라한 O적사를 생각해내고 물었다.

"O적사에 종형이 주지로 있습니다."

역시 그의 대답은 단호했고 씩씩했다. 그의 말을 들으면 언제나 분명하고 가능성만 있지 어물쩍이나 중간은 있는 것 같지 않았다.

그의 신념이 너무도 확고해 나는 그에게 궁금한 점이 많았지만 나는 더 이상 물어볼 수 없었다. 그가 내가 O적사로 가는 이유를 물어볼까 싶었기 때문이었다. 9급 시험에 떨어져 차마 공부하러 간다고는 말할 수 없었다. 너무 부끄러웠다.

아무튼 그는 중이 되는 수업을, 그리고 나는 달에 쌀 한 말을 주기로 하고 그 사찰 한 토방에 기숙하기로 했다. 우리는 아침저녁으로 식사를 하기 위해 한두 차례 만나는 것을 제외하고는 거의 만나려 해도 만나지지 않았다. 어쩌다 밤중에 소피보러 가다 만나면 그는 피식 웃거나 '공부 잘해요?' 하는 정도가 고작이었다. 한 날은 그런 그가 무슨 이유에선지 한밤중에 나를 찾아왔다. 보니 그는 어디서 했는지 술을 한잔 걸친 표정이었고 눈 주위가 벌겋게 상기되어 이미 적잖게 전주가 되어 있는 것 같았다.

"처사님은 그래 고향이 어디요?"

"원적은 경상도 울진입니다만 지금은 가족 모두 정선에 있습니다."

"별은 달아 봤소?"

그의 질문은 좀 퉁명스러웠고 엉뚱함이 묻어 있었다. 반듯하게 흘러내린 머리칼과 창백한 이마와는 달리 그의 눈과 볼은 붉게 충혈되어 있었다.

"별이라니요?"

"닭장에는 가봤느냐 그거란 말이요?"

"닭장이라니요?"

내가 점점 의아한 표정으로 그를 바라보자 그는 내가 그가 생각한 만큼의 인물이 아니라고 생각했는지 한참 동안 나를 뚫어져라 쳐다보았다.

"이 시대가 갖는 아픔 같은 것은 생각해 봤소?"

"이 시대가 갖는 아픔이라니요? 어디 누가 아픕니까? 혹 그쪽께서 지병이라도 갖고 있다는 말인지요?"

"그래 학교는 어디까지 나왔소?"

그는 거듭 의문만 발하는 내가 안타깝고 측은한지 갑자기 경멸하는 듯한 얼굴로 나를 바라보았다. 그런 그의 눈빛이 너무도 강렬했기 때문에 그 앞에 나는 고개를 숙이며 주눅이 들었다.

최소한 오늘날의 젊은이가 갖는 시대적 고뇌 정도는 나눌 수 있는 젊은이로서의 기본은 갖추어져 있어야 했는데 강원도 산골에 처박혀 있던 나는 그런 걸 모르고 있었던 것이었다. 나는 부끄러웠다. 바로 운동권인가 뭔가 하는 그것이 바로 앞에 있는 처사를 두고 하는 말이라는 것을 알았을 때 나는 같은 젊은이로서 정말 쥐구멍이라도 있으면 들어가고 싶은 심정이었다. 그런 것이 내게는 모두 안개 너머로 보이는 물체처럼 흐릿한 것이었고 어떻게 해서든 이번에만은 공무원 시험에 합격해서 군대를 다녀와 별 볼 일 없이 몇 년째 빈둥빈둥 놀고 있는 내가 집안에 어떤 방법으로든 도움을 주어야만 한다고 나는 생각하고 있었다. 그는 점점 무리한 답을 요구하였다.

"결혼은 하셨수?"

역시 경멸스런 말투였지만 나는 아무 반감도 갖지 못하고 공손히 대답했다.

"손이 귀한 집이라서 본의 아니게 일찍 결혼해야만 하였소."

"애는 있고?"

"아직 없습니다."

"애를 낳지 마시오. 당신 같은 사람 애를 낳아봐야 당신 같은 사람밖에 더 낳겠소."

그것은 정말 악에 받쳐 경멸에 가까운 소리였지만 나는 그의 나에 대한 경멸을 이해하는 편이었으므로 묵묵부답인 채로 앉아 있었다. 자신에 대한 자존감을 갖지 못한 취직 못한 사내는 정말 대꾸할 생각조차 못하고 있었다. 그러나 내가 그로부터 보다 많은 대화를 끌어낼 수 있었던 것은 아마 나의 이런 무던한 태도였던 때문인지 모른다. 그의 경멸에도 내가 아무런 반감 없이 대꾸가 없자 그는 자신이 좀 지나쳤다고 생각했는지 다소 성의를 가지고 말을 많이 했다.

그날 내가 그를 통해서 알게 되었던 것은 그가 말로만 듣던 운동권 인사로 경찰의 눈을 지금 피해 다니던 끝에 이곳까지 오게 되었다는 것과 주지인 종형의 뒷받침으로 대학에 가게 되었고 대학에 가서는 음악에 관심이 깊어 작곡을 전공했다는 것이었다. 음악과 운동권? 아무래도 가까이 있는 것은 아니었다.

그날 밤 그는 그렇게 돌아갔다. 그렇게 돌아갔지만 그가 내게 남긴 충격은 여간 큰 것이 아니었다. 그것은 실로 강원도 골짜기에 처박혀 세상 물정을 모르고 그냥 9급 공무원 합격이라는 작은 꿈을 가지고 살아가는 내게는 새로운 세계로의 눈뜸이었고 내가 나에게서만 머물고 있는 것은 이기주의 이외 아무것도 아니라는 자성을 불러일으키게 하였다.

그와 그런 일이 있고 나서부터 나는 점차 그를 존경의 눈으로 바라보게 되었다. 그도 나를 처음 대하는 것보다는 상당히 예의를 갖추어 대하였고 내가 공무원 시험에 합격할 수 있도록 은근한 배려, 이를테면 불을 때준다던지(산에서는 여름이라도 한 번씩 불을 때 주어야 했다). 아침 일찍 일어날 수 있도록 내 방 앞에서 목탁을 두드려준다던지 하는 일들을 자기 일처럼 해주었다.

며칠이 지난 어느 날이었다. 그가 갑자기 보이지 않았다. 그러다가 다시 나타난 것은 계절을 넘어 더위가 다소 느슨해지던 9월 초순 무렵이었다. 그는 전보다 더욱 남루해 있었고 눈도 조금 들어갔고 몸도 야위어 있었다. 나를 처음 보는 순간 씩하고 웃었다.

내가 걱정스럽고 불안한 눈초리로 그를 바라보자 그는 왜 자기가 그런 눈의 대상이 되어야 하는지 모르겠다는 듯 오히려 나를 위하여 공무원 시험 걱정을 해주었다.

"그간 어디 계셨다 오셨습니까?"

"네, 잠깐 속세가 그리워 다녀왔습니다."

"여기는 오래 머무를 예정입니까?"

나는 그의 종형이 그를 걱정하는 것을 두고 보아 왔기 때문에 그렇게 물었다.

"아닙니다, 곧 다시 떠날 예정입니다."

"어디로?"

나는 그가 없을 때 그의 종형이 그를 걱정하던 것을 다시 생각하며 물었다. 그는 잠시 생각하는 것 같더니 이내,

"민주사회를 위해 일해야지요."

하고 말했다. 그가 말하는 민주사회란 것이 무엇인지 몰랐으나 아무튼 그는 나와는 차원이 다른 세계에서 살고 있었다. 그리고 그가 바라는, 그가 생각하는 그의 신념대로 살아가길 작정했던 것 같았다.

그런 그를 나는 거의 달포 가량을 곁에서 두고 보았다. 그러던 어느 날, 그는 그의 종형이 하산 길을 말렸음에도 고집을 피우고 있었다. 내용인즉슨 주지 스님은 지금 내려가면 시끄러우니까 좀 더 시간을 가지고 있다가 내려가라는 것이었는데 그는 지금 한시가 급하다며 내려가야 한다고 맞서고 있는 것이었다. 그가 내려가려고 하는 고집이 가관이었다. 지금 아니면 세상을 뒤집을 기회가 없다는 것이었다. 결국은 내려가면 두 번 다시 올라올 생각을 말라는 종형의 선언적 반대로 그는 내려가지 않았지만 속으로는 무척이나 고민하는 것 같았다. 사실 살아온 지난날을 본다면 그는 종형의 말을 무시할 수 없는 위치에 있었다.

그는 절에 남아서 종형의 말에 따라 불교음악을 연구하는 것 같았다. 불교음악이라야 범패 정도만 알고 있는 나에게 그는 불교음악이 우리가 생각하는 것 이상으로 넓다는 것을 말하였다.

하루는 내가 한창 9급 문제풀이에 열중하고 있는데 소리가 나서 가만히 귀를 기울였더니 바로 그가 부르는 노랫소리였다. 그가 부르는 노랫가락이 익숙하였다. 나는 그것이 곧 정선아라리 긴 율조라는 것을 알았다. 그가 부르는 소리는 일반의 울림보다 더욱 섬세해서 좀 듣기 거북한 점도 없지 않았는데 뭐랄까, 호소력이 있다고나 할까, 아니면 한이 짙다고나 할까, 그 외에는 크게 들리지 않았지만 참 듣기에 매우 슬픈 한이 맺힌 소리로 들리는 것이었다. 정선아리랑, 그가 어떻게 해서 정선아리랑을 부르게 된 것인지 그가 내뱉는 소리가 왜 그렇게 구성지게 들리는 것인지 그가 불렀기 때문에 구성진 것인지 궁금했다. 나는 슬금슬금 나도 모르게 발길을 소리 나는 대로 옮겼다. 내가 기척을 내자 그가 문을 열고 빠끔이 내다보았다. 우리는 다시 이야기를 나누게 되었다.

"어떻게 익히게 되었어요?"

"그럭저럭 돌아다니다가 알게 되었소."

"그럼 노랫가락 한 자락 들려주실라우?"

그렇게 해서 나는 그가 부르는 정선아라리도 듣게 되었다.

그런데 그 노랫가락이 가관이었다. 문외한인 나에게도 이 정부를 비방하고 대통령을 우습게 보는 것이라는 것쯤은 알 수 있었다. 이 정부가 잘되고 그것에 안주해서 공무원이나 되었으면 싶은 내 생각과는 전혀 조화를 이루지 않는 것이었다. 도대체 그는 무엇 때문에 이런 운동을 마다않는 것인지 고졸 정도의 내 머리로는 이해할 수가 없었다. 나는 그저 세상이 어떻게 돌아가든 9급 공무원이 되면 좋겠다고 생각했고 당장 어머니와 아내 앞에 취직해 당당한 내 모습을 보여주면 좋겠다고 생각할 뿐이었다. 그럭저럭 그와 함께 있다가 해가 또 산 너머로 넘어가고 있었다. 그때였다. 그가 나를 또렷이 노려보며 말을 이었다.

"처사님, 나를 고발하시우."

"네?"

"내가 지금 지명 수배 중인데 나를 고발하시우, 고발하면 상금도 받을 것이고 공무원 같은 것 하지 않아두 일평생 먹고 살만할 게요."

"오늘 처사님이 정말 이상한 말씀을 하시우."

사실 나는 민주주의인지 운동권인지, 지명수배인지 그런 것에는 관심이 없었다. 말이 나온 김에 하는 이야기지만 이 산골에 신문이 있나 텔레비전이 있나 바깥세상과는 담을 쌓고 지내는 편이었기 때문에 설사 정말로 내 앞에 진짜 지명 수배를 받고 있는 자가 나타난다고 하여도 나는 그를 모를 것이었다. 알고 싶지도 않았다. 나의 관심은 다시 생각해도 오직 공무원 시험에 합격해 나 혼자만을 바라보고 있는 엄마와 아내를 편히 해드리고 싶은 마음뿐이었다. 운동권이니 민주주의니 하는 것은 알지도 못했고 관심도 없었다.

내가 정말 알 수 없다는 표정을 짓자 그는 내 무지함이 오히려 좋게 보였던지 빙그레 입을 열었다.

"처사님, 참 순진하십니다. 부럽소."

"네?"

나처럼 이렇게 취직을 걱정하는 처지에 있는 사람을 부러워하다니, 그가 나를 놀린다고 생각했다. 그러나 나의 이런 무지함과 순수함이 좋았는지 그는 술을 마신 사람처럼 말이 좀 많아졌다. 그때문인지 그날 나는 대충이나마 그의 이야기를 또다시 듣게 되었는데 그는 말하는 것이 어찌나 사근사근하고 조리있던지 그의 말을 듣고 있노라면 왠지 듣는 것이 아니라 그의 말에 빨려 들어간다는 느낌을 받았다.

그가 음악도로서 독재 정권과 싸우게 되었던 것은 광화문光化門에서 데모를 하는 사람들을 목격하고서라고 했다.

대학에 갓 입학하고 그는 어느 날 광화문 앞길을 걷게 된다. 거기에서 그는 전경과 데모대들이 대치를 하며 밀고 밀리는 싸움을 거듭하고 있는 것을 보았다. 최루탄이 오가는 가운데 그때 그는 무언가 이상하다는 느낌을 받았다고 했다. 무어가 문제인가? 무어가 문제길래 저토록 많은 사람들이 저렇게 나와서 싸우고 막고 외치는가?

그것은 이제껏 자기가 알아왔던 세계와 전혀 다른 광경이었다. 강원도 한 골짜기에서 평온하게 살아왔던 그는 너무도 낯선 광경에 충격을 받았고 그것은 곧 자신을 돌아보는 계기가 되었다고 그랬다. 자기는 무엇인가 여지껏 종형의 뒷받침 아래 조실부모한 것 빼놓고는 평범하게 자라나 공부에만 전념했고 그 결과 우리나라 유수의 대학을 다니게 되고 그리고 자기가 하고 싶은 음악을 하고 있지 않은가. 한번도 자신의 행동이나 생각에 걸림이 없었던 그는 그 무엇을 위해 싸우고 있는 저들을 보자 충격을 받았던 것이었다. 대학을 갓 입학했던 그는 이제껏 살아왔던 안온했던 삶이 무언가 잘못되었다는 것을 깨달았다고 했다. 자신이 해야 할 일이 무엇인지도 알 것 같았다고 했다. 그가 하는 말로 나타낸다면 올챙이가 개구리로 일시에 확 변하는 것 같은 느낌이었다고 했다. 자기가 알아왔던 세계와는 다른 세계가 이 세상에 있다는 것을 알았을 때 그리고 그것이 밝고 맑고 행복한 세상이 아니라 어둡고 불행하고 고독한 세계라는 것을 알았을 때 그는 그 어두운 세계를 위해서 싸우겠다고 다짐했다.

그는 다음날 학교에 가자마자 학생회 일을 보기 시작했다. 그리고 적극적으로 학생운동을 시작했다. 시작하고 보니 학생운동에도 강경파와 온건파가 있다는 것을 알았고 그는 좀 더 자신의 투쟁을 강하게 하기 위해서 강경파 쪽에서 일을 했다고 했다.

그의 투쟁성을 인정받아 해가 갈수록 차츰 그는 운동권 내에서도 입지를 높여 갔고 그의 빨려드는 듯한 호소력 있는 말투는 학내 구성원들을 움직이기에 충분했다. 그리고 어느 순간 주변의 도움을 받아 그는 학생회장에 입후보해서 당선됐다. 서울에 있다는 그 이유 말고도 뛰어난 그의 호소력 있는 말투는 그를 일약 운동권 중심인물로 등장하게 하는데 충분한 역할을 했다. 그리고 그 자리에 있다 보니 진보인사, 시민운동가, 신부 등 그와 같이 동조하는 사람들과도 자주 교류를 하게 되었다. 그에게는 항상 형사가 따라 붙었고 일거수일투족이 낱낱이 수사기관에 보고되었다. 그것은 군대를 다녀와서도 계속되었다. 졸업해서는 운동권의 보이지 않는 손으로 활동했다.

그 후 전두환 정권 들어 박종철 사건의 진실이 드러나자 그는 주요 인사들과 함께 6월을 기해 일시에 투쟁을 일으키기로 하였다. 서울과 부산의 6월 항쟁은 치열했다. 이 항쟁의 뒤에 그가 있다는 것을 안 전두환 정부는 그를 체포하기 위해 서울 시내 곳곳을 경찰로 채웠고 그는 서울을 빠져나가기 위해 여러 가지 시나리오를 생각하지 않으면 안 되었다. 그는 체포되지 말아야 하는 이유가 있었다. 이 항쟁을 통해 민주정부가 들어서기를 원했고 전 투쟁을 책임지는 한 사람으로서 실패하면 어쩌나 하는 절박감이 있었다. 그의 체포를 우려하는 지인들과 교수들의 도움으로 그는 조금씩 틈을 벌려 나갔다. 그리고 드디어 한 여인의 도움으로(그녀의 부친은 법원의 중견 간부였다고 했다) 서울을 벗어날 수 있었다고 했다. 그 여인의 애인으로 위장한 것이었다(여기서 그는 자책했다. 너무도 급박해서 좀 더 가까이 그녀에게 다가갈 수 없었던 것이 그렇게도 후회된다고 했다. 몇 년 동안 쫓겨다니면서 따뜻한 밥과 그냥 평범한 직장인으로 살았으면 하는 생각이 그리웠다고 했다. 그 여인은 지금 자신과 동기인 한 판사의 아내가 되어 있다고 말했다).

말끝에 그는 이제 때가 되었는지 다소는 결연한 모습으로 말을 이었는데 나는 그가 곧 이 말사를 떠날 것 같은 암시를 받았다.

"팔팔 올림픽도 끝났고 나라도 제대로 굴러가는 것 같고 이제 내 역할도 끝났다고 생각합니다."

"……?"

"이렇게 산속에서 있다 보니 이념이란 허구 같기도 하구 무엇을 위해 내가 이렇게 날뛰어야 했던가 하는 생각도 들구 동지들은 어떻게 되었는지 궁금하기도 하구 여하튼 시간이란 것이 참 묘해요."

"스님은 내려가시면 뭐하시려우?"

"수배가 풀리면 정선아라리나 실컷 부르려우. 아니 아라리 음악관을 하나 만들어서 실컷 음악이나 했으면 좋겠수."

6월 항쟁 이후 대통령 직선제 등 많은 면에서 민주화가 이루어지고 많은 사람이 수배에서 풀려났는데 이상하게 그만이 유독 수배령이 풀리지 않고 있다고 했다. 오히려 무엇 때문인지 국가보안법 사범이라는 족쇄가 하나 더 붙었다고 했다.

"그래도 처사님은 꿈이라도 있지만서두 저 같은 거야 만날 이러구만 있으니 부모님 볼 낯이 없구."

"아니 처사께서 설마 공무원에도 끼지 못한단 말이우?"

"부끄럽습니다."

"열심히 하시면 곧 될 겁니다. 힘내십시오."

"고맙습니다."

"참 이것 하시우. 내게는 필요 없게 될 것 같으니."

그러면서 그는 그가 가지고 있던 염주를 내 앞에 내려놓았다.

"고맙습니다."

"나는 내일 내려갈 생각입니다. 말이 난 김에 하는 이야기지만 처사께서 가지신 그 순순함이 내게도 깨우치게 하는 바가 많았습니다."

"내려가시다니요?"

"내가 아직 수배 중이니 이곳도 안심할 곳이 못 되어서요. 곧 발각될 것 같습니다."

"어디로?"

"아직 정해진 곳은 없습니다만 내려가야만 한다는 것은 분명하지요. 공무원 시험 꼭 합격하시기 바라우."

그러면서 그는 정말 이튿날 아침 내려갔던 것이다(그 후 나는 공무원 시험에 합격했는데 나는 지금도 그가 준 염주의 염력으로 공무원 시험에 합격했다고 믿고 있다). 나는 서랍에 넣어둔 염주를 살짝 꺼내어 보았다. 때가 묻어 검은 윤기가 나고 있는 것은 분명 그가 종형인 주지 스님으로부터 받은 것이었다. 나는 그것을 도로 서랍 속에 넣었다.

나는 그 이후로 결코 그를 볼 수 없었다. 다시 생각나면 올라오겠거니 생각했지 그가 완전히 사라질 줄은 전혀 생각지 않은 것이었다. 다다음 날은 내가 아랫마을로 가서 어머니가 보내준 쌀 한 말을 가지고 올라가는 날이었다. 아침부터 까마귀가 심하게 울더니 웬 낯선 사람 두엇이 나타나서 나에게 묻는 것이었다.

"김○○을 알아요? 그 왜 주지 스님과 함께 있던 남자 말이요?"

그 말이 꼭 형사들의 말투 같아서 그리고 그가 '나를 고발하시우' 하던 말이 언뜻 생각나서 나는 정말 그가 수배 중일지도 모른다고 생각해 엉뚱하게 말해버렸다.

"알긴 하지만 지금은 없습니다. 언젠가부터 보이지 않았습니다."

나는 그가 이틀 전 새벽에 내려갔다는 것을 알았지만 일부러 모호하게 말해 상대에게 혼란을 유도케 하였다.

나에게 별 소득을 얻지 못한 사람들은 그의 종형인 주지 스님에게 달려갔다. 종형인 주지 스님에게서도 별 도움을 얻지 못한 사람들은 그냥 내려간 것으로 알았는데 놀랍게도 오후에는 산사 일대가 경찰들로 주욱 깔렸다. 입산하는 사람들을 비롯해서 일대 산을 샅샅이 훑기 시작하는데 숨어 지내는 사람이 배겨낼 재주가 없을 것 같았다.

나와 주지 스님, 그리고 절에 있는 몇몇 사람에 대한 취조가 다시 한번 더 이루어졌다. 그리고 또 한 무리는 절과 산 곳곳을 샅샅이 뒤지는데 만일 그가 이 절과 산 내 암자를 벗어나지 못했더라면 잡히는 것은 시간 문제라고 생각했다. 그러나 어찌된 셈인지 그가 잡혔다거나 그의 거처가 밝혀졌다는 소문은 들리지 않았다. 그 이후로 그는 나타나지도 보이지도 않았다.

나는 그런 일이 있고 형사들이 하루가 멀다 하고 내사를 오르락내리락거렸기 때문에 공부하는데 방해가 되어 한 달 후에는 기치를 인근 암자로 옮겨버려 그 이후 절이 어떻게 돌아가는지는 몰랐다. 나는 1년을 더 거주하다가 이듬해 9급 공무원 시험에 합격했다. 고향 면사무소에 근무하다가 지금은 시청 공무원으로 근무하게 된 것이었다.

문제는 이 절에 그가 있다는 것을 아래에서 어떻게 알았느냐 하는 것이었다. 알고 보니 큰 절에 있던 종형의 반대파 스님 한 분이 주지 자리를 노리고 그를 고발했다는 것이었다. 나는 이런 스님들에게서조차 주지 자리를 놓고 싸우는 것에 씁쓸한 감정을 가지지 않을 수 없었다. 이후 주지가 바뀌었다는 소문은 듣고 있었지만 종형마저 절에서 사라진 줄은 몰랐다. 나는 그래도 그의 가족이라고는 주지 스님밖에 없다는 것을 알고 있었기 때문에 오래되었지만 불현듯 O적사에 전화를 넣어보았다. 예상대로 전 주지에 대해서 알고 있는 사람이 없었다. 그 주지 스님이 형사들을 따라 아래로 내려간 뒤로는 소식이 없다는 것이었다.

이튿날에도 그의 연고 곧 종형을 찾는데 내가 아는 한 이리저리 노력을 했지만 예상대로 그 종형 스님에 대한 탐문은 더 이상의 진도가 없었다. 나는 냉동고에 두었던 그의 관을 열고 마지막으로 다시 한번 그의 얼굴을 바라보았다. 그의 뺨에 내 뺨을 부볐다. 수척했지만 맑았고 체념한 듯 아니면 모든 것을 내려놓은 듯 평안해 보였다.

비둘기, 작품13

눈을 떴다. 한줄기 빛이 가느스름하게 뜬 내 눈 속을 비집고 들어왔다. 불빛에 여울져간 공간이 희끄무레하였다. 나는 몸을 뒤척였다. 그러나 몸은 물먹은 솜처럼 천근만근 옴쭉도 않았다. 나는 사방을 둘러보았다. 그러나 그것도 잠시 나는 또다시 정신을 잃고 말았다. 내가 다시 깨어난 것은 시체를 밟는 것 같은 악몽을 한참 헤매고 난 다음이었다.

안개 같은 시야가 차츰 맑아져 왔다. 꿈결을 더듬는 것 같은 소리가 좀 더 선명히 들려왔다. 그러나 아직도 머리는 텅 빈 채였다. 나는 그 소리가 지금 나를 구하려고 밖에서 작업하는 소리라고 생각했다. 지금 밖에서는 나를 구출하려는 작업이 한창일 것이다. 가만히 귀를 기울여 보았다. 벌레 소리, 사람 말소리, 나를 찾기 위한 기계 소리…… 더욱더 귀를 기울여 보았다. 그러나 나는 곧 실망하고 말았다. 그것이 탄 기둥이 무너지는 소리라는 것을 알았기 때문이었다. 맥이 풀렸다. 혼자 떨어져 있다는 사실이 두려움을 불러일으켰다. 소리를 질렀다. 애꿎게 입에서만 맴돌았다. 기운을 내야 하였다. 다리에 힘을 주었다. 그러나 다리의 아픔만 더해올 뿐 움직일 수가 없었다.

나는 다시 주변을 둘러보았다. 철철 넘치는 암흑이 가득 치솟고 있을 뿐 갱 안은 죽음처럼 텅 비어 보였다. 둥근 탄 기둥이 한결 내려와 있었다. 안전모에 달린 캡램프 빛이 희멀겋게 여울져간 저쪽에 깊이를 알 수 없는 암흑이 달무리져 있었다. 절망, 무서웠다. 의식의 깨임이 무섭도록 저주스러웠다. 차라리 죽어버릴 것이지, 저 놈의 탄 기둥. 아래쪽 배꼽 근처에서 허긴지 다친 것 때문인지 알 수 없는 통증이 콕콕 쑤셔왔다.

 ─쇄르 쇄르륵

탄 기둥이 무너지는 소리가 한결 가까이서 들려왔다. 찝찝한 냄새가 쏴아하니 흩어졌다. 습했다. 숨이 가빠왔다. 둘러보니 아까보다 더 좁혀 있었다. 얼마 가지 않아 나는 이제는 피할 수 없는 죽음의 계곡에 다다를 것이다. 배가 고팠다. 천정을 바라보며 수를 세었지만 잠이 오지 않았다. 아마 1경(京)쯤 세었을 것이다. 그래도 나는 수의 단위를 높여가며 세었다. 이제 잠들겠지, 잠들면 배고픔도 고통도 모두 사라져버리겠지.

그러나 이 순간보다 앞까지는 나는 이렇게 갱 속에 갇혀 있는 나 자신을 인정할 수 없었다. 이렇게 죽는 것을 인정할 수 없었다. 나는 살아야 했다. 이렇게 젊은 나이에 죽어야 하는 것이 억울하였다. 한 번도 밑바닥 인생을 벗어나 보지 못한 내 인생이 가여워서 견딜 수가 없었다. 갱 속에서 아무도 모르게 죽어갈 내 육신이 너무 불쌍해 견딜 수가 없었다.

나는 별로 크게 죄지은 일도 없었다. 남들에게 당했으면 당했지 결코 내가 남을 가해한 적이 없었다. 나는 그리고 그 알력 다툼에서도 결백했다. 소장은 소장대로 내가 자기편에 들지 않는다고 압력이었고, 조합장은 조합장대로 역시 내가 노조에 가입하지 않고 있는 것에 대해 압력을 가했다. 나는 그 틈바구니에서 희생을 당해 내직에서 이런 외직으로 쫓겨난 것이었다.

그렇지만 나는 살고 싶다. 살아야 했다. 그래 살자. 이를 악다물고 살아야 한다. 이렇게 억울하게 농락당한 내가 사는 것은 정의이고 진리이다. 나는 눈을 크게 떴다. 캡램프 불빛을 악착같이 쳐다보았다. 그러다가 캡램프의 불빛을 놓쳐버리고 말았다.

내가 두 번째 다시 깨어났을 때 나는 내가 아직 죽지 않고 살아있다는 사실에 감격했다. 오 내가 아직 살아있구나. 나의 피는 용솟음치고 나의 세포는 생명현상을 계속하고 있구나. 그리고 꺼진 줄로만 알았던 안전모에 달려있던 불빛도 여전히 빛나고 있다는 것을 알았다. 나는 새삼 꺼질 줄 모르는 생명의 신비함에 감격했다.

'생명의 불빛은 바다 같아서 아무도 그것을 태워버리지 못한다네.'

이상했다. 이 급박한 순간에 이런 낭만적인 시구가 솟아나다니. 온 전신이 쑤시고 아팠다. 숨을 쉴 때마다 가슴이 아프고 답답하였다.

─사르륵 사르륵

다시 한 무더기의 탄 덩어리가 내려앉았다. 무슨 이유 때문인지 캡램프 불빛이 충격을 받아 깜빡했다가 다시 이어졌다. 나는 숫자를 다시 세었다. 하나, 둘, 셋, 넷…… 그러나 오라는 잠은 좀처럼 오지 않았다. 갑자기 이런 내가 짜증이 났다.

도대체 내가 무엇 때문에 이러고 있단 말인가? 왜? 왜? 사실 따지고 보면 누가 잘못한 것도 아니었다. 이렇게 만들어버린 신의 장난이 괘씸할 뿐이었다. 나는 비로소 소리라도 지르지 않고는 견딜 수 없을 것 같았다. 소리를 질러볼까? 실성한 사람처럼 소리를 지른다면 이 숨 막힘이 확 트여질까? 내가 지금 풍선처럼 붕 떠 있는 것 같았다. 팔다리가 마음과 달리 제멋대로 움직이고 있는 것 같았다.

지난 일을 곰곰이 생각해보았다. 그날 나는 단지 내가 평소에 하던 대로 석탄 암반에다 착암기를 대고 작동 스위치를 눌렀을 뿐이었다. 그 순간 나는 폭음과 함께 정신을 잃었던 것뿐이었다. 깨고 보니 나 혼자만이 이 막장에 갇혀 있다는 것을 알았다. 분하였다. 억울하였다. 나에게 부당한 처사를 내린 신이 저주스러웠다.

새삼 살아야겠다는 욕망이 불같이 솟구쳐 올랐다. 살자, 살자, 정신을 차리자. 정신을 차리고 불빛을 보자. 이대로 죽을 수는 없다. 나는 눈을 크게 떴다. 새로운 욕망이 솟는 것 같았다. 그러나 주변은 온통 탄 기둥이었다. 이내 절망감이 몰려왔다. 오오, 절망, 절망, 한기가 느껴졌다. 갱 속에서는 열이 삼십 도도 넘을 텐데 어떻게 한기가 드는지 몰랐다. 이 웬 바람일까? 여기는 사방이 막힌 지하 수십 미터 깊이가 아닌가? 그런데 이 바람은?

─사르 사르륵

또다시 탄 기둥이 흘러내리는 소리가 가까이서 들려왔다. 코를 자극했다. 찝찝했다. 습한 탄 냄새였다. 이 협소한 공간에 혼자 있으려니 생각나는 것이 한두 가지가 아니었다. 과거를 생각하면 속이 시렸다. 나는 땅바닥의 돌, 그것처럼 흔한 사람들 중의 하나일 뿐이었다. 그러나 그것처럼 나의 출생은 그리 흔한 것은 아니었다. 나의 어머니는 경상도 진해 태생으로 해방 전에 필리핀에 정신대로 끌려가 뭇사내들의 성노리개 역할을 했다. 다행히 전쟁이 끝나자 그녀는 한 일본 장교의 호의로 고국으로 돌아올 수가 있었는데 그 대가로 그녀는 그의 씨를 하나 잉태하고 있었다. 그가 바로 형이었다. 언젠가 한일국교 정상화가 이루어지고 일본 굴지의 상사가 우리나라에 들어왔을 때 그때 형의 아버지라는 사람이 한국 지점장으로 왔다.

그는 나를 보자 징그럽게 미소를 흘렸다. 인상부터가 기분 나빴다. 속에서 적의감이 불끈불끈 솟구쳤다. 족바리 새끼, 기분 나빴다. 그는 그 뒤에도 심심하면 찾아와서 엄마의 젖가슴과 엉덩이를 두들겼다. 시든 그것을 가지고 엄마의 입에 문지르고는 했다. 엄마만으로는 부족했던지 그는 이번에는 젊고 예쁜 여자를 현지처로 두고 엄마를 떠났다.

내가 태어난 때는 전쟁이 한창이던 해였다. 엄마는 돌아와서는 남대문 시장에서 구제품 장사를 했는데 얼굴이 반반해서인지 자주 남자들의 눈길을 받았다. 사람들은 엄마를 물이 많은 여자라고 했다. 좋다고 하면 시도 때도 가리지 않고 치마를 벗어 던졌다. 전시의 남대문 시장은 황량하기 짝이 없었다. 대부분은 피난을 가고 어쩌지 못해 남아있는 사람들은 하루하루를 버티어 가기 위해 허우적거려야 했다. 그때 엄마는 시장 한구석에서 해산의 고통에 신음하고 있었다. 바람은 불고 미처 팔지 못한 물건들은 바람에 날리고 그녀는 고통 때문에 물건들을 챙기지 못한 채 모성애로 그나마 나를 낳을 곳을 찾아서 엉금엉금 기어가고 있었다. 그녀가 찾은 곳은 폭격 맞은 흔적이 그대로 드러난 서울의 한 옛날 가옥 처마 밑에서였다. 그녀는 자기가 입은 외투로 나의 요를 만들고 거기에서 나를 낳았던 것이었다. 나는 태어날 때부터 덕이 없는 놈이었다. 엄마가 그 추위에 그렇게 산통에 시달리고 있는데도 지나가는 누구 하나 도와주는 사람이 없었다고 했다.

엄마 말에 의하면 내 아버지는 남대문 시장 염색가게의 주인이었다고 했다. 주로 미군 작업복을 염색해 입었을 때였으므로 장사는 꽤 번창해 직공도 두서넛 둔 모양이었다. 그는 약간의 재산으로 여자들에게 군림했고 나와 같은 배다른 아이들이 몇 명 더 있었다. 그는 벌어놓은 재산이 아까워 피난을 가지 않고 있다가 인민군에게 살해당했다고 했다. 결국 형의 아버지는 있지만 나의 아버지는 없는 셈이었다. 그러나 나는 아버지가 죽었기 망정이지 살아 있었다면 그를 경멸하다 못해 죽였을지도 몰랐다.

나에겐 씨 다른 여동생이 하나 있었다. 사실 씨 다른 여동생이 또 하나 더 있긴 했지만 그 아인 어려서 죽었다. 모두가 엄마에게는 너무도 잘 포장되어 있었다. 살기 위해서는, 너희들을 먹여 살리기 위해서는 어쩔 수 없었다고 그녀는 임종 때 말했다. 죄 많은 여자라고 스스로 말하면서 우리 삼 남매가 서로 도와가며 살라고 유언을 남겼다. 나는 그 말을 듣고 웃음이 나와 견딜 수가 없었다. 아이러니였다. 죽어가는 사람을 보고 웃음이 나오다니.

형과 나는 아무튼 같은 배에서 나온 형제라지만 근본부터가 달랐다. 그 날은 지독히도 재수가 없었다. 학교 가는 길에 수도관을 쌓아둔 곳에서 놀다가 아랫도리를 타마유油로 떡칠을 했다. 기분이 나빠서 학교에 가지 않았다. 점심때가 되어서 점심을 수도관 안에서 까먹고 한숨 늘어지게 잤다. 꿈을 꾸었다. 꿈속에서 엄마가 목매달아 죽는 꿈을 꾸었다. 옷을 털고 가만 앉아 있으려니까 형이 다가왔다. 형은 다짜고짜 오더니 나를 두들겨 패기 시작하였다. 왜 학교에 가지 않았느냐? 너 때문에 내가 엄마한테 얼마나 욕 들어 먹는 줄 아느냐? 그러나 그것은 핑계였다. 엄마는 한 번도 내가 학교에 갔는지 가지 않았는지 묻지 않았다.

비겁한 새끼. 나는 형에게 맞기 싫어 대들었지만 언제나 약한 쪽은 나였다. 내가 거품을 물고 죽는 흉내를 내자 그제서야 형도 좀 두려운지 그만 두었다. 나는 늘 형에게는 장작이었다. 그는 심심하면 두들겨 팼다.

형의 말도 그랬지만 내가 생각하기에도 나는 좀 재수가 없는 놈이었다. 그날 해 질 무렵에 공중변소에 똥 누러 가다가 사람 똥을 밟았다. 미끄러져 옷을 진탕 버렸다. 형이 그것을 보고 비웃었다.

'빙신 새끼'

나는 형의 입가에 맴도는 비웃음이 생각나자 그만 죽고 싶어졌다. 하필 사람 똥을 밟을 게 뭐람. 같은 값이면 재수 좋게 소똥을 밟지, 종이로 옷에 묻은 똥을 닦아내니까 냄새가 났다. 똥 누러 변소에 들어가 앉았는데 옆에서 구더기가 불럭불럭 기어 다녔다. 죽을 맛이었다. 신으로, 발로 마구 올라왔다. 천정을 바라보니 2년 전에 목매달아 죽은 여자가 죽을 때 매단 끈이 그대로 있었다. 아까 꿈이 생각났다. 나도 저 끈에 목을 매달아 버릴까? 지독히도 재미없는 세상, 죽고 싶은 생각이 울컥 났다. 나는 한참 동안 목매달아 죽을 것인가 아닌가로 고민을 하다가 나왔다.

문을 열고 나오니 갑자기 시원한 바람이 똥 빼는데 용쓴 땀을 식혀 주었다. 햇빛에 반사되어 반짝반짝 빛나는 것이 있어 바라보니 놀랍게도 대통령 얼굴이 들어 있는 100환짜리 동전이었다. 재수 없는 나에게도 이런 행운이 있다니. 주운 돈은 일찍 사 먹지 않으면 도로 잃어버리기 쉽기 때문에 나는 얼른 국화빵 집에 달려갔다. 아줌마는 1개를 더 주었다. 멀리서 형이 바라보고 있다가 달려왔지만 나는 아까 두들겨 맞은 생각이 나서 1개도 주지 않았다. 형이 내가 먹는 모습을 바라보고 있다는 생각이 들자 기분이 우쭐해지고 행복해졌다. 아하, 세상 이치가 그런 거로구나. 한번 좋은 일이 생기면 한번 싫은 일이 생기고…… 그런데 지금 이 지하 수십 미터 깊이 속에서도 그런 법칙이 과연 통하는 것일까?

형이 장가가는 날이었다. 형은 그 일본인 아버지의 덕택으로 대학까지 나오고 좋은 기업에 취직도 할 수가 있었다. 형수도 대학을 나왔다고 했다. 나는 그녀를 언젠가 여관에서 한 번 만난 적이 있었다. 형의 결혼식장에서 나를 보는 순간 그녀는 깜짝 놀랐지만 이내 자기가 어떻게 해야 하는지를 잘 알고 있었다. 그녀는 눈 위에 아주 작은 까만 점을 가지고 있었다. 나는 그것을 핥아주었다. 그러다가 점점 그녀의 배꼽 밑에까지 핥았다. 여관에서 굴러먹던 고급 콜걸인 그녀가 놀랍게도 형한테 시집온 것이었다. 나는 모른 척했다. 그러나 왠지 이런 현실이 답답하기만 했다.

염색공장 직공으로 일할 때였다. 염색용 실을 한꺼번에 운반할 수가 없었다. 한번은 내가 견디어 내기 어려울 만큼 많은 양의 실을 들고 오다가 끓는 물 앞에서 그만 엎어지고 말았다. 공장 안이 벌컥 뒤집혔다. 나는 얼굴에

3도의 화상을 입었다. 가뜩이나 못생긴 얼굴에다 못난이 성형수술을 한 셈이었다. 그 이후로 나는 얼굴만 가지고도 남에게 경멸을 받았다. 나는 얼굴 때문에도 그랬지만 내 하는 행동으로도 경멸을 받았다. 나는 자신도 용기도 배짱도 없었다. 게다가 비굴하기까지도 했다. 아니 남에게 멸시받으니까 어쩔 수 없이 자연히 비굴해졌다. 나 같은 인간이 갈 수 있는 곳은 이런 산골 오지의 탄광촌밖에는 없었다.

지금 밖에서는 무엇을 하고 있는 것일까? 내가 이렇게 갇혀 있다는 것을 알기는 한단 말인가? 내가 죽는다고 누가 눈 하나 깜짝할까? 그런 생각을 하자 자꾸만 탈진되는 것이 느껴졌다. 이상한 것은 그러면 그럴수록 정신은 유리창처럼 맑아지는 것이었다. 요의를 느꼈지만 오줌은 나오지 않았다.

이야기가 나온 김에 말이지만 나는 사실 그 배설이란 것이 잘되지 않았다. 역시 그것도 그랬다. 나는 고자인지도 몰랐다. 여자의 배 위에서 그 짓을 한참 하다가도 결정적인 순간에 나는 좌절감을 느끼고는 했다. 그렇다고 전혀 불가능한 것도 아니었다. 그것이 될 때도 있고 안 될 때도 있었다. 그렇지만 고것이 화자 년을 만나면 달라졌다.

광산촌 주변에는 뜨네기 꽃들이 수없이 많았다. 비번 날 한 번씩 나가면 그야말로 개선장군 같았다. 내 단골은 화자 년이었다. 고년의 사타구니는 왜 그리 깊은지 음험한 사망의 골짜구니 같았다. 고년은 나하고 상대하는 날은 내가 세상 누구보다 박력 있고 매너 있는 사내라고 코맹맹이 소리로 추커 세워주었다. 그 바람에 내 그것은 더욱 힘을 받아 한 주일의 압박과 피로감이 한순간에 날아가 버렸다.

나는 더욱 눈을 꼬옥 감아보았다. 그것은 어렸을 적 세상이 구차했을 때의 나의 버릇이었다. 속이 메스껍고 스멀스멀했다. 다시 눈을 떠보았다. 기운 잃은 눈빛 속으로 캡램프 불빛 여울이 번져갔다. 그 끝을 다가가면 다음은 깊은 어둠이 보였다. 그것은 곧 단절을 느끼게 하였다. 내 모든 섯이 나에게서 멀어져만 가고 있었다. 그렇게 멀어져간 자리에 새로운 절망이 차곡차곡 재여 왔다. 이미 체념을 한 바 없지 않았지만 그래도 이대로 놓아버리기에는 무언지 안타까웠다. 나는 더욱 낙망에 휩싸여 안전등 불빛이 있는 쪽으로 시선을 두었다. 그리고 반은 잠든 상태에서 그것을 바라보았다.

갑자기 그 절망 속에서 화자 년의 얼굴이 떠올랐다. 이상한 일이었다. 아랫도리가 불끈했다. 이토록 절박한 생황 속에서도 고년의 것이 생각나다니…… 고년은 좀 불평, 불만이 많았다. 그래도 고년은 결코 나를 무시하지 않았다. 그게 고년의 매력이었다. 고년은 내가 이렇게 된 것을 알까? 언젠가 고년은 내 아기를 갖고 싶다고 했다. 고년은 밤마다 코멘소리로 울먹였다. 세상 살기가 힘들다고 칭얼대었다. 그러다 일단 불이 붙으면 고년은 사정없이 나를 할퀴고, 꼬집고, 소리 지르고 눈물을 흘렸다. 고년은 코가 예뻤다. 강아지 코 모양 동글동글했다. 내 코도 나의 다른 모든 열등감을 주는 빈약한 얼굴에서 오직 하나 잘 생겼다는 말을 들은 적이 있었다. 고년의 코와 내 코는 어딘가 닮은 데가 있었다. 그래서 그런지 고년은 강아지처럼 냄새를 잘 맡았다. 내가 다른 작부집이라도 가는 날이면 어느 틈에 알아차리고 냉큼 토라졌다. 고년은 질투의 화신이었다.

고년을 생각하니까 괜히 눈물이 났다. 그 화자 년도 내가 이렇게 죽어가고 있다는 것을 알기나 하는 걸까? 내가 이렇게 갇혀 있다는 사실을 알면 어떤 표정을 지을까? 살아야 했다. 살아서 고년의 사망의 골짜기를 다시 한번 더 더듬어야 했다. 그런데 오오, 왜 이렇게 가슴이 답답할까? 고년을 처음 만날 때도 이렇게 답답했었다. 고년의 잘 풀리지 않는 밑바닥 인생이 답답했다.

우린 다시 만날 수 있을까? 고년을 생각하면 내가 왜 살아야 하는지 그 이유를 말해주는 것 같았다. 고년은 생각도 깊었다. 사람들은 대부분 높이에 관심이 많다. 그래서 갈수록 높고 크게 짓고 그것도 모자라 끊임없이 기록을 바꾸려고 한다. 최고와 최대에만 관심 있을 뿐 그 아래엔 관심이 없다. 지금 우리에게 필요한 것은 그런 최고와 최대가 아니다. 보다 인간적인 것이어야 한다. 인간 중심적인 시각에서 세상을 바라보고 생각해야 한다. 그게 고년이 하던 이야기였다. 그런 것 때문에 내가 고년을 싫어할 수가 없는 것이다.

내 옆으로 썩은 두엄 같은 냄새가 내렸다. 곧 그것이 위에서 쥐가 갉아먹는 것 같이 흘러내리던 탄가루 냄새라는 것을 알았다. 이상하게 정신이 맑아간다고 생각하는데 그렇게 생각되는 나 자신은 자꾸만 내 의지에서 멀어져 가는 것 같았다. 나는 아무것도 생각하고 싶지 않았다. 그런데도 내 의지와는 달리 자꾸만 생각은 떠오르고 정신은 밝아졌다. 다른 사람들은 어떻게 되었을까. 특히 나와 같은 조를 이룬 채탄부採炭夫 박 씨는 어떻게 되었을까? 무슨 불만이 그리 많은지 평소 그의 분노로 이글이글 타오르던 눈길이 서언히 떠올랐다.

사고가 있기 전날 보았던 운세가 생각났다. 뜨내기가 유난히 많은 이런 탄광촌에 점집이 성행하는 것은 조금도 이상한 일이 아니었다.

진행하는 일 중에 기쁨이 있으니 새롭게 일을 맡게 되거나 하는 일에서 성과가 나타나는 시기입니다. 일을 구하는 사람은 새로운 길이 열릴 것이니 뜻하지 않은 기쁨도 맛볼 수 있는 달입니다. 귀인처럼 도움을 줄 만한 사람이 찾아올 것이니 우연히 만난 인연도 큰 인연으로 바뀔 수 있는 달입니다. 나의 능력이 좋으니 멀리 보고 인연을 맺으면 필경 기쁨을 줄 만한 사람을 만나게 될 것입니다. 소속한 곳에서 대우를 받게 되니 나의 능력이 외부로 잘 알려지는 시기입니다. 능력이 분명하게 드러나는 시기이니 가는 곳마다 환영을 받겠군요. 나를 반기는 사람과 많이 만나게 되는 달입니다. 광산 쪽에서 일하는 사람은 성과가 클 것입니다. 챙길 것과 버릴 것이 분명한 달이니 나의 것이 아닌 것에 얽매이는 일이 없어야 합니다. 쓸데없는 곳에 시간을 허비하면 나의 몫이 작아짐을 명심하시고 불필요한 자존심에 얽매이는 일이 없도록 하기 바랍니다.

현실은 운세와 반대라더니…… 정말 그런 것일까?

초등학교 시절이었다. 그림을 그렸다. 반공 그림이었다. 내가 그린 것은 수박 그림이었다. 수박을 그려놓고 그 옆에다 '수박은 붉다'라고 썼다. 수박은 겉은 파랗지만 속은 빨갛다. 간첩도 겉은 푸르고 속이 붉은 것과 연결시킨 것이었다. 상을 받았다. 내가 이 세상에 태어나 상을 받은 것은 그것이 처음이자 마지막이었다. 선생님이 말했다. '네 녀석도 쓸데가 있구나.' 그 말을 듣자 나는 그를 죽이고 싶었다. 갑자기 근부根夫 생각도 났다. 근부는 고향이 상주尙州였다. 겨울방학이 끝나고 학교에 오면 그의 호주머니에는 감 껍질이 수북했다. 근부는 자기 말을 잘 듣는 아이들에게 그 감 껍질을 나누어주었다. 게다가 우두머리 노릇을 잘했다. 나는 감 껍질을 얻어먹는 재미로 그의 시다바리가 되어 심부름을 해주었다. 그러나 나는 자주 그에게 얻어터졌는데 그는 기분 나쁘면 우선 만만한 나를 패대기쳤다. 아이들은 그런 나를 재수 없는 놈이라고 경원했다. 캠램프 불빛이 멀어져갔다.

꿈을 꾸었다. 그 꿈속에서 무서운 개미 떼가 나를 쉴 새 없이 공격해오고 있었다. 이윽고 그 개미는 나를 걸리버 여행기 속의 거인처럼 꽁꽁 묶어버렸다. 그 올가미를 빠져나오려고 마구 몸부림치다가 나는 잠을 깼다. 나는 몸을 옆으로 뒤척였다. 다리가 빼듯이 걸렸다. 관절염에 걸린 것처럼 마디마디가 쑤셔왔다. 문득 엄마와 동생의 얼굴이 떠올랐다. 기구한 내 운명, 언젠가 이곳으로 올 때 울던 엄마의 모습과 동생, 미워했던 얼굴들이지만 그런 것들이 일시에 바람개비 되어 날아올랐다. 그 바람개비는 방글방글 돌아 나의 어린 시절마저 끄집어내어 휘감아 올렸다. 애초부터 나는 어쩌면 신의 장난 속에 농락당한 인간이었는지 모른다. 조물주의 창작집 속에서 이전에도 이후에도 더 이상 있을 수 없는 처절한 실패작, 갑자기 비감한 생각이 울컥 솟아올랐다. 나는 신에게 농락당한 인물이었다. 지금 또 이렇게 농락당하고 있는 것이었다. 생각나는 것들마다 슬프고 우울하였다.

안전모에 달린 램프 불빛이 필라멘트 끝으로 졸아들고 있었다. 캡램프가 아직 꺼지지 않고 내 곁에 남아있는 것이 신기했다. 어지러웠다. 귀에서는 언제부터인지 소리가 나고 있었다. 이명은 곧 저승으로 가는 전 단계라고 들은 적이 있다. 저 캡램프의 불꽃이 지고 말면 나도 지고 말리라. 앞서 있었던 의식의 깨임과는 다른 정말 길고 긴 잠 속으로 빠져들어갈 것이다. 그 생각을 하니 자꾸만 피가 역류하는 것 같았다. 나는 정신이 혼미한 가운데 본능적으로 손을 뻗어 안전등을 내 곁으로 끌어당기려 했다. 불빛을 놓쳐서는 안 될 것 같았다. 갑자기 캡램프가 흔들리다가 본래의 모습으로 돌아왔다. 이렇게 오랫동안 버티다니…… 아마 새것이기 때문일 것이다.

어서 오시게/ 사람 한평생 살다 보면 그리 어려운 것도 아니리/
돌투성이, 키 자란 풀밭/ 길 만들어 가는 것도 아닌/ 먼 나라 고적한 길/
삼 팔 따라지 한 맺힌 인생/ 세상에 있는 둥 마는 둥/ 너와 지붕이고/ 조그맣게 그늘 만들다 가는/ 혼자 살다 혼자 가는 불쌍한 인생/ 그만 흙으로 돌아가리라/ 어허라 달궁 하관 놓고 다져라/

바람이 불어온다/ 가야 평아 늘푸른 바람 오늘만큼 그냥 못가네/ 전봇대 하나 간 거리만큼 못되는 인생/ 오직 황량한 기억밖에 없는/ 바람 바람이었어라/ 줄장미 화관, 기와장에다 고래 등 같은 집/ 꿈에나 만들어보자/ 타향살이 머슴살이 광산 잡부 가련한 이 내 인생/ 털비로 쓴 것 같은 구름/

하늘에 솔솔 강물지고/ 걷고 걸으니 달궁이 예로구나/ 어허라 달궁 다져 놓고 지신 밟자/

　웬 놈의 까마귀/ 비석 하나 없는 북망인데 왜 저리 극성인가/ 태백산맥 늘어진/ 드문드문 널려있는 저 공동묘지/ 왜 저리 고요한가/ 속절없는 인생 허물도 없다/ 다져놓고 지신밟자 어허라 달궁

시인이었던 김진삼金鎭三 씨의 시가 생각났다. 그는 일제강점기에 동경에서 대학까지 나온 사람이었다. 그런 그가 이런 탄광 구석까지 들어오게 된 데에는 다 그럴만한 이유가 있었다. 아무런 사상을 갖고 있지 않았던 그가 붉은 인물로 낙인찍히게 되었던 것은 순전 아는 친구의 고발 때문이었다. 그 친구, 김진삼 씨가 일제 때 대학을 나오고 그 시대 진보적인 생각을 조금 가졌을 뿐인데 지주의 아들과 머슴의 아들이라는 신분의 차이를 알고 있는 김진삼 씨가 자기 출세에 걸림돌이 된다고 여겼음일까. 그를 공산주의자로 고발해 옭아매어 버렸던 것이다. 그런 일이 좀 흔히 있기도 했던 시절이었다. 그러나 그런 일을 김진삼 씨 자신이 당할 줄은 몰랐다고 했다. 반공을 국시로 한 시대에 사회주의자로 낙인찍혀 불운한 세상을 살아야 했던 그 삼팔따라지 인생, 그 시를 썼다는 그는 어떻게 되었을까? 평생을 밑바닥에서만 살아온 불쌍한 인생인 나도 그렇지만, 고급 부르주아 출신인 김 씨, 당신도 참 재수 없는 인생이구료. 한번 날아보지 못하고 이 세상 조그맣게 왔다가 아무도 모르게 사라지고 말았으니.

　－쏴르 쏴르륵

그칠성싶은 탄 기둥이 다시 무너져 내렸다. 타다 남은 불쏘시개 같은 의식도 점점 무너져 내렸다. 목이 말랐다. 갈증이 엄습했다. 목이 탔다. 물, 물, 차라리 깨어나지 않았더라면…… 깨었다가 까무러치고 깨었다가 까무러치고……

그러다가 나는 또 가물거리는 의식 속에서 무너지는 갱을 보며 정신을 잃고 말았다. 내가 다시 깨어났을 때는 공간은 훨씬 더 좁아 있는 것을 느낄 수 있었다. 탄 기둥은 내가 꿈꾸는 동안에도 마치 내 생명을 갉아먹듯이 조금씩 무너져 내리고 있었던 것 같았다.

잠자는 동안 또다시 꿈을 꾸었다. 어린 시절, 나른한 봄날이었다. 한나절에 둥글게 하품을 쏟으며 멀거니 있는데 민들레 둥근 홀씨가 바람이 없어서인지 담을 넘지 못하고 맴돌고 있었다. 나는 물방울 놀이하듯 둥글게 입을 오므려 풀씨를 향해 후우 하고 불었다. 홀씨는 놀란 듯 바람을 타고 훌쩍 담장을 넘었다. 해님이 중천에서 웃으며 내려다보고 있었다.

따지고 보면 나만큼 불쌍한 녀석도 드물 것이다. 우선 나는 가진 것이 없었다. 더군다나 하늘로부터 받은 신체마저 그야말로 허약했다. 나는 제대로 학교도 다니지 못했다. 나는 형이 말한 대로 '빙신 새끼'인지도 몰랐다. 그래서 그런지 나는 자존감이라고는 눈곱만큼도 없었다. 조금 머리가 굵어지고부터는 이런 나 자신이 한심스러워 죽으려고도 했다. 그러다가 생각을 거둔 것은 문득 이것이 내 운명일지도 모른다는 생각을 하였기 때문이었다. 이런 것이 내 운명이라면, 나는 그대로 그 운명을 받아들여야 한다고 생각했다. 억울함도 증오도 없다. 오직 운명만이 있을 뿐이다. 나는 철저히 신에게 농락당한 것일 뿐이었다. 이 갱 속에 갇혀 죽어야만 하는 것이 내 운명이라면 나는 그대로 받아들여야 한다.

그렇지만 그렇지만 말이다. 나는 다시 머리를 저었다. 그것은 안 될 일이다. 나는 살아가야만 한다. 나는 살아가서 내가 '빙신 새끼'가 아니라는 것을 밝혀야 한다. 광업소 측에서 보면 오히려 내가 살아가는 것을 좋아하지 않을지도 몰랐다. 나를 구출해내는데 드는 그 엄청난 비용을 어떻게 감당한다는 말인가. 아니 그들은 나를 구출할 생각은커녕 오히려 알력 다툼에 더 혈안이 되어 있을 것이었다. 하긴 내가 없어도 또 내가 죽는다고 해도 별 슬퍼할 사람도 없을 것이지만. 그들은 내가 죽으면 젊은 사람이 운이 없어 죽었다고 그들이 이제껏 나 같은 처지에 있었던 사람들에게 했듯이 말할 것이었다. 그렇기 때문에 나는 더욱 억울한 것이다. 그렇기 때문에 나는 더욱 살아 나가야 하는 것이다.

그러고 보니 화자 년의 배가 점점 불러오고 있었다. 제 꼴에 애를 낳겠다고, 그것은 내 애라고 고년은 코 맹맹한 소리로 울먹이며 말했다. 그리고 웃을 때는 마치 어린애처럼 웃었다. 내 젖꼭지를 빨았다. 이제 고년은 애를 낳았을까? 고년은 내가 다음 비번 날에 오면 애를 볼 수 있을 것이라고 말했다. 보고 싶다. 나의 2세를 보고 싶다. 하숙방 천정에는 저금통장도 있다. 그 저금통장엔 내 월급의 전부가 들어있다. 5만 원 남짓 받는 월급에서 하숙비와 화자 년에게 갖다 주는 돈 말고는 전부 다 저축했다. 지금쯤 꽤 불어나 있을 것이다. 내가 죽으면 그 돈은 무용지물에 불과할 것이다. 내 트렁크에는 화자 년에게 줄 다이아 반지도 있다. 종이로 꼬깃꼬깃 싸두어서 얼핏 보면 슬그머니 버려도 누가 알아볼 것 같지 않다. 살아야 했다. 이 모든 것을 두고 가는 것이 안타깝다. 악착같이 살아서 화자 년에게 이 모든 것을 전해주어야 한다. 그러나 아무리 발버둥을 쳐보아도 여기가 지하 수백 미터 깊이라는 사실이 나를 절망케 했다. 캡램프의 줄어든 불빛이 내 운명을 말하는 것 같았다.

내 판단이 옳다면 지금쯤은 내 교대 시간이 훨씬 지났을 것이다. 나는 혹여나 싶어 다시 지푸라기라도 잡는 심정으로 가만히 귀를 기울여 보았다. 혹시 괭이 소리, 착암기 소리라도 울려오고 있지는 않을까? 나를 구출하기 위해 밖에서는 지금 작업이 한창인 것이 아닐까? 간간 탄 벽이 낙반되어 흘러내리는 소리만 들릴 뿐 영원한 침묵이었다. 나는 다시 눈을 떠보았다. 달라진 것은 아무것도 없었다. 갱 안은 내가 비척이는 소리 말고는 아무 소리도 들리지 않았다.

할 수 있는 것이 생각밖에 없어서일까? 동생의 죽음도 생각났다. 비록 씨 다른 콩가루 가족이었지만 죽음 앞에서는 모두가 하나였다. 겨울비가 차갑게 내리고 있었다. 우리 식구는 젖은 나무를 아궁이에 밀어 넣으며 아파 누워 있는 동생을 가운데에 두고 비잉 둘러앉아 있었다. 동생은 우리와 달리 오히려 평안했다. 엄마가 동생을 불렀다. 경아, 동생이 엄마를 돌아다 보았다. 경아, 내가 불렀다. 동생이 내 쪽으로 고개를 돌렸다. 그리고 작게 숨을 한번 쉬고 그리고 크게 한숨을 쉬었다. 그리고 영원히 숨을 쉬지 않았다. 땅이 꺼지는 것 같았고 하늘이 무너지는 것 같았다. 비록 씨 다른 동생이었지만 경이는 내가 사랑하는 막냇동생이었다. 내 죽음도 멀지 않으리라. 경아, 내 곧 뒤따라가마.

다시 탄 기둥이 무너져 내렸다. 이제 얼마 지나지 않으면 나는 저 탄 무더기에 묻혀 영영 의식을 잃고 말겠지. 나는 또다시 눈이 스르르 감겨왔다.

내 옆에서 나비가 날고 있었다. 나비를 잡는 순간 나비는 재빨리 내 곁에서 날아갔다. 장다리꽃에 나비가 앉았다. 노오란 꽃봉오리 만발한 장다리 밭, 나는 나비를 쫓아 장다리 밭으로 들어갔다. 장다리 밭에는 나비와 벌이 어울려 살고 있었다, 나비를 잡는 순간 또다시 나비는 날아갔다. 이번에는 제법 먼 곳으로 날아갔다. 나는 그 나비를 쫓아서 달려갔다. 나비는 소나무 언덕길을 지나 막 피어난 억새 순 위에 앉았다. 나는 이번에는 놓치지 않으리라 생각하고 살금살금 그 억새가 있는 곳까지 다가갔다. 이제 한 발만 짚으면 억새가 있는 곳에 다다를 수 있고 나는 나비를 잡을 수 있었다. 내가 한 발을 디딘 것과 나비의 날개를 붙잡은 것은 거의 동시의 일이었다. 그러나 다음 순간 나는 외마디 비명을 지르며 가늠할 수 없는 낭떠러지 아래로 굴러떨어졌다.

악, 비명과 함께 눈을 떴다. 생각하고 싶지 않은 많은 것들이 선명히 떠오르고 있었다. 눈을 감았다. 고통 속에 있는 것보다는 눈을 감아버리는 것이 숫제 좋았다. 이 푹신함, 이렇게 황홀한 곳이 어디란 말인가? 나는 문득 내 귓전에 누가 와서 이야기를 하는 소리가 들렸다. 나는 옆으로 몸을 돌렸다. 그러나 내 몸은 꼼짝 않았다. 그 무게만큼 절망이 엄습해왔다. 눈을 떠야 한다고 생각했다. 나는 가느스름하게 눈을 뜨다가 이내 위 눈꺼풀의 무게에 눌리어 다시 감고 말았다.

죽음을 앞두고 몇 번이나 반복된다는 분노와 체념, 나 역시 마찬가지였다. 눈 감은 사이로 온갖 생각이 교차해서 스며들었다. 내가 어찌 이렇게 되었단 말인가? 별로 서운한 것은 없지만 분했다. 억울했다. 신이 저주스러웠다. 언제나 신은 내 편이 아니었다. 체념하자. 운명이라고 생각하자. 나는 아무 생각도 않기로 했다. 정신이 희미했다. 그러나 이내 분노가 폭발했다. 언제나 신의 제물이기만 했던 내 인생, 나도 한번 잘살아보아야 할 것이 아닌가. 잘 사는 년, 놈들의 세상을 나도 한번 누려보아야 할 것 아닌가. 태어날 때부터 밑바닥 인생, 살아서도 밑바닥 인생, 세상은 공평한 것이 아니다. 돈을 벌어야 한다. 불공평한 세상에서 살아남는 길은 돈을 버는 것이다.

살아야 한다. 살아서 해야 할 일들이 있다. 꺼져가는 생명의 불꽃을 밝혀야만 한다. 일어서자. 일어서자. 삽을 들자. 가족을 만들어야 한다. 화자 년을 더 이상 혼자이게 내버려 두어서는 안 된다.

그러다가 나는 또다시 정신을 잃었다. 그리고 또다시 눈을 떴다. 정신을 잃고 깨는 간격이 점점 가팔라졌다. 온통 검은 암흑이 가느스름하게 뜬 내 눈을 비집고 들어왔다. 아무것도 의식할 수가 없었다. 그냥 나는 면면히 흐르는 시간 위에 떠 있는 것 같았다. 보다 짙은 시간의 능선이 물굽이를 이루며 내 앞으로 밀려왔다가 사라져 갔다. 나는 그 광활하고 고요한 시간의 바다를 바라보면서 문득 내 옆에 무엇인가 있어야 할 것이 없어진 듯한 허전한 기분이 들었다. 그 와중에 또 꿈을 꾸었다.

불현듯 내 주위로 비둘기가 날아올랐다. 나는 미술관에 있었다. 내 주제에 미술관이란 것이 웃기는 것이었지만 그래도 화자 년이 좋아하니까 따라간 것이었다. 고년은 그림을 그리는 것이 꿈이라고 했다. 집에서 받쳐만 주었다면 고년은 틀림없이 화가로 성공했으리라. 가난이 죄였다. 미술관 같지 않은 공단의 허름한 공간에는 시멘트로 발라진 한 마리 비둘기가 있었다. 제목이 우습게 '비둘기, 작품 13'이었다. 겉모습은 그럴듯한데 속은 전부 자갈과 쓰레기였다. 도시의 비둘기는 그 꼴에 말하는 것 같았다. 날자. 날자. 날고 싶다. 한 번만 날자꾸나.

나는 혼신을 다해 벗겨진 안전모에 달린 캡램프 불빛을 바라보았다. 필라멘트 끝에서 빨갛게 잔불이 일고 있을 뿐 그것은 이미 빛이라고 할 수는 없었다. 저 안전등도 꺼지고 나면 이제 이 갱 속의 모든 것은 그대로 암흑에 묻히고 말 것이다. 어둠은 모든 것을 삼켜 버릴 것이다. 오욕스런 내 스물여섯의 인생도 곱게 묻어줄 것이다. 오히려 그것은 내가 바라던 바 아니었던가? 그렇지만 왜 이렇게 허망한지? 왜 이렇게 분하고 억울한 것인지? 또다시 이대로 죽을 수 없다는 생각이 들었다. 죽을 때 죽더라도 이렇게 죽을 수는 없다. 살자. 살고 싶다. 근심, 걱정, 욕망 모두 사라지고 내일은 새 생명으로 다시 태어나고 싶다.

아닌 게 아니라 어느 순간 나는 내 어깻죽지가 힘을 받으면서 공중으로 힘차게 날아오르는 나 자신을 느꼈다. 나는 부잣집 아들이었다. 엄마는 신식 엄마였다. 나는 공부를 잘했을 뿐만 아니라 믿음직스러운 얼굴을 가졌다. 아이들은 나를 잘 따르고 좋아했다. 일류중학교에, 일류고등학교, 일류

대학으로 거침없이 승승장구했다. 장교로 군대를 다녀오고 좋은 직장도 얻었다. 눈을 더욱 꼬옥 감았다. 그러자 이번에는 예쁜 아내, 그리고 두 아들 딸과 함께 양옥집 햇빛 내리는 창가에서 웃고 있는 내 모습이 보였다. 한 번 더 눈을 꼬옥 감자 이제는 회사의 사장이 되어 부하 직원에게 지시하고 있는 내 모습이 보였다. 내 이제까지의 모든 고통이 나에게서 멀어져가고 새 희망이 차곡차곡 재여 오는 것을 보았다.

나는 행복한 환영에 감격해 하다가 불현듯 눈을 떴다. 그러자 이제껏 호사는 사라지고 가늘게 뜬 눈 사이로 바늘구멍이 되어버린 캡램프 불빛이 보였다. 그 다음 다가온 소름 끼치게 끔찍한 무한의 어둠, 싫었다. 나는 행복하기만 했던 그 환영을 다시 잡으려고 다시 눈을 감았다. 그러나 더 이상의 행복은 보이지 않고 바늘구멍이 되어버린 캡램프가 눈에 가득 들어왔다. 그 구멍은 점점 커지더니 거기에는 속이 하찮은 자갈과 쓰레기로 가득 채워진 비둘기 한 마리가 앉아 있었다. 비둘기는 제 꼴에 마치 날겠다는 듯 두 눈을 크게 뜨고 앞을 노려보고 있었다. 나는 순간 외쳤다. 비둘기야, 날아라. 날개야, 퍼져라. 날자, 날아라, 날자꾸나. 한 번만 날아보자꾸나. 이 비천한 인간, 날자. 날아보자꾸나, 한 번만 날아보자꾸나.

운명

'운명'

정우근 선생의 부고 알림을 받자 순간 내가 문득 생각한 것은 '운명'이라는 단어였다. 운명, 운명은 과연 있는 것일까 아니, 이 세상에 태어난 순간 인간의 운명은 정해지는 것일까? 그 정해진 운명에 따라 인간은 한세상 살다가 다시 돌아가는 것일까?

정우근 선생의 부고를 접하며 나는 참으로 착잡한 심정에 젖지 않으면 안 되었다. 정우근 선생님, 그는 나의 초등학교 은사였다. 아니 직접 은사는 아니고 같은 학년 옆 반의 선생님이셨다. 선생님은 주로 학교에서 선생님들이 가장 꺼려하는 업무인 생활지도 일을 맡고 계셨다. 그것도 고향 사람이라는 이유로 여러 해 동안. 그런데 이상하게 그 생활지도를 맡은 정 선생님의 반에서는 매년 꼭 한 명씩 익사 사고가 나는 것이었다. 그렇다고 선생님이 무능하다거나 업무를 소홀히 했다면 또 모른다. 그는 학교 일을 정말 열심히 했다. 동네 사람이었기 때문에 평일, 공휴일 가릴 것 없이 시간만 나면 학교에 나왔다. 학교에 나와서는 소소하고 잡다한 학교 일을 처리하고 또 학교와 동네 간 문제가 생기면 앞장서 해결하고는 했다. 아마 그만큼 열심히 학교 일을 하는 선생님은 없을 것이었다. 그것은 아이들인 우리의 눈에도 그랬고 퇴직을 한 지금 생각해보아도 그랬다.

그러나 그 당시 그렇게 열심히 일을 했어도 그 익사 사건 하나로 그렇게 열심히 일했던 선생님의 업적은 깡그리 사그라들고 말았다. 그는 어느 사이 문제 아이가 있으니 문제 교사가 되어버리는 형편이 되어버린 것이었다.

내가 선생님 반 아이의 죽음을 처음 목격한 것은 초등학교 4학년 때였다. 그 당시 우리는 덕적골이란 곳에 살고 있었는데 어느 날 갑자기 애가 하나 빠져 죽었다는 소문이 들리는 것이었다. 양산군에 속했던 물금에는 낙동강이 흐르고 있었다. 건너편은 김해군 대동면이었고 문둥이 마을이 있었다. 문둥이 마을 바로 맞은 편 물금리 남부동 앞에는 위에서 밀려 쌓인 모래사장이 있었다. 보통 이곳에서 아이들이 놀고는 했는데 매년 이곳에서 익사 사고가 나고는 했다. 정우근 선생님이라고 왜 조심하지 않았겠는가? 생활지도를 맡고 있는 선생님은 매년 여름이 되면 익사 사고 방지를 위해 조를 정해 이 낙동강 모래사장을 순시케 했고 그 자신도 직접 자전거를 몰고 모래사장을 찾아와서는 놀고 있는 아이들이 있으면 쫓아내고는 했다.

종대가 죽었다는 소식을 들었던 것은 그날 오후 4시쯤이었다. 여름은 뜨거웠고 방학 중이어서 어디 갈 데가 없었던 나는 참 볼일 없이 하루를 맞았다가 별 볼 일 없이 하루를 보내는 경우가 많았다. 그날 내가 덕적골 우리 집으로 가기 위해 골목길로 꼬부라드는데 종대네 집에 사람이 모여 있는 것이었다. 사람들이 비잉 둘러서 있는 가운데 종대는 보이지 않고 종대 엄마와 누나들은 함께 울고 있는 것이었다. 이상한 생각이 들었지만 그 사정은 이내 밝혀지고 말았다. 종대가 물에 빠져 죽었다는 것이었다. 참 이상한 노릇이었다. 바로 종대가 빠져 죽은 그곳은 6학년 형님들이 모여서 모래사장에서 놀고 있는 아이들을 집으로 쫓아내기 위해 매일같이 순례하던 곳이었다. 깃발을 들고 그 동네의 제일 높은 학년 형님과 아이들이 매일 같이 순찰을 하던 곳이 아니었던가. 그때에는 우리보다 높은 학년에는 나이가 적령기를 훌쩍 넘긴 형님들이 있어 그 형님들이 한 번씩 낙동강변을 순시할 때면 아이들은 겁이 나서 낙동강 모래사장에 가지 않았다. 부모님들과 함께 오는 아이들도 그 시간대를 피해 올 정도였다. 우째 종대는 그 형들을 피해 그 모래사장에서 놀다가 물에 빠져버린 것이었을까. 종대 어머니의 미친 듯이 울부짖는 모습은 그 동네에서 살던 사람들 모두의 마음을 울리고 있었다.

종대가 누구인가? 종대로 말하자면 그 엄마, 아버지가 넷째 딸 끝에 겨우 얻은 외동아들이었고 게다가 3대째 외아들이었다. 그러니만치 종대가 그 집에서 차지하는 비중은 우리가 집에서 엄마나 아버지로부터 받는 사랑에 비하면 우리는 사실 아무것도 아니었다. 게다가 종대네 집은 덕적골에서 가장 마당이 넓었다. 시골에서 잘살아야 얼마나 잘 살겠냐마는 그래도 그때가 못먹고 못살던 시대인 60년대이고 보면 종대네는 가장 넓은 집과 어마어마한 논농사를 짓고 있었기 때문에 그 덕적골에서는 가장 잘살고 있다고 할 수 있다.

종대는 2학년이었는데 키가 작고(종대 엄마는 컸고 종대 아버지는 작았다) 왜소해서 우리와 잘 어울리지 않았다. 그런데 작은 고추가 맵다고 그 종대가 말을 어찌나 잘하는지 학교의 선생님들 사이에서는 종대에 관한 칭찬이 자자했다. 신은 모든 것을 다 주지는 않는지 종대는 자주 앓았다. 그때마다 종대네 식구는 여러 번 학교에 와서 종대를 업고 면내 하나밖에 없는 안신묵 진료소에 데려가고는 했다.

내가 종대를 잘 알고 있었던 것은 우리가 세 들어 사는 집과 종대네 집이 모두 덕적골에 있었기 때문이었다. 집에 가다 어쩌다 종대네 집을 들여다보면 종대네의 넓은 마당에 고추나 삶은 고구마 같은 것이 널려있었다. 그런데 마당 왼쪽에 자리잡고 있는 종대네 집은 이웃 언덕에 있는 집에 가려 늘 그늘져 있어 서늘함이랄까 그런 것이 있었다. 나는 종대와 잘 놀지 않았지만 설사 그 집에 들어가더라도 그런 서늘함 때문인지 빨리 나오게 되는 것이었다.

종대가 죽은 후 종대네는 어떻게 지내고 있을까? 종대 엄마는? 키가 작은 종대 아버지는? 또 종대 동생과 누나는(종대 밑으로 어린 동생이 한 명 더 있었다)? 그런 것이 궁금해 한 번씩 집으로 오갈 때마다 종대네 집을 힐끔거렸지만 종대네 집에서 사람의 그림자라고는 보이지 않았다. 그런데 종대가 죽고 두 달쯤 지난 어느 날, 우리는 종대네 집에서 큰 굿이 열리는 것을 보았다. 그것은 사흘 밤낮을 쉬지 않고 열렸다. 사흘째 되던 날은 나도 궁금해서 그 굿을 보게 되었는데 무당 중 나이가 높은 할멈 무당은 코에서 피가 흐르고 있었다. 그 피를 막으려고 수건으로 자꾸 닦아내는데도 코피는 멈추지 않았다. 나는 그 모습이 안타까워 '좀 솜으로 막아보지' 하고 나직히 중얼거리기도 했다.

며칠간 계속된 굿으로 무당뿐 아니라 옆에서 장구와 징을 노는 박수들도 얼굴이 노랗게 변했고 지친 모습이 역력했다. 그래도 그들은 쉬지 않고 장구와 징을 놀렸다. 그 소리에 맞추어 무당은 춤을 추고 무슨 소리를 내지르고는 했는데 그것이 무슨 소리인지는 알 수 없었다. 종대 엄마도 사흘 밤낮을 자지 못했는지 얼굴이 퍽이나 늙어 있었다. 한쪽에 앉아서 박수들과 웃기도 했고 애기무당들과 이야기를 나누기도 했다. 사흘 밤낮을 굿을 했는데도 보는 사람들도 물리지 않는지 언제나 마당엔 가득 사람들이 몰려 있었다. 아는 동네 사람들도 있었지만 모르는 사람들도 있는 것으로 보아 마을 사람들만도 아닌 것 같았다. 무당의 짓거리란 것이 늘 일정했다. 징을 울리고 꽹과리를 치고 대나무 들고나와서 흔들며 춤추고 그런 것을 반복하는 것이었다.

그런데 어느 순간, 종대 엄마가 무당 대신 대나무를 들고나와서 흔들며 춤을 추기 시작하였다. 사람들은 그 모습을 보고 모두 '아' 하는 탄성을 질렀다. 그것은 3일 동안 잠을 자지 않고 있는 사람이라고는 믿어지지 않는 것이었다. 그 모습을 보자 박수들은 신이 나 장구와 징, 꽹과리를 종대 어머니가 뛰는 모습에 맞추어 야멸차게 두드렸다. 종대 엄마는 마치 신이 옮아붙은 듯 대나무를 격렬히 흔들고 춤추다가 가끔 한 번씩 이쪽 마당을 보며 눈을 휘번덕렸는데 앞에서 보고 있던 나는 그 섬짓함에 온몸의 힘이 쑥 빠지는 것을 느꼈다. 종대 엄마는 평소 알던 종대 엄마의 모습이 아니었다. 그러다가 다시 종대 엄마는 대나무를 들고 풀쩍풀쩍 뛰며 마당으로 뛰쳐나왔다. 그 바람에 비잉 둘러섰던 사람들이 뒤로 물러났다. 그것은 종대 엄마가 하는 것이 아니라 뒤에 있는 누군가가 그렇게 시키는 것 같았다.

'저 눈깔이 봐라.'

사람들은 종대 엄마의 휘번덕거리는 눈을 바라보자 흠칫했다. 그 눈동자는 무섭기도 했지만 귀기스럽기도 했다. 평소 종대 엄마를 생각하고는 나는 종대 엄마가 귀신이 씌었다고 생각했다. 종대 엄마 말고는 종대네 식구는 보이지 않았다. 특히 종대 아버지는 하루종일 보이지 않았다. 그러나 대나무를 흔들며 선무당처럼 뛰던 종대 엄마는 곧 쓰러졌다. 이내 사람들에 의해 다시 방안으로 들려져 갔다. 종대네 굿은 그렇게 그날 저녁이 지나서야 끝났다. 도대체 종대네는 왜 굿을 하는 것일까? 그런다고 죽은 종대가 살아나오기라도 한다는 말인가?

그리고 내가 정우근 선생님 반 아이의 두 번째 사고를 알게 된 것은 이듬해 역시 낙동강 모래사장에서였다. 그 당시 우리는 혁명정부가 들어서고 한창 국가 발전에 매진을 하던 때라 마을마다 자기 고장을 발전시키기 위해 노래 같은 것을 만들어 부르게 했다. 당시 우리 마을에도 그런 노래가 한창 흘러나왔다.

그 해도 역시 여름방학이면 낙동강 모래사장을 감시하는 순찰조가 있어서 형님들이 매일같이 낙동강변을 순시하고는 했다. 사실 낙동강에서 익사 사고가 나는 것은 낙동강의 밑바닥이 고르지 못해 웅덩이 같은 곳이 있기 때문이라고 했다. 그 웅덩이 속에 한 번 빠지면 쉽게 빠져나오지 못했다. 그런데 들리는 소문으로는 애가 하나 빠져 죽었다는 것이었다. 누구에게 들은 것 같지도 않았는데 그런 소문이 알게 모르게 나에게도 왔던 것이었다. 나는 직접 그 익사 사건을 보지는 못했다. 다만 들었을 뿐이었다. 그 아이는 덕적골에서 한참 떨어진 증산리 아이였는데 바로 증산리의 증산은 정우근 선생님이 농사짓고 사는 마을이었다.

한번은 증산에 있는 그의 집을 방문하는 기회가 있었다. 정우근 선생님은 어떻게 지내시는가? 정우근 선생님은 학교 선생님으로 계시면서 농사도 지으셨다. 나이에 맞지 않게 겉늙고 주름이 많았는데 사실 그 모습이 험상 궂어 우리들은 그를 두려워하였다. 그는 생활지도를 맡고 있었기 때문인지 몰라도 잣대가 엄격했고 특히 종이 쳤는데도 교실에 들어가지 않거나 중간 체육 시간에 도망친 아이들을 끝까지 잡아서 혼을 내주는 바람에 그의 앞에서 무서워하지 않는 아이들은 없었다. 학생 편에 서는 일이 없었다. 언제나 규칙이 먼저였다. 우리가 초등학교 학생이었음에도 그랬다. 그래서 선생님은 방학 때면 조를 짜 낙동강 모래사장에 순시를 하는 것도 엄격했고 소위 농땡을 부려 순시할 시간에 순시하지 않으면 심하게 꾸중하셨다. 그렇다고 그만큼 그 아이들을 대우해주는 것도 아니었다. 그의 생각은 명확했다. 이 학교는 바로 여러분들의 학교다. 학교 선배가 후배를 위해서 수고를 하는 것은 아주 당연한 것이다. 그의 논리는 그러하였다. 그러나 아무리 선배라

해도 여름 뙤약볕 속을 조를 짜서 도는 것은 쉬운 일이 아니었다. 반세기도 훨씬 전인 그때 오늘날처럼 봉사점수가 있는 것도 아니고 그것도 한번이 아니라 매일 같이 2시와 4시에 낙동강 모래사장을 순례하기란 아무리 봉사 정신이 강한 아이라도 꾀병 부리기 일쑤였다. 그래도 처음엔 그럴듯하게 되어지는 것 같았다. 그러나 방학이 깊어갈수록 그것은 느슨해지고 흐지부지해졌다. 선생님은 처음엔 순례 당번 아이들을 찾아다니기도 하고 꾸중하기도 했지만 또 아이들 대신 순시하기도 했지만 선생도 나중에는 지쳤는지 순례가 좀 느슨해진 것 같았다. 아이는 바로 그때 사고가 난 것이었다. 아무도 제지할 사람들이 없자 아이는 몇 명 아이들과 함께 가지 말라는 모래사장에 간 모양이었다. 그리고는 결국 그렇게 되어버리고 만 것이었다.

정우근 선생님의 반에서 두 번째 사고가 나자 학부형들은 정말로 정우근 선생님이 죽음이라도 몰고 다니는 선생님인 것처럼 인식하게 되었다. 그리고 그를 문제 교사라고 부르게 되었다. 아이들이 연속 사고 나는 것은 바로 교사가 잘못 지도했기 때문이라는 것이 학부모들의 생각이었다.

그러나 사실 그런 일을 빼고 나면 정우근 선생님 반 아이들은 깔끔했다. 세 반의 3학년 가운데서 밀리지 않았다. 오히려 정우근 선생님 반은 모든 면에서 가장 앞선 반이었다. 그러나 학부형의 반발은 컸다. 그 선생님이 자기 아이를 담임할 경우 또다시 사고가 날지 모른다는 가정을 해서 2학기와 함께 선생님의 복귀를 강력히 반대했고 3학년 2반은 결국 선생님이 있었지만 학부형들의 반대로 한 달 동안 담임 없는 빈 교실로 있었던 것이다. 그 동안 다른 반 선생님들이 한 번씩 들어와서 가르치기도 했지만 선생님들은 자기 반 이외에는 다른 반을 가르치려 들지 않았다. 그렇지 않겠는가. 자기 반도 어쩌면 3학년 2반처럼 사고가 날지 모르는데 다른 반이라니, 선생님들은 자기네 반 단속에 눈을 부릅떴다. 남의 반에 신경 쓸 틈이 없었던 것이었다. 정우근 선생님은 학부형들의 반대로 3개월간의 병가를 내었다는 소리를 들었다. 그렇게 2학기는 어영부영 넘어가고 말았다.

내가 정우근 선생님을 알게 된 것은 초등학교 3학년 때였다. 나는 그때 서울에서 전학을 한 학생이었다. 한번은 담임 선생님이 본교에 있는 정우근 선생님에게 심부름을 시켰다(그때 우리 학교 3학년 1반은 소학교라고 불리는 곳에서 따로 공부하고 있었다).

무슨 심부름인가는 딱히 기억이 나지 않는데 서류 봉투 같은 것을 하나 주며 본교 정우근 선생님에게 갖다 주고 오라는 심부름을 시켰던 것으로 기억된다. 정우근 선생님은 서류를 보더니 옆에서 내게 질문을 던졌다.

"어디서 전학 왔어?"

"서대문구에 살았습니다."

"어느 학교야?"

"수색초등학교입니다."

"왜 여기 오게 되었지?"

"아버지가 광산에 취직했다고 해서 오게 되었습니다."

"집은 어디야?"

"덕적골입니다."

그는 이런 종류의 말을 두어 번 더 물었다.

내가 선생님이 시킨 서류를 내밀자,

"알았어. 가봐."

하고 말했다.

그것이 그와의 첫 대면이었다. 그 뒤 그는 소학교에 올 때마다 내가 잘 있는지 물었다. 그리고 내 머리를 쓰다듬어주고는 했다. 나는 그것이 무슨 의미인지는 몰랐지만 여하튼 그를 좋아하게 되었다. 그리고 어쩌다 선생님을 퇴근길에 만나면 쫓아가서 그의 손을 잡고 애살궂게 굴며 다른 길로 갈 때까지 같이 걷고는 했다. 사실 시골 아이들 특히 60년대의 시골학교란 선생님과 손을 잡지도 못했고 선생님에게 매달리며 애살궂게 굴지도 못했지만 서울 학생이었던 나는 그런 것을 잘 할 수 있었기 때문에 선생님들은 이런 나를 좋아하였다.

사실 이렇게 나는 정우근 선생님과 가깝게 지내고는 있었지만 선생님과 악연도 있었다. 그때가 특별활동시간 때였을 것이었다. 나는 주산반이라는 곳에 있었다. 어쩌다가 진청이라는 친구와 함께 어영부영하다가 그만 시간을 놓치고 말았다. 그래서 교실에 남아서 장난치고 있었는데 그 모습을 선생님이 보게 되었던 것이었다. 선생님은 나를 보자 조금은 당황하는 표정이 역력했다. 그 당황은 내가 특별활동시간에 주산반에 들어가지 않고 있었다는 것과, 나를 잘 알고 있는 것에 대한 갈림길에서 원칙에 따라 벌을 할 것인가 아니면 용서할 것인가 하는 것에 잠깐 갈등하는 것 같았다. 그러나 선생님은 이내 용서할 수 없다는 쪽으로 기울었는지 진청이와 나를 교무실로 데리고 가는 것이었다. 그때 실과부를 맡고 있는 서학술 담임 선생님의 기지로 우리는 재빨리 그 선생님의 손아귀에서 벗어날 수 있었는데 그 내용은 이랬다.

5학년 교실과 교무실 사이는 조금 떨어져 있었다. 건물이 다르니 교무실까지는 화장실과 밭 사이를 지나야 했다. 우리가 정우근 선생님 손에 이끌려 교무실로 가자 그때 밭에서 일하고 계시던 담임 선생님이신 서학술 선생님께서,

"왜 그래, 이 녀석들."

하고 정 선생님을 향해 물었다.

"특별활동에 참가하지 않고 교실에서 놀고 있길래 교무실로 데려가 벌을

좀 주려고."

"우리 실과반인데."

그 한마디로 실로 진청이와 나는 그 위기를 벗어날 수 있었던 것이다. 아무튼 정우근 선생님의 그때 그런 태도로 인해 나는 그를 더욱 두려워하게 되었다. 이후부터는 특활시간을 빼먹는 경우는 없었다.

그 이듬해였다. 내가 6학년 때 선생님의 반에서 익사 사건이 또다시 일어났다. 이상한 일이었다. 누구보다 열심히 가르쳤고 아침마다 일찍 와서 온갖 학교의 궂은일을 도맡아 했던 선생님이었는데 불운의 연속이었던 것이었다. 더군다나 선생님은 좋은 평판을 얻으면 곧 승진도 예정되어 있었던 것으로 알고 있었다. 그런데 선생님에게 불운은 계속되어 승진의 기회를 놓치고 있는 것이었다. 세 번째 익사 사고가 났을 때 나는 선생님이 낙동강 그 모래사장에서 빠진 아이를 구해내고 집으로 업고 오던 모습을 보았다. 선생님 주위로 나를 비롯한 조무래기 아이들이 뒤따르고 축 처진 아이는 다리가 제대로 굽혀지지 않았다. 선생님은 가다가 업은 아이를 몇 번이고 추스르고 있었다.

이번에는 선생님이 계신 중산에서 얼마 떨어지지 않은 남부동 마을 아이였다. 죽은 아이를 보자 엄마가 실신했다. 선생님은 그 실신한 엄마를 깨우기 위해 손발을 주무르고 얼굴에 물을 뿌리고 그래도 깨어지지 않자 옆의 사람에게 말해 의사 왕진을 부탁하는 것이었다. 당시만 해도 마을에 전화가 없어 면에 하나밖에 없는 의원인 안신묵 진료소에서 한의사인 안신묵 씨를 자전거에 태워 오는 것이 유일한 방법이었다. 이어 미숙이 아버지가 달려왔다. 미숙이 아버지는 광산에 다니던 광산 밀차꾼이었다. 오자마자 마악 깨어난 아내를 보고,

"니 오늘 죽이뿔기다. 죽이뿔기다. 살려내라. 아이고, 미숙아."

하고 미숙이를 끌어안고 울부짖었다. 정우근 선생님의 입장이 참 난처했다. 주위에 둘러선 우리도 울부짖는 미숙이 아버지와 미숙이 엄마를 보면서 행여 눈이라도 마주칠까 눈을 피했다. 진료소의 안신묵 씨가 왔다. 오자마자 안신묵 씨는 사망신고서를 작성해주고 곧장 마을을 떠났다. 정우근 선생님은 부모보다 먼저 떠난 자식은 바로 보내야 한다고 하여 이튿날 바로 장례를 치르기로 동네 사람과 의논하고 어쩔 줄 모르고 있는 젊은 미숙이 엄마 아빠를 대신해서 뒤치다꺼리를 하였다. 우리는 저녁이 되어 뿔뿔이 집으로 갔다. 그 뒤 어떻게 되었는지는 모른다. 다만 아이 관이 없다고 해서 어른 관에 실려 부산 당감동에 있는 화장막으로 가 화장을 해 그 가루를 낙동강에 뿌렸다는 소문을 들었다. 며칠 만에 학교에서 마주친 정 선생님은 반가운 표정을 지었지만 예전의 그 모습이 아니었다. 얼굴은 수축해 있었고 양 볼이 꺼져 완전히 늙은이 반열에 들어서 있었다. 그렇게 준수하던 선생님 얼굴이 완전 중늙은이로 변해 있었던 것이었다.

결국 그해도 선생님은 승진을 하지 못했고 다음 해 내가 중학교로 올라갔을 때 전근을 갔다. 보통 전별인사를 하지 않았지만 어느 날 마지막 겨울방학 학교 소집일에 조회를 가졌는데 그때 선생님이 전별인사를 했다.

"그동안 여러분들과 참 재미있게 지냈습니다. 선생님은 웅상이란 곳으로 갑니다. 혹 선생님을 길거리에서 만나더라도 꼭 아는 체 인사를 해주었으면 고맙겠습니다. 선생님은 여러분과 함께 지냈다는 것으로 지난날을 고맙게 생각하고 있습니다."

그 후 내가 선생님이 교사직을 내놓고 철학관을 운영한다고 소식을 들었던 것은 고등학교를 졸업할 무렵이었다. 나는 상고를 나와 은행에 합격을 하고 발령을 기다리는 중이었는데 선생님께서 사직서를 내었다는 소식을 들었던 것이다. 사실 초등학교 선생님, 그것도 직접 담임을 맡은 것이 아니라면 그다지 인연이 깊지 않을 것이었지만 선생님과 내가 미지근하지만 인연을 계속 이어갔던 것은 다른 무엇보다도 내가 그래도 시골 학교 학생이었지만 서울에서 전학해와 비교적 똑똑한 학생으로 학교에서 이름을 날리고 있었기 때문이었다(똑똑해보아야 얼마나 똑똑할까. 서울에서야 보통이하 학생인 내가 그래도 살갑게 굴었기 때문에 선생님의 눈에 들었던 모양이었다).

내가 그런 정우근 선생님을 보면서 느낀 것은 왜 하필 그의 반에서 그렇게 세 번씩이나 연거푸 아이들이 익사하는 사건이 일어난 것인가 하는 것이었다. 그것은 우연일까? 아니 우연이라고 하기에는 무언가 좀 이상했다. 물론 그 후 정우근 선생님에게서 그런 일이 또 계속되었는지는 모른다. 나는 졸업을 하고 인근 대도시 중학교를 다녔기 때문이다. 정우근 선생님에게 어떤 귀신이 붙은 것일까? 아니면 정우근 선생님 인생에 그때 그렇게 사람이 죽는다는 운명이 붙어있는 것이란 말인가? 언젠가 정우근 선생님은 담임 맡기가 무섭다고 우리들에게 말했다. 정우근 선생님도 자신에게 내린 운명의 어두운 그림자를 느끼고 있었기에 그런 말을 한 것이 아니었을까? 그런 것을 보면 이 세상 모두가 이미 정해져 있는 것 같다. 언제 어느 때 그런 일이 있으리라는 것, 그런 것은 모두 하나님이 정해놓아서 인간은 그냥 무대 위에서 그 정해진 대본대로 움직이다가 가는 것이 인생이라는 것을 말해주는 것 같았다.

만일 운명이라는 것이 실제 있다면 정우근 선생님의 경우 그의 운명은 그때 그런 사고를 당하도록 예정되어 있는 것이 된다. 가룟 유다의 경우, 그는 예수를 배반하도록 되어 있는 하나님이 도구로 쓴 존재가 된다. 그렇다면 아무리 발악을 하더라도 정해진 그 운명은 피해갈 수는 없는 것이 된다. 그 위험을 고스란히 당해야만 한단 말인가? 그렇다면 우리가 인간으로서 하는 노력이란 것은 무엇이란 말인가? 그런 악역을 담당한 사람들이야말로 진정 신의 충실한 일꾼들이 아니겠는가? 남을 대신해 욕을 먹는다는 것은 그 자체만으로 움직일 수 없는 신의 은총이라고 할 수 있다. 그러나 지금 우리 모두는 신의 충실한 종인 그를 욕하고 있다. 신이 정해준 생을 충실히 살고 있었음에도 불구하고 말이다.

운명이란 인간을 포함한 모든 것을 지배하는 초인간적인 힘, 또는 그것에 의하여 이미 정해져 있는 목숨이나 처지를 말한다. 이것은 운명이 자신의 신상에 닥치는 길흉화복에 보다 근원적인 것임을 말하는 것이라 할 수 있다. 이런 운명론에 빠지게 되면 인간의 의지를 부정하게 된다. 이 세상의 모든 일은 신이 미리 정했으며 우리는 신이 정해놓은 신의 길을 따라가야 한다. 그렇다면 나는 어디에 있는가? 나의 노력, 나의 의지는 무슨 역할을 한다는 말인가? 인간은 운명을 결코 뛰어넘을 수 없다는 말인가?

정우근 선생님의 불운이 계속해서 일어났기 때문에 학부모들은 자신의 아들, 딸들이 그 반에 들어가면 죽을지도 모른다는 생각을 했고 그래서 모두들 정우근 선생님이 담임교사로 있는 것을 싫어했다. 그것은 정우근 선생님의 운명인 것이다. 만일 그런 일이 일어나지 않았더라면 정우근 선생님에게 운명이라는 말을 할 수가 있는 것일까. 그런 면에서 본다면 우리는 운명이란 것이 원인보다 결과를 보고 하는 이론이라는 것을 쉽게 말할 수 있고 그런 운명에 처하게 된 것은 단지 그가 그때 그 자리에 있었기 때문이라는 것을 알 수 있다(그것은 운명이라는 말로밖에 설명할 수가 없는 것이다). 그러나 다시 생각해 보면 그것이 정우근 선생님의 운명만의 탓일까? 예를 들어 종대가 그렇게 된 것은 종대의 운명과는 아무런 관련이 없는 것이란 말인가? 오로지 정우근 선생님이 담임을 맡았기 때문이란 말인가? 아니면 종대의 운명과 정우근 선생님의 운명의 합작인가? 그런 생각을 하며 나는 내 뒤에 보이지 않는 그 누가 있는 것이 아닐까? 그런 생각을 자주 하게 되었다. 그리고 또 실제 내 뒤에 무언가 커다란 보이지 않는 그 누가 있어 나를 조정하고 있다는 생각을 할 때가 있었다.

그 후 은행 발령을 받고 인사도 할 겸 선생님을 찾아갔다. 그때 선생님의 모습은 도사 흉내를 내려고도 했는지 허연 수염을 기르고 머리도 거의 대머리여서 정말 그럴듯한 철학가의 모습이었다. 그래서 나이도 들어 보였지만 내가 알기로는 그는 50대 정도인 것으로 알고 있었다. 그는 나를 보자 매우 반가운 표정으로 맞아주었다. 그리고 대뜸 내 생년월일시를 묻는 것이었다.

"1900년 O월 O일입니다."

"시는?"

"시가 무어입니까?"

"몇 시에 태어났는가 말이다."

"모르겠습니다."

"그럼 머리를 대 놓아봐."

내가 머리를 대어주자 그는

"응 가마는 정 가운데 있군. 오전인지 오후인지 몰라?"

"네, 언제 태어났는지 전혀 모르겠습니다."

"잘잘 때 주로 오른쪽으로 누워 자나 왼쪽으로 누워 자나?"

나는 좀 생각해보다가,

"왼쪽으로 자는 것 같습니다."

하고 생각나는 대로 말해버렸다. 그러자 그는 대뜸 내가 태어난 시를 알겠다며 사주책을 이리저리 뒤적거리더니,

"너는 예의가 아주 바른 사람이군. 네가 가지고 있는 본바탕이 불이야.

불의 사람은 예의가 밝아. 아, 그리고 또 보자. 장생에 복록, 음 사주가 좋군. 그런데 운이 뒤바껴 버렸어. 정작 필요할 때 운은 들어오지 않고 필요 없을 때 운이 들어오고 있어. 세상엔 참 이상한 사주도 많지"

하는 것이었다. 그 말을 듣자 나는 사실 조금 기분이 나빴다. 좋은 사주를 가지고 태어났다 할 때는 기분이 좋았지만, 운이 뒤바껴 있다는 말에는 기분이 여영 좋은 것이 아니었다. 언젠가 고등학교 때 시험 감독 선생님이 하던 말이 생각났다.

"부정적인 말을 들었을 때는 빨리 화제를 돌려 그것으로부터 벗어나야 해."

그런데 선생님은 그런 틈을 주지 않고 계속해서 말씀하셨다.

"사주란 운명이고 통계야. 통계를 무시할 수 없지. 다 그런 것은 아니지만 사람이 80퍼센트는 운명의 지배를 받지. 이건 예를 들면 이런 거야. 우리가 천생연분이라는 것이 나만이 아니라 상대방도 천생연분이라고 생각할 때 천생연분이라고 하는 거지. 나만 또는 상대방만 좋아한다거나 하면 천생연분이 아니라는 거야. 나도 좋고 상대도 좋고 그런데 그 비율이 천생연분을 두고는 5퍼센트에 지나지 않는다는 거지. 나머지 95퍼센트는 그냥 조건에 맞추어 사는 거야."

"그렇다면 선생님 사주도 알 수 있겠군요?"

나는 선생님이 익사 사고 때문에 할 수 없이 다른 학교로 전근까지 가지 않으면 안 되었던 것을 생각하며 물었다.

"알 수 있지."

"그것이 선생님이 살아온 것과 비교해보니 어떻던가요?"

"응 맞아. 아니 꼭 그대로야. 인간이 사주를 피해갈 수는 없어. 맞추어보니 정말 그렇더군."

"그럼 운명이란 것이 사주팔잔가요?"

"백 퍼센트 그렇지는 않아. 그래도 사주팔자는 무시할 수는 없어."

"운명이란 것이 정해져 있는 것이라면 사실 저 같은 경우 얼마나 기분 나쁘겠어요. 아무리 노력해도 너는 그런 운명이야 하고 정해져 있다면 정말 인간이 이 세상에 온 의미가 무엇인가. 그것은 생각만 해도 끔찍한 일이라고 생각해요."

"그래도 운명이야 운명. 내 사주를 보면 더욱 그래. 그런데 사람에게는 사주팔자를 벗어날 수 있는 사람이 있어. 그러나 그러지 못한 사람도 많아. 특히 자기 사주가 물이거나 불이거나 특히 자기 사주를 나타내는 것이 정丁이거나 계癸인 사람은 쉽게 운명을 벗어날 수가 없지."

"그렇다면 다른 사람들은 벗어날 수 있다는 말인가요?"

"그렇지 벗어날 수도 있지. 그렇지만 자기 일주가 불이나 물인 사람은 주어진 운명을 쉽게 벗어나긴 어렵다는 거야."

"왜 그런가요. 그런 사람에게 특별히 그런 이유라도 있는가요?"

"아니, 아직 그런 걸 모르겠어. 그런데 통계적으로 그렇게 나오는 걸 어떡해."

"아니, 그런데 그런 걸 어떻게 아셨어요?"

"여러 책을 보고 또 여러 사람을 감정해보니 그럴 가능성이 많다는 걸 알았어."

"그렇다면 저의 사주는 어떻습니까?"

"자네가 바로 운명의 덫에 빠졌다는 걸세."

"제가요?"

"그렇네. 그렇지만 자네 밑을 깔고 있는 유酉라는 일지가 신의 한 수라 할 수라 할 수 있어. 잘하면 부인의 도움을 받아 이름 정도는 남길 수 있는 사주네 그려. 그렇지만 자네 주변은 항상 자넬 잡아먹는 형국이야."

나는 그게 무슨 뜻인가 했다. 그러나 수십 년이 지나면서 그 사주라는 것이 내 운명을 한 뼘도 어긋나지 않고 흘러가는 것을 보고 나는 깜짝 놀랐고 두려움마저 느꼈다.

나는 그가 한 '자네가 바로 운명의 덫에 빠져버렸어' 하던 말의 의미를 생각했다. 운명의 덫에 빠졌다는 것은 바로 내 사주를 보았을 때 그 사주대로 살 수밖에 없는 운명이란 뜻일 것이다. 그래서 나는 틈만 나면 사주에 관심을 가졌고 내 사주의 처음부터 끝까지를 잘 더듬어 보려고 했다. 그랬더니 역시 나는 내 사주의 틀 속에서 하나도 벗어나지 못하고 있음을 알았다. 문제는 내가 좀 더 일찍 사주를 배워 이것을 내 앞날의 인생 전략에 일찍 길잡이로 삼았으면 좋겠는데 그런 것을 미신이라 콧방귀를 끼며 지내다가 나중에서야 관심을 가졌다는 것에 한계가 있었다(그렇게 뒤늦게 철학을 배우는 것까지 내 사주에 있는 것일까?). 그런 한편으로 나는 인간의 운명이 사주에 달려 있는 것일까 하는 의문을 끊임없이 제기하였다. 그러다가 결론적으로 사주란 것은 통계 수준이라고 치부해버리고 말았다. 그러나 이 결론은 더욱 나를 비참하게 만들었다. 통계학은 이미 우리 사회, 우리 과학에 놀랄 만큼 깊숙하게 들어온 학문이 아닌가. 더욱이 통계학은 점점 갈수록 얼마나 진화하고 있는가? 그 정확성은 거의 90퍼센트 이상의 신뢰도를 가지고 있다. 그렇다면 내가 다소 폄훼하며 통계학이라고 치부했던 사주학은 그 얼마나 정확한 이론인가?. 여기에 운명은 통계학이라고 치부한 내 단정에 딜레마가 있었다.

정우근 선생님과의 관계는 이것이 전부였다. 선생님은 자기 자신에게 내린 저주를 운명이라고 보고 있었다. 그에게 내린 운명에서 한 치도 벗어날수 없었던 것에 전율을 느꼈다고 했다. 그의 운명론은 지극히 사주 명리에 기초하고 있었고 사람은 타고난 팔자에 철저해야 한다는 믿음에 충실해 있었다. 선생님은 교사는 자기에게 맞는 옷이 아니었다고 말하였다.

나는 그 후 선생님을 찾은 경우가 없었다. 내가 그를 찾으면 모를까 선생님이 나를 찾는 경우는 없었다. 그러다가 실로 수십 년 만에 선생님의 부음 소식을 들었던 것이었다. 나는 그를 생각하면서 완전히 신의 농락 속에 놀아난 사나이라는 생각을 했다. 완전 운명 속에 빠져 허우적대던 사나이였던 것이었다. 그는 죽으면서까지도 철저히 신의 농락 속에 있었다. 그가 병을 앓았거나 또는 그 자신의 실수로 죽음을 맞이했으면 모른다. 우습게도 그는 어느 날 갑자기 교통사고로 비명에 가버린 것이었다. 건축 폐자재를 가득 실은 덤프트럭이 그를 태운 택시를 들이받은 것이었다.

나는 향을 피우고 두 번 절하고 나서 상주와 인사를 하였다. 상주는 그의 여동생이 맡고 있었다. 그는 결혼을 하지 않았기 때문에 그의 혈육이라고는 그와 그의 여동생이 있을 뿐이었다.

조문을 마치고 나오면서 나는 중산의 푸른 하늘을 바라보았다. 하늘에는 새털구름 한 조각이 휴짓조각처럼 날아가고 있었고 저 멀리 솔개가 둥둥 먹잇감을 찾고 있는 모습이 보였다. 전형적인 시골 풍경이었다. 그래서 시골은 좋았다. 시골길을 걸으면서 나는 새삼 운명이라는 말을 생각했다. 운명, 정우근 선생님 말마따나 인간은 사주라는 틀에서 조금도 벗어날 수 없는 존재일까? 아무리 노력해도 깜냥이 안되는 인생, 지난날 내 모습을 돌아보아도 역시 선생님이 일러준 뒤바뀌진 운명에서 한 걸음도 벗어나지 못하고 있음을 보면서 정말 운명이라는 것은 있는 것일까 하고 생각하였다.

노란 집의 저주

집에서 언니의 가출을 기정사실로 받아들였을 땐 봄이 끝나고 여름이 시작되고 있었다. 엄마는 딸의 가출을 분노로써 받아들였고, 아빠는 순종만을 일삼아 왔던 딸의 상상도 못 한 가출에 그 충격에서 벗어나지 못하고 있는지, 이 며칠 새 폭음으로 당신을 학대하고 있었다. 곱게만 자라주리라 여겼던 딸에 대한 배신감으로 아빠와 엄마는 더 속이 상하고 충격이 컸던 것이었는지도 몰랐다. 언니의 가출은 확실히 나에게도 충격이 아닐 수 없었다.

언니는 왜 집을 나가버린 것이었을까? 내가 모르고 있는 엄마, 아빠와의 갈등이라도 있었다는 말인가? 아니라면 언니는 집을 나가버릴 만큼 남모르는 고뇌라도 가지고 있던 것일까?

나는 매우 둔하고 센스없는 소녀였다. 이 노란 집으로 이사 오기 전까지 몇 년간 같은 방을 쓰고, 같이 공부를 하고, 같이 밥을 먹으면서 누구보다 언니를 잘 안다고 생각했는데 이런 나의 생각은 보기 좋게 배반당하고 만 것이었다. 나는 언니의 가출을 꿈에도 생각해보지 않았다. 재치 있고 명석한 언니를 보며 나는 질투심보다는 오히려 존경심마저 들었고 그런 언니의 동생이라는 것이 자랑스럽기까지 했다. 그러기에 언니의 가출은 엄마와 아빠를 혼돈에 빠뜨렸고 나 또한 언니의 가출에 실망하지 않을 수 없었던 것이었다.

엄마는 언니가 가출해버렸다는 사실을 처음에는 믿지 않으려다가 사실로 받아들이지 않으면 안 되게 되자 언니에 대한 애정이 분노로 변해갔다. 이 거대한 도시에서 무엇 하나 부족한 것 없는 우리 집에 대해 엄마는 도대체 무엇이 불만이냐는 것이었고 언니는 숫제 말을 않음으로써 엄마에 대해 저항했다. 언제부턴가 엄마와 언니 간에 끈적끈적한 갈등이 노출되고 있다는 것을 어렴풋이 눈치를 채고는 있었지만 그것이 가출로까지 이어지리라고는 꿈에도 생각해보지 않은 일이었다.

정확히 말해 언니가 엄마와의 미지근하고 끈적끈적한 신경전을 벌이게 되었던 것은 이탈리아 출신의 교수가 살았다는 노란 집으로 이사를 해오고부터가 아닌가 싶다.

이 노란 집으로 이사해 오고부터 언니는 밤늦게 집으로 들어오는 날이 많았고 그런 언니에게 엄마와 아빠는 몇 번 경고 같은 주의를 주었던 것이었다.

비가 몹시 뿌리던 어느 날, 언니는 밖에서 돌아오자마자 젖은 몸을 씻지도 않고 침대에 쓰러지면서 죽고 싶다는 말을 했다. 나를 더욱 놀라게 했던 것은 언니를 죽고 싶게 만든 것이 실제 우리에게는 전혀 생소한 뜻밖의 이유였기 때문이었다.

"답답해, 학교 다니기가 싫어졌어. 모두가 시시하고 배우는 일이 덧없이 느껴져 죽고 싶어."

올 초까지만 해도 정신없이 공부에 바쁘기만 했던 언니가 공부에 흥미를 잃었다는 사실이 나를 놀라게 했다. 천성이 나와는 달리 낙천적이고 행동적이었던 언니는 충분히 그럴 수가 있었기 때문이었다. 언니는 변해가고 있었다. 언니의 변화는 언니의 생활이 불규칙적으로 되어가고 있다는 것에서도 알 수가 있었다. 네모반듯하고, 이지적이고, 냉정하고, 늘 우등만 했던 언니가 생활의 규칙이 깨지면서 수시로 밤과 낮이 들쑥날쑥거렸고, 그러던 어느 날 언니는 갑자기 가출해 버렸던 것이었다.

아빠는 입맛이 쓴 모양이었다. 노사분규로 회사의 경영 상태가 악화되었다는 것을 나는 알고 있었다. 아빠는 전자제품의 부품을 생산해 수출하는 중소기업의 사장이었다. 크게 돈을 버는 회사는 아니었지만 그래도 나름 바탕이 튼튼한 회사였다. 그런데 회사는 악화일로로 치닫고 있었다. 소상한 이유야 아빠 아니고서는 알 수가 없는 일이었지만 노조의 스트라이크로 회사가 이만저만 타격을 입은 것이 아닌 모양이었다. 엄마도 아빠의 기분에 애써 자신의 감정을 맞추는 좋은 아내였지만 이즈음은 심정이 날카로운지 가끔 아빠한테 대들 때도 있었다. 엄마의 심정이 복잡해져 있다는 것을 알 수 있었다.

"너희 대학에선 별일 없니?"

그것은 실로 아빠가 나에게 관심을 가진 오래간만에 들어보는 소리였다. 나는 늘 언니 다음이었으니까. 그렇다고 해서 내가 언니를 질투하고 있다는 것은 결코 아니었다. 언니는 화려한 능력을 가지고 있었고 그것은 충분히 아빠와 엄마의 신임을 독차지하고 나의 존경을 받아내는데 조금도 부족하지 않았다.

"왜 별일 없겠어요? 이즈음 최루탄 가스 때문에 견딜 수 없어요. 어떻게 된 셈인지 만나는 애들마다 반미 성향이고 데모하는 것을 유행처럼 알고 있거든요."

"미친 자식들, 하라는 공부는 안 하고 돈 들여 대학을 보내놓으니 데모만 하니."

아빠는 철저하게 자본주의 입장이었다. 아빠에게는 우리들의 데모가 한 갖 유행이나 공부를 하기 싫어하기 때문인 것으로 알고 있었다.

"그래도 걔네들 욕할 것 못 되어요."

나는 솔직히 아빠의 입에서 그런 말이 나오는 데에 실망을 금할 수 없었다. 많은 그 나이의 부모가 우리의 이상과 꿈을 그들의 관념과 인식에 비추어 보는 것이 일반적일지라도 아빠만은 그 대열에서 예외라고 생각해왔던 터이었기 때문이었다.

"너는 아예 그런데 휩쓸릴 생각하지 말거라."

"전 하고 싶어도 능력이 없어 그런 거 못 해요."

나는 신경질적으로 말했다.

아빠는 밥을 먹다 말고 그런 신경질적인 나를 한번 쳐다보았다. 어이가 없다는 표정이었다.

하긴 나는 아빠에게 아직 한 번도 그런 야박한 말을 한 적이 없는 착한 학생이고 딸이었다. 그러나저러나 언니는 지금 어디에서 무엇을 하고 있는 것일까? 가혹할 정도로 실연이라도 당한 것일까? 나는 언니가 한 사람을 사랑하고 있다는 것을 알고 있었다. 그러나 언니 뜻대로 그것은 잘되지 않는 모양이었다. 대학에 들어와서 그것은 언니에게 첫 패배감을 안겨주었던 것이었는지도 몰랐다. 언니는 결코 경쟁에서 져 본 일이 없었다. 지기를 싫어하는 성격이었을 뿐만 아니라 지기 싫어서 그만큼 노력하기도 하였다. 그렇다고 그것을 언니의 가출과 연결시킨다는 것도 아귀가 맞지 않는 이야기였다.

그날도 엄마는 언니의 가출을 수소문하기 위해 아침부터 부지런히 서둘렀다. 아빠와의 언쟁이 있고 엄마는 언니의 가출이 자신 때문이라고 생각했는지 언니를 찾는 일에 온 신경을 쏟았다.

나도 가만히 있을 수만 없어서 언니의 친한 친구인 수정이 언니 집을 찾아가 보기로 했다. 언니에게서 어떤 소식이라도 들을 수 있지 않을까 해서였다. 수정이 언니 집 근처의 커피숍으로 언니를 불러내 자초지종을 이야기하자 수정이 언니는 나만큼이나 언니의 일을 걱정해주었다.

"글쎄, 나한테 얘기 안 할 아이가 아닌데 내게조차 얘기를 하지 않은 걸 보면 무슨 일이 있긴 한 것 같은데."

수정이 언니는 언니의 일을 걱정해주면서 별다른 소식을 전해주지 못함을 안타까워했다. 그러면서 혹 이상수李相洙라는 사람을 만날 수 있으면 한 번 만나보라고 했다. 그 길로 수정이 언니와 헤어진 나는 버스를 타고 언니가 다니는 대학 앞까지 갔다. 거리 곳곳마다 '전두환·노태우 일당 타도'라는 붉고 흉측스러운 글씨가 내 시선을 어지럽히고 있었고 나는 그중에서 가장 살벌하고 극렬하게 외쳐대고 있는 구호와 만났다.

"내 아들 살려내라. 전·노 일당."

"끝까지 싸워 살인 정권 몰아내자."

구호는 곳곳에서 시작하여 언니가 다니는 대학 안까지 이어졌다. 학교 안으로 들어갈수록 구호는 더 거칠고 과격하게 변하고 있었고, 학교 앞 거리는 늘어놓은 플래카드로 먼 그곳, 고적한 길 따라 늘어진 만장輓章을 연상하게 했다. 언니가 자주 다니던 대학 도서관에 가보았다. 언니는 언제나 2층 구석 고시생을 위해 만들어 놓은 칸막이를 친 자리를 쓰고 있었다. 그러나 언니는 도서관에도 없었다. 곳곳에 깨어진 벽돌조각과 화염병 부스러기가 아직까지도 남아있는 캠퍼스엔 최루탄 가스가 코끝을 간질이기도 해 그럴 때마다 나는 재채기를 참느라 손수건으로 입을 틀어막아야 했다. 학교 길을 따라 걸으며 여기저기 널려있는 미술 전시 안내 포스터와 소극장의 연극 간판들을 눈여겨보기도 했다. 미술과 연극은 고교 때부터 언니의 관심사이기도 했다. 그러나 어디에서도 언니를 발견할 수는 없었다.

그날 하루 종일 거리를 쏘다니다 들어온 나는 최루가스에다 피곤으로 몸살이 나다시피 했고 그예 밤에는 끙끙거리며 앓아누워버리고 말았다. 그날도 늦게 아무런 소득을 갖지 못하고 들어온 엄마는 오자마자 휑한 집안에서 내 이름부터 불렀다. 나는 일어나야 한다고 생각했으나 온몸이 이불 속에서도 덜덜 떨려와 그냥 끙끙거리고 있었다.

엄마는 내 방에 들어와 보고는 그렇잖아도 언니의 가출로 곤욕을 치르고 있는 마당에 또 남은 딸자식마저 잘못되는 것은 아닌가 싶은 마음에서인지 질겁을 했다. 끙끙거리는 나를 일으켜 세웠다. 내 몸이 떨리는 것과 식은땀을 흘리는 모습을 보자 엄마는,

"얘가 왜 이래?"

하면서 연신 내 뺨을 때리며 정신을 차리라고 했지만 나는 점점 혼미해져 가는 것을 느꼈다. 내가 다시 깨어났던 것은 덥다 못해 창문이라도 열어놓아야 할 것 같은 갑갑함 속에서였다. 뜨락에서 참새가 조잘대는 소리가 들려왔고 깊숙이 들이민 아침 햇살의 화사한 손길이 은근히 나를 깨우고 있었다. 나는 땀 때문에 몸이 축축해져 상당히 불쾌하다는 것을 알았다. 흘깃 쳐다보니 엄마가 내 곁에서 의자에 앉아 침대에 엎드려 자고 있었고 내가 뒤척이자 감전되기라도 한 듯 번뜩 눈을 떴다.

"미안해, 엄마."

"그래, 미안하면 어서 일어나도록 해라. 아빠도 조금 전까지 이곳에 있다 갔다."

이탈리아인 교수가 살다 간 노란 집 이층 내 방에서는 간선도로 건너편 달동네가 훤히 보였다. 철거를 앞두고 있는 그 동네는 넝마로 기운 옷처럼 판자때기와 깨진 블록, 집을 허물 때 생겨난 나무 기둥 등으로 얼기설기 엮

어져 있었다.

　그 속에서도 소꿉장난 같은 생활이 있었고 어린 아기가 태어났다. 이 우리의 노란 집은 근방 부자들이 사는 동네에서도 가장 화려하고 호화스러웠다. 달동네 사람들은 우리 집을 부르주아의 표상이라며 곧잘 그들의 입방아 속에 올려놓고는 했다. 나는 달동네에서 유일하게 콘크리트 문명을 받고 높다랗게 올려져 있는 교회 십자가 탑을 보다가 몰라보게 수척해져 있는 엄마를 측은한 시선으로 바라보았다.

　"언니 소식 들었어?"

　"아니, 학교에서도 알 수 없다는구나. 학교가 뒤숭숭하니 찾아간들 만날 턱이 있겠니?"

　"어저께 수정이 언니 집에 갔었는데 이상수라는 사람을 만나보라고 하더라."

　"이상수가 누군데?"

　"운동권 학생이라나 봐."

　사실 고등학교 시절대로라면 언니는 운동권에 휩쓸릴 이유가 없었다. 명석하고 현명한 두뇌의 소유자인 언니는 그의 목적에서 한 치의 이탈이라도 있다면 단호하게 배격했기 때문이었다. 언니는 그래서 때로는 냉정하게, 때로는 무모한 결단이 아닌가 여겨질 정도로 아슬아슬하게 보일 때도 있었지만 언니의 판단과 결정은 언제나 옳았다. 어쩌다가 이런 언니가 운동권에 휩쓸리게 된 것일까? 그 운동권 학생인 이상수라는 사람을 사랑함으로써 자연스럽게 운동권에 휩쓸려 들어가게 된 것일까?

　아빠가 퇴근해 묻어오는 냄새도 여전히 불안하고 불편한 것들뿐이었다. 여전히 노조원들은 스트라이크를 일으키고 있었고 일본으로 수출해야 하는 납품이 벌써 여러 달째 처리를 못해 클레임이 들어오는 바람에 이만저만

한 손해를 본 것이 아닌 모양이었다. 회사 노조 대표들은 집 앞까지 쳐들어와서는 아빠와의 면담을 요구했고 어떻게 들어왔는지 엄마와 아빠가 없는 집에서 아파 누워 있는 나를 힐끗 쳐다보고는 들어왔던 그 발로 바닥을 쿵쿵 울리면서 나갔다. 노란 우리 집의 고급스러움에 그들은 발을 더욱 쿵쿵 울리는 것 같았다. 만일 아빠라도 있었다면 그들은 아빠를 그 큰 발로 짓밟기라도 할 것 같은 기세등등한 표정이었다. 그들이 나가고 난 뒤 집에 오래도록 그들의 때깔 곱지 못한 발자국과 땀에 전 냄새가 남아있었다. 집은 아빠의 사업 부진과 언니의 가출로 인해 그야말로 여지껏 지켜왔던 상류층의 가정이라는 자부심과 인식이 추락 일보 직전에 있었다. 지금의 하루하루는 예전의 하루하루가 아니었다.

나는 좀 나은 것 같아서 이불을 들치고 밖으로 나오려고 했다. 그러나 일어서자마자 현기증이 핑 들어 다시 자리에 눕고 말았다. 창문을 뚫고 들어오는 6월의 바람이 처음에는 몰랐는데 조금 매워 있었다. 오늘도 또 대통령은 매 맞고 있었고 사람들은 그 사납고 합리적인 말인 민중, 민주라는 무기로 그들을 가로막는 전경들과 대치하고 있었다. 산과 멀지 않은 이곳에 유독 최루가스와 화염병이 난무하는 것은 이곳에 대학이 많은 때문일 것이었다. 때때로 대학생들이 부르짖는 부르주아니, 소득의 균형과 분배니 하는 말을 들을 때마다 나는 속이 뜨끔해질 때가 없지 않아 있었다. 그것은 아빠 같은 사용자가 그만 착취하고 노동자들에게 이익을 나누어주라는 말일 것이다. 그러나 나는 정녕코 아빠는 직원들의 월급을 주기 위해서 전투적으로 회사를 운영하고 있다는 것을 말할 수 있다. 회사 사람들은 그것도 모르고 사회 분위기에 휩쓸려 그냥 민주주의를 부르짖으며 같이 침몰하기를 바라고 있는 것 같았다.

아무튼 이런 집안의 사정을 알고 있는 것인지 모르고 있는 것인지 언니는 가출을 한 지 한 달이 지나도록 돌아오지 않고 있었다. 엄마는 엄마대로 언니의 일로 지쳐가고 있었고, 아빠는 아빠대로 회사 일에 신경을 쓰는 바람에 집안은 가시 돋친 장미처럼 날카로워져 있었다. 그런데 만나려고 그렇게 노력해도 만날 수 없었던 이상수라는 사람이 제 발로 우리 집으로 걸어올 줄이야.

내가 그를 만났던 것은 엄마는 언니 때문에, 아빠는 회사 일로 밤 깊도록 돌아오지 않던 금요일 밤이었다. 나는 텔레비전을 보고 있었다. 전화벨 소리가 들렸던 것은 바로 전경 두 사람이 끌려가지 않겠다고 발버둥 치는 까맣고 노란 상하의를 입은 학생을 질질 끌고 가는 것이 화면 가득히 채워졌을 때였다.

"이난희라고 하지요? 언니한테 들었어요."

"네, 그런데?"

"이상수라는 사람입니다. 좀 급한데 근처 공중 전화박스까지 나와주실 수 있겠어요. 급합니다."

나는 좀 의아했으나 그가 이상수라는 데에서 혹 언니 소식을 알 수 있을지 모르겠다는 생각으로 전화로 지시한 장소로 나가기로 마음먹었다. 그러나 밤중이었기 때문에 대문 앞에서 나는 잠시 망설이지 않을 수 없었다. 그러나 이내 결단을 하고 내가 대문을 열었을 땐 이상수라는 사람은 벌써 대문 앞까지 와 있었다. 그의 키는 다소 큰 편이어서 나보다도 목 하나는 더 있었다.

"난희, 윤희한테서 들었어. 귀여운 동생이 있다구. 언니 방에다 좀 숨겨주지 않겠어. 급해. 언니가 그러더군. 동생한테 말하면 숨겨 줄 거라구."

내가 어떻게 제지할 틈도 없이 그는 벌써 몸을 집안으로 들여놓았다. 쫓아오는 사람이 없는가 뒤돌아보았다. 하는 수 없이 나는 언니의 빽을 믿고 들어오는 그를 언니를 생각해서라도 물리칠 수가 없었다.

"언니는 어떻게 되었어요?"

"몰라. 그냥 내가 숨어 있는 곳으로 전화를 해주었을 뿐이야."

"그래, 어쩔려구 하시는 거예요?"

"잠깐이면 돼. 숨겨줘. 어쩌면 내일 밤중이라도 이 악마의 도시를 빠져나갈 수 있을지도 몰라."

언니의 방 앞까지 갔지만 나는 쉽사리 그를 언니의 방으로 들여놓을 수가 없었다. 머뭇거리는 나를 밀치고 이상수라는 사람은 언니의 침대에 가 걸터앉았다. 아빠 말고 그 방에 들어온 남자는 그가 처음이었고 딸뿐인 우리 집이었기에 남자의 체취는 한순간에도 알아볼 수 있었다. 그는 담배에 불을 붙여 물었다. 그러다가 누가 볼세라 이내 불을 껐다. 쫓겨 다니느라 피로에 전 눈이 어둠 속에 더욱 반짝반짝 빛났다. 깊게 묻었다가 조금씩 내미는 하얀 연기의 질량이 그의 어둠 속의 모습을 더욱 몽롱하고 환상적이게 했다. 턱수염이 자라 입술 주위를 까맣게 덮고 있는 그는 언젠가 잡지사의 겉표지 인물로 등장했던 천재 시인 이상의 슬픈 파이프를 문 얼굴을 연상하게 했다. 순간적으로 떠올랐던 것은 저 남자가 혼자 있는 이 넓은 집안에서 나를 겁탈하면 어쩌나 하는 불안과 별로 매력적이지 않은 그의 모습에 명철한 언니가 어떻게 빠져들었을까 하는 의구심이었다. 나는 그를 대접해야 한다는 생각이 들었으나 이내 피곤 때문인지, 쫓기는 것에 대한 불안 때문인지, 누워버리는 그를 보자 그런 감상에 빠져들어가는 것을 곧 경계해버렸다. 어쨌든 그는 언니가 부탁한 사람이고, 경찰에 다급하게 쫓기는 몸인 것이었다.

그날 엄마와 아빠는 밤늦게 들어오셨다. 나는 그 이상수라는 사람이 온 것을 알려야 하는 건지 말 안 해야 하는 것인지 알 수가 없어 이제 늙어가는 초로의 중년들의 눈치를 보면서 내가 처신할 바를 찾고 있었나.

"아까 회사 사람들이 다녀갔어요."

"날 만나러 왔든?"

"아빠가 없으니까 그냥 나가더군요."

"이런 놈들, 회사 일을 회사에서 처리할 것이지 집까진 왜 가지고 와? 언니한텐 연락이 없구?"

"연락이 없었어요. 참……"

나는 이층에 사람이 와 있다는 것을 말하려 했으나 차마 입이 떨어지지 않았다. 그날은 그렇게 넘어갔다. 언니가 운동권에 휩쓸리고 있다는 것을 짐작하고부터는 엄마의 운동권을 보는 시각은 사뭇 달라져 있었다. 그들에 부정적이었던 엄마의 시선은 어쨌든 딸자식이 희생당하지 않기를 바라는 마음에서인지 최루탄을 쏘아대는 전경을 나무랐고 전에 없이 경찰들의 횡포를 강력한 어조로 비난하는 것이었다. 언니가 가출하기 전까지는 결코 엄마는 전경들에 대항해서 싸우는 학생들을 나무라면 나무랐지 옹호하지는 않았던 것이었다.

우리 학교도 예외는 아니었다. 신촌 근처에 있었던 우리 대학은 그렇지 않아도 인근 명문 사학의 영향을 받아서인지 걸핏하면 여자아이들이 거리로 뛰쳐나갔고 그들 중 일부는 내가 생각하기에도 여자로서 가혹할 정도의 투사적 성격을 띠고 있었다. 내가 그들을 이해할 수 없었던 것은 그들이 비교적 유복한 가정환경을 지닌 아이들이었다는 것이고 무엇 하나 부족할 것이 없는 그들이 왜 이런 일에 앞서 날뛰는 것인지 알 수가 없는 것이었다. 혹 내가 너무나 한쪽 면만 보고 살아와서 다른 세계를 보지 못하고 있는 것은 아닌지. 솔직히 말해 나는 우리 노란 집의 행복에 묻혀 일부러 노란 집 반대쪽에 있는 헐고 낡은 가난한 사람들의 집들을 무시하거나 보지 않으려고 했다. 이 이탈리아 출신의 교수가 살았던 노란 집은 정원의 분수대를 비롯해서 현관 입구, 집안의 장식 가구까지 모두 하나에 수백만 원을 호가하는 이탈리아산이 아닌 것이 없었다. 사실 이 정도의 집이라면 우리보다도 국민소득이 훨씬 높은 서구 사람들에게도 역시 상류층에 속하는 사람들만이 누릴 수 있는 집일 것이었다. 이탈리아인 교수는 이 집을 온통 노란 색의 페인트로 장식해 놓아 고호의 '노란 집'을 연상케 했다.

이 집을 사게 되었던 것은 엄마의 강력한 의지 때문이었다. 엄마는 두 딸과 아빠 뒷바라질 하며 우리 집을 상류층의 행복한 가정으로 가꾸겠다는 생각을 가지고 있었다. 각박한 시대, 좋은 가정을 이루는 것은 여자들이 갖는 로망이라 아니할 수 없었다. 그러니만치 상류층 가정의 표상이라고 할 수 있는 이쪽 동네의 노란 집은 엄마의 일생 꿈이며 목표였다. 마침 운 좋게도 귀국하려는 이탈리아인 교수의 집을 팔려는 의도와 엄마의 꿈인 이 노란 집을 구입하려는 의도가 일치했던 것은 엄마에게는 일종의 행운이었다. 노란 집은 우리 집이 상류 중산층 가정이라는 것을 보여주는 척도였던 것이었다. 중개인의 적절한 타협과 급히 귀국해야 하는 이탈리아인 교수의 필요는 엄마에게는 적당한 가격을 형성케 했다. 그 엄청난 돈을 어떻게 엄마가 마련했는지 엄마는 일체의 잔금도 남기지 않고 지불했던 것이었다.

그 집을 사고 나서 안 일이었지만 그만큼 싼 가격에 구입할 수 있었던 것은 그 집이 갖고 있는 사연이 있다는 것을 말하는 것이었다. 맨 처음 그 집을 설계한 이는 일본인과 함께 살던 젊은 여인이었다. 한국 지사장으로 온 일본인은 당시 대학생이었던 여인을 알게 되었다. 그녀는 일본인 지사장의 적극적인 구애로 결혼생활을 하게 되었지만 외국인과의 생활은 여러모로 어려운 점이 많았다. 그렇지만 중산층으로 입성하려는 의지가 강했던 가난한 젊은 여인은 돈 잘 버는 일본인과의 불편한 생활을 참고 견디어 내었고,

그리고 마침내 그녀가 생각했던 우리나라 중산층이 모여 사는 동네인 이곳에 집을 짓게 되었다. 그러나 일본인 남편과의 생활은 생각만큼 쉬운 것이 아니었다. 남편의 본사 발령과 함께 일본으로 갈 수 없었던 여인은 구체적인 내용이야 알 수 없었지만 자살로서 생을 마감하였다. 일본인의 현지처 생활에 적응 못했던 여인의 슬픈 역사가 담겨 있는 집이었다.

일본인 남편은 젊은 아내의 죽음을 서둘러 지워 버리고자 하는 마음에 당시 미국 남장로 교회 선교사들의 집을 구입하고자 했던 교회에 싼값으로 일사천리로 팔아버리게 된 것이었는데 일본인 남편에게는 이 집은 아무래도 유쾌한 기억은 아니었을 것이었다.

한편 남장로 교회에서는 이 집을 파견한 선교사가 머무는 집으로 이용했다. 한동안 남장로 교회 선교사들이 머물렀던 이 집은 또다시 이탈리아에서 온 부자 출신의 한 대학교수에게 팔리게 되었다. 미국 남장로 교회에서는 이 집을 팔고 대신 서울의 봉천동에 교회를 지을 예정이었다. 그러나 실제로는 남장로 교회의 전도사로 왔던 한국인 부부 전도사가 그 돈을 몽땅 가지고 사라졌다는 소문이 있었다.

이탈리아인 교수는 외국어 대학 이탈리아어과 교수로 취임되어 온 사람이라고 했다. 이 외국인 대학교수는 예쁜 아내와 어린 자녀들을 데리고 살았다. 외국인으로서 한국어를 자유자재로 구사할 수 있는 실력과 전공에 대한 탁월한 식견을 가진 그는 방송과 신문에 여러 번 등장해 '로빈슨 크루소우'란 모험소설의 주인공과 닮은 자기 이름을 유머스럽게 이야기해 장안의 화제를 모았을 뿐만 아니라 학교의 명예를 높이는 데에도 보탬을 하고 있었다.

그러나 가짜 학위 들통과 함께 그의 모든 명예는 순식간에 사라졌다. 그는 급히 한국을 떠나야 했고 엄마의 꿈은 너무도 쉽게 그리고 예상보다 빨리 이루어진 셈이 되었다. 이 노란 집은 엄마의 꿈인 우리가 한국 상류층이라는 것을 나타내주는 것이기도 했기 때문에 엄마는 다소 무리하지만 그녀의 행복한 가정을 이루겠다는 꿈의 한 방편으로 이 집을 구입하게 되었던 것이었다.

우리가 이 집으로 이사하게 되었을 때 엄마의 기뻐하는 모습과 언니와 아빠의 흐뭇해하던 표정을 나는 기억하고 있었다. 그러나 나는 그렇지 못했다. 이 집을 보는 순간 고호의 '노란 집'을 떠올렸고 고호의 '노란 집'에서의 삶은 불행했다는 것을 나는 기억해내었다. 그런 찜찜함은 이 집에 이사를 오고 나서도 얼마만큼 지속되었다. 그러나 바쁜 고3의 학교생활은 찜찜함에 대한 더 이상의 감정을 가지지 못하게 하였다.

아침이 되자 아빠는 회사로 나가고 엄마는 다시 언니 걱정으로 시위 현장으로 달려갔다. 노란 집에는 이층의 그와 나만이 다시 남아있게 되었다. 엄마가 나가고 난 것을 안 나는 남은 밥을 챙겨 가지고 언니 방으로 올라갔다. 다소 두렵기도 했지만 언니의 부탁이라는 그 말을 믿을 수밖에 없었다. 그가 한편 쫓기고 있는 사람이라는 점에서 측은지심도 없지 않았다.

"식사하세요."

내가 문밖에서 소리를 질렀지만 그는 답하지 않았다. 내가 다시 한번,

"식사하세요."

하고 말하자 그는 비로소 문을 살짝 열고는 주위를 한번 두리번거리더니 잽싸게 쟁반을 낚아챘다. 그의 말은 간단했다.

"고마워. 피해가 되지 않도록 할게."

'무슨 소리를, 당신의 지금 이 모양이 바로 우리에게 피해를 주고 있는 거야.'

나는 그가 다 먹었다고 생각했을 무렵, 다시 올라가 쟁반을 내왔다. 그의

몰골이 낮에 보니 확실히 드러났다. 며칠 동안 잠을 제대로 못 잔 듯 피곤에 절은 그의 얼굴은 영화에서 본 토벌대에 쫓기는 산사람들의 모습이었다.

엄마는 한나절이 못되어 돌아왔다. 오늘 마지막 강의가 있었지만 나는 학교에 가지 않았다. 언니 방에 있는 쫓기고 있는 그가 걱정이 되었기 때문이었다. 만일 그 사람이 엄마에게 발각된다면 엄마는 어떤 표정을 지을까. 곱게만 자라온 엄마는 결혼도 그만큼 중류 가정의 집안인 아빠와 순탄하게 하였고 엄마의 두 딸인 언니와 나 역시 다소 굴곡은 있었지만 엄마 아빠의 보호 아래서 곱게 자라왔던 것이었다. 그러나 대학은 지금껏 보아왔던 세계와는 다른 내가 모르는 세계가 있다는 것을 깨닫게 해주었다. 나는 점점 집안에 대한 불만을 내비쳤다. 내가 남과 달리 이런 노란 집 같은 고급주택에 살고 있는 것에 대한 실망감이었다. 부모에 대한 고마움보다는 차라리 내가 그들과 다르다는 것이 견디기 어려웠다. 사치스런 생각인지도 몰랐다.

이튿날 아침, 아빠는 회사에 나갔고 여전히 엄마는 언니를 찾기 위해 시위 현장에 나가기 위해 서둘렀다. 임시 휴업령이 내린 학교는 내게도 집에 쉴 수 있는 여유를 주었지만 나는 여전히 2층 언니 방에 있는 그가 두려웠고 그가 우리 집에서 어서 떠나가주기를 고대했다. 이 노란 집은 아빠와 엄마 그리고 두 딸이 살고 있는 행복과 평화의 전당이었고, 나는 그 행복과 평화가 오래도록 유지되기를 진정으로 바랐다. 그런데 지금 그가 끼어들어 평화를 방해한다고 생각했다.

조금씩 금이 가고 있는 엄마의 꿈과 그 무너지는 꿈을 막아보려는 엄마의 노력은 나만이 알고 있었다. 아빠와 언니는 회사 일과 자기 신념에만 빠져 집이 어떻게 되어가고 있는가를 모르고 있었다. 엄마가 이 집을 어떻게 마련한 것인데, 엄마는 두려웠던 것이었다. 그동안 두 딸이 모범적으로 잘 자라주었고 남편의 사업도 그럭저럭 탈 없이 유지를 해온 것이었는데 어떻게 이룬 이 가정의 행복을 망칠 수 있단 말인가?

그날도 엄마는 또 데모가 벌어지고 있는 현장을 직접 찾아 나섰지만 얻는 소득은 별로 없는 것 같았다.

'곱게 자라준 딸인 줄 알았는데 딸이 내 모든 것을 앗아가 버리고 마는구나.'

엄마는 때때로 탄식처럼 말하기도 했다. 시국은 만만치가 않았다. 전두환, 노태우 씨가 그 자리를 내놓지 않으면 안 될 정도로 갈수록 시위는 격렬했고 최루가스가 온 서울 시내를 뒤덮었다. 나다니기가 두려울 정도로 서울 공기가 매웠다. 눈이 쓰렸다. 아빠 회사는 아빠 회사대로 스트라이크로 고통을 겪고 있었고 돌아가지 않는 회사를 간신히 돌려놓았던 회사가 또 경영 악화에 이른 것이었다. 노란 집으로 이사 오고 나서부터 금이 가기 시작한 우리 집은 꼭 깨진 독을 억지로 묶어둔 꼴이었다.

아빠 회사의 도산 직전의 상태, 언니의 부재, 그리고 아직도 이층 언니 방에서 떠나지 않고 있는 그 이상수라는 사람, 그를 내쫓을 수도 없었고, 그렇다고 가까이할 수도 없는 그런 지루한 날이 흘러가고 있었다. 시국은 갈수록 격화되었고 텔레비전 앞에 앉는 것이 혹 언니가 어떻게 된 것은 아닌지 하는 생각으로 겁이 날 정도였다. 엄마는 거의 핍진한 상태로 하루하루를 이어갔고 아빠는 좀처럼 집에서는 말하지 않는 회사의 일을 지금은 거의 아침 식사 때마다 엄마에게 이야기를 했다. 그 이면에는 집안 좀 잘 챙기라는 무언의 압박이 주어졌다. 그 말을 들을 때면 엄마는 기분이 몹시 상해했지만 대꾸는 하지 않았다.

그러나 일은 뜻밖에도 엉뚱한 데에서 일어났다. 바로 이층에 있는 그 이상수라는 사람이 엄마에게 발각되고 만 것이었다. 내가 잠깐 마트에 간다고 집을 비운 사이 언니의 방에 들어갔던 엄마는 이상한 꼴을 한 바로 언니가 숨겨 달라는 그 이상수라는 사람과 마주치고 말았던 것이었다. 엄마가 놀랐을 모습이 보지 않아도 상상이 갔다. 어떻게 그가 들어왔는지? 더욱이나 이 집은 사람이 감히 침범하지 못한 정도로 이중 삼중으로 경계 시설이 잘 된 집이 아닌가? 안에서 누가 열어주지 않았다면 함부로 들어올 수 있는 집이 아니었다. 나는 끝까지 모르쇠로 일관하였다. 그러나 이 일은 아버지 모르게 아무런 일도 없었다는 듯이 자연스럽게 해결되었다. 고요한 집에서의 평화를 깨고 싶지 않았던 엄마는 아무런 일이 없다는 듯 아무 소리 없이 언니 방에서 그 사람을 나가게 함으로써 가정의 평화를 지키려 했던 것이었다.

그 언니가 숨겨주려고 했던 남자가 나가고 나서 나는 그가 있을 때보다 다소 마음의 불안은 덜었으나 그 한편 마음 한구석에 그늘 같은 어둠이 한 자락 남았다. 혹 그가 우리 집을 나간 다음부터 쫓기다 잡히면 어떻게 하나 언니가 부탁한 사람인데 만일 그 사람이 붙잡히거나, 잘못되거나 하면 언니의 나에 대한 원망은 어찌할거나? 그런 생각들이 하루 이틀 지날수록 그늘을 드리우는 것이었다. 언니의 부탁인데 그것 하나 제대로 들어주지 못하다니?

아닌 게 아니라 이런 나의 기우는 틀린 것이 아니었다. 그 남자가 나가고 나서 이틀이 지났을 때 나는 그 운동권 간부인 이상수라는 사람이 영등포역에서 서울을 벗어나려다 붙잡혔다는 소식을 접한 것이었다. 텔레비전에 나오는 그의 모습은 초췌하기 그지없었다. 그가 우리 집으로 오던 그때의 모습 그대로였다. 쫓기는 자의 불안이 그대로 내보인 얼굴은 보기에도 안타까웠다. 순간 나는 속으로 철렁하는 충격을 받았다. 저 모습을 언니도 지금 서울 어느 하늘 아래에서 보고 있을 것이 아닌가? 나에게 부탁했던 일이 잘못된 것을 안 이상 언니는 나를 얼마나 원망하고 있을까? 그 남자가 붙잡힌 것이 꼭 나의 잘못인 것만 같아서 마음이 편치 않았다.

그 이상수라는 학생이 나간 이후로 언니의 문제만 빼놓고는 집은 그럭저럭 평온을 유지해가는 모습이었다. 엄마는 매일같이 밥만 먹으면 언니를 찾으러 다녔지만 사실 언니에 대한 소문은 더 이상 접할 수 없었다. 엄마는 나에 대한 관심도 게을리 하지 않았다. 나마저 첫딸 모양 이상한 일에 빠져버리면 어쩌나 하는 노파심을 피부로 느낄 정도였다. 어디에 숨은 것인지, 아니면 시국이 잠잠해질 때를 기다리고 있는 것인지, 언니는 어떤 일말의 행적도 눈에 뜨이지 않았다. 그럴수록 엄마는 겉으로는 언니 욕을 했지만 속으로는 모든 엄마가 그렇듯이 언니가 잘못된 것은 아닐까 노심초사하는 모습이었다. 나는 알고 있었다. 엄마가 첫딸인 언니를 얼마나 애지중지하고 있는지를, 언니는 아들 없는 집의 기둥이었고 희망이었다. 엄마가 언니에게 쏟은 사랑을 나는 그 반쯤도 받지 못했다. 그것은 역시 아빠도 마찬가지였다. 그렇게 자라왔던 나는 그것을 당연한 것으로 알았고, 그래서 거기에 무슨 불만을 가졌다거나 반항감 같은 것을 가져 본 적은 없었다.

한번은 한 작은 신문 기사 때문에 충격적인 소동이 있었다. 언니와 비슷한 또래의 여자 시체가 뚝섬 근처에서 발견되었다는 기사를 아빠가 읽고 집으로 연락한 것이었다. 엄마와 나는 아빠의 그 이야기를 듣고 한동안 멍하니 있다가 부리나케 문제의 시체가 있다는 병원으로 달려갔지만 그 주인공이 언니가 아니라는 것을 알고 우리 모녀는 그 자리에 털썩 주저앉으며 안도감으로 가슴을 쓸어내렸다.

아, 정말 언니는 도대체 어떻게 된 것이란 말인가? 착하고 명민했던 언니가 하루아침에 사라져서 집안의 분위기가 우울해지고 덩달아 아빠 회사마저 부도로 가정이 휘청대고 있다는 것을 언니는 아는 것일까? 그럼에도 언니의 소식은 요지부동이었다. 언니에 대한 소식은 누구에 의해서도 알 수 없었다. 언니는 도대체 어디에 숨어 나타나지 않는 것일까?

마침내 아빠는 회사를 법정관리로 일임할 생각을 하신 모양이었다. 일본 자본을 끌어들인다는 소문도 있었지만 그마저도 사회적 분위기가 용인 않는 모양이었다. 그나마 그 방면에서는 마지막까지 버티었던 아빠 회사였지만 결국은 고비를 넘기지 못하고 만 것이었다. 이제 우리 집은 어떻게 되나? 오너인 아빠에게는 이 노란 집 말고는 큰 재산을 모아둔 것이 없었다. 아빠는 근근이 회사를 이어온 것이었기 때문에 회사 말고는 한눈을 팔 수가 없었다. 회사에 모든 것을 바치고 있었던 것이었다. 그것을 모르는 사람들은 아빠가 재산을 빼돌린 것처럼 소문이 돌고 있지만 내가 아는 한 아빠는 아니, 이 땅의 많은 중소기업 하는 사람들은 회사를 생각하지 집을 생각하지 않는다는 것을 단연코 말할 수 있다.

7월이 되어서도 시국은 안정될 줄 몰랐다. 아니 겉으로는 다소 조용했지만 전두환 정권에 대한 반감은 지방으로 더욱더 진하게 퍼졌다. 어머니의 바람과는 달리 언니의 소식은 그 후에도 알 수 없었다.

'이럴 줄 알았으면 그 친구라도 잡아두었어야 했는데.'

언니에 대한 소식은 오로지 그 이상수란 친구에게서만 알 수 있다고 판단한 엄마는 그때 그 이상수라는 사람을 잡아두지 못한 것을 못내 아쉬워했다. 때늦은 후회를 하고 있는 것이었다. 그러나 그 친구가 지금 감옥에 가 있다는 것을 엄마는 알기나 한 것일까.

처음 작은 회사에서 시작해 엄마와 아빠의 악착같은 노력으로 상류층으로까지 올라섰던 우리 집이 다시 추락하고 있는 것이 눈에 보이는 것 같았다. 실로 노란 집으로 이사 오기까지 엄마는 얼마나 노력했던가. 바깥일을 하지 않는 여자가 할 수 있는 최대의 일은 남편을 내조하여 행복한 가정을 만드는 것이라고 엄마는 생각하고 있었다. 그것은 그녀의 평소 소박한 꿈이기도 했다. 그래서 어려움 속에서도 아빠는 어느 정도 성공적으로 일을 할 수가 있었고 엄마가 그렇게 원하던 이곳 부유층들이 모여 사는 동네의 노란 집에 입성할 수도 있었던 것이었다. 그런데 노란 집으로 이사 오고부터 우리 집은 조금씩 알게 모르게 금이 갔던 것이다. 언니의 가출에 이은 아빠 사업의 부진, 그리고 상류층에 속해 있는 그것이 행복인 줄 모르는 나의 철딱서니 없음, 하나가 잘 안되니까 안 되는 일이 연속적으로 일어나는 것이었다. 언니의 가출로 인해 일어난 변화는 이제껏 우리에게 있었던 그 어떤 것보다도 큰 것이었다.

오늘 아침도 엄마는 나가면서 투정하듯이 말했다.

"왜 이렇게 시련이 그치지 않니?"

그 말이 내가 생각한 것보다 훨씬 심각한 것이라는 것을 나는 오후에야 알았다. 엄마와 아빠가 나가고 나 혼자 있는데 웬 낯선 사람들이 들이닥쳐 아무런 말도 없이 우리 집의 물건들에 빨간 딱지를 붙이기 시작한 것이었다. 텔레비전에서만 보았던 그런 일이 지금 우리 집에서 일어나고 있는 것이었다. 이어 엄마가 오고 아빠가 오고 그야말로 집안 꼴은 말이 아니었다. 아빠의 회사가 잘 안 돌아가고 있는 것을 알고는 있었지만 이 정도인 줄은 꿈에도 몰랐다.

그날 저녁 붉은 딱지가 붙여진 대리석 고급 식탁에서 우리는 말 없이 저녁을 먹었다. 집안 분위기는 깊은 바다닷속만큼 가라앉아 있었고 숟가락을 놓을 때까지 침묵이 계속되었다.

'이제 어떻게 해야 하니 나쁜 계집애.'

엄마는 집안이 이 지경이 된 것이 마치 언니 탓이라는 듯 중얼거렸다. 그날 밤 이층 내방으로 오르려다 나는 엄마가 혼자 남은 그 큰 거실에서 빨간 딱지가 붙은 그림을 안으며 눈물을 흘리는 것을 보았다. 거실에 걸려 있는 그 그림은 대략 30호 남짓한 것으로 '나목'으로 알려진 우리나라 유명 화가의 그림이었다. 화가가 꿈이었던 엄마가 아끼고 아끼던 그림이었다. 화가가 되려는 꿈마저 포기하고 집안의 행복을 위해 노력했던 엄마는 형편이 조금씩 나아지자 무엇보다 자신이 좋아하는 화가의 그림을 모으기 시작했는데 그중 그 그림은 엄마가 가장 아끼는 그림이었다. 엄마는 이 노란 집으로 이사 오고 나서 가졌던 기쁨만큼 이제 실망을 앞에 두고 있는 것이었다.

방에 들어온 나는 이 집을 떠나서 어떻게 해야 하나 하는 걱정과 정말 언니는 왜 가출해 집안을 이 꼴로 만들어버린 것일까? 모든 책임을 언니에게 돌리며 언니를 원망했다. 언니는 왜 집을 나간 것일까? 딱히 문제가 없을 것 같은 언니가 가출한 이유를 생각해낼 수 없었다. 어쩌면 이 문제는 언니만이 아는 문제로 설사 집으로 언니가 돌아와도 언니가 입 다물고 있으면 아무도 모를 거라는 생각이 들었다. 이럭저럭 오늘도 또 막이 내렸다. 나는 전에 없이 잠을 이루지 못하다가 자정 무렵에야 겨우 잠이 들었다.

이튿날 깨어보니 8시가 지나있었다. 나는 텔레비전을 켰다. 텔레비전을 보는 것은 이즈음 시간이 많은 내가 할 수 있는 부분이었다. 아침밥을 먹을 때 엄마는 혼잣소리로 언니에 대해 상심이 큰 듯,

'딸년이 내 가슴을 베는구나.'

하고 말했다.

엄마가 화가가 되려는 꿈마저 포기하고 가졌던 행복한 상류층을 이루려는 꿈에 대한 언니의 배신과 도전은 엄마의 분노를 가중시켰다. 갈수록 언니에 대한 엄마의 분노는 커갔고 그것이 실제로 아버지의 사업 부진과 언니의 가출이라는 사건이 맞물려 불과 반년 만에 집안이 풍비박산이 나자 엄마는 몸져눕기까지 했다.

노란 집의 저주인 것일까? 나는 왜 이 집이 그렇게 빨리 쉽게 우리 집이 되었는지 의심을 품게 되었다. 그리고 이 집을 구입했던 모든 사람들이 잘

되어 나간 것이 아니라는 것을 생각하게 되었다.

여하튼 연전에 상류층의 표본이라 할 수 있는 이 노란 집으로 이사 오고부터 시작된 우리 집의 불행은 거기서 그치지 않았다. 아빠의 회사는 최악으로 떨어졌고 급기야는 언니의 구속이라는 소식이 우리 집으로 전해져 왔던 것이다. 언니의 죄목은 '국가내란죄 가담 혐의'라는 언니와는 또 아빠의 평소의 성향과는 다른 돌연변이적인 생소한 것이었다. 그 소식을 언니가 가출한 뒤 석 달이나 지나서야 받아 든 우리 집은 거의 망연자실할 지경이 되어버렸다. 엄마는 소식을 듣자 이내 버티지 못하고 쓰러졌고 아빠마저 집달리가 들어서 최후 통첩을 하고 나간 뒤 습관처럼 폭음을 했다. 노란 집은 경매에 처해질 지경이었다. 엄마는 누워서도,

'네가 내 가슴을 베는구나, 네가, 네가, 내 가슴을 베는구나.'

하면서 또 언니에 대한 원망을 놓지 않았다.

무엇이 언니를 구속이 될 정도로 내몰았던 것일까? 그 곱던 언니가 이런 일에 빠지지 않았다면 정말 교수들의 촉망받는 학생으로 장차 한국 패션업계를 이끌고 갈 유능한 일꾼이 될 텐데. 언니의 구속은 그것으로 우리 집에서 더 이상의 희망을 바라볼 수 없게끔 하는 일이었다. 엄마는 언니를 그렇게 미워했으면서도,

'이제 변호사 비용을 어떻게 대니 돈이 없는데.'

하며 언니 걱정을 했다.

2학기 들어 수업을 시작했지만 나는 다니는 둥 마는 둥 했다. 집은 온통 언니와 아버지 회사로 난리를 겪었고 더 이상의 희망을 가질 여지가 없었다. 9월 첫째 금요일 우리 집 식구는 모처럼 아빠와 함께 언니를 면회 가기로 했다. 언니가 구속되었다는 소식을 받던 날 당장 면회를 가고 싶었지만 그것이 그렇게 마음대로 되는 것이 아니었다. 면회 신청을 하고 일주일을

기다려서야 간신히 이루어졌다.

언니 앞에서 엄마는 또 한 번 기가 막힌지 그 자리에 주저앉았다. 너무도 당당한 언니의 태도 때문이었다.

"엄마, 이제 저를 잊으세요. 저는 슬프지 않아요. 잘못된 길로 굴러가는 역사의 수레바퀴를 내 몸을 던져 조금이나마 막았다는 생각이 들거든요. 검찰에서 말하듯이 국가 내란 음모에 가담한 것은 아니에요. 내가 자라면서 보지 못했던 우리 사회가 가진 모순적 요소들을 가만두고 볼 수가 없었어요. 저는 그것을 조금이나마 바로 잡고 싶었을 뿐이에요. 그리고 미력이나마 바로 잡는 데에 힘을 보탰다고 생각할 뿐이에요."

언니는 말만으로도 신념이 느껴지는 투사처럼 말했다. 나는 언니의 그 모습을 보면서 언니가 자기 자신만을 위한 변명을 하고 있다고 생각했다. 언니는 알고 있을까? 지금 우리 집이 어떤 형편에 처해져 있는지를. 아무리 국가가 바르면 무엇하지? 집안이 이런 꼴로 되어가고 있는데.

"왜 하필 그걸 네가 해야 하니?"

엄마는 그런 언니를 보며 울었다. 곱게 자라 좋은 남편을 만나 아들, 딸 낳고 행복하게 살아주기를 원했던 엄마는 언니의 당당함을 인정하고 싶지 않았던 모양이었다. 그것은 행복한 가정을 이루려는 자신에 대한 도전이고 고생하는 아빠에 대한 반항으로만 받아들이는 것 같았다.

언니를 면회하고 온 날부터 엄마는 일어나지 못했다. 그 곱디고운 엄마의 얼굴에서 금세 주름을 볼 수 있었고, 그녀의 꿈이 사라지고 난 만큼 목소리에도 진이 빠져 있는 것을 느낄 수 있었다. 아빠는 그 상황에서도 여전히 회사를 살려보려고 이리저리 쫓아다니지만 언니가 국가 사범에 관련되었다는 것을 알고부터는 모두들 아빠를 꺼리는 모양이었다. 일으키기는 어렵지만 회사가 망하는 것은 한순간의 일이었다.

결국 엄마가 그렇게 갖고 싶어 했던 노란 집을 우리는 내놓지 않을 수 없었다. 노란 집을 내놓고 우리는 산꼭대기 동네로 이사를 갔다. 이런 동네는 결코 낯선 것이 아니었다. 내가 어렸을 때도 이런 동네에서 산 기억이 있었다. 그 동네에서 우리 자매는 똑똑하고 공부 잘하는 자매로 기억되었는데 다시 그 원점으로 되돌아간 것이었다. 엄마가 얼마나 꿈꾸었던 집이었는데, 엄마가 얼마나 기대를 가졌던 언니였는데……

그 모두는 엄마의 꿈에서 보기 좋게 배반되어진 것이었다. 노오란 집을 내놓고 이사 가던 날 엄마는 눈물을 흘리면서 말했다.

"너희들에게만은 행복한 가정을 물려주고 싶었는데, 이제 어떡하니, 윤희가 출옥해서 집을 찾아올 수나 있으려는지 모르겠구나. 윤희는 내 희망이었는데……"

엄마는 노란 집을 내놓고 가면서 연신 뒤돌아보며 눈물을 흘렸다.

여름 일기

전쟁과 함께 서울에서 내려온 나는 바우와 친했다. 우리 집 전답을 부치고 있던 바우 아범 김 서방은 나를 보면 도련님이라고 불렀고 그럴 때면 나는 그 말이 쑥스러워 산모롱이 돌아 멀리 냇가까지 도망치고는 했다. 내가 냇가에 앉아 발을 담그고 내 발바닥을 간지럽히는 송사리 떼에 혼자 키들거리고 있으면 어느새 바우는 내 곁에 와 참외를 한 조각 건네주고는 했다.

여름이었다. 시냇가 맑은 물에서는 송사리 떼들이 모여 노는 모습을 볼 수 있었고 뭉게구름이 이름처럼 뭉게뭉게 피어오르는 하늘 그 어딘 가에서는 짜릿한 여름 풀매미 소리가 들려왔다.

나는 심심하면 바우를 불러 세워서 마을 구석구석을 개처럼 싸돌아다녔다. 이 백여 호 남짓한 마을은 한낮이라도 쥐 죽은 듯이 고요했고 어쩌다 만나는 사람들은 약속이라도 한 듯 멀찌감치서 피해 갔다. 그러나 그것도 하루 이틀 지나 사람의 간섭에 구애받지 않게 되자 우리는 이젠 온 산이 우리 것인 양 울울창창한 산속을 헤집고 다녔다.

산속에는 기상천외한 것이 많았다. 바우는 시골 소년답게 내가 이름도 알 수 없는 열매들을 따다가 내 손에 쥐여주었고 그것이 잘 익은 것이라면 자기 손으로 내 입에 쏘옥 밀어 넣어주었다. 바우는 이런 것이 있을 법한 곳을 어찌나 잘 알던지 그가 가리키는 곳을 더듬어 가면 거짓말처럼 한 움큼의 열매가 손에 잡혀 있었다. 대개가 설익은 풋것이었지만 그래도 벌레 먹은 것들이 있기도 하였다. 퉁퉁 불은 배를 움켜잡고 배를 두들기면 이상하게 배에서 소리가 났다.

때로는 바우가 주는 것을 넙죽넙죽 받아먹다가 입안이 얼얼하여 얼떨결에 뱉어버리고도 한참 동안 숨이 칵칵 막히는 고통을 느끼기도 했다. 바우는 그런 내 꼴이 재미있다는 듯 심심하면 나를 그런 식으로 골려주었다.

식상해지면 풍뎅이를 잡았다. 풍뎅이의 날개를 떼어내고 뒤집어 놓으며 누가 오래 뱅글뱅글 도나 시합을 하였다. 풍뎅이 날개는 만화경 속에 집어넣고 돌려가며 보았다. 만화경 속은 신비의 세계였다. 이상한 도시들이 뱅글뱅글 돌아가며 지워졌다가는 살아오고, 어떤 때는 슬며시 환상의 세계를 그려놓았다. 만화경은 내가 서울에서 가지고 온 유일한 물건이었다. 때때로 우리는 만화경 속에 나비 날개를 뜯어 넣기도 하였고 꽃가루를 묻힌 개미를 집어넣기도 하였다. 만화경 속이 그때마다 달라졌다.

전쟁이 났다는 것을 알려줄 만한 아무것도 없었다. 때때로 말매미 같은 쌕쌔기가 이 산속을 폭음을 내며 가로지를 때면 노루와 토끼가 놀라 뛰어나왔다. 오직 그것만이 전쟁이라는 것을 알려주는 것 같았다. 그러나 그것도 그때뿐이었다.

우리가 인민군을 보았던 것은 그 무렵이었다. 그날도 바우와 나는 냇가에서 빨가벗고 서로의 오줌발이 누가 멀리 나가나 그것의 껍질을 불가 집고 배에다 힘을 쓰며 오줌발이 그리는 동그라미를 세고 있었다. 바우 것은 햇볕에 구슬려 단단했고 무청처럼 싱싱했다. 오줌발도 힘차서 나보다도 멀리 나갔다. 걸을 때면 사타구니가 덜덜 떨렸다.

그날따라 그 짓도 엔간히 싫증 나고 짜증스럽기만 해 나는 뭐 좀 신나는 일이 없을까 싶어 바우 얼굴을 흘깃 처다보았는데 순간 바우는 기가 막힌 생각이 떠올랐는지 씩 웃더니 냅다 뛰기 시작했다. 나도 엉겁결에 바우를 따라 뛰기 시작했다. 사타구니가 덜덜거렸다. 바우가 멈춘 곳에 당집이 있었다. 이 당집은 해방 전까지만 해도 원래 서발 명도가 살던 집이었다. 그러나 그녀가 문둥병에 걸려 마을을 떠난 뒤로는 토끼나 노루 같은 짐승들이 놀다 가고는 했다. 문을 열면 쥐똥과 토끼 오줌내가 진하게 코를 찔렀다.

기와는 슬어 금방이라도 무너져 내릴 듯이 보였고 장지살 문은 삭을 대로 삭아 건드리기만 해도 부서질 것처럼 보였다. 그 앞에는 제법 껍질에 켜가진 소나무가 널찍하게 가지를 늘어뜨린 채 있었는데 그 한쪽 가지 끝자락에는 굵은 새끼줄이 늘어 있어 단옷날 그네 타던 자국이 남아 있었다.

바우는 익숙하게 문을 열어젖혔다. 곰팡이 냄새와 함께 놀란 설레발이들이 천장으로 우루루 올라갔다. 바우는 내 손을 잡아끌며 문을 닫더니 다짜고짜 내 단고를 풀어 젖히며 별안간 다리를 걸어 넘어뜨리는 것이었다. 그리고 바우는 자기의 것도 드러내며 그대로 내 몸에 포개왔다. 갑갑했다. 그러나 부풀어 오른 바우의 것과 함께 내 것이 마주칠 때마다 짜릿한 쾌감이 있었다. 바우는 신음을 발했다. 바우는 다시 나를 엎어 세우더니 이제는 똥구멍에다 그것을 집어넣었다. 아팠다. 그러나 나는 참았다. 바우는 헉헉거리면서 밤이면 기춘이 형과 점순이 누나가 놀다 간다고 했다. 넌 내 꺼, 바우의 후텁지근한 입김이 내 목 자락을 덥혔다.

그러다가 우리는 문을 확 열어젖히며 커다랗게 웃어대는 소리에 화들짝 놀라고 말았는데 고의춤을 올릴 새는 이미 내게 없었다. 바우와 나는 알몸을 그대로 내보이며 이 여름에 오들오들 떨고 있었다. 그들은 우리를 보고 저마다 한마디씩 했다.

"동무레 재미있갓서."

"머리에 쇠똥도 안 벗겨진 것들이……"

"와 거, 크기도 하구나레."

나는 부끄러웠다. 내가 이제껏 살아오면서 그것은 가장 큰 부끄러움이었다. 말로만 듣던 인민군이었다. 그들 중 하나는 남도 말씨를 쓰고 있었다.

나와 바우는 그들 앞에 바지춤을 올리는 것도 잊어버리고 멍하니 서 있었다. 그들은 우리를 보고 힐끗 웃었고 그들 중 하나는 이젠 말린 고추처럼 시들어버린 그것을 손끝으로 톡톡 치고 있었다. 나는 나도 모르게 오줌을 찔끔 쌌다. 인민군들은 그런 내 모습을 보고 배꼽을 잡고 웃었다.

저들의 등에 걸머진 따발총이 절박했다. 나는 흘긋 바우 얼굴을 쳐다보았다. 그러나 바우는 언제나 여유만만했다.

"어이, 꼬마 동무레, 재미 봤으믄 이젠 바지 올리우디 그래."

나이 들어 보이는 인민군 하나가 한참 만에 멍청하게 서 있는 나를 보고 말했다. 그제서야 나는 수치감보다는 그들의 명령이 겁이 나서 고의춤을 얼른 올렸다.

그들은 이 당집에서 담배 한 대를 피울 동안 지체하다가 우리에게 며칠 동안 닦지 못했을 싯누런 이빨을 내보이며 한 번씩 웃더니 아침처럼 사라져버렸다.

우리는 서로 얼굴을 마주 쳐다보았다. 꼭 도깨비에 홀린 듯한 기분이었다. 그것은 내가 심심해지면 만화경을 보다가 잔인하게 풍뎅이를 밟아버리고 싶은 충동감을 느끼는 것과 똑같았다. 그러나 그것도 잠시 어느 순간 바우는 내 손을 잡더니 당집을 돌아 산등성이로 또다시 뛰기 시작하였다. 학교가 보이는 곳까지 단숨에 내달았다.

아니나 다를까. 거기에는 벌써 인민군 선발대가 와서 학교를 접수하고 있었고 어느새 국기 게양대에는 붉은 깃발이 올라 있었다. 어느 순간 총성이 울렸다는 생각이 들었다. 뿔럭뿔럭 움직이며 땅따먹기, 말타기를 하고 놀던 아이들이 총소리에 놀라 노루처럼 곤두박질쳤다.

어느 틈에 학교 운동장은 인민군 차량들로 금세 꽉 메워져 버렸다. 언젠가 저들과 똑같이 국군들이 마을 앞을 지날 때 아줌마들이 주먹밥을 던져주며 자신들은 떠나지 못해 발을 동동 구르고 있던 것을 알고 있던 나는 마치 전쟁이 만화경 속에 나오는 그림처럼 여겨졌다. 한번 흩어뿌리면 없어지고 말. 나는 전쟁이 얼마큼 크고 냉혹한 것인지를 알지 못했다. 나는 도시에서 누릴 수 있는 나의 천국을 이제는 누릴 수 없다는 화풀이라도 하듯 더 오기지게 산속을 헤집고 다니는 철없는 소년일 뿐이었다. 산 너머 어느 틈에선가 비행기가 곤두박질쳐 와 울타리 안으로 숨을 때는 재미조차 있지 않았던가. 그리고 그것은 어느 날 선생님이 '전쟁이 났구나. 빨리빨리 피난을 가도록 해. 우리의 수업은 오늘로서 마지막이 되겠구나. 나는 곧 징집이 되어 갈 거야. 내가 죽지 않고 살아 있으면 언젠가는 만나겠지. 모두 조심하도록.' 그런 말과 함께 교실 문을 닫으면서 눈물을 흘리던 것을 보고 시무룩해 있던 것 이상은 아니었다.

그날 밤 가까이서 총소리가 울려 왔다. 총성은 매우 조심스럽게 흔들리다가 나중엔 온 산협을 흔들어 깨웠다. 불안한 밤이었다. 바우 아범 김 서방은 안심이 안 되는지 연신 바튼 기침을 하며 일어나 앉았다가 누웠다가 했다.

나는 그 총성으로 잠을 이룰 수가 없었다. 가슴은 괜히 방망이질했다. 한밤중에 포성이 들렸다. 포성이 산자락을 뒤흔들 때마다 문틈으로 장밋빛이 들락거렸다. 나는 낮에 학교에서 보았던 인민군 탱크들을 생각해 내었다. 저 소리는 바로 그 탱크에서 쏘아 올리는 소리리라. 그로부터 바우와 나는 더 이상은 산속을 헤멜 수 없었다. 전쟁도 그렇고 서울 도련님 버릇 나빠진다고 김 서방이 바우를 나가 놀지 못하게 했기 때문이었다.

그러던 어느 날 밤, 나는 김 서방이 다시 자리에 누워 들컹들컹 코를 고는 것을 보자 바우를 손으로 쿡쿡 찔렀다. 바우 역시 잠을 이루지 못하고 있었다. 우리는 김서방 몰래 일어나 방을 빠져나왔다.

바우와 나는 곧 당집을 돌아 산등성이를 탔다. 저 멀리 읍내 가까이에서 포탄과 포성이 강을 하나 두고 불나방처럼 난무했다. 포탄이 붉게 터질 때마다 어둠과 공포에 찌든 읍내의 고옥들을 잠깐 잠깐씩 도깨비 마을처럼 윤색해 내었다.

우리는 날이 훤하게 밝아 올 때까지도 목석처럼 그곳에서 움직일 줄 몰랐다. 전투는 아침이 되자 더욱 치열해지는 것 같았다. 비 오듯 쏟아지는 포탄과 총탄이 강을 사이에 두고 오락가락하며 우리의 시야를 어지럽혔다. 그러다가 우리는 갑자기 화들짝 놀라고 말았는데 우리 앞으로 새벽이슬을 맞은 장끼 한 마리가 푸드득 날아올랐기 때문이었다. 그러나 다음 순간 우리는 똑같이 경기하듯 소스라치고 말았다. 어느 순간 그것은 시뻘건 포탄이 되어 학교를 폭파하고 있었다. 산모퉁이에서 모락모락 연기가 날아오르는 것은 분명 폭격에 맞은 학교임에 틀림없었다. 우와, 우와

그렇게 시작된 전쟁은 사흘을 밤낮이 들쑤셔대었다. 우리는 순간 온 산야를 땅강아지 모양 헤집고 다니며 매미와 풍뎅이를 닥치는 대로 잡아 죽였던 것을 생각했다. 이 전쟁과 무엇이 다르랴. 괜히 매미와 풍뎅이에게 미안했다.

우리가 부상 당한 인민군 소년병을 만난 것은 전투가 시작된 지 한 사 날쯤 되던 날이었다. 그러니까 시시각각으로 압박해 오는 인민군들의 진격에 더 이상 후퇴할 수 없다는 듯 패주만 하던 국군의 완강한 저항이 시작되고

맥아더 사령부의 유엔군 투입과 함께 점점 전쟁이 장기전을 펴나가던 무렵이었다.

우리는 그날도 시끄럽게 울어대는 매미 소리로 전쟁만큼이나 싫증 난 여름 숲속을 헤쳐 가고 있었다. 발아래 설사 포탄이 떨어진다고 해도 전쟁에 면역이 된 우리는 별로 긴박감을 느끼지 못하고 있었다. 바우는 마치 각개 전투하는 인민군처럼 비좁고 가시투성이인 수풀 속을 엎드렸다 낮추었다 하며 재빠르게 헤쳐나갔다. 이 산협은 원래 태백산맥 줄기 타고 늘어진 결코 낮지 않은 구릉이었고 오리나무와 상수리나무 밑에서는 노루와 멧돼지 등 산 짐승들의 뒷물이 때때로 바우가 퍼질러버린 그것과 어우러져 구수한 냄새가 진동할 때가 있었다. 그러나 그날 우리는 그것 대신 화약 냄새와 평소 때와는 달리 폭격과 포탄 자국으로 얼룩져버린 산등성이를 발견하지 않으면 안되었다.

갑자기 앞서가던 바우가 한순간 총에 맞은 토기처럼 폭 고꾸라졌다. 그 바람에 나는 내 앞으로 오고 있는 한 인민군을 바라볼 수가 있었는데 그는 몹시 지친 듯 초췌한 몰골이었고 자기보다 큰 모자를 써 얼굴의 반쯤이 가려진 채였다. 그는 비틀거리며 소총을 거꾸로 잡아 지팡이처럼 의지한 채 걸었다. 나는 바우처럼 엎드릴 새가 없었다. 인민군과 나는 지척 간에서 맞부닥쳐버리고 말았다. 그리고 맞부딪친 그와 내가 할 수 있는 일은 서로 눈을 동그랗게 뜬 채로 질려 바라보는 일이었다. 갑자기 가슴이 콩콩 울리기 시작하였다. 발이 말뚝 박은 듯 떨어지지 않았다. 몸이 와스스 저려왔다. 혼비백산해졌다. 도망치고 자시고 할 경황은 이미 내게 없었다.

그도 예상외의 나의 출현이 아마 나만큼 놀랐는지 그의 모자 쓴 얼굴에 긴장이 저미고 있었다. 우리는 그렇게 한참 동안 마주 볼 뿐이었다. 어디선가 찌르르륵 풀매미 소리가 들려왔다. 그러나 그 승부는 곧 끝나고 말았다.

갑자기 그가 그 자리에 풀썩 고꾸라지더니 급기야는 신음을 토해냈기 때문이었다.

그 순간 우리는 경기를 느끼지 않으면 안 되었다. 그의 한쪽 다리 바지가 핏물이 벌겋게 물들어 있었다. 우리는 겁에 질려 서로 마주 보다가 바우가 재빨리 시뻘겋게 물든 바지를 걷어 올리고 인민군의 앙상한 다리를 드러내었다. 파편으로 짓이겨진 허벅지 께가 피로 범벅이 되어 있었다. 살점이 떨어져 나간 모습이 너무 참혹하게 보여 나는 소름마저 돋았다. 속이 울컥 받혔다. 바우는 소나무 잎을 따다가 짓이기더니 그것을 인민군의 허벅지에다 바르면서 죽은 피를 뺐다. 핏빛이 검붉었다. 바우가 심하게 눌렀다가 놓았다가 하면서 죽은 피를 뺄 때마다 인민군 소년병은 이를 악다물며 신음을 내지 않으려고 했다. 소년병이 기절한 것은 그때였다. 갑자기 그는 '악' 하고 외마디 비명을 질러대더니 이내 정신을 잃고 고개를 돌렸다. 바우는 그래도 계속해서 소년병의 다리를 주물렀고 죽은 피가 다 빠져나오자 그대로 기절한 소년병의 머리에 두어 번 충격을 주었다. 놀랍게도 소년병은 다시 깨어났다. 아까보다 더욱 초롱초롱한 눈빛이었다.

바우는 이어 좋은 생각이 떠올랐는지 가래를 '카악'하고 뱉었다. 갑자기 바우는 소년병의 한쪽 어깨를 둘러매고 내게도 한쪽 어깨를 걸치게 했다. 걷는 길이 가시에 찔려 따끔거리고 눈물이 찔끔거렸지만 아픈 줄 몰랐다. 당집까지 오자 나는 비로소 바우가 어떻게 하려는 것인 줄 알았다.

우리는 소년병을 당집에 누이고 노래를 부르며 부리나케 그 험상한 당집을 빠져나왔다.

'나온다. 나온다 서발 명도 나온다. 김칫국에 밥 말아 먹고 어둠 속에 해 살라 먹고 후루룩 풀쩍 서발 명도 나온다.'

이튿날 아침이 되자 바우는 먹다 남은 식구들의 보리 곱살미 밥을 몽땅 소쿠리에 쓸어 담아 당집으로 올라갔다. 거기에는 이장 집 과수원에서 몰래 딴 풋사과 몇 알도 들어 있었다. 이장이 피난 갈 때까지만 해도 조그맣던 사과가 지금은 제법 굵어 있었다.

당집 앞까지 오자 우리는 얼마간은 호흡을 가다듬으며 다 낡아 흐물대는 장지살 문을 조용히 당겼다. 소년병은 시체처럼 누워있다가 바우가 곁에 가까이 가자 배시시 눈을 한번 뜨더니 고통스러운 듯 다시 눈을 감았다. 바우는 누워있는 그 소년병에게 보리밥과 김치를 내밀었다. 소년병의 커다란 눈이 다시 배시시 열리며 보리밥을 보자 바우를 한참 동안 바라보았다. 그의 눈에 눈물이 핑 돌고 있었다. 그는 이미 말할 기운조차 잃을 정도로 허기져 있었던 것 같았다. 그가 게걸스럽게 먹어대는 것을 보자 그리고 삽시간에 그 많은 보리밥이 텅텅 비는 것을 보자 나는 전쟁이란 결코 스쳐 지나가는 것이 아닌 아주 잔인하고 황량한 것이라는 것을 생각했다.

그날 저녁 뜸했던 포성이 다시 이 산자락을 온통 들쑤셔대기 시작하였다. 처음에는 제비 울음소리를 내는 것 같더니 이내 우레와 같은 폭발음과 함께 연쇄적으로 찢어지는 소리를 냈다. 그리고 장밋빛 포연이 문틈을 훤히 밝혔다. 밤이 깊어질수록 포성은 더욱 크게 들렸고 그때마다 요란히 집이 흔들렸다. 나는 소년병이 궁금했다. 이 조마조마한 밤을 그는 어떻게 지새고 있는 것일까?

이튿날 날이 밝자 바우와 나는 그 당집으로 부리나케 달려갔다. 장지살이 슬어있는 문을 열자 소년병이 이쪽을 보며 씽긋 웃었다. 살아 있구나.

우리는 그다음 날에도 다시 당집에 고구마와 감자를 가지고 와 그 소년병에게 갖다 주었다. 바우는 어디서 구했는지 빨간 약을 구해 소년병의 썩어가고 있는 다리에도 발라주었다. 우리가 그 소년병에게 관심을 가지고부터 전쟁은 우리와는 아무런 상관이 없었다. 이튿날 그다음 날에도 우리는 그 소년병을 찾아가 먹을 것과 빨간 약을 가져다주었다. 전쟁은 저만큼 비껴가고 있었다.

우리가 인민군의 패퇴를 확인했던 것은 전투가 시작된 지 거의 달포가 지나고서였다. 인민군 소년병에 대한 관심으로 우리는 심심함과 무료를 달래고 있었지만 그것도 아침 한나절뿐 나머지는 온통 덜 철든 망아지 모양 뛰어다녀야 직성이 풀렸던 바우와 나는 어디 좀 더 신나는 일이 없을까 하다가 그만 전장에 깊숙하게 말려 들어가 버리는 계기가 되고 말았다. 우리는 밤낮으로 들쑤셔대는 포탄과 총소리에 다소 면역이 되어 신기하게도 우리를 피해 가는 총탄을 보고는 간덩이가 커질 만큼 커져 좀 더 깊은 곳으로, 좀 더 깊은 곳으로 전진해 갔던 것이었다.

그날도 우리는 전쟁이 할퀴고 간 깊숙한 산속까지 와 있는 것을 알아차리고는 너무 깊숙하게 들어왔다는 당혹감에 한동안 빠져버렸다. 산속의 고요가 주는 그 아득한 시원의 소리가 점점 크게 들리기 시작했다. 갑자기 울고 싶어졌다. 무서워졌다. 나는 흘긋 바우를 쳐다보았다. 바우의 얼굴에도 초조함이 묻어 있었다. 이곳은 태백산맥 줄기 타고 늘어진 험한 산속이 아닌가.

그때였다. 갑자기 바우가 낮 눈이 어두운 부엉이처럼 눈을 가느스름하게 뜨더니 내 몸을 당집에서 그 짓을 해치울 때처럼 뒤에서 엎어 쳤다. 바우의 가운데가 팽팽했어야 했는데 그게 오뉴월 시들어진 쇠불알처럼 축 늘어져 있었다. 나는 갑갑했다. 그러나 다음 순간 소스라치고 말았다. 바로 우리가 있는 곳이 숲에 가려진 언덕이었는데 바로 그 밑으로 북쪽으로 패퇴하는 인민군들의 행렬이 이어지고 있었기 때문이었다. 그들은 대부분이 부상당했거나 피로에 겹쳐 보였고 채신없이 수염을 더부룩이 길러 꼭 만화에 나오는 공산당 같은 모습이었다. 행렬은 느릿느릿 이어지고 있었다. 그런 행렬이 계속되고 있는 동안만큼은 움직일 수 없게 된 나는 어느 순간 바우의 가운데가 팽팽해 오는 것을 느끼고 내 것도 서서히 커가는 것을 느꼈다. 바우는 발끝으로 악랄하게 바지를 끌어 내렸다. 바우의 율동이 격해지고 후텁지근한 입김이 내 속을 핥았다.

지리한 행렬이었다. 그런 행렬은 끊임없이 계속되었다. 적어도 우리는 스릴 있는 시각의 즐거움을 즐기기 위해 하루에 한 번씩은 산에 올라 저들의 도망치는 모습을 숨어서 엿보았다.

그리고 이틀쯤 지난날, 우리는 폭격에 반쯤 날아 가버린 학교 건물이 이제는 붉은 깃발이 아니라 별과 줄이 그어진 미국 국기가 걸려 있는 것을 발견하고 신기한 듯 교문 앞으로 다가갔다. 보초를 서고 있는 흑인병의 시꺼먼 얼굴과 키 큰, 코 큰 외양은 조선의 외양과는 전혀 이질적인 모습이었다. 우리는 배꼽이 드러날 정도의 궁색한 옷을 입고 저들에게 가난한 조선 소년의 있는 그대로의 모습을 보여주었다. 그때 읍내로 뚫린 길에서 갑자기 수십 대의 트럭들이 솜사탕 같은 먼지를 피우며 달려와 속속 운동장 안으로 들어갔다. 미군 GMC였다.

나는 순간 바우가 그 차량들 뒷 꽁무니를 따라 살며시 안으로 숨어 들어가는 것을 보았다. 그 일은 감쪽같았는데 조금 있자 바우는 양손에 이 산골에서는 처음 먹어보는 듯한 진기한 초콜릿을 한 움큼이나 쥐고 나왔다. 놀랍게도 바우 뒤에서는 검둥이 보초가 희게 이를 드러내놓고는 한바탕 웃고 있었다. 나는 바우의 든든한 배짱에 검둥이가 한바탕 웃는 것만큼 감탄에 떨었다.

미군이 이 학교에 주둔하고부터 나는 바우를 따라 폭격을 맞아 움푹 꺼진 멋대가리 없는 학교 건물을 하루에 몇 번씩 드나들 수가 있었다. 바우는 서편 변소 쪽으로 은밀하게 구멍을 내어 그 속으로 개구멍 드나들 듯 드나들며 창고 속에 무진장으로 쌓여 있는 초콜릿과 시레이션 깡통을 꺼내오기 시작했다. 그리고 그것은 얼마 지나지 않아 검둥이에게 들켜도 한 번씩 웃는 것으로 끝나버리고는 했다. 검둥이 보초는 뭐가 우스운지 바우를 볼 때마다 코를 벌름대며 우스워 죽겠다는 듯 배를 움켜쥐었다. 하긴 바우의 그 익살스러운 표정은 이방인인 그에게도 자못 흥미가 있었으리라. 그리고 우리는 그 초콜릿을 얼마만큼은 그 소년병에게도 갖다 주었다. 소년병은 결코 어른이 아니었다. 그에게도 보고 싶은 엄마가 있을 것이었다. 어쩌면 죽을지도 모르는 절박한 상황이 그를 더욱 고독하고 지치게 하고 있는지도 몰랐다. 그는 우리 보다 서너 살 더 많았을 뿐이었다.

그런 한편으로 우리는 곧 새로운 일에 관심을 갖기 시작하였다. 소년병을 이 미군 부대 안으로 데려오는 작전을 펼쳤던 것이었다. 폭격에 날아가 버린 동편 지붕 없는 교실을 미군들은 천막을 쳐서 그 안에 병원을 차렸는데 바우의 비상한 코에 의해서 그것이 야전 병원이라는 것을 알자 우리는 순간적으로 똑같이 그 썩어가는 소년병의 다리를 떠올리고 어쩌면 소년병의 다리를 고칠 수도 있을지 모른다는 생각을 하게 된 것이었다. 처음에 우리는 바우가 조금씩 훔쳐낸 약으로 소년병의 다리를 발라주었지만 그러나 이 염복에 별다른 효력이 없자 소년병을 아예 이 병원에 직접 데려오도록 하는 방법을 생각해내기 시작하였다. 그것은 참으로 어려운 일이었다. 말이 통하지 않는 이방인들에게 소년병이 죽어가고 있는 것을 알리는 것은 쉬운 일이 아니었다. 그때만큼은 바우의 그 마술사 같던 손도 어쩔 수 없는지 축 늘어져 버렸다. 더군다나 그는 적국인 인민군 소년병이 아닌가.

그리고 전쟁이 없는 하룬가 이틀인가 지났을 때였다. 그날 밤 우리는 또

다시 멀리서 산자락을 울리는 포성을 들었다. 그것은 꽤 멀리 떨어진 곳에서 들려오는 소리였다. '벌써 인민군은 멀리 패퇴해버린 것이란 말인가?'

여름은 파김치처럼 시들어 하늘은 낮게 낮게 녹아만 가고 그래서 어기적거리는 체신을 주체할 수가 없어서 그날도 뜸하던 당집을 게걸음으로 '금 나와라 뚝딱, 은 나와라 뚝딱' 하면서 걸어가던 나는 한순간 눈을 크게 뜨지 않을 수가 없었다. 어언간 당집에 도달했을 때 이미 당집의 장지살 문은 박살이 나 있었고 그 안에 있어야 할 소년병이 간 곳이 없었기 때문이었다. 바우는 평소에 하던 버릇 때문에 손가락을 입에 물고 질질 빨았지만 그리고 그 이상 아무것도 아닌 듯하였지만 내 가슴은 시리고 아팠다. 그것은 일종의 배신감 같은 것이었다. 그러나 한편으로는 소년병이 제 발로 걸어 도망쳤다는 사실이 기쁘게도 여겨졌다.

바우와 나는 분풀이라도 하듯 그날따라 더 오기지게 산속을 헤매고 다녔다. 한 번도 와보지 않았던 태백산맥 줄기 타고 늘어진 낮지 않은 계곡의 꼭대기까지 우리는 전진에 전진을 거듭해 결국에는 개미만큼 변해 버린 마을을 향해 욕 잘하는 그 바우의 입으로 가득 쌓인 불만을 온갖 세상의 욕으로 다 풀어 내었다. 거기에는 전쟁과 그 소년병에 대한 것도 들어 있었다. 바우의 그 넓고 툭 튀어나온 입은 그런 방면으로 천재적인 발달을 보였다.

그러나 그것도 잠시 나는 곧 바우가 내미는 감미로운 열매 맛에 취해버리고 말았다. 전쟁과 더불어 인적이 끊어진 이 낮지 않은 산협에는 내가 알지 못하는 산열매가 지천으로 널려 있었고 바우의 손이 쑥 디미는 곳마다 한 움큼씩 산열매가 뜯겨 나왔다. 우리는 더욱 심처 속을 헤매며 알싸하게 코를 자극하는 기막힌 것이 또 어디 없을까 싶어 코를 킁킁거렸다. 도토리 나무가 어우러진 골짜기 어딘가에서 노루라도 나올 듯도 싶다고 문득 여겨졌다.

그때였다. 우리는 소스라쳤다. 아니 정확히 말해 소스라칠 일을 너무 당해온 우리는 좀 놀랐을 뿐인데 계곡 한쪽에서 은밀하게 인민군들이 부산스럽게 움직이고 있는 것을 보아버린 것이었다. 패퇴했다고만 여겼던 인민군들이 이 깊은 계곡으로 숨어들어와 전열을 다시 가다듬어 일전을 치르려는 것 같았다. 태반이 부상당했으리라고만 여겼던 많은 인민군들은 그들의 부상자를 어디에다 두고 왔는지 생각 외로 부상자가 적었고 그것은 오늘 밤을 넘기지 않을 것 같은 긴박감이 다가왔다. 바우와 나는 동시에 긴장하며 얼굴을 마주 바라보았다. 바우의 얼굴이 여느 때와는 달리 새파랗게 질려 있었다. 그것은 여느 때 그의 여유작작하던 모습과는 판이하게 다른 모습이었다. 바우는 내게 고개 너머로 도망치자는 신호를 했다. 그리고 산등성이로 우회를 해서 우리는 마을까지 삽시간에 내달았다. 그리고 나는 바우가 숨 돌릴 새도 없이 멋대가리라고는 없는 지붕 없는 학교까지 단숨에 달려갔을 때까지 바우가 왜 저러지 하는 하등의 생각밖에 할 수 없었다.

바우는 학교 앞까지 오자 전날과는 달리 이젠 평소 변소 옆의 개구멍이 아니라 검둥이 보초가 치열이 고른 이빨을 사기처럼 하얗게 내놓고 웃던 반쯤은 파괴되어버린 교문으로 당당히 들어가는 것이었다. 검둥이 보초가 어쩌나 싶었는데 아닌 게 아니라 바우는 그 검둥이 군인에 의해 목덜미를 잡혀 나왔다. 그때까지도 나는 평소에 친하던 그 검둥이 보초에게조차 말 한 마디 없이 안으로 들어가려는 바우를 보고 어지간히 급하긴 급했구나 싶었을 뿐이었다. 검둥이는 평소와는 다른 바우에게 단단히 화가 났던 모양이었다. 바우는 커다란 소리로 '인민군이 쳐들어온단 말이어요' 하고 삿대질을 해대며 외쳤다. 그러나 언어가 통하지 않는 이 이방인은 안하무인이었다. 바우는 답답한지 가슴을 치며 손짓도 해 보이고 일부러 큰 소리로 '인민군이 쳐들어와요' 하고 말했다. 그래도 검둥이 보초는 막무가내였다. 뭐가 우스운지 한바탕 웃기까지 했다.

바우는 그래도 연신 산등성이를 가리키며 벙어리처럼 발짓 손짓을 해대며 속을 내보이려고 했다. 그리고 어지간히 조급한지 또 안으로 막 뛰어들어가려는데 검둥이가 또다시 바우의 덜미를 꽉 움켜잡았다. 그는 이번에는 굉장히 노한 얼굴이었다. 그의 커다란 눈이 바우를 잡아먹을 듯이 노려보았다.

그래도 바우는 물러서지 않았다. 언제 바우가 저렇게 조급하게 군 적을 보았던가. 바우는 장군 같은 배짱과 총탄이 휙휙 옆을 스쳐가도 느긋한 여유를 가진 가장 자신만만한 소년이었던 것이다. 그러나 그날은 달랐다. 검둥이 앞에서 바우는 계속해서 산등성이를 가리키며 '인민군, 인민군' 하고 외쳐댈 뿐 좀처럼 물러서지 않았다.

그러나 그러한 승부도 곧 끝나고 말았다. 바우와 그 흑인 병사가 실랑이를 계속하고 있을 때 그 앞으로 지프차가 먼지를 피우며 달려와 안으로 굴러 들어가는 것을 흑인 병사가 잠시 경례를 하느라 한눈을 파는 사이 바우는 재빨리 지프차 앞으로 다가가 앞을 가로막았다. 그래서 지프차가 안으로 더 전진을 못하게 되자 안에 타고 있던 얼룩무늬 장교는 검둥이 병사에게 무언가를 물어보았고 검둥이 보초가 손으로 산등성이를 가리키며 몇 마디 얼룩무늬에게 말하자 바우는 이내 그 커다란 흑인 병사의 손에 의해서 나와 함께 지프차에 올려졌다. 나는 비로소 바우가 어떻게 하리라는 것인 줄 깨달았다.

우리가 내린 곳은 지붕 없는 학교 건물 제일 한가운데 계단이 있는 곳이었다. 그곳에는 낯익은 우리나라 사람들의 얼굴이 두엇 보였고 우리는 곧 그들 앞에 서게 되었다.

바우가 심하게 더듬는 소리로 말했다. 바우는 이미 도깨비에 홀린 것 같이 제정신이 아닌 것 같았다.

"저기, 저기, 이, 인민군, 간첩, 공산당."

바우는 채 말끝을 다 맺지 못하고 겁먹은 시선으로 엉뚱하게 나를 쳐다보았다.

순간 그들은 서로 마주 보았고 이내 시끄러운 구둣발 소리를 내며 부산하게 움직거렸다.

이어 긴박한 종소리가 울렸고 그 종소리를 듣는 순간 요란한 발자국 소리, 전화벨 소리, 나와 바우는 다시 지프차에 올려졌다. 그것은 전혀 내 의지와는 상관이 없는 일이었다.

지프차가 당집 앞에까지 와서 더 이상 오를 수 없게 되자 바우는 순간 무슨 생각을 했던지 당집 문을 홱 열어 젖혔다. 거기에는 도망간 줄로만 알았던 소년병이 움찔 놀라며 겁먹은 시선으로 둘러선 사람들을 절망적인 시선으로 바라보았다.

바우의 설명에 의해서 소년병은 들것에 실려 우리가 타고 왔던 지프차를 타고 조개껍데기 같은 지붕의 야전 병원으로 실려 갔고 우리는 얼룩무늬 옷을 입은 용감한 사람들과 함께 협곡을 오르는 지름길을 앞장서서 걸어갔다. 숨이 턱에 닿건만 숨찬 줄 몰랐다.

얼룩무늬들은 우리를 그림자처럼 감싸며 풀잎처럼 누웠다 섰다 지네 걸음 걷듯 걸었다. 인민군 집결지에 다가갈수록 우리는 점점 늪에 빠진 사람처럼 알 수 없는 격리감에 허우적거렸다. 불원간 막다른 사태가 닥칠 것만 같아 나는 거의 목이 꺼이꺼이 메일 지경이었다.

얼룩무늬들은 바우를 따라 절벽 능선 위로 자신들을 감추며 북쪽을 노려보았다. 깊은 산등성이의 이 능선은 울울창창했고 절벽 아래 적의 집결지를 한눈에 바라볼 수 있어 적과 싸우기에는 아주 유리한 장소였다. 대위는 망원경을 들고 낮게 엎드려 험상하게 솟아있는 봉우리들을 노려보았다. 그리고 그것은 몇 번인가 고개를 갸우뚱거리며 침을 찍 멋있게 뱉었을 때 나는 환장할 지경이 되어버렸다. 분명히 오전에 우리가 이 건너편 벼랑에서 그들을 바라보았을 때 분명히 그들은 일전을 앞둔 그것임에 틀림없었는데 개미새끼 한 마리보이지 않는 것이었다. 바우도 순간 당혹한 빛을 띠며 나를 바라보았다. 바우의 얼굴이 새파랗게 질려 있었다. 대위의 얼굴을 흘깃 훔쳐보았다. 대위는 몹시 기분이 상한 듯 담배를 먹다 못해 씹고 있었다. 모자를 젖혀 쓴 대위의 이마에 파란 정맥이 송송 돋아나 보였다. 그는 싱거운 듯이 우리를 쳐다보더니 씹던 담배를 신경질적으로 던져버렸다. 그의 얼굴에는 괜히 꼬마 때문에 기분만 잡치고 말았다는 생각이 묻어 있었다.

그러나 다음 순간 갑자기 대위가 손을 번쩍 들었다가 다급하게 내리면서 드럼통이 한꺼번에 굴러가는 듯한 파열음이 절벽 아래 산자락을 온통 휘잡았다. 아군의 총구에서 일제히 불이 붙었던 것이었다. 저 아래에 숨어 있던 인민군들이 벌레처럼 뿔럭뿔럭 넘어지기 시작하였다. 수류탄을 까 던졌다. 포탄이 날아가면서 달걀을 깨는 것 같은 경쾌음과 함께 파편이 산산조각이나 솟구쳤다가 우박처럼 떨어졌다. 대위가 다급한 소리로 외쳐댔다.

"무전병, 무전병, 포 지원 사격 요청. 빨리빨리."

일부는 언젠가 바우가 똥을 퍼질러 놓았던 도토리나무 밑으로 신속히 우회해 갔다. 나는 제정신이 아니었건만 바우는 신이 나 앞장서서 길을 만들었다. 우측에서 협공이 시작되었다. 인민군은 갈팡질팡 흩어졌다가 바위 뒤에 엎드려 간간 응사를 해왔다. 그러나 이미 패퇴를 확인하는 것일 뿐이었다. 포탄이 날아왔다. 떨어질 때마다 집채만한 바위가 산산조각이 나버렸다. 잠시 포성이 뜸하고 긴장이 흐른 사이 포성에 놀란 노루 한 마리가 길 옆에 뛰쳐나와 겁먹은 시선으로 둘레를 살피고 있었다. 이어 기관총 소리가 다시 드르럭드르럭 가래를 끓은 소리를 내고 있었고 짐작할 수 없는 곳에서 총소리가 치열하게 낭자했다. 포탄이 공중을 도깨비불처럼 날아다녔다. 화력은 우리가 우세했지만 이따끔씩 쏘는 적의 총탄이 치명상을 주었다. 포연이 계곡에 자욱했다. 갑자기 내 옆에서 비명이 들렸다. 통신병이 안면에 파편상을 입고 두 손으로 얼굴을 감싸 쥐고 고통에 찬 신음을 질렀다. 화가 난 듯 대위가 또다시 수류탄을 뽑아 들고 신경질적으로 던져버렸다. 그 바람에 잠깐 환해졌다가 캄캄해졌다. 얼룩무늬 하나가 적이 아무렇게나 갈긴 총탄에 고꾸라졌다. 나는 순간 까무러쳤다. 그의 몸에서 번들거리는 창자가 튀어나왔기 때문이었다. 깊은 내부 어딘가에서 과거의 기억들이 살아났다가 사라져갔다. '엄마, 하나님.' 아득한 의식 속에서 적이 쏘는 총탄이 내 머리 위를 휙휙 지나가는 소리가 들렸다. 죽음의 흰 연기가 솟아올랐으며 뭔가 한꺼번에 무너져버리는 듯한 굉장한 소리가 들려왔다.

나는 바위 뒤에 내 몸을 바싹 밀착시키고 하나님을 불러 보았다. 살 수만 있다면, 깊은 내부 어딘가에서 과거의 기억들이 살아났다가 사라져 갔다. 아버지의 호주머니에서 돈을 몰래 꺼내었던 일과 친구의 만화경을 깨뜨렸던 일과 여자아이들의 고무줄을 끊어놓고 달아났던 일이 후회가 되었다. 살 수만 있다면, 살 수만 있다면.

그러나 다음 순간이었다. 나는 바우의 '엄마야' 하는 찢어질 듯한 비명 소리에 화들짝 놀라 깨어났다가 갑자기 내 다리를 강타하는 충격과 함께 다시 그 자리에 고꾸라지고 말았다. 깊은 내부 어딘가에서 지옥 같은 만화경 속의 세계가 솟아올랐다.

내가 다시 눈을 떴을 때는 야트막하게 드리워진 국방색이 시야를 가로막고 있었다. 소독 냄새가 코를 찔렀다. 나는 비로소 이곳이 바우와 함께 약을 훔쳐 내던 곳이라는 것을 알았다. 폭격에 날아 가버린 지붕 없는 교실을 천막으로 막아 조개껍데기라고 놀려대던 집이었다. 미군 병사들의 얼굴이 크게 내려와 있었다. 모두 낯익은 얼굴들이었다.

순간 나는 잃었던 기억을 되찾은 사람처럼

"바우는?"

하고 둘러선 모든 사람들을 향해 물었다. 그러나 아무도 답해주는 사람은 없었다. 모두들 시선을 피하고만 있었다. 나는 다시 바우를 찾았고 그러다가 옆에 온몸을 하얀 천으로 둘러쓰고 누워있는 또 다른 환자를 보자 가슴이 철컥 내려앉고 말았다. 나도 모르게 손이 가고 말았다. 살며시 하얀 천을 들어보았다. 바우가 미이라처럼 잠들어 있었다. 이럴 수가, 순간 이 세상의 온갖 악랄함들이 내려와 주변을 둘러싸고 있었다. 나는 내 몸을 마구 흔들며 울음을 터트리고 있었다. 그러나 울음은 목만 메게 할 뿐 속 시원히 터지지 않았다. 바우의 그 큰 얼굴이 나타나 나를 부르고 있었다. 그의 툭 튀어나온 윗입술이 들려지며 나를 향해 웃고 있었다. 아 아, 나는 시려오는 아픔으로 가만 있을 수가 없었다. 마구 몸을 비틀었다. 나를 부딪쳐 으깨어버리고 싶었다. 그러나 몸은 천근만근 무쇠 덩어리인 듯 움직여주지 않았다. 그래도 가만있어서는 견딜 수가 없을 것 같았다. 마구 움직여 몸을 산산조각을 내버려야 할 것 같았다. 아아, 나는 내 몸을 마구 부딪치며 몇 차례씩 까무러침을 반복하다가 혼곤히 잠 속으로 끌려 들어갔다.

그 집 앞

자그마치 20여 년, 그게 적은 세월이겠니? 나는 마음이 고무풍선처럼 마구 부풀어 올랐단다. 누구를 만나면 만나는 사람마다 반갑고 악수를 청하고 싶은 마음이었단다. 나는, 못난 나는 눈물의 홍수 속에 빠져들지 않으면 안 되었어. 분수처럼 솟구치는 지난날의 기억들이 내 가슴을 온통 발갛게 물들이는 것이 아니었겠니? 정말, 정말 이처럼 허허벌판일 수가 있겠니? 그 빈 벌판 속에 나 혼자만이 덩그렇게 던져진 느낌이었단다.

나는 또 내 안의 나에게 묻고 있었다.

그 얼마나 반갑겠니? 그 얼마나 마음이 부풀어 오르겠니? 이십여 년이란 세월은 결코 적은 것이 아니었어.

그러나 정작은 그게 아니었구나. 나의 이율 배반을 또 보렴. 이 한밤 나는 엉뚱하게 기억하고 싶지 않은 회한이 밀려드는 바람에 글쎄 나는 그날 밤을 온통 하얗게 밝히고 말았구나. 뭇 감회들, 뭇 단편들, 깨어보니까 거짓말 같게 정말 베개가 흠뻑 젖어 있는 것이 아니었겠니? 변했어. 내가 살던, 내가 놀았던 동네는 변해 있었어. 아는 사람이 한 사람도 없는 이제는 빈 도시가 되어 있었어.

나는 또 내 안의 나에게 묻고 있었다. 사람은 그렇다 치더라도 내와 산은? 논은? 어떻게 변했겠니? 그냥 마음이 아프고 가슴이 시리다는 말로밖에 더하겠니?

나는 감물甘勿 마을 길로 가려다 말고 그대로 지서 앞으로 걸어갔다. 60년대 중반 무렵인가. 혁명 실세의 한 국회의원이 도로를 포장한 이후로는 여직껏 방치해 둔 채였기 때문에 아스팔트는 구멍 난 양말처럼 움푹 패여 비가 올 때마다 빗물이 고여 지나다니는 사람을 불안하게 했다. 그 국회의원은 공약을 지키느라고 고심했을 터이지만 그렇게 고심했다면 몇 년 가지 않아 망가질 도로는 만들지 말았어야 했다.

지서 앞의 도랑은 여전히 복개되지 않은 채 그대로였다. 홍수 때만 되면 낙동강이 넘쳐 흘러 방송으로 대피하라고 외치던 사이렌 탑도 변한 것이 없이 그대로였다. 그러나 중학교 가는 길은 넓혀져 이젠 자동차도 드나들 정도가 되어 있었다. 길옆으로는 코스모스들이 흐드러지게 피어 있어 초등학교 국어 교과서에 나오는 삽화 같았다. 주변은 온통 가을이었다.

얼마나 그리던 고향이더냐. 하늘도 땅도 온통 내 차지였다. 싱그러운 생동은, 따사로운 햇살은 온통 나에게로만 내리는 것 같았다. 감회 깊다는 말이 이런 것을 두고 하는 말인 것만 같았다.

나는 또 나에게 말하고 있었다. 그녀는 혜폈다. 얼굴도, 가슴도, 웃음도 내게 모든 것을 맡겼다는 듯이. 바람이 불어왔다. 저 가야평야의 풍성한 황금풍이 내 귓가를 간지럽혔다. 전봇대 하나를 간 거리만큼 나는 아무 생각 없이 걸었다. 어디선가 그녀가 풀쩍 뛰어나와 나를 반길 것만 같았다. 나는 또 나에게 말하고 있었다. 내가 가면 감나무 집 할머니는 아마 안경 벗고 실바늘허리 감듯 버선발로 뛰어나오겠지. 나는 갑자기 왕이라도 된 듯한 기분에 사로잡혔다. 정말 정말 만나면 나는 그 자리에서 목 놓아 영영 울 테다.

삼거리를 지났다. 나는 우습게도 정말 울고 있었다. 옛날 교회가 보였다. 그 옆으로 비죽 솟아오른 낡은 첨탑은 옛 교회 종탑이었다. 그리고 그 옆에는 그녀의 집이 동그랗게 변함없이 서 있었다. 일식 관사라고 했지. 저 유리창 속에서 국장님은 안경 낀 눈으로 언제나 이쪽 거리의 가난에 찌든 모습을 바라보고 있었지. 엄격함과 신성불가침의 그 어떤 것을 그는 내게 보여주고 있었다.

그렇지만 너는 사람이 아니었어. 사람이 아닌 나무나 돌에서 태어난 요정이었어. 호메로스의 시구詩句처럼. 그래서 아마 그렇게 고운 얼굴과 마음씨를 가졌겠지. 아니 너는 바람이었을 거야. 바람. 바람은 색이 없지. 보일 듯 보일 듯 보이지 않지, 잡힐 듯 잡힐 듯 잡히지 않지.

나는 가다가 그 집 앞을 지나쳤다. 줄장미가 대문을 올라가 무지개를 그려놓은 국장님 댁을 넌지시 바라보았다. 변한 것이 없었다. 오직 이 황량한 기억밖에는 없는 거리에서 국장님 댁은 삶에 지친 듯 이제는 그 넓은 정원을 허물고 한쪽을 계사鷄舍로 만들어 놓았다. 옛날 이 거리에서 가장 화려하고 번성하던 그 이국적인 풍물은 간 곳이 없었다. 초라하기 이를 데 없었다. 수리하지 않아 숫제 괴물처럼 보이는 저 집이 그 옛날 내 작은 눈에 그렇게 화려하게 보였더란 말이던가.

대문도 여전했다. 그땐 제법 예쁘게 생긴 대문이었건만 지금은 아이들이 낙서를 해놓아 을씨년스럽기조차 했다.

교회는 언덕 위로 올려져 있었다. 변하는 마당에 교회라고 변하지 말라는 법은 없지만 그것이 힘 있는 장로 한 사람에 의해 독단적으로 이루어졌다는 것에 아쉬움이 있었다. 그렇다고 교회가 더 잘못된 것도 아니었다. 교인들은 전보다 더 늘어나 있다고 했다.

나는 옛 교회를 기억하고 있었다. 그것은 저 일제 때 지어진 엉성한 목조

건물이었는데 지금은 그 자리에 서울 시계점과 대성 양복점이 들어와 명맥만 유지하고 있었다. 들리는 소문으로는 일본 주재서원의 칼부림에 희생당한 교회 사람들의 피가 바닥에 묻어 아직까지도 그대로 그 자국이 남아있다고들 하지만 내가 아는 바로는 그것은 전하는 말일 뿐 실제로 그 자국이 남아있는 것 같지는 않았다. 왜 칼부림을 했는지 나는 알 길이 없었다. 그렇게 전해 내려져 올 뿐이었다.

나는 눈물을 닦았다. 그래도 눈물은 자꾸만 홍수 되어 흘러내렸다. 그 어린날 이 국장님 댁은 꿈의 궁전으로 국장님의 딸인 그녀는 꿈의 여왕으로 얼마나 나를 설레게 했던가. 무심한 그녀의 표정은 어지간히 나를 애태웠다.

우리가 철없이 먹어버린 나이 때문에 서로 만나 이야기하기가 서먹서먹한 형편이었을 때 나는 얼마나 가슴을 쥐어뜯으며 그녀의 눈길이 한 번 더 내게 와주기를 빌었는지 모른다. 너도 기억나니? 소학교 가는 길 말이야. 지금은 그 자리에 이층집이 들어서 있더구나. 보니 그게 교감 선생님 집이었지.

그리고 우물로 들어가는 골목길, 약국이 있었다. 이발관도 그대로 있었다. 다만 달라진 것은 이발관 주인이 늙어 있다는 것뿐, 나는 턱주가리를 만져 보았다. 까칠까칠한 수염이 오히려 손바닥을 긁었다. 어느 날 나는 한동안 거울 앞에 묵묵히 서서 거울 속의 나를 바라본 적이 있었다. 눈가에 고여 있는 게 눈물 자국 같아서 손으로 지우려다 나는 곧 그게 눈주름이라는 것을 알고는 화들짝 놀랐다. 가만히 있는 것 같아도 가만히 있는 게 아니라 누군가는 흘러가고 있었다. 그것이 이유야. 너의 지금 그 모습, 그게 바로 이유야. 오늘도 우리는 오늘만큼 낡아버렸다.

나는 국장님 댁을 한참 동안 바라다보다가 발길을 옮겼다. 길거리의 양

옆길은 울긋불긋한 간판이 관병식을 하듯 줄을 이었다. 코카콜라 간판이 커다랗게 시내 한복판에 그늘을 만들었다. 플라타너스가 길 양쪽에 그림처럼 서 있었다. 나는 그중 아무 나무나 하나 잡고 그늘로 피해버렸다. 가야평야의 너른 들이 시야에 와 닿았다. 양 떼 같은 구름이 하늘을 가로지르고 들판엔 그 옛날 밀짚벙거지를 눌러쓴 허수아비 대신 반짝거리는 은박지가 나풀거렸다.

어린 날 중간 체육이 하기 싫어 뺑소니치다가 들키면 곧잘 황금 들판으로 내달렸다. 저 넓은 벌판에서 도망치다가 황금 벼 속으로 들어가 누워버리면 그 누구도, 그 어느 누구도 찾을 수가 없었다. 나만의 세계에 갇힐 수가 있었다. 그러다가 한번은 우락부락한 나보다 훨씬 나이가 많은 형들한테 붙잡혀 선생님에게 끌려가 죽도록 맞은 적이 있었다. 그때 형들은 같은 학년인데도 왜 그리 나이가 많았는지 보통 나보다 두세 살은 위였다.

그때 우리 또래들에게 유행했던 노래를 나는 허밍으로 불러보았다. 가만히 하늘을 바라보면 소리가 났지. 새소리, 바람 소리도 아닌, 풀벌레 소리도 아닌, 소곤소곤 들려오는 소리, 그게 무얼까? 그러나 그것이 무엇인지 몰라도 좋았다. 고향은 누구나를 막론하고 심지어 고향을 잃어버렸다고 자조하는 세대조차 그리워하는 이상한 마력을 지닌 글자였다. 모든 것은 달라져도 고향만은 누구에게나 자기의 어릴 적 모습 그대로이기를 바라는 마음, 그것은 고향이 아무래도 자신이 언젠가는 돌아갈 길이라고 생각했기 때문일 것이다.

소풍날의 그 아름다움은 또 어떠했는가? 담임이셨던 서徐 선생님의 죽음, 그런 일이 있고 우울해 있던 우리에게 한 달쯤 지나 다가온 소풍날, 앞에는 강, 뒤에는 산인 반산반농촌인 이곳, 들에는 참새 떼가 모래를 뿌린 듯 까맣게 날아오르고, 하늘엔 국화빵 같은 한 조각의 구름, 우리들 가슴엔, 저마다의 가슴엔 출렁이는 희망의 물결이 고래고래 소리치고 있었지. 우리는 노래를 부르면서 산으로 올랐어. 가다가 까치를 만났지. 다람쥐도 만났다. 조금 더 심처 속으로 들어가며 도토리를, 상수리를 주웠어. 들국화를 꺾었다. 산돌맹이를 발로 쿡쿡 찼지. 팔각정에도 올라가 보았어. 시내가 한눈에 보였어. 둘러앉아 수건돌리기를 했지. 노래 자랑 대회를 가졌어. 나는 '보름달'을 불렀어. 어느새 해는 서쪽으로 크게 기울고 우리는 우리가 먹다 버린 것을 청소하기 시작했지. 사이다 병은 아까워서 가져오고 빵 껍질은 한곳에 모아 불태웠지. 무척이나 아름다운 소풍에의 추억이었다.

나 역시 그랬어. 나는 너, 사랑하는 너를 확인하고 싶었어. 내 영원한 가슴 속에서 지워지지 않을 너, 이젠 아기 엄마가 되었다는 소식이 들릴 때마다 온 사지를 떨며 벽에다 부딪치며 살아도 사는 것 같지 않던 영원한 철부지, 그러나 세월은 약이 아니었어. 세월은 약이 아니었어. 이렇게 빨갛게 그리움이 살아올 줄이야…… 이렇게, 이렇게 고집스럽게 너에 대한 추억이 지워지지 않을 줄이야……

이미 제겐 당신 아니면 살아갈 수 없는 처절한 삶이 되어 있고 당신께선 꼭이 저가 아니어도 그만인 그런 사랑을 하고 있습니다. 잠시 동안 당신을 사랑한 대가로 죽는 날까지 그리워해야 한다는 것은 너무 가혹한 형벌입니다……[1]

전봇대가 보였다. 나는 그 전봇대를 보자마자 고개를 숙여버렸다. 거기에는 아직도 그녀와 내가 그녀와 나만이 아는 영원한 약속을 위한 표시가 아직도 남아 있었기 때문이었다. 갑자기 그녀의 얼굴이 크게 와 닿았다. 전

---

1 한 음식점(그대 발길 머문 곳)에서 보았던 글.

봇대 속으로 숨어버렸다. 그날 과외 수업을 하는 아이들만 아니었다면 우리는 온밤을 서로 포용하며 서 있었을 것이었다. 과외수업하러 가는 아이들이 플래시를 비추다가 우리의 모습이 흉물스러웠는지 질겁하며 도망갔다. 사랑한다고 해서 행복해지란 법도 없지, 그렇다고 또 헤어진다고 해서 사랑하지 못하리란 법도 없지.

나는 영갑 군君집으로 발걸음을 옮겼다. 그동안 집이 몇 채 바뀌어졌을 뿐 길과 옆의 도랑은 이제나 그제나 변치 않고 똑같았다. 성실한 친구였다. 때로는 넘을 수 없는 절망의 친구처럼 때로는 경쟁적으로 때로는 서로 등을 치며 격려해주었던 친구였다. 그러나 그는 집에 없었다. 그도 이제는 고향을 상실한 듯 서울에서 한 은행의 차장이 되어 있다고 그 집을 지켜주는 사람이 말하고 있었다. 고향을 악착같이 지키겠다고 말하던 그도 이제는 농사짓는 일이 싫어, 아니면 먹고살기 위해 이 고향을 떠나버리고 만 것일까.

고향을 떠난다는 것은 상실이야. 인간은 고향을 잃어버렸다고 느낀 순간 갑자기 자기 상실이 되어 오는 거지.

나는 친구인 영갑 군의 집에서 나와 교회로 오르는 언덕길로 비틀거리며 다가갔다. 내 몸은 고향을 끝까지 지키고 있다고 여겨진 그마저 고향을 떠났다고 했을 때 이미 술 취한 사람처럼 휘청거리고 있었다. 그러다 이내 내 눈은 똥떡 나무에 눈이 갔다. 똥통이 있던 자리에 나무가 심어져 있었다. 가난은 했지만 정으로 살아가던 시절, 똥통에 빠진 아이는 일찍 죽는다는 속신에 똥통에 빠진 액운을 때우기 위해 떡을 빚어 뒷간 귀신한테 똥떡으로 고사를 지내고 고사가 끝나면 그 귀신이 먹은 똥떡을 여러 사람이 나눠 먹었다. 똥떡은 똥통에 빠진 아이의 마음을 달래주고 기를 살려 준 우리 마을의 전통이었다. 그래서 아이들은 일부러 똥통에 빠지기도 했다.

교회는 일요일이 아닌데도 와서 기도를 드리는 사람들이 있었다. 이 언덕으로 교회를 새로 옮긴 뒤부터 교회는 늘 이렇게 열려있다는 것이었다.

그 집사님은 아직까지 살아 계실까. 나는 어릴 적 주일학교 선생님이었던 그를 생각해 냈다. 그의 말은 약간 더듬는 것이 특징이었다. 그래서 우리들은 그의 흉내를 내면서 곧잘 그를 놀리기도 했다. 그는 게다가 다리를 절었다. 그의 다리 저는 모습이 애처롭고 안타까워 나는 그가 걸어가는 모습을 바라보다가 달려가 '선생님 내가 업어줄까' 하고 말했을 때 그는 그의 크고 못생긴 곰보 얼굴에 모나리자 같은 미소를 만들며 '괜찮아' 하고 말했다. 그때 그 미소가 생각나자 나는 갑자기 가슴이 화안해지는 것을 느꼈다.

교회는 변해 있었어. 교회를 본 순간 네가 선뜻 내 앞으로 다가오는 것 같은 착각을 느끼고 당황했어. 생각하면 설움의 덩이, 무심코 들여다본 일기 속, 오만한 너의 자태에 가슴은 마냥 우울해가고, 그래도 다시금 그리워지는 너는 악마, 악마 그렇지만 그렇지만 네 눈빛을 생각하면, 네 눈빛을 생각하면 너는 결코 악마일 수가 없어. 너는 결코 악마일 수가 없어. 내 눈빛 속에 너의 얼굴이 들어있는 너는 영원한 내 그리움. 그러나 잊었어. 그렇지만 잊었다고 해서 사랑하지 말아야 하는 이유는 없어.

나는 교회에 선뜻 발을 들여놓으려다가 망설이지 않을 수가 없었다. 내가 고향이랍시고 아무 미련도 가지지 못한 여길 마음대로 밟을 수가 있는 것일까. 자괴감이 들었기 때문이었다. 패덕한 씨앗, 독사의 자식일 수밖에 없는, 게다가 이제는 교회를 떠나 탕아가 되어버린 내가 신성한 여길 마음대로 들어올 수 있는 것인가.

나는 선불리 교회 안으로 들어가지 못했다. 안에서는 현제명 작곡 '그 집 앞'을 연습하는 고등학생의 목소리가 우렁차게 울려 나왔다.

'오가며 그 집 앞을 지나노라면 그리워 나도 몰래 발이 머물고 오히려 눈에 띌까 다시 걸어도 되오면 그 자리에 서졌습니다.

오늘도 비 내리는 가을 저녁을 외로이 그 집 앞을 지나는 마음, 잊으려 옛날 일을 잊어버리려 불빛에 빛줄기를 세며 갑니다.'

이 층에서는 전도사인 듯한 젊은 사람이 나를 내려다보고 있었다. 나는 그대로 교회를 지나쳐 기억 속에서 영원히 교회를 묻어버렸다. 나는 그녀가 없는 교회를 생각할 수가 없었다.

한두 평 남짓한 산마루에 오늘도 몇 번째인지도 모를 비인 하늘이 걸려 있다. 그 하늘 어딘가에 피차 바라볼 수 없는 형상이 오해로 붉게 타고, 그 사이로 고호로 무장한 가을이 가랑잎처럼 뒹굴고 있다. 결별을 재촉하는 열차가 이제 목신(牧神)처럼 다가와서, 하늘에다 기적을 수놓고, 그 사이 몇 방울의 공허를 흘리면, 어딘가 그곳에는 또 다른 공허가 포도주처럼 가득 넘치고…… 아, 허무한 마음

가을이었다. 봄은 씨앗이었고 여름은 위대했다. 그리고 가을은 깊고 풍부했다. 나는 황금 물결 출렁이는 가야평야로 들어갔다. 건너편 광산이 위대하게 보였다. 정확히 말해 1961년 5·16 직후 일으켜 세운 일제 때의 폐광이었다. 이 광산은 그 후 낙동강 강 밑으로 굴을 파서 생각 외로 많은 매장량을 발견하였다. 나의 아버지는 이 광산의 초창기 멤버였다. 그럼에도 그가 차지하는 직책은 언제나 말단 기술직이었고 나중에는 임시직으로까지 굴러 떨어졌다. 결국 그는 이십여 년 동안 봉사해 온 광산 때문에 골병이 들어 그 골병으로 일어나지 못하는 신세가 되고 말았다.

광산이 시작되고 처음 60년대 중반 무렵에는 철이 잘 생산되었는지 전국의 뜨내기들이 몰려들어 거리가 제법 흥청대었는데 70년대에 들어서는 잘

출고가 되지 않는지 풀이 죽어 있었다.

몹시 눈이 내리던 날, 나는 행여나 그녀를 만날 수 있을까 싶은 절망적인 심정으로 삼거리의 교회 앞을 배회했다. 그 집의 대문은 굳게 잠겨 타인의 거부를 느끼게 했고 나는 행여나 그녀가 어디 다녀오지는 않나 절망적인 심정으로 이 가난과 절망과 환란의 거리를 서성이고 있었다. 그러나 크리스마스가 며칠 앞으로 다가온 거리는 술렁이기만 할 뿐 무엇 하나 내게 도움을 주는 것은 없었다. 그때였다. 이 절망의 거리를 비틀거리며 쌀자루를 을러메고 한 손에는 술병을 들고 걸어가는 사내를 보았다. 그는 연신 헤픈 걸음을 옮겨놓았고 입 주변에는 소의 되새김처럼 오물거려 허옇게 침이 묻어나 있었다. 그는 다리를 제대로 주체치 못해 휘청거리면서 '정신은 말똥한데 왜 이렇게 다리는 제멋대로지' 하고 익살스럽게 말하고 코를 휭 풀었다. 그 모습이 그 시대의 그렇고 그런 영화 속의 조연 배우의 모습과 흡사했다. 그러나 다음 순간 나는 눈물이 핑 돌았다. '나 쌀 구했다. 나 쌀 구했어' 하고 외치는 소리를 이 절망과 가난의 거리에 살고 있는 사람이라면 누구나 다 들을 수가 있었기 때문이었다. 나는 비로소 그가 가난을 이기지 못해 갓 난 자식을 낙동강에다 던져버리고 어머니마저 시설에다 내다 판 속칭 용팔이임을 알았다. 그런 사실을 마을 사람들 모두가 다 알고 있었지만 아무도 그를 고발하지 않았다. 그도 광산에 다니고 있었다. 그러나 그의 쥐꼬리만 한 임시 운반공의 월급 가지고는 그 자신도 지탱하기 어려웠으리라

이렇게 허허로울 수가…… 고향으로 가는 길은 고향을 기억 속의 그것과 대비하는 일이었다. 그렇지만 그 대비는 비참하기만 할 뿐 그 어느 것도 시각적인 고통을 해결해주지는 않았다. 나는 이 이후에도 또 쓸 거야 보릿고개 이야기며 쌀이 없어 시래기를 삶아 국물을 훌훌 들이마셨던 이야기며 나는 또 쓸 거야. 어딘가 그곳에는 그래도 깨어진 우리의 삶을 깁고 있는 누군

가가 있으리라는 것을, 먼데 하늘에다 시선을 정박하고 붓을 들어 내 고향을 노래하면 혼란한 상념이 가을처럼 붉게 타겠지.

나는 뒷산으로 향하며 원효암元曉庵에 올랐다. 멀리 공장지대가 한눈에 내려다보였다. 그것은 거대한 괴물처럼 우리의 삶과는 아니 이 고향과는 어울리지 않았다. 나는 한동안 내 시선을 내려 그 거대한 괴물에 일치시키며 눈을 떼지 않았다. 고향에 대한 원망과 그리움이 교차했다. 그러다가 문득 바라본 낙동강과 가야평야, 풍요로웠다. 지금은 무어라 해도 확실히 그때보다는 잘 사는 것이라고 감히 단정했다. 저 황금의 들녘, 내가 어렸을 때만 해도 신문과 라디오를 어지럽혔던 굶어 죽었다느니 식중독 때문에 죽었다느니 하는 소리를 지금은 듣지 못했으니 이것도 다 잘 사는 증표가 아니고 무엇이랴.

보릿고개는 가장 가슴 아픈 추억이었다. 1, 2월 보리밭 밟기를 하는 재미도 있었지만 그러나 보리밟기는 지우고만 싶은 기억일 뿐이었다. 오뉴월 경 양식이 떨어질 때쯤이면 사람들은 저마다 들로 나왔다. 들에 있는 나물을 캐다가 보리 몇 알 속에 담고 멀건 죽을 쒀 온 식구가 둘러앉아 먹었다. 때때로 덜 익은 보리를 억지로 베어다 먹는 경우도 있었다. 오죽 답답했으면 그러랴. 그러나 덜 익은 보리는 삶아도 삶아도 불어나지 않았다. 그런 보릿고개는 나라에서 식량 증산에 힘을 기울인 이후부터는 점차 사라져갔다. 광산촌 인부들도 보릿고개는 아닐지언정 그와 비슷한 일들을 매달 겪어야 했다. 월급날 25일을 앞두고 비상 대책에 들어가는 것 말이다. 역시 이들도 시래기를 간장 물에 그대로 삶아 홀홀 들이마시거나 이웃 비교적 잘사는 농가에서 보리 한두 됫박 꾸어 먹는 일이 비일비재했다.

낙동강에서 고기를 잡는 이들도 못사는 것은 마찬가지였다. 그들은 대체로 낙동강가 마을 끝에 한두 집 숨어 있어 그들이 마을 사람인지 아닌지 그

268

근방에 사는 사람이 아니면 모를 정도로 스스로 자기를 감추며 살아가고 있었다. 낙동강 이 부근에서 잡히는 고기는 웅어가 많았다. 웅어회는 그 근방에선 알아주는 먹거리였다. 오죽 유명했으면 인근 대도시에서도 사람들이 다 올라와 웅어회를 맛보고 갔을까. 그런 만큼 간디스토마에 감염돼 고생하는 사람도 그 일대를 중심으로 꽤 많았다. 학교에서는 날것으로 먹지 말라고 가르쳤다.

그러나 가난은 그들의 대물림인 듯 그들이 잘살고 있다는 소문은 어디서도 들리지 않았다. 할아버지가 맡아 하던 그물을 다시 손에 잡았다는 박 군君은 3대째 낙동강을 지키고 있는 산 중인이었다. 그가 얼마나 가난한가 하는 것은 이 발달했다고 하는 시대에도 그의 집이 전기세를 내지 못해 전기가 끊겼다는 것을 알고서였다.

낙동강 홍수는 또 얼마나 우리 마을 사람들을 괴롭혔던가? 홍수에의 기억은 우리를 끔찍하게 하였다. 그날 밤은 비가 억수같이 내렸다. 사람들은 그렇지만 강물이 이 둑을 넘을 수 있을까 한 번도 생각지 않았다. 그러나 정작 강물이 둑을 넘치기 시작한 것은 새벽에 이르러서였다. 갑자기 지서의 확성기에서 사이렌이 울리면서 동네 사람들에게 낙동강 둑이 터졌다고 둑 근처 사람들은 빨리 인근 산으로 피하라는 방송이 시작되었다. 그러나 한밤중에 울리는 사이렌 소리를 들은 사람들은 아무도 없었다. 거대한 물줄기를 막을 방법은 없었고 피할 방법도 없었다. 결국 홍수는 시신을 찾을 수조차 없는 실종자를 포함해 10명의 사망자를 내고 여름을 마감해버렸다.

나는 이 옛 동네를 나오려다 말고 멀리 낙동강 건너 문둥이 마을을 바라보았다. 나는 그들의 천형을 역겨워했다. 한때 미감아 문제로 신문과 방송을 떠들썩하게 했던 바로 그 마을이었다. 아직도 내가 몸담았던 학교에서는 미감아와 함께 앉지 않으려는 소동이 신학기만 되면 벌어진다는 것이었다.

우리가 어렸을 때에는 별말이 없었는데 의학적으로 음성 나환자의 균은 전염되지 않는다는 것이 더욱 확실하게 밝혀진 지금 어떻게 그런 문제로 떠들썩한 건지. 문둥병에 걸린 것만도 서러운 일인데. 윤사월 문둥이 간 빼먹는 구설수 커다랗게 토담집 쌓고……

나는 둑길을 걸었다. 그러고 보니 이 길은 서리서리한(?) 길이었다. 봄에는 입술이 시커멓게 되도록 밀서리를 했다. 여름엔 밤 깊이 숨어서 이북 아저씨 네에 참외 서리 하러 가곤 했다. 도토리를 따다가 겨우내 땅속에 묻어 놓고 화롯불에 구워 먹는 재미도 딴은 우리가 진정한 고향을 가진 마지막 세대였기 때문에 가능했는지 모른다. 어디 이즈음 우리 시대에 익숙했던 서리라는 말뜻을 제대로 이해하고 있는 아이들이 있기나 한 것일까?

나는 낙동강 모래밭으로 걸어갔다. 옛날과는 달리 모래밭은 간 곳 없이 온통 잡초로만 뒤덮여 있었고 금빛이 살아 있는 곳은 낙동강 물이 밀물 썰물 되어 물이 드는 물 어귀 한두 곳뿐이었다. 매년 여름이면 늘 익사자가 생기곤 해서 위험지구 표지판을 들고 선생님과 함께 뙤약볕에 한 번씩 순례를 하던 곳이었다.

그러나 순간 나는 내 가슴을 떨게 했던 커다란 슬픈 두 눈을 가진 상준이가 내 앞을 가로막고 있는 것을 보았다. 오오, 상준이, 너는 어드메 꽃같이 숨었느뇨.

나는 덕이 부족했다. 내가 담임한 아이들에게는 종종 사고가 나고는 했다. 쥐약을 타 놓은 미숫가루 물을 잘못 알고 먹었다가 죽다가 깨어났는가 하면 뱀에 물려 죽음 일보 직전까지 갔던 동균이의 일은 교사로서의 나 자신을 숫제 부정하게 만들었다.

그날 시험을 치고 집으로 갔던 상준이가 행방불명이 되었다는 이야기를 들었을 때 나는 소스라치지 않을 수가 없었다. 부랴부랴 달려가서 전후를 따지고 본 결과 상준이는 전날 오후 4시 이후에 없어졌다는 것을 알았다. 배를 빌려 낙동강 온 구석구석을 샅샅이 뒤졌다. 마을 방송과 그리고 지방 MBC 방송을 통해서도 상준이의 실종을 알리고 광산 주변과 친척 집을 미친 사람처럼 헤매었다. 그렇지만 상준이는 수십 년이 지난 지금도 돌아오지 않고 있었다. 낙동강에 빠져 죽은 것인지, 죽었다면 시체라도 있어야 할 텐데…… 아니면 그야말로 가출인지 아무도 알 수가 없었다. 상준이 아버지의 울부짖음은 내 간장을 숫제 도려내는 듯하였다. 아, 내게는 이토록 덕이 없다는 말인가.

나는 금빛 모래를 하염없이 밟았다. 강 건너 문둥이 마을, 문둥이 설움, 윤사월 간 빼먹는 구설수 돌고 서러운 감정에 휘말릴 때면 찾아온 낙동강. 찾아온 낙동강……

사색으로 찢기운 야반에 쫓겨 슬픔을 씹던 아침, 나는 보았지. 너와의 화려한 기억, 주체할 수 없는 오뇌에 못 이겨 두 손으로 얼굴을 감추고 마구 비척이며 찾은 겨울 강변, 울음을 삼키며 지난날 그리움일랑 갈잎을 모아 불태우고, 찢긴 내부의 상처를 또다시 기워보지만 오만해진 너의 자태에 가슴은 마냥 우울해가고, 잊었다. 나무라도 다시금 그리워 상처를 꼬집는 너는 악마. 바람은 모래를 몰아 강물로 사라지고, 고운 너와의 기억을 더듬으며 파선될 종이배를 띄우고 위태롭게 선 겨울 강변엔, 이즉이 너와 거닐던 자국에 갈잎만 차곡차곡 쌓여 있고……

사랑하는 너, 사랑하는 너, 나는 목청껏 돈아 외쳤다. 고백하거니와 내 모든 것은 너에게서 시작하였고 네가 없는 세상은 허무였다. 외로움에 몸부림칠 때마다 쫓기듯 비척대며 찾던 이 금모래 빛나던 강변, 여기서 절망뿐인 욕망에 찬물을 끼얹으며 돈을 벌리라 다짐했다. 돈만이 나를 구원해줄 것 같았다. 오랜 무명은 내게 가난과 매명만을 주었다. 그러나 이제 그게 무어 대순가. 나는 작가라는 말조차 붙이기 부끄러운 시러배 잡문쟁이, 일개 출판사 직원이 아닌가?

나는 다시 발길을 돌렸다. 이 금모래 빛을 밟고 서있는 나 자신이 눈이 부셔 못 견딜 지경이었다. 그 옛날 돈을 벌겠다고 다짐한 나 자신이 수치스러웠기 때문이었다. 어느덧 발걸음은 위례성慰禮城으로 향하고 있었다. 낙동강 가야평야 한가운데에 높이 칠십여 미터의 나즈막한 산성, 태백산맥의 한 줄기인 것 같은데도 어떻게 족보를 의심하게 평야 한가운데 산자락이 퍼질러 놓여 있는 것일까. 임진왜란 당시 주민들이 힘을 합쳐 쳐들어오는 왜놈을 여지없이 물리쳤다는 곳, 동래부사의 명령을 받은 송갑수宋甲洙는 마을 주민을 모아 일당백의 강한 훈련을 시킨다. 더러 고된 훈련을 받던 사람들 중에는 훈련을 견디지 못해 스스로 상처를 내 집에 숨어 지내기도 했다. 임진왜란이 일어나자 부산포釜山浦를 거쳐 온 왜구들은 파죽지세로 이곳까지 밀고 올라왔다. 그런 가운데 이곳에서만은 강력한 도전을 받았는데 산성으로 밀고 올라오는 왜구를 맞아 사람들은 최후의 일인까지 싸웠고 결국 한 사람도 남김없이 분투하니 적의 예봉은 주춤거려 선조宣祖가 의주義州로 피난 가는 길을 크게 도왔다.

그러나 지금은 비석 하나 서 있지 못하고 오랜 세월 방치해 두는 동안 공동묘지로 변하여 겨울날 아침이면 까마귀 떼가 이 산성을 철새처럼 찾아왔다. 산성에서 바라보는 시가지는 그림처럼 아름다웠다. 맞은편에 있는 산이 철쭉제로 유명한 태백산맥 줄기 타고 늘어진 말산末山이었다. 멀리 읍내 가까이 최근에 생겨난 공업단지가 모퉁이에 가려 보일락 말락 하였다. 저 공업단지가 생긴 이후 이곳 땅값이 부쩍 솟구쳐 올랐다. 땅을 팔려는 사람은 없고 사려는 사람들만이 몰려있어 이 일대가 복부인들로 층을 이루고 있다고 했다. 도로가 나고 공장과 아파트가 지어지는 개발 열기 속에 일부 중산층 복부인들이 부동산을 사고파는 부동산 열풍이 바로 지금 서울에서 한참 떨어진 이곳에서 일어나고 있는 것이다. 나는 술래잡이처럼 비잉 둘러보았다. 이 앞에 일제 때부터 있었던 수리조합 둑길은 꿈속에서나마 그녀와 자주 걸었던 길이었다.

　너를 알고부터 걷게 되었지. 외롭고 쓸쓸한 길. 언제나 꿈이란 허망한 것을, 꿈을 두고 만든 꿈길. 나는 혼자서 아무도 모르게 걸었지. 만나면 괴롭고 만나지 않는 것이 만난 것보다 아픔이 깊지 않을진대 오늘도 어제도 외롭고 쓸쓸한 길을 나는 걸었지. 행여나 너를 만나면 어쩌나 쓸데없는 걱정을 키우면서.

　나는 위례성 일대를 둘러보면서 내내 종잡을 수 없는 불안감으로 혼란스러웠다. 그것은 위례성을 내려와서도 그리고 시내를 다시 걸어볼 때도 마찬가지였다.

　만추, 산성 바로 밑에 있는 밤나무 단지의 아람이 영글어 여자의 입술처럼 벙싯 벌어져 있었다. 고향이 북청北靑이라는 이북 사람이 피땀으로 일구어놓은 농장에 몇 가구가 소꿉장난처럼 옹기종기 모여 살고 있었다. 갑자기 나는 혹부리 영감이 생각났다. 밤 서리를 할 때마다 영감은 길목을 지켜 서 있다가 우리가 가시에 찔려 아픈 손을 달빛에 비추며 가시를 뺄 때면 몰래 나타나 우리는 별수 없이 그의 집에 끌려가 한 번도 아니고 무려 열 번을 넘게 듣고 들은 그의 고향 황해도 사리원沙里院에 대한 이야기를 들어야만 했다. 그가 고향 사리원에 대한 이야기를 할 때면 그는 먼저 울기부터 시작하는 것이었다. 그는 고향에 우리만한 막내아들을 두고 왔다는 것이었다. 서울 높은 사람의 과수원지기였던 그는 마침 과수원에서 난 산물의 거래처를

트기 위해 상경한 것이었는데 그런데 일요일 아침의 그 선생은 그의 모든 것을 송두리째 앗아가 버리고 만 것이었다.

이제 그도 죽었는가? 잠깐 기웃거려 본 그 집 앞에 그는 없었다. 대신 젊은 부부 둘이 열심히 기도를 하며 하루 물러가는 은혜에 감사하고 있었다.

수리조합 둑길까지 나는 걸었다. 허약한 신체를 단련하기 위해 아침, 저녁으로 이 오랜 길을 뛰던 때가 바로 엊그제로 성큼 다가온 것 같았다. 그러나 벌써 강산은 두 차례나 변해버린 것이 아닌가? 하루 종일 들에서 일을 하다 돌아오는 석양녘에 비친 소와 또 그 소를 모는 지게 멘 사나이, 나는 그 모습이 좋아 그가 모퉁이를 돌아 보이지 않을 때까지 바라보곤 하였다. 이런 동양화가 들어있는 고향, 난 그 그림을 실제로 보며 비록 내가 난 곳은 아니었지만 내가 자란 고향을 얼마나 자랑스럽고 고마워했던가.

고향으로 가는 길은 이제 생각 속에서만 가능할 뿐이라고 말하는 사람도 있다만 그러나 아직 고향은 우리가 생각한 것보다 그렇게 멀리 있는 것이 아니었어. 구름처럼 흘러가버린 젊은 날은 다시 돌아올 수 없을지 모르지만 그러나 이 공기, 이 하늘, 이 땅, 내가 어릴 적 놀았던 그 속에 다시 서 있다는 것만으로도 나는 행복했어. 나는 이번 귀향으로 아직도 내가 고향을 잃어버리지 않고 있다는 것을 확인할 수 있었어. 마치 자신의 미끈한 나체를 감상하다가 봉긋 솟아난 젖가슴과 깊숙한 그곳을 보고 놀라는 순진한 여고생처럼 아직도 우리의 고향은 그렇게 비감할 정도로 멀리 있지 않다는 것을 화들짝 깨달은 거야.

가난했지만 따뜻했던 고향, 겨울엔 보리밟기, 봄엔 진달래꽃 따기, 여름날 보리 베기, 가을 솔방울 따기, 눈이 많이 내리는 날은 뒷산에 칡을 캤던 고향, 이리도 그리운 고향에 차마 그리웠다는 말을 하지 못 해 자꾸만 주저하며 망설였구나. 이리도 찬연한 계절에 차마 사랑한다는 말을 못 해 애꿎은 빈손만 바라보며 서성였구나. 그러다가 더는 견디지 못해 잊는다고 무턱대고 일 속에 빠져버리면 도마뱀 꼬리의 재생처럼 너는 다시 살아나 나는 또다시 너를 그리워하게 되고.

해는 서서히 낙일 하고 있구나. 저 넓은 하늘가 그 어딘가에 풋풋한 우리의 고향이 있다는 것과 진정 고향을 잃지 않고 있다는 생각을 하는 것은 즐거워.

나는 비로소 내가 갈 길을 헤아려 보았다. 생각하면 아름다워 몽롱하기조차 한 그 어린 날 오로지 그녀 때문에 살아가는 것이 즐거웠던 열정 어린 이곳, 나는 내가 왜 왔는지 내가 왜 가야만 한다고 고집했는지 알 것 같았다.

나는 내가 다녔던 학교로 걸음을 옮겼다. 나는 이제 내 추억이 닿는 한 마지막까지 와있다는 것을 느꼈다. 은사님의 이층집이 길게 석양에 침묵한 채 서 있었다. 기쁜 일이 아닐 수 없었다. 당신께서 알듯 보일 듯 모르게 보이지 않게 밀어주신 덕분에 그 치열한 서울 바닥에서 그나마 밥벌이라도 하고 있지 않은가.

원래부터 재주가 비상한 분이라 도의 장학사까지 하시고 지금은 학교를 경영하고 있다고 접하는 고향 소식에 알고 있었다. 나는 설레는 마음으로 힐끗 쳐다보았다. 그러나 덕 없는 자신을 생각하고 내쳐 학교로 걸음을 옮겼다. 오오 산산, 나무나무, 겨울에 난로를 때기 위하여 솔방울을 따던 일이며 낙차에서 멱 감던 일이며, 반 아이들의 1, 2등을 가리는 싸움에 심판을 보아주던 뫼등이며, 소나무가 일시에 현란한 모습으로 살아오고 있었다.

오오, 저 나무는 눈감고 가다가 이마를 받혔던 그때 그 나무가 아닌가? 나는 교문으로 섣불리 들어갈 수가 없었다. 딴은 이젠 순수한 정열을 잃어버린 막돼먹은 중년으로 변해버린 내가 무슨 염치로 들어간다는 말인가.

학교 모습은 여전했다. 우리들의 혹사酷使에 수십 년을 견디어 온 미끄럼틀과 동편 가교사 쓰레기장을 묻어버리고 만들어 놓은 화원花園, 학교의 역사와 함께 자라온 히말라야시다, 장미, 변함없이 서있는 플라타너스, 이제 학교 가는 길의 코스모스도 여전히 아름답기만 했다. 허약하다는 그 의미밖에 느낄 수 없었던 가분수 같던 코스모스에게서도 나는 엄마의 아늑한 품속으로 돌아온 탕아를 느끼는 것이었다.

아, 너무 오래 너를 잊어온 것만 같구나. 오랜 객고는 나를 이토록 지치게 만들었구나. 허나 향수에 비하랴. 낯선 땅 헤맬 때마다 그래서 더욱 돋아나는 네 얼굴, 아, 엄마 젖을 빠는 것 같은 달치근함이여, 머언 항해에서 돌아와 닻 내리듯 겹쳤던 회한의 사라짐이여, 간밤엔 네 얼굴 보고 싶어 내겐 그렇게 고열에 들떴는가 보다.

나는 어릴 적 내가 다니던 학교를 둘러보다가 나왔다. 내가 담임했던 6학년 교실은 여전히 6학년 교실로 해바라기 반 팻말이 담겨 있었다.

눈을 빼어 사립문밖에 걸어두고 그 걸어둔 눈을 더 멀리 쫓아, 그렇게 쫓은 눈을 더 멀리 쫓아, 무심할 수만 있다면야……

이제 돌아갈 시간이 되었구나. 시간만 더 있다면 이 학교 뒤편에 있는 서낭당도 꿈속에 놀던 귀신의 집도, 그리고 일제가 파놓은 방공호도 더 가보고 싶건만 이제 해는 산마루에 걸려 있다가 넘어갔다. 대신 하나둘 살아나는 밤의 요정들, 나 홀로 어디로 가라는 신호가.

그래 한 군데만 더 들러 가자. 서낭당 서발 명도 살던 봉당집 말이다. 그집은 이미 넘어가 버린 해 때문에 그렇잖아도 어두웠는데 더욱 음침하게 가라앉아 있었다. 어렸을 적 곧잘 이 봉당집을 지나칠 때면 '나온다, 나온다 서발 명도 나온다. 풀쩍 풀쩍 훌쩍 훌쩍 서발 명도 나온다.' 소리치며 질겁을 한 채 도망쳤던 곳이었다. 그녀는 점을 잘 쳤다. 용하다는 남도 점바치들을 다 내놓아도 그녀의 신통한 거북점만 못했다. 그래서 제법 돈을 버는 것 같더니 언젠가 그 돈을 몽땅 갖고 타처에 나갔다 온 뒤로 정신이 좀 멍해지더니 그대로 미쳐버리는 것이었다. 들리는 소문으로는 하나밖에 없는 그녀의 아들이 뇌염 백치가 되어버리는 바람에 상심한 나머지 미쳐 버렸다고 하기도 했고 돈을 가지고 날라버린 샛서방에 대한 울분 때문이라고 하기도 했다.

그 봉당은 아직도 허물어지지 않고 있었다. 문은 굳게 닫혀 있었고 창살은 슬어 금방 손가락 끝으로 밀면 무너질 듯이 보였다. 나는 문득 이 봉당 위로 무섭게 뻗어 나간 산협을 바라보았다. 어디선가 산승냥이 울음이 들렸다. 나는 산이 들려주는 아득한 시원의 소리 때문에 문득 고적감에 빠져버렸다.

이제 고별시를 써야 하겠어. 이 고향으로의 확인, 정말 우리가 진정한 고향을 가진 마지막 세대인가 하는 물음은 이젠 필요도 없는 일이 되고 말았어. 고향이 서서히 무너지는 소리는 결코 고향의 상실을 의미한다기보다는 새로운 전통을 위한 희생양이라고 보아야 할 거야. 우리는 결코 절망해서는 안 되는 거야. 조용히 지켜보며 기억에서 멀어지지 않도록 끊임없이 밀고 당기는 작업을 늘 염두에 두어야 할 거야.

이즉이 내가 사랑한 것은 모두 내게서 멀어져만 갔습니다. 음악이 그렇고 시가 그렇고 또…… 하지만 난 조금도 노여워할 수가 없었습니다. 한사코 떠나버린 것들에 대한 미련보다 앞으로 또 떠나버릴 것들에 대한 두려움이 내 안에 깊게 그림자를 드리웠기 때문이었습니다……

나는 발을 힘차게 밟으며 큰길로 나왔다. 이 나의 작은 깨달음에 대한 기쁨으로 나는 어느 때보다도 힘차게 주눅 든 가슴을 활짝 펼 수가 있었다. 아아, 내 작은 배짱에 고향을 잃어버리지 않았다는 생각은 얼마나 자신감 넘쳐흐르게 하는 일인가? 모든 나를 억누르는 압박들이 물거품처럼 사라지고 재충전의 용기가 다시 솟는 것 같았다. 나는 그날 밤 2킬로미터 남짓한 역까지의 거리를 큰길을 따라서 걸었다. 그리고 밤차를 탔다. 이튿날 아침, 언제나 그렇듯이 나는 아득바득 생활을 영위하는 소시민이 되어 지하철을 타고 있었다.

기점

가게 주인이 일러준 대로 조금 걷자 아닌 게 아니라 그의 앞으로 노적봉이 나타났고 유달산으로 오르는 길이 이어졌다. 저편으로는 바다와 여객선 터미널, 그리고 멀리 삼호중공업 크레인이 보였다. 노적봉 앞에서는 관광 온 나이 든 사람들이 가이드의 설명을 듣고 있었다. 작은 삼각 깃발을 든 여자 가이드가 노적봉을 앞에 두고 설명하는데 그 목소리의 톤이 어찌나 카랑카랑하던지 지나가던 사람들이 저마다 쳐다보고 갔다.

그는 그 모습을 물끄러미 바라보며 들려오는 소리를 듣고 있었다. 그렇지만 특별히 와닿는 것은 없었다. 그녀는 그처럼 목포가 처음인 사람도 알고 있는 아주 상식적인 내용을 이야기하고 있었다. 그럼에도 주위 사람들의 눈길을 잡을 수 있었던 것은 그녀의 목소리 때문인 것 같았다.

한심한 사내, 그는 거기에서조차 또다시 흔들리는 자신을 생각하며 속으로 비하하고 있었다. 하긴 이 목포에 특별한 목적이 있어서 온 것도 아니었다. 그냥 집을 나서 걷다가 마침내 닿은 곳이 목포였던 것이었다. 싫었다. 그냥 이 세상이 싫었다. 그것은 그로 하여금 이렇게 정처 없이 세상을 떠돌게 하였던 것이다.

내가 왜 이런 것일까? 그러면서도 그는 그런 의문을 제기하는 자신이 또 싫었다. 딱히 싫은 이유를 찾는다면 어쩌면 그것은 태어난 그 자체가 그냥 싫은 것이었는지도 몰랐다. 태어난 자신이 싫으니 그런 것의 연속인 지금의 그가 싫어지는 것이었다. 그래서 걸핏하면 그는 자신의 실패의 원인을 자신이 잘못 태어났기 때문이라는 원죄로 귀결시켰다.

그런 생각은 언제부턴가 그 자신을 이렇게 한 곳에 붙박지 못하고 떠돌게 하였다. 아무런 희망도 없이 어떤 의욕도 지니지 못한 채 하루를 떠도는 것으로 시작하였다. 정말 이 벗고 싶은 이름의 취준생, 아니 이젠 그 나이에 그런 이름조차 부끄러웠다. 모든 것을 내려놓고 나와버린 지금 돌아갈 엄두가 나지 않았다. 이래서 노숙자가 생기는 거로구나. 취업에 아흔아홉 번째 실패를 하고 나자 그는 정말 무능한 자신이 싫었다. 남들은 잘도 하건만 벌써 4년째 직장을 구하는 데 실패한 그는 아예 그 자신의 존재를 부정하고 싶었다.

그렇게 시작한 이 떠돌이 생활이 벌써 5개월째 이르렀다. 앞으로는 어떻게 될까? 처음엔 아는 사람이 아무도 없는 제주도로 갔다. 제주에서 한 달간을 버티었다. 제주도를 한 바퀴 돌았다. 그냥 아무런 생각이 없었다. 그의 머릿속에는 그저 자신이 비참하다는 생각과 그를 이렇게 낳아준 부모가 싫다는 생각만이 가득했다. 견디지 못할 것 같은 것도 그냥 제주 올레길을 걸으니 걷는 순간만큼은 화가 삭여지는 것 같았다. 그러나 그것이 걷는다고 삭여질 일일까? 언제나 속에서는 끝없는 불길이 들끓고 있었다.

제주를 떠나서는 그야말로 아무 데나 막살았다. 자고 싶으면 자고 먹고 싶으면 먹고 그렇지 않으면 정처 없이 걸었다. 아무런 희망이 없었기 때문이었다. 그를 둘러싸고 있는 모든 것들이 그를 공격하는 것만 같았다. 때때로 그 앞에는 힌두신의 여인이 나타나 눈과 귀를 어지럽혔다. 그의 모가지를 잡고 죽으라고 흔들었다. 망상이었다. 망상을 좇기 위해 그는 또 그냥 걸었다. 걸으면 모든 것을 잊어버릴 수 있었다.

이렇게 하루하루를 버티어 왔다. 그리고 제주도를 나와서는 전국을 떠돌았다. 그가 가진 것은 신용카드 한 장이 전부였다.

제주에서 나와서는 부산으로 갔다. 부산에서 7번 국도와 함께 동해안을 따라 걸었고 동해안에서는 휴전선을 따라 걷다가 다시 서해안 쪽으로 왔다. 그리고 어쩌다 또다시 걷다 보니 목포까지 오게 된 것이었다. 특별히 무언가를 의식하고 걸은 것은 아니었다. 그냥 시간이 있으니까 걸은 것이었고 걷다 보니 예까지 온 것이었다. 평범하게 자라 평범하게 학교를 다니고 평범하게 대학에 진학하여 평범하게 졸업하였다. 그야말로 평범 그 자체였다.

그러나 사회에서만큼은 평범하지 않았다. 도대체 내 자신이 설 곳은 어디인가? 아흔아홉 번째 이력서를 내고 아흔여덟 번째 면접을 보지 못한 것은 평범한 것이 아니라 무능한 것이었다. 지극히 평범한 한 인간이 평범하게 인생을 살아갈 방법은 없는 것이었다. 나이는 먹어갔고 나중에는 그냥 지원서를 내는 것이 일상처럼 그리고 떨어지는 것도 일상처럼 되어갔다. 입사지원서를 쓸 때에는 처음에는 상당히 기대하고 정성들여 쓰기도 하고 행여 잘못 들어가지는 않았는가 조바심도 했지만 그러나 떨어지는 것도 밥 먹듯이 하니 그것도 그런 것이려니 평범화되어가는 것이었다. 아니 이때는 평범이라는 말 대신에 일상화라는 것이 더욱 맞는 말일 것이었다. 그러나 직장에 들어가는 문제에서만큼은 그는 남들처럼 평범해지지 않는 것을 보며 역시 사람들이 머리 좋은 사람을 찾는 이유를 알 수 있는 것 같았다. 좋은 머리, 좋은 대학은 최소한 평균 이상의 전문적인 직장을 구할 수 있다는 보증이었다. 그렇지만 대한민국의 평균 이상일 수 없는 그 같은 경우는 늘 이런 경쟁에 약했다. 아니 이런 경쟁에는 평소 평범보다 다른 무언가를 보여주는 그 무엇이 있어야 했는데 그는 그런 것이 없었다. 그러니 평범하게 떨어지는 것은 아주 당연했다.

아니 그것은 떨어지고 난 결과에서 말하는 것일 뿐 그가 결코 남들보다 노력을 아니 했던 것은 아니었다. 그라고 왜 발버둥 치지 않았을까? 취직하는 것은 모든 젊은이들에게 그러하듯 그에게도 최대 당면과제였다. 그것은 아주 평범한 일이었다. 그런데 그 평범이 되지 않고 있는 것이었다. 그는 우선 자신의 약점이라고 여기는 자기소개서를 쓰기 위해 여러 사람의 도움을 받았다. 그리고 여러 날에 걸쳐 문장을 다듬었다. 면접자의 눈에 들기 위해 다른 사람들은 어떻게 썼는지 인터넷에 올려진 합격한 다른 사람들의 자기소개서를 열심히 읽었다.

처음에는 써놓고도 이게 무슨 글일까, 이렇게 문맥의 앞뒤가 맞지 않아도 되는 것일까, 할 정도로 자기가 써놓고서도 마음에 들지 않았다. 그러나 그것도 한번 두 번 고쳐 쓰는 횟수가 늘어가다 보니 썩 괜찮아지는 것이었다. 그 후로는 그는 기본은 그대로 두고 조금씩 회사에 따라 문맥을 바꾸어가며 수많은 회사에 이력서를 넣었다. 그러나 결과는 한결같이

'우리 회사에 모실 수 없어 죄송합니다.'

하는 것으로 간단히 폰을 통해 불합격 통보를 받았다. 하도 떨어지는 일이 많아 더 이상 기대하는 것도 아니었지만 그런 중에 딱 한 번 면접을 보러 오라는 통보를 받은 적이 있었다.

'○월 ○일 1시에 면접이 있을 예정이니 시간에 맞추어 참석해주시기 바랍니다. 준비사항은 따로 없습니다.'

정말 얼마나 기대했던 것인가? 이번에도 마찬가지겠지, 하는 생각으로 마음을 놓고 있다가 덜컥 받아든 것이었기 때문에 그때의 기쁨이란…… 면

접을 볼 수 있다는 것만으로도 그는 마치 자기가 합격한 것이나 다름없는 것처럼 행동했다. 여러 번 떨어진 끝에 받아든 것이었기 때문에 그는 조금은 자신감도 있었던 것이었다.

"대학은 ○○대학이시군요. 어디에 있는 대학이지요?"

그러나 면접관 맨 가운데 있는 사람이 그렇게 묻자 그는 순간 안 되겠구나 싶은 생각이 들었다. 자기 같은 지방대학은 참 경쟁력이 없는 대학이구나 하는 것을 깨달았다. 그는 고등학교 시절 선생님이 하던 말이 생각났다.

"대학의 이름보다 중요한 것은 지원하려는 과가 자기 적성에 맞는가 맞지 않는가 하는 거야. 만일 네가 가고 싶은 대학이 비록 지방대학일지라도 네게 적성이 맞는 과가 있다면 그 대학으로 가 적성에 맞지 않는 서울 쪽 대학을 가서 고전하는 것보다는 낫지 않겠니. 그러나 선택은 네가 해."

그는 선생님이 하던 말대로 그가 가고 싶은 대학 또 적성에 맞다고 생각한 과로 진학을 했다. 그가 진학한 대학은 인서울의 대학은 아니었다. 또 그가 진학한 학과도 그는 좋았지만 취업에 소위 인기 있는 학과는 아니었다. 그는 서울에서 지방대학으로 진학을 했고 수월하게 장학금을 받으며 공부를 할 수 있었다. 그러나 사회에 첫발을 떼자 그는 자신의 선택이 잘못된 것이라는 것을 알았다. 사회에서는 이름있는 대학을 원했고 그 대학의 이름만으로도 사회에서 대접을 받고 있음을 보았다. 대학의 이름이 중요한 것이 아니라지만 대학 이름은 분명 중요한 것이었다.

그 후 그는 여러 곳에 입사지원서를 냈지만 그때마다 학력란에 대학 이름을 써야 한다는 것을 알고는 절망했다. 이 지원서에 대학 이름이 없어야 자기도 면접이라는 것을 볼 수 있는데 아예 지방대학은 처음부터 밀리고 들어간다는 사실을 알았다. 그런 고민을 하던 차 나라에서 학력란을 없앤다는 소식을 듣던 순간은 얼마나 기뻤는지 모른다. 그러나 역시 마찬가지였다. 그것은 권장사항일 뿐 많은 회사에서는 역시 대학의 이름을 원하고 있었다. 그가 조금은 자신이 있었던 성적증명서는 그리 중요한 것이 아니었다. 사실 회사에 나와서야 그런 것이 무어 그리 중요하겠는가? 투쟁력, 열정이 필요할 것이다. 대학 이름은 그런 것의 증표인 것 같았다.

처음에 그는 무엇이 문제일까 싶어 합격한 다른 동료들의 도움을 얻어 자신의 부족한 점을 찾아보았다. 무엇이 문제일까? 스펙이 문제일까? 그렇지 않았다. 스펙이라면 그도 밀리지는 않았다. 그런데도 그는 번번이 실패했다. 자신보다도 못하다고 생각한 친구들이 하나둘 취직해가는 모습을 보며 그는 절망에 빠진 적이 있었다. 무어가 문제일까? 왜 나는 되지 않는 것일까? 딱 한 번 '면접 보러 오세요'라는 것 말고는 더 이상 그에게 기회가 주어지지 않는 것을 보며 그는 낙망과 좌절 속에 괴로워했다. 그리고 마침내는 회사에 취직하는 것을 포기하였다. 이제껏 해왔던 모든 노력이 후회되기만 하였다. 숫제 이 노력을 다른 곳에 투자했더라면…… 그러자 이상하게 그는 모든 것이 싫어지며 자포자기하는 생각이 들었다. 아니 보다 더는 자신이 이렇게 밖에 될 수 없다는 것이 운명이라는 생각까지 들었다. 그래 이것이 네 운명이야. 너는 그렇게밖에 될 수 없는 운명인 것이야. 이렇게 살다 이렇게 스러지겠지. 그는 그런 생각이 들자 더욱 자신이 비참하다는 생각이 들었다. 지난날들이 주마등처럼 스쳐 갔다. 가만 생각해 보면 그는 자신이 취준생일 때나 서른이 넘은 지금이나 어느 것 하나 자신감을 가지고 활동해 본 적이 없었다. 늘 말 없고 존재감이 없는 삶을 살아왔다. 그냥 끌리면 끌리는 대로 시키면 시키는 대로 그의 인생은 파도처럼 흔들려왔다. 그 자신의 인생을 스스로 살아왔다고 생각 든 적은 한 번도 없었다.

왜 그럴까? 그는 그것이 자신의 운명인지도 모른다고 생각했다. 운명에서 한 발자국도 헤쳐나가지 못하는 것을 보고 자신이 그렇게 신의 농락 속에 있는 것이라고 생각하였다. 그는 자신이 취직시험에 합격하지 못하는 것도 자기가 가진 그런 운명 때문이라고 생각했다. 그것은 매우 편리했다. 자기가 이렇게 이력서를 내고도 면접조차 볼 수 없는 것을 자신이 지닌 운명이라는 참 편리하게 합리화함으로써 쉽게 평정감을 찾을 수 있었다. 그 후 그는 떨어질 때마다 또는 자신이 처절하고 비참한 생각이 들 때마다 그렇게 생각함으로써 마음의 평정심을 찾았다. 대학교 때에 심리학 교수가 그렇게 하지 말라고 하던 자기합리화 기제機制를 그는 어느새 단골처럼 사용하고 있는 것이었다.

그런데 이상한 일이었다. 자기가 자꾸만 그런 식으로 생각하자 어느 순간에 그것은 도리어 부메랑이 되어 자신을 공격하는 무기가 되어 오는 것이었다. 그리고 더 나아가서는 자신이 그런 것을 실제로는 사랑하고 있는 것인지도 모른다는 생각을 하였다. 이를테면 힘드니까 자신을 돌아보기보다는 자꾸만 원인을 다른 곳에서 찾게 되고 로또나 미신 운세 같은 이런 거에나 기대하게 되었다. 자신이 스스로 노력하기보다는 누군가 대신 해결해주기를 바라는 마음이 되는 것이었다.

'아하, 이래서 실패감에 빠져든 사람들은 그것을 쉽게 헤쳐나오지 못하는 것이구나.'

그 자신 어렸을 적 열등감에서 빠져나오지 못했던 때를 기억하며 이것은 그 자신이 열등감을 무척 사랑하고 있었기 때문이라는 깨달음을 얻었을 때 비로소 그것에서 벗어날 수 있었던 것을 떠올렸다.

만일 사람들이 열등감에 빠져 있을지라도 쉽게 열등감을 놓을 수 있다면 그 열등감을 빠져나올 수 있지만 열등감을 빠져나오지 못하는 것은 그 열등감을 너무도 사랑해 그 열등감을 놓아주지 못하고 있기 때문이다. 그런 말로 그는 이 모든 것을 그 자신이 잘못 태어난 존재 때문이라는 생각을 너무

사랑해서 이 구렁텅이를 빠져나오지 못하는 것은 아닌가 생각하게 되었다.

그러나 그런 것을 깨닫는다고 할지라도 그 후 어떻게 한다는 말인가? 열등감을 빠져나오면 얼마든지 회생할 가능성이 있다고 할 수 있을지라도 회사 입사라는 것은 그런 것과 차원이 다른 문제인 것이다. 지금 자신에게 다른 어떤 방법이 있다는 말인가? 그러자 그는 또다시 왼쪽 등이 미지근히 아파오는 것을 느꼈다. 언제부턴가 그의 일부처럼 왼쪽 등에 달려 있는 작은 통증 하나, 이상하게 우울하거나 절망에 빠지면 어김없이 살아나 그를 괴롭혔다. 그러다가도 또다시 돌아보면 아무런 증세가 없기도 했다. 이것이 신경증적인 증세라는 것을 알았지만 어떻게 탈출할 방도가 없었다. 그 아픔을 없애기 위해서는 무언가 획기적인 것이 필요했지만 지금은 그 신경증세에서 벗어날 아무런 무엇이 없었다.

"목포란 것이 참 묘하다는 생각이 들어요. 그 많은 곳 중에서도 유달산, 유달산에서 선생님을 만나 가지고 필연인 것 같은 우연 속에서 서로 같은 문제를 서로에게 신뢰를 가지고 공감했다는 사실이 놀랍기만 해요."

"저 역시 마찬가지에요. 그것은 아마 목포라는 도시가 주는 묘한 매력 때문이 아닐까요?"

갑자기 그 옆으로 한 쌍의 남녀가 오르면서 주고받는 소리가 귀에 들렸다. 물끄러미 산을 오르는 그들을 바라보며 그는 K가 생각났다. 그가 몇 년이 지나도록 취직을 못 하자 그녀는,

"그동안 즐거웠어. 첫사랑이라고 간직할 게. 오늘이 마지막이야."

하고 커플링 반지를 돌려주며 이별을 통보했다. 그래 여자들은 똑똑한 남자들을 따르기 마련이지. 돈 잘 벌고 좋은 대학을 나오고 배경이 좋고…… 그는 그녀가 떠날 때 아무 말 없이 그냥 멀뚱히 멀어져가는 그녀를 바라만 보았다. 좋은 여자였는데 그렇지만 직업이 없다는 것은 사랑에 있어

서도 그를 소심하게 만들었다.

그는 관광객을 따라 유달산으로 오르면서 잠깐 하늘을 바라보았다. 7월인데도 여름 하늘답지 않게 바람이 불었다. 햇빛을 가리기 위하여 쓴 긴 차양의 모자가 바람에 날려 그는 모자챙을 잠깐 잡고 있었다.

조금 오르자 대학루가 나타났고 그 밑 동네를 가리키며 한 나이 든 여자가 자기가 알고 있는 내용을 말하지 않고는 참을 수 없다는 듯이 나섰다.

"이 동네가 바로 일본인들이 목포에 와 처음 자리를 잡았던 곳입니다. 지금은 우리나라의 내로라 하는 사람들의 집이 있는 곳이기도 합니다. 이랜드 회장의 집이 저곳이고 지금은 기념관으로 되어있는 조선내화 이훈동 회장의 집이 바로 조기, 저곳입니다. 저기 보이는 지붕 위에 '가비 1935'라고 써 붙인 곳도 일제 때인 1935년에 지어진 집인데 개량해 찻집을 열고 있습니다. 아주 잘 되고 있답니다. 우리나라 유명한 지관이 이 동네에 찾아와서는 기가 느껴진다고 하던 곳이기도 합니다. 요 밑이 혜봉사, 그리고 저곳이 일제 때 일본영사관인데 지금은 근대역사관으로 바뀌었고 저쪽이 어부들의 마을……"

그는 목포가 좋아 목포로 이사해왔다는 그녀의 말이 귀에 속속 들어왔지만 그 소리를 듣다 말고 그냥 산으로 올랐다. 아무 생각 없이 길이 난 곳으로 이제껏 그가 해왔던 것처럼 올랐다. 땀이 나는 것도 힘이 든 것도 느끼지 못하였다. 다만 길이 나 있는 곳으로 그는 걸어 올랐다. 바다가 보이는 쪽으로 난간을 해둔 곳이 있어 그는 그쪽으로 가 바다 저편을 바라보았다. 목포대교와 고하도, 그리고 조금 더 멀리 섬들이 한결 시원히 보였다. 목포 하면 삼학도와 영산강인데 삼학도는 알겠는데 영산강은 어디 있지. 그런 것이 아마 그가 유달산에 올라서 했던 그의 목포에 대한 첫 생각이었을 것이었다. 가다가 힘들면 쉬어 가고 또 날이 저물면 자고 가고 모든 것을 놓아버린 지금 시간이 많고 부담이 없어졌지만 속은 여전히 들끓고 있었다. 오늘은 지내왔지만 내일은 또 어떻게 지내나. 그는 목표도 없고 해야 할 일도 없는 자기 자신이 문득 고려시대 청산별곡 속의 사내 같다고 생각했다. 무엇이 무엇이고 이것이 저것일까 아무것도 확신할 수 없는 참 별 볼 일 없는 사내……

그는 대학루를 거쳐 달선각, 목포의 눈물 노래비, 유선각을 지나 넓직한 마당바위까지 오르자 숨을 한번 쉬고 다시 아래를 내려다보았다. 그가 이제껏 전국을 돌아다니며 걸어왔던 길에 비해서 그렇게 어렵지 않고 아기자기 재미있는 길이라고 생각했다.

그러다가 그는 일등바위까지 갔고 거기에서 잠시 머뭇거리다가 이등바위 쪽을 바라보았다. 부옇게 산안개가 끼어 환상적인 광경을 연출하고 있었다. 그 너머엔 또 삼등바위도 있으리라. 그 바위들은 그렇게 그 자리에서 나름대로 자신을 사랑하고 자신의 역할을 다하고 있건만 일등도 아니고 이등도 아닌 3등을 원하건만 그것도 못하고 자신은 왜 이 모양일까? 그는 한참을 자조 속에 그 광경을 바라보다가 다시 온 길로 발걸음을 옮겼다. 목포에서는 한 사나흘 묵어야 한다고 생각했다. 아니 분위기가 좋다면 그 이상도 있을 수 있다. 직업 없는 사내인 자신이 무엇을 못한단 말인가? 통장에는 누이동생이 보내주는 용돈 약간과 또 어머니께서 매달 보내주는 오십만 원이 있다. 다들 그가 취직할 것을 고대하며 보내주는 돈이다. 어제가 25일이니 돈이 들어와 있을 것이다. 갚아야 하는 빚이라는 생각이 들면서도 그는 자신의 무능력함에 힘이 빠지는 것을 느꼈다. 지금 자신은 취업을 거의 포기한 상태였고 앞으로도 더 나아질 기미는 보이지 않았다.

그는 다시 관운각에서 잠깐 서서 주위를 둘러보았다. 아까보다 훨씬 주위가 선명히 다가와 있었다. 그는 거기서 시내를 내려다보며 삼학도와 갓바위를 가보리라 생각했다. 그는 걸음을 빨리하려다 이내 걸음을 놓았다. 그러지 않아도 된다고 생각했다. 시간이 많다 보니 그 시간을 처분하기가 오히려 곤란한 지경 아닌가? 그는 내려오다가 아리랑 고개라는 표시를 보자 이번에는 그쪽으로 발길을 돌렸다. 내려가다 보니 해상케이블카 공사가 한창이다. 그쪽을 통해 그는 아랫길로 내려왔다.

옛 수원지를 지나 학암사와 만났다. 그는 절을 일부러 찾았다. 이상하게 절에 대해 관심이 많았다. 그래서 그는 어느 곳을 가든 이름있는 절이라면 빠지지 않고 들렀다.

학암사를 들르자 그 같은 관광객이 목례를 해왔다. 순간 오늘이 공휴일도 아닌데 이 절에 들른 것을 보면 그도 나처럼 어지간히 할 일 없는 사람이구나 하는 생각을 했다. 그는 자신은 남을 볼 때 매사 이런 식이었다고 생각했다. 상대가 취직을 했는가? 아닌가? 그것은 그 자신이 하는 소리가 아니었다. 그도 사람들로부터 그런 눈길을 받았던 것이었다. 그가 취직을 못 하고 있자 그를 알고 있는 많은 사람들이 그를 보고 불쌍하다는 듯이 동정 어린 눈길을 주었다. 그 한편으로는 비록 이름 없는 직장이지만 당신보다는 나아. 취업 못하고 빈들빈들 놀고 있지는 않아. 그런 눈총을 받다 보니 그역시 사람을 볼 때마다 그런 눈길로 사람을 바라보고는 했던 것이다.

"어디서 오셨어요?"

"서울에서 왔습니다."

"저는 대전에서 왔습니다. 대불 공단에 삼촌이 있는데 용케 공채에 합격이 되어 목포로 오게 되었습니다."

관광객은 자기가 그가 생각하는 것처럼 무직자가 아니라는 것을 은근히 알리는 것 같았다. 그래 나는 당신 같은 무직자가 아니야. 그의 말투와 자신감은 분명 그런 것을 나타내고 있었다.

"삼호중공업을 말하는 건가요?"

"아니 이번 소방 공무원 공채 시험에 합격을 했습니다."

그는 꽤 으스대며 말하였다. 하긴 공무원이라면 으스댈 만도 하였다. 공무원은 오늘날 최상의 직업이 아닌가? 우선 출퇴근 시간이 있고 노후가 보장되었다. 그는 잠시 그와 말을 나누다 헤어졌다. 관광객의 발길이 똑같은 데로 향하고 있다는 것에 그는 흥미를 느꼈다. 웬일인지 다시 한번 더 그를 만나게 되지 않을까 하는 생각이 들었다.

그는 다시 길이 있는 대로 따라 걸었다. 유달산 아래 이 부근이 목포의 원도심이었다. 목포의 시작이 이곳에서부터 시작되고 있었다. 이제는 조금 더 큰 아스팔트 길이 나타났다. 무심히 따라 걸었다. 대학루에서 바라본 동네를 열심히 찾았다. 그곳에서 기를 받아보겠다는 생각이 설핏 든 것이었다. 우리나라 재벌들과 목포 유지들이 몰려있다는 동네, 그게 무슨 동인지는 몰랐지만 여하튼 그 동네를 둘러가기로 했다. 이쪽 동네에서 기氣가 느껴진다는 지관의 이야기를 믿어보고 싶어서였다. 그러다 그는 또 자괴감에 빠졌다. 나 같은 것이 무얼, 기를 받아보았자 무어가 달라질 것이고 무엇을 얻을 수 있다는 말인가? 여직껏 그래왔던 것처럼 그 앞에는 실패만이 있을 것이다. 과거도 그랬으니 앞으로도 그럴 것이라는 생각이 그의 머릿속을 가득 메웠다. 그렇지만 기를 받아보고 싶다는 생각을 했다. 혹시나 그 기가 자기에게 통해진다면……

그는 일본식 정원인 이훈동 정원을 찾아갔다. 또 우리나라 이름 있는 그룹인 이랜드 회장댁이라는 곳도 가보았다. 그는 그들 집 앞에서 한참 동안 서 있었다. 기라도 받을까 싶어서였다. 그러나 그는 내심으론 그곳이 썩 그렇게 와닿지 않았다. 위에서 내려다볼 때는 참 아기자기했는데 그런데 지금 가까이서 보니 집들이 왜 하나같이 이 모양으로 보이는 것일까? 일본이라고 마냥 부러워할 만한 일도 아니었다. 하긴 집을 보아야 그가 무엇을 알까? 겉으로 보이는 아름다움은 느낄지 몰라도 집의 내용에 대해서는 잘 모르는 그가 건축에 대해서 이러쿵저러쿵하는 것은 넌센스였다.

그는 카페 '가비 1935'에도 들렀다. 1935는 건축대장에 등재된 때를 말한다고 했다. 적산가옥을 개조하여 찻집을 만든 매우 이색적인 카페라서 들렀지만 역시 그는 별다른 감흥을 느끼지 못했다. 그에게는 어느 것 하나도 자기 자신이 좋다고 느껴본 적이 없다는 것을 그제서야 깨달았다. 항산恒産이 없으니 감정도 그렇게 메마르게 되어가는 것이었다. '거리는 아름다움을 만든다'는 말도 생각해 보았다. 그저 명화는 멀리서 볼 때가 아름다운 것이다.

길을 걷다 보니 문득 수원역에서의 일이 생각났다. 그가 수원역을 맥없이 걷고 있는데 누군가 다가와서 그에게 물었다.

"도를 아십니까?"

"……"

"고민이 있으십니까. 저를 따라와 보십시오. 해결할 수 있습니다."

해결할 수 있다는 말에 그는 흥미가 느껴져 그녀를 따라갔다. 그랬더니 한 허름한 공장 같은 집으로 그를 데려갔는데 그곳에서는 그처럼 따라왔던 것 같은 사람들이 모여 연꽃을 접고 있었다. 거기서 그녀는 그를 따로 불러 말하는데 만사가 잘 풀리지 않는다는 것은 조상님이 화가 나서 그렇다는 것이었고 그 화를 풀기 위해서는 조상에 제사를 지내야 한다는 것이었다. 그래야 고민이 풀릴 수 있다는 것이었다. 그는 돈도 없거니와 그들의 행태가 우스워서 그냥 나와버리고 말았지만 그가 그때 생각한 것은 남들은 저렇게 사기를 쳐서라도 돈을 벌려고 애쓰는데 자신은 지금 무얼 하고 있는가 하는 생각이었다.

살아 있는 토르소를 본 것도 그 무렵이었다. 길거리를 지나다 우연히 들

것에 실려 다니는 토르소를 본 것이었다. 그 처절한 모습을 보는 순간 그는 속에서 무언가 와닿을 것도 같았건만 그는 아무런 감정도 일어나지 않았다. 더 이상 취업이란 것이 그의 것이 아니라는 생각이 들고부터는 아예 모든 것을 관심없이 스쳐 보내는 것이 일상시 되었다. 그 어떤 것도 그를 울리지 못하고 있었다. 아무리 좋은 것이라 하더라도 아니 아무리 놀랄만한 것이라 하더라도 지금의 그의 입장에서는 그냥 한 눈으로 보고 한눈으로 흘려버리게 되었다.

어쩌면 그가 좀 더 젊었다면 이런 것에 울림을 받았을지도 모르리라. 그러나 수 없는 실패를 한 그에게 아무리 충격적인 것이라 할지라도 더 이상 와닿지 않았다. 그는 또다시 힘없이 걸었다. 그가 생각하기에도 이렇게 걷는 그 자신이 한심스럽다고 생각들었다. 그러나 그런 것이 이제 습관화된 듯 그런 것에 대한 아무런 감정도 없었다. 길이 있어서 걸을 뿐 열심히 걸어야 한다는 이유를 찾지 못하고 있는 것과 같았다. 오늘 이렇게 의미 없는 하루를 보내다가 또 밤늦게 대합실이나 아니면 공원이나 아니면 질 낮은 여관에서 싼값으로 하루를 넘길 것이다.

동네를 걷다가 이제 어디로 가야 하나 하는 생각이 들었으나 그것도 시간이 지나서는 특별한 생각이 없었다. 그냥 길이 있으니까 걷는 것이었다. 걷다가 낯선 곳, 신기한 곳, 들은 곳, 익히 알고 있는 곳을 찾아가면 되었다.

그는 생각 없이 걷다가 큰길로 나왔다. 아침부터 시작한 오늘도 벌써 한나절 훌쩍했고 배도 슬슬 고프다. 식당으로 들어갔다. 점심시간인데도 식당엔 손님이 없다. 무얼 먹을까 하다가 메뉴판에서 가장 싼 콩나물국밥을 시켰다. 아침은 건너뛰고 점심은 먹고 싶은 대로, 그리고 저녁은 이천 삼백원짜리 김밥 한 줄로 때우는 것이 언제부턴가부터 진화한 그의 식사습관이었다.

그는 밥을 먹으면서 지난날의 자신을 반추해보았다. 어떻게 했길래 면접조차 볼 수 없었던 것일까? 그가 전공한 학과가 인문계라는 것도 한계가 있기도 했다. 그렇다고 면접을 한 번밖에 볼 수 없었다는 것은 역시 자신의 잘못이 크다고 생각하였다. 하긴 지극히 평범할 수밖에 없는 그가 취직을 한다는 것조차 사건일지도 모른다는 생각을 했다. 그래서 처음부터 대기업이 아니고 중소기업이라도 있으면 들어가고 싶다는 생각을 한 것이었다. 문제는 그것도 안 된다는 것에 있었다. 그는 취업을 준비한지 2년이 될 때까지만 해도 괜찮다는 생각을 했다. 그와 같이 공부하던 친구들이 하나, 둘 취직되어 그의 곁을 떠나는 것을 보고 있으면서도 그때까지만 해도 괜찮다고 생각했다. 그러나 3년이 다 가도록 취업을 못하게 되자 그는 점점 초조감과 함께 자신감이 없어져 가는 것을 느꼈다. 누구 말마따나 이 세상 자신만 힘들고 자신만 외로운 것 같았다. 그리고 마지막이라고 생각하면서 1년 더 가면서까지 노력해 보았지만 그에게 면접 보러 오라는 일은 없었다. 그러자 이번에는 그의 나이도 문제가 되었다. 나이가 한두 살 더 먹으면서 하찮은 그것조차 경쟁력을 잃게 된 것이었다.

그는 한때 그런 평범한 삶을 사는 사람들을 보면서 그런 가정에서 태어난 자신을 저주한 적이 있었다. 하도 취직이 안 되니까 그 화살을 부모에게로 돌린 것이었다. 좀 더 머리 좋게 태어나게 해주었다면 좀 더 부자로 태어나게 해주었다면 좀 더 우수한 디엔에이(DNA)를 가진 자로 태어나게 해주었더라면 그는 그렇게 태어나게 해주지 못한 부모를 원망했다.

그러나 그런 것도 다 부질없다는 사실을 알자 이번에는 자신에 대한 모멸과 학대로 이어졌다. 무얼 해도 안 되는 한심한 인간, 그런 생각은 곧 고착되어 자신은 무얼 해도 안되는 인간으로 자신을 치부해버리게 된 것이었다. 왜 나는 이런 것일까? 그것은 어느 순간 우울증으로까지 이어졌다. 취직을 못 하고 있는 동안 우울증은 더해 갔다.

실제로 그는 자신이 자살 충동에 무의식적으로 빠진 적이 있었다. 그때가 3월 어느 날이었던가. 그렇잖아도 마음이 울적한데 그것은 그의 신경을 더욱 돋구었다. 그는 세 번씩이나 거푸 상대를 노려보며 턱주가리를 쓰윽 훔쳤다. 그 앞에서 또다시 그것은 혀를 날름거리며 그의 부화를 돋구는 것이었다. 힌두 신화 속 한 여인이 나타나 그를 요리조리 희롱하고 있었다.

오늘은 우수 겨울 지나 비가 오고 눈이 녹는 날이다. 아닌 게 아니라 밖은 지금 비, 구름은 낮게 내리고 세상은 물감을 들인 듯 흐벅했다. 흡사 19세기 디킨스 소설의 도회지를 옮겨온 듯했다. 마포대교 쪽으로 가는 길은 지저분했다. 그는 몇 번이나 악몽을 떨쳐내려고 발악을 했다. 슬프게도 도시의 십자가는 더 이상 그에게 위안을 주지 않았다.

그는 심각한 자살 충동에 빠져 정신없이 다리 위를 걸었다. 아흔아홉 번째 이력서에도 그를 불러주는 회사는 없었다는 사실이 사정없이 그의 머리를 후려쳤다. 차라리 저 물에 뛰어내린다면…… 그러나 차마 죽을 수 없었던 것은 부모님 때문이었다. 그가 몸부림치고 괴로워하고 울부짖는 이 추한 모습을 누군가 보고 있지 않다는 것은 얼마나 고마운 일인가? 그러나 한편 나를 낳아준 부모님은 얼마나 고통스러워할까? 자식이 앞서 죽은, 그것도 자살로 생을 마무리한 자식을 품고 있다는 그 심정은 어떨까? 차마 죽을 수 없어 집을 나와버렸다.

그때부터 시작된 방랑의 시간은 벌써 다섯 달째 접어들었고 이따금 집에 한 번씩 전화하는 것으로 집과의 연을 이어놓고 있을 뿐이었다.

부끄럽기도 했고 자존감이 상하기도 했지만 그러나 더 이상 어떻게 할 수 없다는 사실이 그를 더욱 절망케 했다. 어떻게 할 수 있다는 말인가? 그 나이의 사람들은 모두들 기반을 다지고 결혼을 하고 있는데 그는 아직 그에 이르기는커녕 시작도 못하고 있는 것이었다. 그는 지난날을 생각하며 자조의 웃음을 흘렸다. 그가 가는 앞으로 차들이 줄을 이어갔다. 위를 올려다보았다. 유달산의 한줄기가 그를 내려다보고 있었다.

그는 이제껏 지나온 길보다 훨씬 큰길로 나왔다. 버스가 다니고 트럭도 다니고 승용차도 다니고 있었다. 그는 잠깐 멈추어 서서 관광 안내지도를 꺼내 보았다. 삼학도가 나와 있었다. 목포라면 유달산과 삼학도가 아닌가? 그는 아까 생각한 대로 바닷가를 따라 삼학도를 향해 걷기로 했다. 삼학도 바닷길이 터미널 앞에서 시작하고 있었다. 그러려면 우선 여객선터미널을 찾아야 했다. 부지런히 앞을 향해 걸었다. 가게들이 그의 옆을 지나가건만 그는 인지하지 못하였다. 그의 머리에는 바닷가 쪽으로 가야 한다는 생각만이 가득했고 그의 눈에는 오로지 여객선터미널이라는 표지만을 찾고 있었다. 아, 저기 있다. 네거리 앞에 바로 가면 광주·영암, 오른쪽으로 가면 여객선터미널이라는 푸른색의 교통안내표지가 보였다. 우체국도 보였다. 그가 가고 있는 방향과 직각이 되어서 잘 보이지 않지만 그쪽에 크고 길게 서 있는 낯선 표지판 같은 것도 보였다. 그는 그것이 무슨 표지인지 궁금해 그쪽을 향해 빠르게 걸었다.

가까이 다가갈수록 그것은 역시 표지가 맞았다. 글자가 크고 길었다. 그는 조금 더 가까이 다가가서 유심히 키 큰 표지판을 바라보았다.

'국도 1·2호선 기점 기념비'

순간 그는 망치에라도 얻어맞은 듯 비틀거렸다. 그리고 무엇에 홀린 듯 한참 동안 멈추어 서서 그것을 바라보았다. 좀 더 가까이 다가갔다. 그리고 다시 한번 더 그 기념비를 바라보았다.

'국도 1·2호선 기점 기념비'

'흠.'

순간 그는 그의 깊은 폐부에서 한숨이 흘러나오는 것을 느꼈다.

'기점, 기점.'

그의 입에선 자신도 모르게 신음 같은 소리가 흘러나왔다.

'흠.'

그는 또다시 한숨을 내쉬었다. 그러다가 깊이 고개를 묻었고 다시 고개를 들어 하늘을 바라보았다. 하늘에는 뭉턱한 뭉게구름이 바로 그의 머리 위에서 그를 바라보며 웃고 있었다. 순간 그는 마음속에서 무언가 불길같이 솟구치는 것을 느꼈다.

'내가 왜 이런다지, 내가 왜 이런다지, 누구보다 건실하고 꿈많은 청년이 아니었던가? 그런 내가 이게 무어지? 이래서는 안 된다. 이래서는 안 돼. 그래 다시 시작해보는 거다. 내 걱정만 하시는 부모님, 그리고 동생들, 안 되지, 내가 이러면 안 되지. 그래 다시 시작해보는 거야, 이렇게 방황만 하면 어찌할 건가? 다시 한번 시작해보는 거야. 안 되면 또 하고 또 안 되면 다시 또 하고 그래도 안 되면 또다시 새롭게 시작해보는 거야. 그까짓 것 뭐.'

그는 다시 고개를 돌려 위쪽을 바라보았다. 그곳에 옛 일본영사관이라던 목포 근대역사관 1관이 있었다. 이쪽 길은 목포 여객선 터미널로 가는 길이었다. 세상과 부딪칠 용기가 없어서 돌아누웠던 것은 아니었던가? 더 이상 원망할 대상조차 없어 마네킹 같은 생활을 했던 것은 아닌가?

그는 한동안 서서 기념비를 바라보다가 이내 여객선 터미널이 아닌 목포역 쪽으로 빠르게 걸음을 옮겼다.

'그래 방황을 끝내자. 올라가자. 올라가서 다시 시작해보는 거야. 그래, 다시 시작해보는 거야.'

그는 자신의 눈에서 눈물이 조금 흘러나오는 것을 느꼈다. 그러나 그의 발걸음은 허공을 나는 것처럼 가볍고 힘찼다.

배신의 피

그날 수업의 주제는 배신이었다. 배신이란 무엇인가. 배신의 동기는? 배신이 인간관계에 미치는 영향은? 또 문학에서 배신의 모습은 어떻게 형상화되고 있는가. 모두가 쟁쟁한 문학도였기 때문에 토론도 활발하였고 조사도 많이 되어있었다.

전제를 띄우자 웃음같이 의견들이 쏟아졌다. 5명 모두가 대학원생이었기 때문에 늘 그래왔듯 누구랄 것도 없이 생각이 있는 사람이 먼저 나서기로 했다.

"배신이라면 무엇보다 유다를 떠올리게 돼."

먼저 과대표인 경철 씨가 말문을 열었다.

"단테의 '신곡' 중 지옥 편을 보면 배신을 가장 악랄한 행위라고 묘사하고 있어. 그리고 그 배신 중에서도 또 가장 악랄한 행위가 은인을 배신한 배은망덕이라는 거야. 그들은 지옥 중에서도 가장 밑바닥에 갇혀 있지."

"맞아. 자신을 품어준 사람을 배신하는 행위는 시대를 막론하고 가장 추악한 짓 중 하나로 간주되었지."

"제자가 스승을 배신하는 것은 흔한 일인데도 불구하고 유독 유다의 배신이 지금까지 배신의 전형으로 회자되고 있는 것을 보면 신기하거든."

"아마 예수가 기독교의 시조라는 점에서 그런 것이 아닐까. 지금 기독교는 신·구교 통틀어 전 세계 15억 인구를 흡수하고 있어. 그렇다면 이 세계 15억인이 유다의 배신을 기억하고 있는 것이고 그러니 유다의 배신은 세계적인 배신으로 충분히 자리 잡을 수 있었던 것이 아닐까?"

"그것보다 누가 누구를 배신하였나 하는 거겠지. 우리 같은 사람이 우리 같은 보통 사람을 배신하였다면 그것은 두 사람 사이의 일이지 그것이 크게 드러나지는 않거든. 유다가 다름 아닌 예수를 배신하였다는 것에 아직도 우리는 배신이라면 떠올리는 것이 유다지."

"처녀가 애를 낳아도 다 이유가 있는데 유다도 스승을 배신한 나름의 이유가 있겠지."

"워낙 유명한 배신이다 보니 그것을 두고 연구도 많이 되어있어. 보통 유다의 배신의 원인을 몇 가지로 나누어 분석을 해. 이스라엘 독립의 메시아로 알았던 유다에게 예수는 그에 부응하지 못했고 그에 대한 분노가 스승을 배신한 것에 이르렀다는 것이 문학적으로는 세력을 얻고 있지. 어찌 보면 좀 유다를 위한 변명이라고 할 수 있지."

"그렇다고 그 분노가 스승에 대한 배신으로 이어졌다는 것은 아무리 유다가 그럴듯하게 배신의 이유를 말했다 치더라도 그 변명이 정당하다고 인정받지는 못하지."

"오히려 유다의 개인적인 이유에서 찾아야 하는 것 아닐까? 이를테면 열두 제자 가운데서 왕따 같은 것……"

"그건 그렇고 그때 유다가 어떻게 했어야 세기의 배신의 반열에 오르지 않았을까?"

"예수에게 실망했다면 스스로 아무도 모르게 그 자리를 떠나는 방법이 있을 거야.”

“그래. 조국 독립을 위한 메시아라고 생각했던 예수가 조국 독립의 메시아가 아니라는 것을 느꼈다면 스스로 열두 제자의 위치를 내려놓고 조국 독립을 위한 다른 방법을 찾았어야 했을 거야. 그랬다면 유다는 오늘날처럼 배신의 아이콘으로 자리 잡지는 않았겠지.”

“그러나 한편으로는 유다는 하나님의 계획에 꼭 필요했던, 곧 인류의 구원을 실현하기 위해 어쩔 수 없이 짊어진 수치스러운 임무를 수행한 사도였는지도 모르지. 그런 면에서라면 유다를 그런 비판에서 해방시켜 주어야 해.”

교회에서 사무 일을 보고 있는 장현철 씨가 말했다.

“또 한 사람 시이저를 배신한 그의 양아들 부르투스의 경우가 배신의 아이콘으로 우리 기억에 남아 있지.”

“맞아, 부르투스는 그를 길러주고 키워준 시이저를 왜 죽였던 것일까. 후세 문학자들은 이를 문학화하여 부루투스의 변명을 만들어 놓고 있어.”

“문학작품의 변신은 당연한 거야. 또 여러 가지로 해석하는 것이 옳겠지. 세익스피어는 부루투스가 공화정을 폐지하고 황제로 복귀하려는 시이저의 의도를 저지하기 위해 시이저를 시해했다고 변명해주지. 그렇지만 당시 부르투스 당사자가 아니니까 진짜 마음을 알 수는 없어. 왜 시저를 시해했는지 부르투스만이 알 수 있는 일이야. 그러니까 세익스피어의 생각이 타당할 수도 있구 아닐 수도 있지.”

“그렇지만 공화정이란 것이 지금 말하면 민주주의와도 연계되어 있다고 보면 세익스피어의 부르투스에 대한 변명에 공감할 수 있다고 생각하는 사람도 많지.”

“맞아. 이 앞전에 부산에서 시이저와 부르투스에 관한 연극이 있길래 가

보았는데 여기서도 바로 그런 내용으로 연출하더군. 더군다나 연출자가 젊다 보니 바로 부르투스의 시이저 시해를 아주 당연한 것으로 연출하고 있었지."

대치동 학원가에서 이름을 날리는 강사로 있는 이윤철 씨가 말했다.

"대체로 브루투스의 배신의 경우는 다 그렇게 연출해. 로마를 너무도 사랑해 공화정에 반대한 시이저를 시해했다는…… 이때 시이저를 시해하지 않는 다른 방법은 없었을까. 그런 방법으로 시이저의 황제화를 막을 수 있었더라면 브루투스는 오히려 뛰어난 정치가로 발돋움할 수 있었을 거야."

"결과는 부르투스는 안토니우스에게, 안토니우스는 옥타비아누스에게 패하게 되고 옥타비아누스가 결국 아우구스투스라는 로마 첫 번째 황제가 되었다는 거야. 결국에는 공화정이 아니라 황제가 탄생하게 된 거지."

"사건은 그렇더라도 그 배신자의 말로는 어떻게 되었지?"

"배신자의 말로는 끝이 좋지 않았어. 세기의 배신들을 보면 거개가 비극으로 끝났다고 볼 수 있지."

"유다가 스스로 목숨을 끊었다는 것은 너무도 잘 알려진 사실이구, 부르투스는 갈리아에서 안토니우스를 따르는 무리들에 의해 처형당해."

"배신이란 것은 그런 걸 보면 끝이 좋지가 않은 것 같네. 그리고 그 배신이 클수록 더욱 그 배신자의 말로는 비참한 것 같아."

"그러나 반드시 그런 것도 아닌 것 같아. 그 배신이 긍정적인 것으로 나타난다면 그 배신자는 부귀영화를 누리는 경우가 많지."

"세상엔 배신이 오죽이나 많을까. 사소한 배신이야 어쩔 수 없는 것이라할지라도 주변에 회자될 정도의 배신이라면 우리는 그 시험에 들지 않도록 조심해야지."

"아이러니한 것은 배신행위를 구사한 사람은 새로이 유대관계를 맺은 쪽에서도 상당히 꺼리는 존재가 된다는 점이야. 즉 당장의 배신행위로 순간의 이득은 얻을 수 있을지 모르겠지만 그 이상의 높은 대우를 기대할 수는 없다는 거지. 이유는 간단해 이미 한번 자신이 속한 유대관계를 배신해본 경험자이기 때문에 수틀리면 또 다른 곳으로 붙을 가능성이 높다는 거지."

"때로는 배신이 고도의 판단과 결단을 요하는 것이라고도 할 수 있어. 그 명분이 민족이라던가 조국을 위한 것이었다면 우리는 그 배신을 이해할 수도 있겠지."

"그러나 그런 경우는 드물어."

"국제 정치와 외교의 세계에서는 어쩔 수 없이 배신이 행해지는 경우가 매우 많아. 우리나라가 1970년대 중동 석유 파동 때 이스라엘을 배척하고 중동과 손을 잡은 것이 바로 그 경우야."

"그것은 배신이라기보다 어떤 고독한 선택이랄 수가 있겠지. 그리고 그런 것은 어쩔 수 없는 것이라고 할 수 있지 않을까. 국익은 모든 것에 우선해."

"때때로 배신의 정당성이란 것은 곧 힘의 논리라고 생각들 때가 있어. 아무리 정당한 배신을 하여도 힘이 없으면 그것이 정당화되기 힘들지. 마찬가지로 아무리 자신의 이익 때문에 배신을 하였다 하더라도 힘이 있으면 그 배신은 정당성을 갖게 되는 경우도 있어."

"중요한 것은 우리가 배신이 일어난 그 당시 사람이 아닌, 그 당시 사태를 알 수 없는 상황에서는 함부로 재단하는 것은 어불성설이라는 거야. 또 당시 아무리 정당성을 가졌다고 하더라도 후세 평가에 있어서는 그 평가가 달라질 수 있어."

"그렇지만 아무리 그럴듯한 변명을 늘어놓아도 배신은 배신인 것이야. 자신이 섣불리 배신의 앞에 서서도 안 되지만 함부로 생각해서 배신하는 것도 삼갈 일이야."

"그런 면에서라면 모든 인간의 상황을 배신의 관점에서 바라볼 수가 있겠네. 선택의 순간 하나하나를 배신인가 아닌가로 보는 관점이지. 그렇지만 보통 이런 것을 배신이라고 하지는 않아."

"우리나라의 경우 사육신의 경우를 예를 들 수 있지. 김질 말이야. 김질이 사육신을 배신할 줄이야. 그 결과 모반은 실패하고 사육신은 처형되어 사육신이란 이름으로 남게 되지."

"아이러니하게 거사가 실패로 돌아가 목숨을 잃을 것을 우려해 고발한 김질은 고속 승진하여 나중에는 벼슬의 정점인 정승에까지 올랐지."

"만일 그때 김질이 고발하지 않았더라면 어떻게 되었을까?"

"그야말로 역사는 바뀌었겠지. 세조는 일정 부분 배신자인 김질에게 신세를 지고 있어. 그래서 김질을 끼고 돈 거야."

"김자점 말이야. 간신도 그만한 간신은 없지. 김자점에 놀아난 임금도 그렇지. 그런 간신배를 가까이 두다니. 놀라운 것은 바로 그 김자점이 김질의 고손자란 거야. 웃기지. 배신의 피는 배신을 낳고……"

"한 번 배신한 사람은 또다시 배신한다는 수평적인 것을 벗어나서 배신의 피는 수직적으로도 계속 유전하고 있었다는 것을 증명하고 있는 거야."

"그런데 여기서 문제가 좀 있는 것 같아. 김자점의 경우도 그것을 배신이라고 할 수가 있을까?"

"자기가 살기 위해 그는 모든 수단 방법을 가리지 않았어. 그것이 배신이라는 거지. 그래도 마뜩잖다면 한 가지 예를 들지. 그는 역모에 자신이 얽이게 될지 모른다는 불안한 생각으로 임경업을 무고했어. 더욱이 임경업과의 사이가 그럴 사이가 아니었는데도 말이야."

"김질의 그런 피가 그대로 김자점에게로 이어졌다고 보아야지. 다시 말하면 김질이 성삼문 일당을 배신한 행위는 그대로 그의 고손자인 김자점에게로 이어졌다는 거지."

"우리나라 배신의 한 장을 만들었다고 할 수 있지. 하긴 조선이라는 나라 자체가 배신의 국가라고 할 수 있는 것인지도 모르지. 위화도 회군은 고려라는 나라에 대한 배신이라고 할 수 있지."

"나는 그 결과가 왕자의 난이 일어나고 또 그 피가 단종을 몰아낸 세조에게까지도 유전된 것이 아닌가 해."

"알려진 것과는 달리 양녕은 세종에 대한 감정이 좋지 않았던 것 같아. 세상에 태양이 둘이 있을 수 없다면서 세조에게 상왕인 세종의 직계인 단종을 죽이라고 말한 것이 바로 양녕이었다는 것을 알면 말이야. 자기가 이을 자리를 셋째인 충녕에게 앗겼으니 늘 마음에는 한이 있었겠지."

"일종의 세종에 대한 복수라고 할 수 있지 않을까?"

"배신은 필연적으로 복수라는 다음 단계를 예비한다고 할 수 있지."

"그것과 배신이 무슨 관련이 있지?"

"세상의 순리에 대한 배신이라고 볼 수 있지 않을까?"

"그런 걸 보면 배신이라는 것은 그 피가 있는 것 같아. 그 피는 유전하면서 그와 똑같은 상황을 다시 만들어 내거든. 배신은 배신을 낳고, 다시 배신은 배신을 낳고……"

"그래서 생각나는 건데 사주팔자라는 것 말이야. 그게 유전을 하는 경우를 종종 보게 되거든. 예를 들어 반드시 부부 사이에 일어날 일이 있는데 그것이 당대에 나타나지 않는다고 해서 없어진 것이 아니라는 것이지. 당대에 나타나지 않는다면 자식대에 그 우려하는 상황이 나타난다고 할 수 있거든. 배신이 꼭 그런 꼴이야."

철학관을 운영하면서 작가를 꿈꾸고 있는 최익현 씨가 말했다.

"나는 무서워. 배신이 유전된다니? 배신은 배신을 낳고 또 그 배신은 배신을 낳고, 그렇게 인간은 되어진 것인지 아니면 처음이 어렵지 두 번째 배신부터는 쉬운 것이어서 그런 것인지."

"그러게 말이야. 배신이 배신을 낳는다는 것은 누구나 알고 있으면서도 쉽게 인지하고 있다고 말할 수 없지."

"그래서 처음 처신을 조심해야지. 그 처음 처신이 모든 다음 처신의 기준이 되니까."

"베트남의 경우는 좋은 예가 아닐까 해. 월맹이 베트남을 통일한 후 처음 했던 것이 월남 내에 있던 VC들을 소탕했던 거였어. VC들은 월맹이 통일했으니까 무언가를 기대했겠지. 그런데 월맹은 이를 깡그리 무시했어. 그리고 그들을 대대적으로 숙청했던 거야. 한번 배신을 했던 종자들은 또다시 배신할 수 있다는 것이 그들의 주장이었지. 그런 것을 보면 한 번 배신한 사람은 두 번 배신할 수 있다는 말은 옛날부터 전세계적으로 공유하는 우주적인 진리임을 알 수가 있지. 그래서 모든 권력기관에서 그들을 배제했어. 심지어는 강제수용소에 가두기도 하고 그렇게 월남에서 민주운동, 반정부운동을 벌이던 그들이 그 뒤 월맹의 폭거 앞에서는 아무 소리 못 하고 움쭉 움츠러 들고 있는 것을 보면 우습지."

"맞아, 이것을 우리나라에 대입해 보라고. 과연 지금 그렇게 반민주, 반인권이라며 반정부 활동을 했던 인사들이 과연 북한에 가서도 그럴 수 있는가 말이야."

"무식한 것일까? 자유가 없다면 인간은 빵만으로 살 수 없다는 말조차 사치인 줄 왜 모르는 것일까?"[1]

"한 마디로 이상주의, 낭만주의 환상에 빠져 있다고 할 수가 있지."

---

1 김규나, "김규나의 소설 같은 세상", 조선일보, 2020.8.26.

"그런데 그렇게 또 함부로 말할 수 없는 것이 그들 입장에서 보면 나름대로 그에 대한 신념과 변명이 확고하거든."

배신이라고 분명 제시했는데도 토론은 이상한 방향으로 흘러가고 있었다. 그래서 김 교수는 이번 시간은 배신에 대한 것이라는 것을 강조했다.

"관점을 배신에다 두었으면 해요. 지금 토론은 주제를 벗어나고 있어요."

"무릇 배신이 다양한 곳에서 있지만 유독 권력 주변에서 배신이 이루어지고 있는 것을 보면 희한해. 또 그런 배신에 우리는 관심을 갖게 되지. 일반적인 면에서 배신은 크게 문제 삼지 않거든."

"글쎄, 그것은 권력이 인간 본능이어서 그런 것 아닐까. 인간이 가지고 있는 원초적인 것, 그래서 누구나 피할 수가 없기 때문에 그런 것일 거야."

"배신이 인간의 본능이란 말인가?"

"아니, 자신의 생존 가능성을 높이기 위해서 배신이란 방법을 쓰게 된다는 거지."

"이때도 에너지 불변의 법칙이 존재해. 나의 이익은 상대의 불행, 그 반대도 당근이지."

"인간은 두 사람 이상 있으면 서열이 있기 마련이지. 서로 높아지려고 하거든. 이런 가운데 음모와 배신이 나타난 것이라고 보면 되지."

"맞아. 먹고 배설하는 인간의 1차적인 문제가 해결되고 나면 그다음은 필연적으로 남보다 앞서려는 권력 의지가 생겨나지."

"결국 배신과 권력 의지는 피할 수 없는 것인가?"

"반드시 그런 것은 아니지만 그런 경우가 많아. 생각해 봐. 우리가 문제 삼는 배신이란 것이 거의가 권력 주변에서 일어난 것이 아니겠어."

"권력이 무어길래 그토록 사람들은 권력욕에 사로잡히고, 그리고 남들보다 높아지려고 배신까지 하는 것인지 모르겠어. 결국 죽으면 끝인데 말이야."

"모르는 소리, 이 세상에 그런 권력욕이 없다고 생각해 봐. 과연 이 세상이라는 수레가 제대로 굴러가겠는가 말이야. 쉽게 생각해서 리더가 없는 단체, 사회, 국가를 생각해 봐. 아마 리더가 없는 단체나 사회는 방향 없이 굴러가는 수레와 다름없을 거야. 리더가 필요한 거지. 그리고 그 리더는 좀 더 사회를 원활히 굴러가게 하기 위해 그만큼의 권력을 크게 갖는 것이라고 할 수 있어. 그것은 많은 사람들이 인정하는 바라고 할 수 있어. 어쩌면 필요악인지도 모르지."

"반드시 선거만이 방법은 아니야."

"그런데 문제는 그 권력을 잡기 위해 수단 방법을 가리지 않는 데에서 문제가 있다고 봐. 남이나 사회보다 자기를 우선 생각하는 데에서, 남이 아닌 내가 당선되어야 한다는 데서 권모, 술수, 배신은 이루어지지."

"정확하게 보았어. 배신이란 것은 사회, 국가보다는 자신을 먼저 생각한다는 데에서 이루어진다는 발상은 탁월한 거야. 결국은 자신의 이익 때문인데 배신자들은 보통 그것을 거창하게 사회와 국가를 위한다는 명분으로 포장하려고들 하지."

"아무리 자신이 그럴듯한 이유로 배신을 한다고 하여도 그 배신의 정당성을 판단하는 것은 국민의 몫일 뿐이야."

"그래. 예를 들어 작가는 그냥 작품을 내던져놓을 뿐이야. 그것을 해석하는 것은 독자의 몫이지. 아무리 작가가 자신의 의도를 설명한다 할지라도 독자들은 작가의 의도대로 받아들이지 않지. 물론 작가의 의도를 찾는 문학 연구방법도 있기는 해. 그렇지만 독자는 작품을 읽는 당시의 상황, 태도, 그리고 수준에 따라 달리 받아들이게 되는 거지. 작가의 의도는 독자가 작품을 이해하는 한 부분에 지나지 않아."

"여하튼 배신에는 저마다 변명이 있게 마련이야. 그리고 그 배신을 아름답게 포장하려고 들지."

"차라리 자신의 영달을 위해서, 또는 내 목숨이 아까워서 따위로 해두었더라면 훨씬 공감받았을 텐데 거창한 변명을 대니 남들이 비웃는 것이겠지."

"최근 배신과 관련 떠오르는 대통령이 있지. 김영삼 대통령 말이야."

"왜, 그가 어때서?"

"이건 KTX를 타고 부산으로 가는 길에 옆에 앉은 사람들한테서 들은 이야긴데, 그가 민주주의를 위해 단식을 하고 거리 투쟁을 한 것을 사람들은 크게 쳐. 물론 그를 따르는 무리들에게 말이야. 그렇지만 앞의 대통령들의 뒷받침이 없었더라면 그가 대통령이 되었을까? 내가 생각하기에 그가 자력으로 대통령이 된다는 것은 어려웠을 거야. 그러기에 3당 합당을 계획한 것이 아니었을까?"

"그런 면에서 오히려 똑똑하다고 보아야 되는 것 아닐까?"

"글쎄, 생각하기에 따라서는 민주주의의 기본인 정당정치가 무엇인가 하는 의문을 낳게 한 사람이기도 하지. 민주주의를 부르짖은 사람이 자기의 목적을 위해 민주주의를 파괴하는 행동을 했으니 아이러니라 아니할 수 없지."

"어쨌건 그는 대통령이 된 것 아니겠어. 그것이 무슨 문제가 있는 거란 말인가?"

"보는 관점에 따라서는 배신의 아이콘이 되어있는 거란 말이지."

"왜?"

"아니 그가 전직 두 대통령이 아니었다면 과연 대통령이 되었을까. 그는 자력으로 대통령이 못되었을 거야. 그래서 합당도 한 거구. 그런데 그는 그를 밀어준 전직 두 대통령을 감옥 속에 밀어 넣었어. 그것도 역사 바로 세우기란 그럴듯한 명분으로 말이야. 이건 내 이야기가 아니라 한 저명한 교수가 한 말이야."

"맞아. 나도 이런 이야기를 한 교수를 알고 있어. 유튜브를 통해서 김 대통령을 신랄하게 비판하더군."

"지금 와서 생각하는 건데 그 전제가 잘못되었어. 그 말 자체는 얼마나 매혹적이고 그럴듯해. 그렇지만 그 대상이 된 인물들이 온통 잘못된 것으로 당연시하는 전제에서 출발하는 것이 잘못된 거지. 꼭 마녀사냥하는 꼴이라니까."

"자기를 도운 두 전직 대통령을 잡아넣은 것이 처음에는 그럴듯하게 비쳤을지 몰라도 그 속을 들여다보면 아마 불안함을 느꼈을 거야. 생각보다 안 되는 국정 운영, 퇴임 후가 불안했던 거야. 두 대통령을 잡아넣음으로써 명분에서도 살고 퇴임 후에도 살고……"

"그렇지만 다르게 볼 수도 있지 않을까. 한 시대를 끝내고 새로운 시대를 연……"

"나름 시대적 역할은 다한 훌륭한 대통령이라고 보아야지."

"문제는 순서와 방법이 잘못되었다는 거야."

"대통령이 어떤 일을 해야 하고 어떤 일을 해서는 안 된다는 것을 몰랐던 대통령이지. 아이엠에프라는 초유의 사태를 불러오고 말았으니……"

"그래 대통령의 역할이 무어라고 생각해?"

"글쎄 내가 생각하는 대통령의 역할은 무엇보다 나라를 지키고 백성을 배불리게 하는 거야. 곧 부국강병이지. 그리고 나머지 덕목은 후순위일 뿐이야. 그런데 언제부턴가 이런 명백한 덕목이 후순위로 밀리고 대신 엉뚱한 덕목이 대통령의 우선 역할로서 등장하고 있거든."

시간강사를 뛰고 있는 김 강사가 거들었다.

"맞아. 무엇보다 국민들 편안히 먹고사는 것과 나라 지키는 것이 첫 번째 대통령의 덕목이야. 생각해 봐. 이 세상 문제 중 먹고사는 것과 관련 없는 것이 어디 있어. 좀 먹고 살 만하니 사람들은 이런 것을 하찮게 생각하기 시작하더군."

말이 옆으로 새어나가는 것 같아서 김 교수는 또다시 주제에 집중하도록 말했다.

"좀 더 주제에 집중해주시기 바라겠어요. 그리고 정치적인 이야기는 접어 두세요."

사실 정치에 대해서는 관심이 없어 정치 이야기만 나오면 그냥 텔레비전 채널을 바꾸거나 신문도 정치면은 보지 않을 정도인 김 교수는 자꾸만 정치적인 이야기로 빠지는 것이 몹시 불만스러웠다.

"역사 바로 세우기 위해서 두 대통령의 등 뒤에 칼을 들이댄 대통령을 보았던 일반 시선은 어땠을까?"

"글쎄, 그것을 배신이라고 읽을 수 있었던 사람이 몇이나 될까?"

"그저 국민들은 아무 말 없이 보고 있었겠지. 앞의 두 대통령에 대해 그리 호감을 갖지 못하는 사람들이 세력을 형성하고 있는 마당에 두 전직 대통령을 위한 변명이 무슨 호소력이 있을까?"

"오로지 배신이라는 관점에서만 본다면 핵심은 김영삼 대통령이 전직 두 대통령의 등 뒤에 칼을 꽂았다는 사실이야. 그것은 옳고 그름을 떠나서 사실이라고 할 수 있는 거지."

"도대체 그가 한 일이 무엇인지 알 수 없어. 설사 있다 하더라도 그것이 아이엠에프 사태를 불러일으켰다는 것을 커버하고도 남을까. 좀 더 뻗어갈 수 있었던 나라였는데 그만 그에게서 막혀 버렸어."

"오히려 그랬기 때문에 나라가 발전할 수 있었던 것은 아닐까? 반면교사……"

"일본 식민사관이 그런 식이야. 고요한 아침의 나라에 아국我國이 충격을 주어서 조선이 깨어났다는……"

김 교수는 너무 나간다고 생각해 다시 한번 더 주의를 주었지만 그럼에도 불구하고 정치적인 배신은 계속 이어졌다.

"더욱 중요한 것은 그 배신의 피가 그가 키운 정치가에게 고스란히 유전되었다는 거야. 무섭고 또 놀라운 사실이지. 최근 박 대통령 탄핵의 경우 말이야. 참 억울하지. 옳고 그름보다는 배신에 의해 벌어졌던 사건의 희생양이라고 할 수 있지."

정읍에 살고 있는 원불교 포교사 김창권 씨가 말했다.

"김O성 씨가 박 대통령에 대해 평소 쌓인 감정을 앙갚음한 거겠지. 그러면서 민주주의를 위해서라는 거창한 명분을 세우니 또 그럴듯하지."

"그때 오히려 그가 앞장서서 소요사태를 해결했더라면 그는 어쩌면 차기 유력한 대통령 후보가 되었을 텐데……"

"거기까지가 그의 한계인 거지. 반O문을 내세워 그가 대통령이 되면 그 뒤에서 상왕이라도 하려는 생각을 가지고 있었다는 것도 다 아는 사실이지. 참 불쌍하고 어리석은 사람이었어."

"나는 그것보다 그냥 무섭다는 생각이 들어. 배신의 피가 그대로 유전하고 있잖아. 김 대통령의 배신이 그가 키운 김O성에게로 그대로 유전되고 배신의 패턴이 그대로 반복 학습되는 모습이 그냥 놀라울 뿐이야."

"아마 두고두고 문학에서 회자될 거야."

"그러나 반대쪽 생각을 가진 사람들에게는 그것을 배신이 아니라 고뇌의 결단이라고 생각하는 사람들도 있거든."

"그렇기도 하지. 배신에는 양면성이 있으니까. 아까도 말했지만 무릇 모든 문제엔 세력이 중심으로 작용하고 있어. 옳고 그름을 떠나서 누가 더 강한 힘을 가지고 있나 하는……"

"최근엔 이 배신이라는 주제가 문학뿐만 아니라 게임, 연극, 드라마, 영화 속에서도 중심주제로 등장하고 있는 것을 보게 돼. 특히 게임 같은 곳에서 말이야. 그만큼 배신은 우리 일상생활에 깊숙이 들어와 있다고 할 수 있지."

"맞아. 우리 생활사가 배신의 연속인데 오죽 많을까?"

"동학의 전봉준과 김개남을 죽게 한 밀고자 김경천과 임병찬도 우리가 주목해야 할 배신이야. 부하나 친구의 배신은 전형적인 거라고 할 수 있지."

"일제강점기 때 독립군을 배신한 경우도 우리가 몰라서 그렇지 수도 없이 많았을 거야."

"최근 외국의 경우 영화 '새벽의 7인'이 생각나. 나치 점령하에 있던 체코슬로바키아를 무대로 나라를 되찾으려는 특공대원과 레지스탕스를 그린 영화인데 그 중 레지스탕스 동료인 카렐추르다의 배신으로 이들 모두가 죽게 된다는 내용이지. 왜 추르다는 배신하였던 것일까. 그것을 스크린 속에서 좀 더 분명히 했으면 좋으련만."

"아마 그 위기 상황에서 자기가 살려고 했던 것일 거야. 죽기가 무섭고 두려웠던 게지. 결국 그는 독일이 패한 후 1947년 반민족 행위자로 재판에 회부되어 교수형에 처해지게 되고 말지."

"깜냥이 될 수 없었던 친구였지. 차라리 레지스탕스가 되지 않았더라면 배신자로 남지 않았을 것을."

"최근엔 트럼프가 쿠르드족을 배신한 것이 생각나. 목숨 걸고 싸워주니까 나중에는 배신으로 돌아온 거야. 국제사회에서의 배신은 다반사지. 트럼프만의 이야기는 아닐 거야. 어쨌거나 여하간 배신은 자기 자신의 이해관계와 밀접한 관련이 있는 것을 알 수 있지. 그래도 그가 미국의 이익을 위해 막무가내로 행동했다는 점을 간과해서는 안 돼. 그만큼 국민들이 먹고사는 문제는 대통령의 역할 중 우선 순위야."

"그것도 힘이 있으니까 가능한 거지. 힘이 없어 봐. 당장 미국이란 나라는 세상에서 따돌림받았을 거야. 일례로 우리나라가 그랬다고 해봐. 아마 강대국들에 치여 당장 무역에서 끊기고 자금에서 끊기고 난리가 날 거야."

"그렇다고 트럼프를 정당화시켜도 되는 걸까? 윤리와 도덕이라는 것이 있기 때문에 쉽사리 배신을 하지 못하는 경우가 대부분이지."

"그런데 배신과 배신감은 좀 다른 것 같아. 배신감은 실제 배신 여부와는 관계없이 자신이 상대방에게 배신당했다고 느낀다면 일어나는 거야. 연구에 따르면 소속 욕구가 높은 사람일수록 상대적으로 다른 사람들에게 더 잘해준다고 해, 그만큼 자신에게 더 큰 게 돌아올 것을 기대하기 때문이라는 거야. 그래서 상대방에게 잘해주는 사람일수록 실제 배신은 하지 않을지라도 쉽게 토라지거나 배신감을 느낄 확률이 높다는 거지."

"어쨌거나 배신은 역사에 기록으로 남는 것이라는 점에서 신중히 처세를 해야 해."

"배신자가 일정한 세력을 가지고 있을 경우 그것을 배신이라고 하기에는 애매한 점이 있기도 하지."

"이완용을 중심으로 한 소위 을사오적이 나라를 팔아넘길 생각을 누가 할 줄 알았을까?"[2]

---

2 그를 변명하는 연구가 최근 등장하고 있지만 그가 한일합병에 찬성을 한 5명 중

"그런 것은 그리스·로마 시대의 경우도 예를 찾을 수가 있어. 아테네와 스파르타의 도시전쟁이 한창일 때 조국인 아테네에 불만을 갖고 있던 알키비데아스는 적국인 스파르타를 위해 간첩질을 했지. 결국 아테네는 스파르타에게 패배를 당했는데 그것도 역시 개인이 나라를 배신한 것이라고 볼 수 있지."

"그런 것을 보면 인간의 불만, 욕심이 결국은 배신의 바탕이라고 볼 수 있어. 배신을 당해서도 안 되겠지만 아무리 섭섭한 감정이 있을지라도 배신자가 되지 않도록 성숙한 인격을 가질 필요도 있어."

"결론적으로 배신은 자기중심적인 성향이라고 할 수 있겠군. 자기 이익을 위해서는 바로 등에 비수를 꽂는 거야."

"배신이 클수록 배신의 속도도 빠르지."

"내부고발 역시 배신의 범주에 들지 않을까?"

"글쎄, 취지야 옳지만 아무래도 내부고발자는 알려지기 마련이야. 그런 걸 보면 그냥 자체 내 검증시스템에서 걸러지도록 장치를 마련하는 것이 옳은 방법일 거야."

"그런데 그게 쉬울까?"

"쉽지 않겠지. 갈수록 진화하지 않을까?"

"최근의 언론인 손 모 씨 행동도 배신감의 극치라고 할 수 있지. 손 모 씨는 걸핏하면 흠을 잡고 정의의 표상처럼 굴었지. 그렇게 인식되기도 하고, 그렇지만 그의 행위가 그렇지 않기에 그를 믿는 많은 사람들을 배신시킨 거라 할 수 있지. 청렴한 척하는 사람이 뇌물을 받은 꼴이라고나 할 거나."

"그 모습을 보면서 힘이 있으면 거짓도 진실로 바꿀 수 있고 법이란 것이 얼마나 허술한 것인가를 느끼게도 되지."

의 한 사람이었다는 사실만은 변명할 수 없다.

"언론의 배신도 무시할 수 없어. 올바르게 보도해야 할 언론이 진영논리에 갇혀 거짓을 양산하는 것은 구독자에 대한 배신이라고 할 수 있어."

"언론사의 확증편향確證偏向이라고 할까. 자기 입맛에 맞는 정보는 쉽게 보도하면서 다른 정보는 무시하지. 이것은 독자들도 마찬가지야."

"여하튼 한번 배신자라고 낙인 찍히면 웬만해선 그 굴레를 벗어나기 힘들어. 조심해야 해."

"사람들은 보통 변명할 때 불리한 점은 빼거나 강도를 낮추어 말을 하게 되지. 거기서 주변 사람들에게서 동조를 얻으면 배신을 정당화하게 되고."

"보통 을이 갑을 넘어서지 못하기 때문에 을은 온갖 권모술수를 부리기 마련이야. 그래서 기회를 엿보다가 갑이 불리한 형세에 이르게 되면 일시에 공격하기 마련이지."

"그런데 알아두어야 할 것이 하나 있어. 멀쩡한데 뒤통수 맞는 경우도 있지만 사실 많지는 않아. 대부분 자기 자신으로부터 배신의 씨앗이 만들어진 다는 거야. 맹자도 오죽하면 사람은 반드시 자신을 모욕한 뒤에야 남이 모욕한다고 하지 않았던가. 다 자기로부터 비롯된 것임을…….[3] 그리고 나를 가장 빛나게 했던 사람이 나를 가장 비참하게 한다는 것도 사실이야."

"그런 걸 배후중상설背後重傷說이라고 해. 배신은 외부보다 내부에 있다는 뜻이지."

"그러나 이 모든 것을 함부로 말할 수 없는 것이 우리가 사실 알고 있는 것은 그것이 사실일 뿐 진실이 아닌 것이 많아. 그럼에도 워낙 사실이 넓게 퍼져 있어서 그것이 진실인 것처럼 믿고 있는 경우가 많거든."

"맞아, 진실과 사실은 달라 진실은 본질이고 사실은 현상일 뿐이야. 그러니까 참 이런 토론을 하는 것도 쉽지 않아. 무엇이 참이고 무엇이 거짓인지.

3 이인재, "배신은 당한 사람의 책임이다", 경향신문, 2018.3.27.

그렇다고 본다면 판사들은 또 어떻게 판결을 내리는 것인지…… 그 판결이 또 제대로 된 판결인지……"

김 교수는 시간이 다 되었음을 알았고 너무도 열정적인 발표에 미처 끼어들지 못했음을 사과하면서 결론적으로 말했다.

"오늘 수업은 참 진지했지만 내용면에서는 일반적인 생각을 넘어서지 못한 것 같아요. 조사는 충분한 것 같은데 관련이 없는 내용이 많았어요. 배신을 문학의 주제로 삼은 것은 수없이 많이 있습니다. 그런 것은 충분히 조사되지 못한 것 같아요. 제가 원했던 것은 실제의 배신과 문학적 배신의 비교, 분석, 배신의 문학적 형상화, 그리고 그것을 문학에 도입하는 새로운 방법 같은 것을 원했는데 결국은 일반론을 넘어서지 못했네요. 더욱이 최근 사회문제인 노동의 배신, 국가권력의 배신, 부부간의 배신 같은 일상적인 것도 화제로 끌어들일 만한데 그런 것은 전혀 고려되지 않고 있었어요. 그러나 그것은 여러분만의 잘못이 아니라고 생각해요. 왜냐하면 앞선 학기의 사람들도 조사는 열심히 했는데 그 정도 밖에는 생각하지 못했거든요. 문학을 하는 사람들은 이 정도 지식을 가지고 배신을 문학의 주제로 끌어들이기는 쉽지 않습니다. 그렇지만 저 자신 깨달은 것이 하나 있네요. 수년간 배신을 주제로 토론을 진행해 왔지만 생각이 다른 것 같아도 많은 사람들이 한결같이 어느 정도는 공통적으로 생각하고 있다는 사실 말입니다. 특히 최근 정치사를 두고는 민감한 문제라 많은 사람들이 말을 하고 있지 않아서 그렇지 저마다 같은 생각을 가지고 있구나 하는 것 말입니다. 오늘 수업은 여기까지 할 게요. 다음 수업의 주제는 '운명'입니다."

김 교수는 수업을 끝냈다. 과 대표인 경철 씨가 다가와서 웃으면서 주스 한 병을 주고 갔다.

책을 엮으면서 문학이란 무엇인가? 왜 나는 글을 쓰는가? 생각해 봅니다. 여러 생각을 해보지만 결국은 문학은 감동을 찾는 작업에 다름 아니다라는 생각을 다시 하게 됩니다. 효용적인 기능 차원을 넘어 감동은 원초적으로 문학이 가진 가장 본질적인 것이라 아니할 수가 없겠습니다.

갈수록 우리의 삶은 팍팍하고 살벌해지고 있습니다. 그런가 하면 증오, 불신, 편견과 같은 인간성을 파괴하는 각박한 상황은 끊임없이 이어지고 있습니다. 때때로 우리에게 문학마저 없었더라면 어떻게 되었을까 하는 끔찍한 생각을 하게 됩니다.

감동을 짓고 싶습니다. 누구나의 가슴에 희망을 주는 해바라기 같은 작품을 남기고 싶습니다.

표절

초판1쇄 인쇄 2021년 10월 26일
초판1쇄 발행 2021년 10월 29일

저 자 차호일
발행인 박지연
발행처 도서출판 도화
등 록 2013년 11월 19일 제2013-000124호
주 소 서울시 송파구 중대로34길 9-3
전 화 02) 3012-1030
팩 스 02) 3012-1031

전자우편 dohwa1030@daum.net
인 쇄 (주)현문

ISBN | 979-11-90526-52-4 *03810
정가 13,000원

도화道化, fool는
고정적인 질서에 대한 익살맞은 비판자,
고정화된 사고의 틀을 해체한다는 뜻입니다.